Author. Alphatart
Illust. 고바

再婚皇后

재혼 황후

III

THE REMARRIED EMPRESS

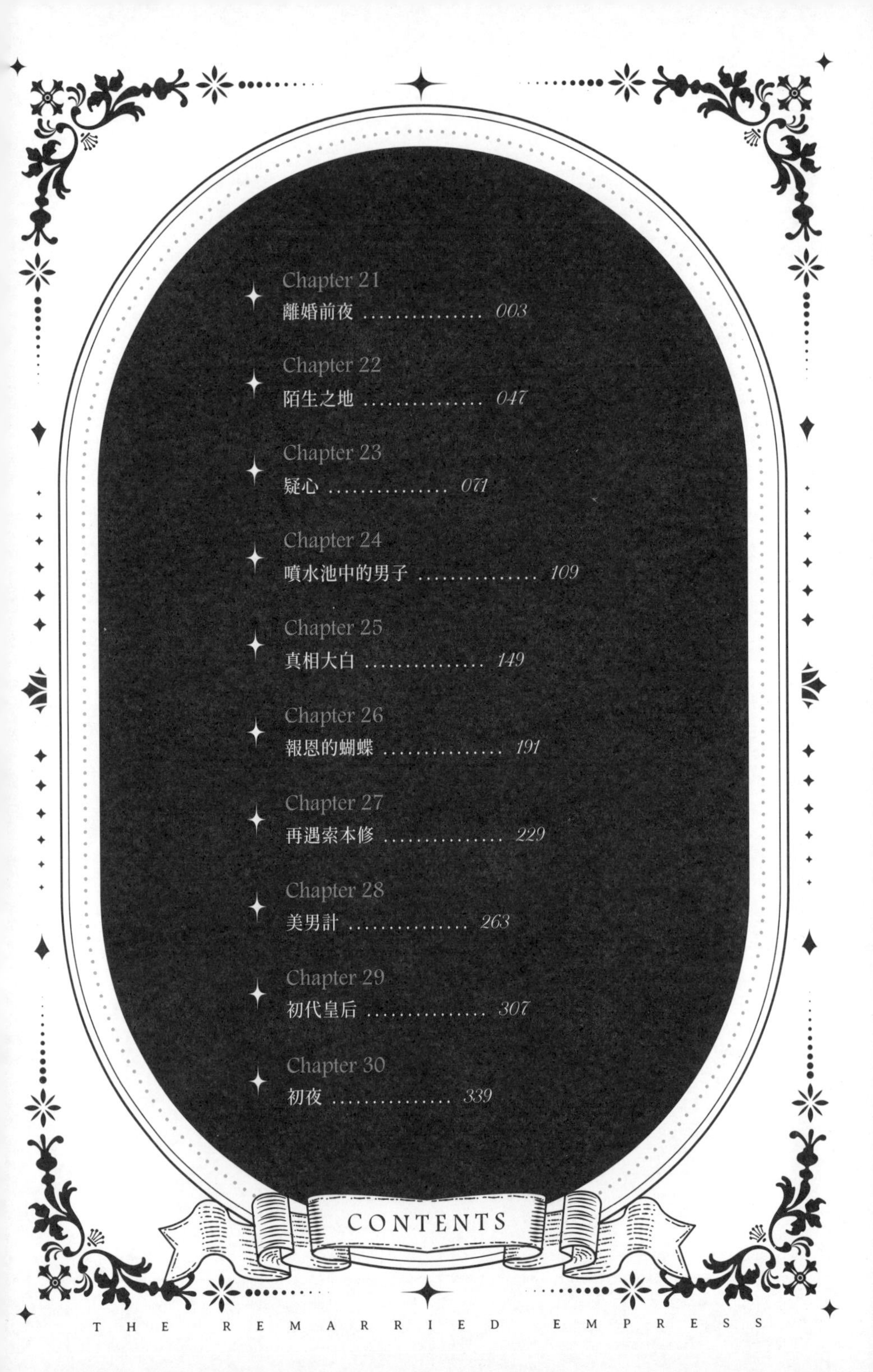

CONTENTS

Chapter 21

離婚前夜

Empress and the Emperor, side by side as they were meant to be.
But with a prey found in the forest, and a prince sent from the West,
It's an oath to be broken, or new vows to be made...

一見到倒在窗臺上的鳥有著金色羽毛，我立刻失聲大喊：

「不行！」

我連忙將 Queen 抱進室內，然後緊緊關上窗戶。

雖然一想到射傷 Queen 的凶手還站在外面，就讓我非常憤怒，但眼前最重要的是治療 Queen 的傷。我把窗簾拉上，將 Queen 抱到床上安置。

死了嗎？不！Queen，你沒死對吧？

我摸著 Queen 的脖子和胸口，幸好牠還有呼吸。為了安全起見，我把耳朵貼到牠的胸前再次確認，一聽見其中傳來的強烈心跳，我的雙眼不由得盈滿淚水。

忽然，一片巨大的翅膀覆上我的頭。鳥兒的懷抱非常溫暖，我的眼眶再度泛紅，鼻子發酸，眼淚一串串落下。

我抬頭看了看 Queen，而 Queen 的眼睛瞇成一條線，那雙紫色的眼眸也正看著我。牠這副有別於平時的無力模樣，讓我心口揪疼。

「Queen……你別死。」

——咕。

不對，現在可不是發愣的時候。我連忙起身去拿急救箱，取出瘡傷軟膏、紗布和繃帶，接著從起居室拿來一瓶紅酒，並把門反鎖。

我回到 Queen 身旁，Queen 的雙眼無力地緩緩眨動，但每次對上我的視線，便會像微笑般瞇起。這樣的牠更讓我心疼了，彷彿有什麼銳物不斷戳刺我的心窩。

「你會沒事的。」

我刻意保持微笑，眼淚卻無法抑制地一直往下掉。

不能再哭了，得趕快替 Queen 療傷才行。

我放下紅酒瓶，用手背迅速抹掉眼淚。剛放下手臂，卻看到 Queen 正努力伸出自己的腳，全身亂動著。

「腳很痛嗎？」

我嚇得連忙彎下腰查看，但Queen的腿看起來並無大礙。為了確保沒有遺漏之處，我再次留心查看，Queen卻又開始晃動牠的腳。

「啊！」我這時才看到Queen腳上綁的那封信，「我知道了。」

把信取下來後，我放到了床頭櫃上。

——！

見到我沒有立刻讀信，Queen的雙眼大睜，似乎震驚不已……

「現在你比較重要，我先處理你的傷口。」

對我來說，Queen就跟海因里一樣，都是我很重要的朋友，所以比起海因里的信，現在更重要的是Queen的健康。

「讓我看看。」

我掀開Queen的羽毛，仔細檢查中箭的部位。

「啊！」

跟我擔心的狀況不一樣，箭只是插進了厚重的鳥羽之間。

「這樣應該沒事。」

看到Queen倒在窗邊，我還以為牠受了很重的傷。幸好箭矢雖然有刺進肉中，但只有尖端的一小部分，並沒有整支貫穿。

「嚇壞我了。」

——？

看來Queen只是因為長途飛行的疲累，加上被箭攻擊時受到驚嚇，才會倒在窗邊。不過還是有受到一些皮肉傷，所以我掀起羽毛，倒了點紅酒上去。

我將羽毛一根根分開，一倒上紅酒，Queen 的雙腳又開始亂動。不知道是不是覺得癢，牠的眼睛瞪大，像是想要逃跑，我只好一隻手抓住牠的腳，再用身體固定住牠，動彈不得的 Queen 眼睛骨碌碌地轉動。

「可能會有一點刺痛，你忍一下。」

用紅酒消毒完後，我拿起紗布拭乾傷口，然後塗上藥膏。我怕 Queen 會痛，還特意在藥膏上輕輕地吹了幾口氣，結果 Queen 的腳又開始亂動，眼睛再度睜大。

「很痛嗎？」

——……

「就快好了。」

我以指尖輕撫 Queen 的臉，Queen 這才安靜下來，眼神看起來相當放鬆。我在牠的鼻喙上輕輕一吻，接著用繃帶完成剩下的包紮。不知道是不是繃帶不習慣，Queen 以屁股坐在床上的奇怪姿勢，輕輕擺動纏繞繃帶的那側翅膀。

「時隔這麼久再見到你真好，Queen。」

這副模樣真的太可愛了，我不禁又在牠的額上落下一吻，然後就拿起海因里送來的信攤開。

我已來到近處，希望能和您見一面。

請您明天來一趟艾勒奇公爵的客居，任何時間都可以。

信上的內容著實讓我吃一驚，我還以為海因里頂多回覆「狀況已了解」之類的，沒想到他本人竟然直接過來了？而且這次又是約在艾勒奇公爵那裡，難道是比起宮裡其他地方，艾勒奇公爵的房間比較好偷偷潛入嗎？

他到底要怎麼進入南宮？喬裝潛入？不對，重點是海因里究竟是用了什麼方法，怎麼會這麼快就到了？

自從阿勒提那副團長回到宮裡，也才過了幾小時。從阿勒提那手中接過信的法樂昂侯爵，還得再轉交到海因里手上，他怎麼可能在這麼短的時間內抵達？

「你說有隻信鳥飛進了皇后的房間?!」

聽到部下報告一隻巨大金鳥飛進了皇后寢居的窗戶，索本修的眉間微蹙。

「是的，陛下。」

受命守在皇后宮殿附近的弓箭手立刻回應。

索本修嘆了口氣。皇后已經見過大神官，想必也得知他提出了離婚申請。沒想到這種時候，她居然還有心思聯繫那個花花公子，這令索本修十分不悅。

難道說死一兩隻鳥也沒關係，那兩人無論如何就是要通信嗎？

索本修越想越惱怒，反覆握拳，試圖緩和粗重的呼吸。只是，之前皇后以為藍鳥死去而昏厥的畫面突然浮上心頭，再加上離婚的日子近在眼前，皇后應該正飽受衝擊，索本修現在實在沒有勇氣面對她，也沒有心力再去和她吵架。

「算了，就這樣吧。」索本修沉痛地下令。

「是，陛下。」

「還有，之後也不需要再射下飛向皇后寢居的鳥了。」

「是，陛下。」

弓箭手離開後，索本修再度嘆氣，搖鈴讓侍從拿一瓶最烈的酒來。烈酒送來後，索本修把酒杯倒滿，一飲而盡。

隔天一早，我醒來一看，發現 Queen 蜷縮著睡在我身旁特意空出的一小塊地方。

以往怎麼哄牠在床上休息，Queen 總是會趁我睡著時飛走。這次可能是因為牠大老遠趕路飛來，又中箭受驚，才會睡得這麼沉吧？

「你怎麼縮著身子睡覺呀？」

可愛的模樣讓我忍不住伸手摸摸牠的頭，Queen的眼睛緩緩睜開，朝我看來。見到那雙美麗的紫眸，我瞬間想起了海因里。

海因里……現在是不是正在艾勒奇公爵那邊呢？

我親了親Queen的胸膛，從床上起身。

「天吶，是Queen？」

進入寢室準備服侍我的愛莉莎伯爵夫人，一眼就看到了床上的Queen。她驚訝地睜大雙眼，在看到翅膀上的繃帶後，以更加驚訝的眼神看向我。

「請幫我保密。」

Queen似乎也認得愛莉莎伯爵夫人，牠舉起一邊翅膀，打招呼般揮了揮後，又疲倦地翻身躺下。愛莉莎伯爵夫人看著這樣的Queen，笑著答應保密。

就在我簡單梳洗完畢，由愛莉莎伯爵夫人協助著裝時，索本修的侍從來訪。等我穿好衣服來到起居室，只見侍從一臉抱歉地向我說：

「皇后陛下，皇帝陛下召開了緊急國情會議。」

「……」

「且皇帝陛下要求皇后陛下務必出席。」

聽完侍從的來意，一旁的愛莉莎伯爵夫人不禁輕顫一下。

「好，我知道了。」

我鎮定地示意侍從退下，內心卻一點也不平靜，精神也有些恍惚。

真的就近在眼前了呢，離婚這件事。

無論我做了再多心理準備，依然無法輕鬆看待，只覺得口乾舌燥，腹部隱隱作痛。我完美的偽裝似乎開始崩塌，連食物的氣味都讓我感到噁心。

侍女們將早膳端上茶几，布置好餐具後，走到我身邊勸告道：

「您千萬別去，皇后陛下。」

「我去轉告您身體不適。」

「皇后陛下何必要去參加那種會議?!」

她們都知道索本修緊急召開會議，是為了宣告準備與我離婚的事，所以一個個都面露擔憂。有些人怒氣沖沖，有些人在哭，有些人則是暴跳如雷。但是……

「沒事的，就算我不出席會議，離婚還是不可避免。」

既然最終都是一樣的結局，那我還是親自去看看過程究竟會如何比較好，而且我也想確認索本修的態度。

之前他私下答應菈絲塔要與我離婚的隔天，倒是滿臉抱歉的模樣，還對我非常體貼。那麼公開離婚這件事情後，不知道又會擺出怎樣的姿態。

會是一臉厭煩，像是迫不及待要擺脫吸血蟲？還是會念起舊情，對我感到抱歉？

無論哪一種，他心中應該多少會有罪惡感，而我就是想親眼看看，他在見到我後被那股強烈罪惡感吞沒的模樣。

有些戀人分開時會祝彼此幸福，但那是在好聚好散的前提下。我可是單方面被要求離婚的人，難道還有必要去顧慮他的心情？當然沒有。

「我得換一套衣服了。」

在一片沉默中，我請愛莉莎伯爵夫人幫我換下身上這套藍色禮服，改穿一套素淨無花紋的白色禮服。藉由不同衣裝，可以展現不會被擊潰的氣勢，或是勾起索本修的罪惡感，而我選擇了後者。最後在刻意將頭髮鬆散綁起後，我便動身前往緊急國情會議。

開會地點在謁見室，我來到門前，站在大門兩旁的騎士根本不敢直視我的眼睛，低著頭迅速為我開門。

我一進門，身上立刻集中了在場所有貴族及官員的目光，每個人的神情都毫無掩飾。

整間謁見室籠罩在令人窒息的寂靜中，安靜到彷彿落針可聞，而索本修正坐在盡頭那對並排皇座上看著我。

我挺直背脊，緩緩走向空置的后座，假裝什麼事都沒發生、什麼消息也沒聽到，神色自若地坐到索本修身旁，不動聲色地觀察周遭的狀況。

索本修的坐立難安隱隱傳來，我能從餘光中見到他膝上的十指不住移動。

「……皇后。」

過了好一段時間，索本修才出聲喚我，而我這時候才好好轉過頭去，正臉看向他。一對上視線，他立即一臉尷尬地向我道歉。

「很抱歉，但我絕對——」

「道歉就不必了。」

「？」

「我不打算原諒您，所以陛下也就省省吧。」

「皇后，我……」

索本修像是想解釋什麼，謁見室大門卻突然打開，他只好閉上嘴。我的目光放空，片刻後才看向開啟的大門。走進來的正是大神官，謁見室內又是一片令人窒息的寂靜。

大神官一臉不滿地朝我們走來，而在場的貴族面面相覷，緊張得連大氣都不敢喘。

接著，索本修從皇座上起身，下方的貴族見狀立即一齊行禮。索本修擺手示意眾人起身，以低沉的嗓音宣告。

「朕決定要和娜菲爾皇后離婚。」

這件事在大神官分別和我與索本修會談後，大家應該都猜到一二了，但這些貴族依然倒吸一口氣，彷彿對此一無所知。議論紛紛的聲音有如野火燎原，蔓延整座謁見室。

「皇帝陛下，請您務必再三斟酌。」

「皇帝陛下，這萬萬不可啊！」

「皇帝陛下……」

勸阻聲此起彼落，內容都大同小異。我盡可能面不改色，靜靜觀察眼前的一切。在眾目睽睽之下被宣告離婚之事，即使再如何做好準備，也依然令人難堪。但我盡量不讓自己的情緒顯露，這是我唯一能保住自尊的方式。

「此事我心意已決。」

索本修一句話，便止住了眾多貴族的勸諫。接下來的會議是怎麼進行到結束，我已經沒有任何印象了，只記得離婚訴訟很快就會召開。雖說是訴訟，但其實並不會經過任何審判。第一次的離婚訴訟，只會有大神官、我和索本修列席，並在為見證而聚集的貴族面前，詢問我是否同意離婚而已。

會議一結束，周遭便投來許多同情的目光，我努力無視這一切，刻意用與平時相同的速度走出謁見室。

但我才跨出大門，偏偏就見到了菈絲塔。不遠處的她一如往常地躲在柱子後方，只探出上半身偷偷往我這邊看。我們一對上視線，菈絲塔便一臉同情地迅速走到我面前。

「陛下真的太過分了，居然這麼公開地……」

她的表情從同情變成一臉難過，幾乎是一邊啜泣一邊繼續說著。

「雖然皇后陛下討厭菈絲塔，但菈絲塔並不討厭皇后陛下，就算皇后陛下不在了，菈絲塔也會記得皇后陛下的。」

她的這種態度，彷彿我不是準備離婚，而是即將被送去處刑。雖然我非常不滿，但事到如今，繼續和她牽扯不休也只是浪費時間。

「妳不用記住我也沒關係。」

我毫不留情地說完，便逕自向庭院走去。

海因里約我在艾勒奇公爵的客居見面，但現在匯聚到我身上的注目太多，考慮過後，我決定繞路打發時間，晚一點再過去找他。

我刻意來到平時最鍾愛的那座庭園，散步到一半時，回頭交代跟隨在後的侍衛們。

「我想獨自靜一靜。」

作為即將面臨離婚的皇后，這種要求果然沒人會拒絕，反正也不太可能會有人來冒犯這樣的我，侍衛們便識趣地退下。我笑著目送他們離開，接著繼續散步，等到合適的時機，便動身前往艾勒奇公爵位於南宮的下榻處。

我敲了敲門，門內傳來「是誰？」的回應。既然海因里約我在公爵的房間見面，應該有向他打過招呼，但保險起見，我還是刻意模糊地回答。

「是我。」

稍等片刻後，門後傳來有人迅速靠近的動靜，房門隨即開啟。垂眸看著地板的我，擺出最面不改色的表情抬起頭，但開門的人並不是艾勒奇公爵，而是海因里。

「海因里？」

艾勒奇公爵已經離開了嗎？雖然他是約我在這裡見面沒錯……我一時間有些反應不過來，海因里看著我，開心地笑了。

「Queen。」

「你是怎麼進來……？」

「我一直在等您。雖然總是在等待，至少今天是在比較近的地方。」

我走進客居，海因里在關上門後回過身，再次朝我露出笑容。他的腳輕點地板，像是正在緊張，然後他看向我，微微張開雙臂。

這難道……是擁抱的邀請？看起來像是這樣。

抱上去也沒關係嗎？我有些遲疑，動作僵硬地輕輕靠過去。我的面頰不自然地貼上他的胸膛，就這樣僵立片刻。

大概是我的模樣太有趣，海因里輕笑出聲。我尷尬地漲紅了臉，別過頭去，他這才趕緊停下。

「Queen，我可以抱緊一點嗎？」

「可以。」

話音剛落，海因里就緊緊抱住我。原本只是輕輕靠著的臉，此時緊貼在他胸前。而他的髮絲則落在我的頸間，羽毛般柔軟的觸感，讓我有些發癢。接觸的面積變大，我也更加不自在，不知道該如何是好，只能維持著僵立的姿勢。

海因里的肩膀似乎輕輕抖了抖，然後在我耳邊悄聲道：

「我都聽說了。」

「聽說什……？啊。」

大概是聽說了今天緊急召開會議的內容，這樣的驚天消息，應該已經傳到南宮這裡來了。畢竟會議是幾個小時前的事了，我也不是一結束就立刻過來。

海因里的嗓音低沉而沉重，聽起來卻有些脆弱。

「我沒事的。」我不自在地舉起僵在身旁的手，拍了拍他的背。「真的沒事。」

感受到海因瞬間低迷的情緒，我想給予一些安慰，但手一碰到他的背，他卻全身僵應。

海音裡好像很緊張，我只好放下手，回到原本的姿勢，繼續開口安撫。

「有你在，我是真的沒事了。」

海因里緩緩放開我，後退了半步，接著單膝跪下，像我們初次見面時那樣伸出手。等到我將手搭上去，海因里便閉上雙眼，在我的手背落下一吻，隨後慢慢地睜開眼睛，與我四目相望。

「我希望 Queen 孤身一人的時間越短越好。」

「幸好有你在，一定可以的。」

「我希望 Queen 一離婚，就能獲得再婚的許可。」

我握住海因里的手，點了點頭，很感謝他能替我說出心中的想法。海因里看起來也非常開心，笑著慢慢起身，動作自然地收回他的手。

我有些不自在地在腹前交握雙手。久別後的重逢總是令人喜悅，而且該說的重點也都說完了，這時候再想起剛剛的擁抱，總覺得有些不好意思。

幸好海因里不像我這麼彆扭，態度自然地詢問：

「要不要替您泡杯咖啡？」

「謝謝你。」

我連忙放鬆表情，順著他的引導來到沙發邊坐下。

聽到清脆的的碰撞聲，我不動聲色地看過去，只見海因里正熟練地用水壺煮水，手邊已經擺好兩人份的茶具，咖啡粉似乎也事先備好待用。

難道是艾勒奇公爵準備的……對了！

「艾勒奇公爵不在嗎？」

怎麼不見他的人影？

「我請他先離開了，是有什麼話想告訴他嗎？」

「你請他先離開？」

「嗯，因為我不想三個人共處一室。」

「？」

「我必須先向您坦承，我這人可說是嫉妒的化身。」

……什麼化身？我茫然地看著他，海因里則忙碌地泡著咖啡，臉上帶著不好意思的笑容。

「那傢伙是貨真價實的花花公子，所以我不想讓他待在 Queen 身邊。」

海因里的語氣溫柔，言論卻毫不客氣，這讓我一直存在心中的疑問再度浮現——艾勒奇公爵和海因里明明是朋友，為什麼卻表現得像是毫無交情，總是在詆毀對方呢？

我正想藉機詢問，又突然意識到，這樣不就等於變相告訴海因里，艾勒奇公爵同樣在他背後說他壞話嗎？

這種行為簡直和挑撥離間沒兩樣，我只好先壓下心中的好奇。

等我回神看去，才發現水已經煮沸，而海因里正提壺沖泡咖啡。大概是感受到我的視線，他抬起頭，笑著看向我。

那是足以經驗任何藝術家的美麗的笑容，香醇更勝他手中的咖啡。不過如果他能抬高一點點壺嘴，不讓水倒得這麼凶猛的話，可能會更好看一點。

目不轉睛地對我微笑的海因里，猛然發現自己失手倒了太多水，手忙腳亂地拿來餐巾紙，難為情地擦拭杯子周遭。

見狀，我努力壓下笑意，幸好等海因里端著咖啡過來時，我的表情已經恢復自然了。

「我平常不會出現這種失誤……」

「出錯是人之常情，這樣反而比較平易近人，請別在意。」

「可是我想讓您看到我帥氣的一面。」

「已經夠有趣……不，是夠帥氣了。」

「您帶著優雅笑容說出這些話，只讓我更無地自容了，Queen」

海因里嘟囔著坐到正對面的沙發上，我再次壓下笑意。大概是因為偶爾會在他完美的外表下見到這種傻氣的一面，我才會明知他已是一國之王，卻總是用過去對待王子的態度來和他相處吧。

我趕緊端起咖啡，遮掩唇邊忍俊不禁的笑意。然而，或許是我故作嚴肅太久了，反而讓氣氛變得有點不自在。

我們兩人就這樣各自啜飲咖啡，沉默籠罩而下，安靜得似乎連花瓣落地的聲音都能聽見。不過海因里只要對上我的視線，就會露出燦爛的笑容，這讓我漸漸不那麼尷尬了。只是，想到未來我們會成為夫婦，又讓我不自在起來。

與索本修相處的時候，畢竟從小定下婚約、又一起長大的對象，所以從來不曾有過羞澀。如今身為成年人，與海因里的婚約又這麼匆忙，我在面對他時難免會感到難為情。更何況，即便是政治聯姻，也得盡行房的義務……

和海因里盡行房義務？

不能細想這件事。那樣的念頭讓我瞬間難為情到想奪門而出，只能緊緊握住手中的咖啡杯。

幸好海因里應該沒有想到那一層……啊，不行，一旦冒出這個念頭，就會一直往那個方向去想，為了阻止開始變得奇怪的思緒，我只好隨口丟出問題。

「艾勒奇公爵呢？怎麼沒看到他？」

「我請他先離開了。」

聽到回答，我才驚覺這個問題已經問過了。聽見海因里的笑聲，我尷尬不已地垂眸盯著杯底。

我坐立不安地擺弄手中的杯子，腦袋飛快運轉，這次總算找到必要的話題。剛剛的氣氛實在太令人不自在，一時之間我都忘了要提起。

「陛下可能會阻止你出席離婚訴訟。」

不，應該說索本修絕對會阻止海因里出席。因為菈絲塔的緣故，他本來就很討厭海因里，所以得知我在和海因里通信時，才會那樣大發雷霆。

如果索本修見到海因里現身，就算不知道再婚的計畫，也一定會禁止海因里進入離婚訴訟的法庭。這樣一來，根本不可能在離婚當天就獲得再婚許可，因為婚姻許可下達時新人雙方都必須到場。

有別於我的苦惱，海因里倒是從容不迫地笑著說：

「別擔心，Queen，我都準備好了。」

「準備……？」

「沒錯，所以 Queen 只需要在大神官批准離婚後，毫不猶豫地當場申請再婚就好。」

海因里說自己會抓準時機現身，一邊描繪在場眾人會如何嚇得四腳朝天，一邊哈哈大笑。

聽著他的笑聲，我心中的躁動不安竟然平靜下來。與海因里相處，總是能感到如沐春風。

心情恢復後，我又想起另外一個問題。

「海因里，你是收到我的信之後才過來的嗎？」

「一收到我就啟程了。」

「如果是這樣，你怎麼這麼快就抵達了？」

「！」

「阿勒提那才回來沒多久你就出現了，我自然是很高興……」

他究竟是用了什麼方法？從我收到那封寫著他已經到附近的信開始，這個疑問就一直盤旋在我心中，只是剛才還有其他事情占據心神，所以暫時忘在腦後了。

現在問出口後，更是越想越好奇，我放下手中的咖啡杯，靜靜等著他的回答。

沒想到，原本志得意滿、笑著說要擺所有人一道的海因里，突然支支吾吾起來。

「那個……我現在還不方便說明。Queen，結婚後我一定會告訴您。」

看來能這種趕路方式是機密，我不想讓他為難，也就沒有繼續追問。

「我明白了。」

為了不讓他產生無謂的愧疚，我刻意露出比平時更明顯的笑容。這回，換成海因里向我提問。

「那麼我也可以問您一個問題嗎？」

「請說。」

「Queen 在結婚後，第一件想做的事會是什麼？」

「結婚後嗎？」

海因里臉上的微笑突然僵住，連忙擺動雙手。

「我絕對不是在說初夜的事！不對，這樣講好像更奇怪了！反正我的問題絕對不帶任何遐思。」

我本來沒有多想，結果這一連串解釋反而讓我不自在起來。不過為了解救看起來羞愧得想死的海因里，我顧不上尷尬，擺出認真的態度回答。

「我想盡快瀏覽帳簿。」

「帳簿……嗎？」

「分析過帳簿後，我才能夠大致掌握西王國的預算分配，也比較能盡快進入工作狀態。」

「……」

法樂昂侯爵這幾天非常焦慮，因為他遲遲無法與西王國的國王——海因里一世見上一面。

要論送信，當然是信鳥最快，但世上有些東西並無法依靠紙筆傳遞，比如收件之人的反應——

當法樂昂侯爵將娜菲爾的信轉交給海因里一世，在那一刻，對方的笑容中滿是毫無掩飾的欣喜。他沒想到這兩人的情誼竟然如此深厚。

親眼見到這一幕的法樂昂侯爵，當下便決定也要親自將海因里的回信送給娜菲爾。反正他原本就打算來西王國拜訪克沙勒，可以順便等海因里一世寫回信。

起初幾天，海因里一世都因為太忙而無暇召見他，法樂昂侯爵也沒有多想，畢竟對方才剛即位，身為國王一定有許多事務要處理。而且他和克沙勒也有好一段時間沒見面，正好可以好好敘舊，所以他沒有催促海因里一世。

然而，無論怎麼等，法樂昂侯爵都等不到海因里一世的回信。

「陛下到底有多忙，連回一封信的時間都沒有嗎？」

耐心告罄的法樂昂，直接跑去質問國王的親信麥肯納。沒想到對方竟然告訴他，海因里一世出遠門了。

他沒聽說國王外出的消息啊？白白乾等好幾天的法樂昂，不由得詫異地張大嘴，但麥肯納並沒有多作解釋。

「不是，怎麼這麼突然……」

「因為臨時有急事。」麥肯納同情地看著法樂昂侯爵，熱誠地邀請道，「請您在宮中再稍等幾天吧，陛下應該很快就會回來了。」

雖然很感謝麥肯納的大方好客，但法樂昂侯爵實在難以接受。

娜菲爾皇后可是在委託了第一封信之後，又派最為信任的禁衛騎士副團長追送送第二封信件給他。依照他所認識的娜菲爾，這種安排明顯不尋常，如果只是普通的問候信，不可能會這麼緊急。

雖然侯爵沒有拆信來看，但光憑以上幾點，也能猜到娜菲爾肯定是遇到了什麼大事，他怎麼可能留在這裡等到海因里一世忙完？

「我之後再來吧。」

法樂昂侯爵決定先離開西王國，於是匆匆回去收拾自己的行囊。

與海因里告別後，從那天開始，我就被軟禁在皇后宮殿中，連我的侍女也不能離開。

大概在一百五十年前吧……某位皇后在離婚前夕刺殺皇帝未遂，從此之後便明令規定，自下達離婚通知的當天起，一直到離婚訴訟開庭前，皇后都禁止離開皇后宮殿。這個規定同樣適用於皇后身邊的侍女，除此以外的人員則禁止進入皇后宮殿的範圍。

不知道是不是因為被監禁在這裡，只能靜靜等待風雨來襲，時間似乎快速流逝，同時又漫長得沒有盡頭。白天無論做什麼都停滯不前，彷彿時光不再流動，然而一到夜晚，一日便在空虛中轉瞬即逝。

既然海因里王子已經趕到，我們也正式談過了，我現在只希望能向父親和母親提前說一聲再婚的打算，卻沒有任何機會。

雖然我已經計畫好要立刻再婚，但這不代表離婚是件值得期待的事。隨著一天天過去，我的心情日漸沉重，精神也越來越差。

軟禁的頭兩天，侍女們總是見到我就哭，但幾天後她們就改變了態度，盡量用與往常相同的方式對待我，甚至刻意表現得活潑開朗。

而就在開庭的前一天，索本修前來見我。

或許是這段時間備受壓力和緊張折磨，那張臉出現在眼前的瞬間，我的腦中只剩一片空白。

這讓我回想起即位典禮那天。

當時的我，比在結婚典禮上更加緊張。畢竟我們一起長大，早已習慣彼此的存在，婚禮前一晚甚至還能湊在一起說說笑笑。

反倒是即位典禮那天，我緊張得連一口水都喝不下。往後就算犯了錯，也不會再有人來糾正了，對於自己即將坐上這樣的高位，當時的我既惶恐害怕。

那一天和我現在面臨的狀況毫無共通之處，為什麼我會突然想起那天的事？

腹中隱隱傳來悶痛，我蹙緊眉頭。

索本修就這樣站在門邊，一副心事重重的模樣。過了好一段時間，他才慢慢走進來，愛莉莎伯爵夫人則安靜地替我們關上門。

走到我面前的索本修，看起來意外地與平時沒什麼兩樣，那副俊美的臉龐依然氣勢十足，身體也依然健康無恙。

「你是來道別的嗎？」

我不想被他的氣勢壓倒，刻意擺出從容的態度開口。

雖然昨晚還滿心想扯光索本修的頭髮，但現在本人真的站到了眼前，我反而只感到空虛，什麼也不想做。

「……我們分開的時間不會太長。」索本修沒有回答我的問題，只是低聲這麼說道。

難道這就是他的道別？在這種情況下，這句話聽起來實在可笑。什麼叫做分開的時間不會太長？我的唇角勾起嘲諷的弧度。

「從今而後，我們分開的時間，只會比曾經共度的時間更長。」

離婚就代表我們結束了，對此我的態度十分堅定。

然而，不知道索本修是不是沒聽懂我的話，他給出了意想不到的回應。

「我希望離婚後，妳還能待在我身邊。」

為什麼他要這麼說？是出於同情，還是對相識多年的老友的關照？

當然……也不是沒有皇后在離婚後，依舊留在皇帝身邊的前例，所以雖然聽起來令人不舒服，但他的提議並不罕見。

「離婚後我們就是陌路人了，所以我不會那麼做。」

「陌路人？」

「沒錯。」

「不，只是暫時離婚而已，我們不會因此形同陌路。」

這種話從他口中說出來，實在是莫名其妙又可笑。但不是因為這句話毫無道理。

其實客觀來看，索本修並沒有說錯。雖然離婚後兩人確實不再有關聯，但也不可能真正回歸陌生人。愛恨不會一筆勾銷，過去共度的時光也不會就此抹去。所以我看到他，依然會感到心痛，而或許他見到我同樣會有罪惡感。

問題是，索本修身為提出離婚的那一方，這種話由他來說，難道不會太厚顏無恥了？

我無動於衷地看著索本修，思考著他到底想表達什麼，索本修卻小心翼翼牽起我的手。

我用力從他手中抽回自己的手。

儘管不歡而散，我還是慶幸索本修那天的來訪，讓我能徹底掃去心中那股空虛，以憤怒取代。這樣也好，我就能好好專注在未來上了。

在皇后宮殿裡最後一次用餐後，愛莉莎伯爵夫人一臉嚴肅地問我：

「您想穿著哪套衣服呢，皇后陛下？」

聽到這句話，最後這幾天好不容易振作起來的侍女，又紛紛露出泫然欲泣的表情。

「麻煩妳，和平時一樣就好。」我清了清發緊的喉嚨才回答。

「好的。」

換裝的時候，房內只有布料摩擦的聲音，沒有任何一個人開口，氣氛凝重無比。著裝完畢後，我望向鏡子，卻突然頓住。

透過鏡面，能看見身後的侍女們正無聲哭泣。其中，蘿拉哭得最為傷心……

我深深嘆氣。一個月前的我和現在的我其實沒什麼不同，我卻深深體會到處境的劇變。

在預計與海因里再婚的前提下，我都這麼悲傷鬱悶了，簡直不敢想像沒有這個婚約的我該有多絕望。

不過眼下並不容許我沉澱悲傷，索本修的禁衛騎士已經到了，準備接我前往法庭。是擔心我臨陣脫逃，才會派騎士來嗎？

列隊的騎士面無表情，騎士團長則以沉重的聲音開口。

「您準備好了嗎？」

「好了，走吧。」

我平靜地回應，半分情緒也不露。然而，就在我踏出第一步時，面無表情的騎士竟一個個單膝跪下，讓我不得不尷尬地停下腳步。

騎士團長愕然看著自己的部下，接著竟也低下頭，緩緩朝我單膝跪下。在我後方，侍女們的哭聲更大了。

菈絲塔能明確感受到，自己的人生即將有天翻地覆的轉變。

平時在皇帝宮殿遇到的人都對她很友善，但這幾天他們的態度變得特別親切。比如散步的時候，常常會有貴族跑來搭話，嘴上掛著一些「太遺憾了」、「這真是太不幸了」之類的感嘆，拿皇后當作談資，明顯是來向菈絲塔示好攀交情。

於是在離婚訴訟開庭當天，菈絲塔只要想到，等她會成為皇后的消息公布之後，那些看向自己的目光又會如何改變，就忍不住笑了出來。

其實之前對皇后說不討厭她時，她是真心的。啊，不過最近那些事情，確實讓她開始不喜歡皇后了，但之前真的沒有那種想法。

其實事態演變成如今的局面，菈絲塔也對皇后產生了一絲絲同情。不過再怎麼說都還是自己更重要，就算覺得皇后可憐，也不會放棄這樣的大好機會來伸出援手。她只要站在同情皇后的立場就可以了，這樣剛剛好。

「從此以後就是菈絲塔小姐的時代了。」

「嗯？」

「大家只要聚在一起，都在討論菈絲塔小姐的事呢。」

「是嗎？」

「是啊！您都不曉得，能服侍菈絲塔小姐，是件多麼令人自豪、多麼有成就感的事！」

戴莉絲手足舞蹈地說著，菈絲塔也笑了，一邊想著，可惜妳沒辦法繼續做這麼自豪的工作了。

戴莉絲之前沒有做過女僕工作，總是笨手笨腳，唯一可取的就只有討喜的個性。但這種討喜如果施展到皇帝身上，那可就不是什麼優點了。

菈絲塔默默盤算著，除了戴莉絲之外……之後也得讓裴勒迪子爵夫人辭掉侍女的工作。

她以後就要當皇后了，侍女如果只有子爵夫人這種身分地位，那也太丟臉了。而且子爵夫人帶來的那些侍衛也讓菈絲塔不是很放心，偶爾還會懷疑他們的忠誠，乾脆趁這個機會一次趕走。

就在菈絲塔挑選出席離婚訴訟的衣服時，艾勒奇公爵來了。

「真是好久不見了。」

菈絲塔帶著滿滿的笑容，立刻把艾勒奇迎進門。公爵一進來便換上委屈的神情，誇張地抱怨道：

「這麼重要的事居然對我保密，太令人傷心了，小姐。」

「什麼？」

菈絲塔驚訝地睜大眼睛。艾勒奇公爵這麼說，像是發現了自己早就知道皇后會被離婚的事。

「你怎麼會知道？」

菈絲塔不解地反問，艾勒奇公爵開玩笑地說：「我善於觀察？」

「你很傷心嗎？對不起，因為陛下叫我一定要保密才行。」

而且其實自己還藏了一件更大的祕密沒說，菈絲塔發自真心地雙手合十，向艾勒奇公爵道歉。

「沒事，那樣的話也只好遵命了。」

幸好艾勒奇公爵看起來沒有心懷不滿，還笑著嘟囔。

「誰都會有祕密，不是嗎？」

「公爵也有祕密？」

「有啊，小姐應該有不小心看過？」

「我嗎？啊……那個……」

菈絲塔想起海因里王子那封曖昧的信，難為情地笑了。艾勒奇公爵也露出難解的笑容，不知道那番話是玩笑還是實話。

「但沒有告訴公爵這個消息，也不能全怪菈絲塔呀，誰教公爵這幾天都不在嘛。」

「啊，那都要怪某隻壞脾氣的鳥。」

「鳥？是上次那隻藍鳥？」

「是別隻，有一隻老愛拔人頭髮的鳥。」

「公爵是不是很喜歡小鳥呀？」

「有一點吧。」

拋出模稜兩可的回答後，艾勒奇公爵轉而看向菈絲塔正在挑選的衣服。禮服在起居室中間掛成一排，幾乎全都是白色系。

「小姐今天也要出席法庭嗎？」

「對，正在煩惱要穿什麼才好。」

「要不要我幫妳挑？」

艾勒奇公爵挑了挑眉，菈絲塔見狀笑了出聲，點點頭說：「公爵的眼光好嗎？」

「我可是看過很多女人的禮服呢。」

說完這句油腔滑調的話，公爵一手抵著下巴，認真地一一瀏覽禮服後，指向最華麗亮眼的那一件。

「這件不錯。」

「今天穿低調一點應該比較好吧……？」

「為什麼？」

「因為又不是什麼開心的日子？」

「對皇后來說不是什麼開心的日子，但對小姐來說不一樣不是嗎？得向眾人展現這一點才行，告訴大家，從現在開始就是小姐的時代了。」

等我抵達法庭，只見幾乎所有人都到場了。那些位高權重的貴族及官員，還有在軟禁期間，一直很想見一面的父親與母親……我也看到了法樂昂侯爵，大概是急著從西王國趕回來，形象比平常要狼狽一些。

或許是直到現在才得知我被離婚的消息，侯爵的臉色特別鐵青，一和我對上視線，便不甘地狠狠咬住下唇。我被禁衛騎士簇擁著，沒辦法停下來和他說話。當然，如果我離婚順利，往後想聊多久是多久。

換裝準備出發的時候，我緊繃到手腳發麻，連呼吸都感到困難，但真的來到這裡之後，反而什麼感受都沒有了。

我面不改色地直視前方，以往我總是與索本修並肩而立的地方，如今只有索本修獨自一人，大神官則站在中央的審判臺上。在索本修身後，能看到穿著雪白優雅禮服的菈絲塔。

菈絲塔平時的穿著，大多以樸素簡單的設計為主，今天倒是打扮得像是要參加新年祭。看到這樣的她，我不禁多管閒事地想著，難道直到現在，都還沒人能為她提供「合宜」的意見？

因應不同場合，都有必須遵守的著裝規矩。難道沒人告訴她，那副打扮太過喧賓奪主了？

……也是，這些都與我無關了。

身後傳來大門重重關上的聲音，在整整座法庭內迴盪，襯得四周更加寂靜。

終於要開始了，我沉默地走到大神官面前。

「……」

現場鴉雀無聲。見我站到審判臺前，大神官嘆了口氣，看向臺桌上的文書，然後緩緩開口。

「娜菲爾皇后……東大帝國的娜菲爾皇后，您的丈夫，索本修皇帝，提出了與您離婚的請求。」

大神官的聲音，一字一句地清楚飄蕩在大廳裡，敲打著每個人的耳膜。我不發一語，只是盯著他一張一合的嘴。

「娜菲爾皇后，如果您同意離婚，那麼您將不再是皇后。因此，您將喪失作為皇族及皇後所享有的權力，同時也不能再使用皇室姓氏。」

「……」

「在神見證之下誓約的夫妻關係將就此解除，而娜菲爾皇后及索本修皇帝將在官方文書上恢復為未婚。」

接下來大神官應該公布離婚的前因，他卻直接向我提問。

「即便如此，您也同意離婚嗎？若您不願意，可以行使夫妻權，正式進行離婚的訴訟程序。」

我盡可能從容不迫地給予答覆。

「我同意離婚。」

當我一說完這句話，在她唇角勾出的那抹微笑，難道只有我發現而已嗎？

索本修俯視我的神情半是寬慰、半是歉意，那或許是假意，也可能是出自真心。

截至目前為止，我一直是個好同事，也是個完美的皇后。雖然自從他把「那女人」帶回來後，我們的關係就日漸疏離，但在此之前，我和他甚至沒有吵過架。

所以就算他為了自己的愛情正準備拋棄我，但直到塵埃落定前，他也會表現得像個好男人、好皇帝。

畢竟若是我不退位，他就必須與我、我的家族，以及批准這段婚姻的大神殿，進行曠日廢時的離婚訴訟。

索本修就是這樣的男人，這樣的皇帝。昨晚他對我說的那些話，大概也只是相同考量的自私發言而已。

「皇后陛下！萬萬不可啊！」

法樂昂侯爵高喊著衝上前來，但沒跑幾步就被皇帝的禁衛騎士制止。

法樂昂侯爵、愛莉莎伯爵夫人，以及守護著我的阿勒提那副團長，這幾位都是我心懷感謝的對象。我以感激的目光看了他們最後一眼，接著轉頭面對大神官。

「娜菲爾皇后，您確定對離婚協議的內容沒有任何異議，且同意離婚？」

大神官面色微怒地問道。他希望我據理力爭，拒絕接受離婚，為自己抗辯及控訴。

然而與皇帝進行離婚訴訟，根本就沒有勝訴的可能性，歷史上也不曾有過皇后上訴成功的案例。所以進行離婚訴訟只會演變成長達數年的拉鋸戰，進而讓人民對皇帝以及內閣指指點點。而這就是大神官和我的家人朋友想看到的結果。

我搖了搖頭。進行離婚訴訟雖然能對索本修的名譽造成傷害，但我的名聲也同樣會受損。

但我並不是顧慮名譽而同意離婚，而是準備與其他國家的國王再婚。如果情況變得更複雜，對於我和海因里的再婚一點幫助也沒有。

「我同意離婚。」

聽見我沒有改口，大神官皺緊雙眉，法庭中充斥此起彼落的惋惜聲。

「此外，請容我申請再婚。」

就在我說完第二句話的瞬間，法庭的氛圍立刻轉變，大神官瞪大雙眼看著我，四周也變得鴉雀無聲。所有人都懷疑自己聽錯了，紛紛面面相覷，用眼神相互確認。

站在索本修身旁的菈絲塔，表情也變得怪異。索本修則不發一語，皺著眉困惑地盯著我。

大神官遲疑地問：「娜菲爾皇后，您說要再婚……？」

我沒有回應，而是抬手指向某處。雖然我沒有在法庭中找到海因里，但如果這裡要躲人，也只有那個地方才有辦法了。

就如我所料，當我一指向那片寶石珠簾，似乎就等著這一刻，那名蒙著面紗的男子突然發出爽朗的笑聲。

「我現在可以出來了吧？」

寂靜被打破，四周的竊竊私語漸漸變大聲。男子撩起珠簾，一步步走到我的身旁。當他拿下面紗，本來默默看著一切的索本修赫然起身。

「娜菲爾！他是——！」

「我的再婚對象。」

大神官的眼神一片呆滯。我莞爾一笑，看向了身旁的海因里，他則擺出「這不是預料中的反應嗎？」的神情回看著我，聳了聳肩。

不知為何，我心裡覺得很痛快，儘管我這麼做並不是為了報復。

不過覺得痛快的人，似乎只有我和海因里。突然現身的西王國國王讓在場眾人議論紛紛，索本修則是驚愕地看著我，然後大聲怒吼。

「這太不像話了！」

菈絲塔的震驚看起來並沒有比較少，但不知為何目光卻不是看向我、海因里或是索本修，而是艾勒奇公爵。而本來就知道海因里會現身的艾勒奇公爵，正裝出一副驚訝的模樣。

沉默好一段時間的大神官清了清喉嚨，似乎跟不太上事態變化，向我問道：

「娜菲爾皇后，您剛才所言，是出自真心嗎？海因里王子，不，海因里國王，您也是真心的嗎？」

海因里搶先我一步回答：「是的，我想讓娜菲爾皇……娜菲爾小姐擔任我的王后。」

索本修冷笑一聲。

「你在他國領土上是在做什麼?!」

海因里從容不迫地回應：「求婚。」

這個回覆明顯是故意刺激索本修，於是大神官皺緊眉頭出聲警告。

「海因里國王。」

海因里立即收斂表情，露出一副真摯無害的模樣朝大神官懇求。

「大神官，我們之後會再邀請您主持結禮儀式，今天實在是因為錯過這個機會可能就太遲了，才會如此匆促地向您提出申請。事發突然，還請您酌情准許我們的請求。」

我屏住呼吸，等待大神官的決定。雖然我認為大神官應該會應允，但還是擔心會有什麼萬一。

「大神官，海因里國王沒有事先告知就出席法庭，這件事本身就已經明顯違法了。」

索本修以半威脅的語氣對大神官說道。

大神官看著我沉默不語，而我也直視回去。他的眼神似乎在問「這是妳心中所願嗎？」，雖然我不確定大神官是否真的在向我確認，但還是鄭重點頭。

大神官的白鬚輕顫，眉間微蹙，看到他這樣的表情，我突然有些不安。難道他要拒絕我們？

大神官的嘴緩緩張開，我嚥下唾沫，海因里的手不動聲色地靠過來，然後緊緊牽住我的手，我也用力回握。

大神官的目光落到我們交握的雙手上。

「我准許娜菲爾的再婚，以及海因里國王的求婚！」大神官的聲音直直地扎進我的心裡。

這句話說完，海因里便重重呼出一口氣。他似乎也和我一樣，擔心著大神官可能會不答應。我側頭看向他，海因里朝我露出如陽光般燦爛的笑容。

即便在這種場合，海因里依然大大方方地在眾人面前表露心情。我難為情地跟著揚起嘴角，同時看了一眼旁邊的索本修。

索本修看起來像是被大神官一拳打在腦後，他正準備開口，大神官卻抬手示意眾人安靜。

「離婚訴訟法庭就此結束。」

大神官宣布完，示意我和海因里上前，即使我們站的位置其實並不遠。

等我們來到臺前站定，我眼前的畫面也與當年許下結婚誓約時重疊。審判臺後方的大神官，以及並肩佇立在他面前的我與海因里……除了男方，其餘皆無不同。

大神官似乎也被勾起同樣的回憶，他苦澀地笑了笑，接著對我們進行給予新婚夫妻的祝禱。但這回的賀詞卻沒有當年那麼真心實意，看來即使准許我再婚，他依然難以理解我和索本修為什麼會走到這一步，並多少有些不滿。

「大神官，謝謝您。」不過海因里似乎很滿意，笑著向大神官道謝，「之後會遵照禮節，再次邀請您來主持儀式。」

「……你們的婚姻已經獲得我的准許，就沒有那個必要了。我很忙，請別找我第二次。」

不喜歡浪費時間的大神官直接婉拒，他轉向我，眼中帶著複雜的情緒。

「娜菲爾皇后，不對，現在是娜菲爾王后了。妳是我從小看著長大的，出自對妳的信任，我才會答應這樣的請求……但這絕對不是條輕鬆的路。」

「謝謝您，大神官。」

大神官接著看向海因里，低聲給予忠告。

「辦一場盛大的婚宴，邀請一大票人出席吧。不管別人說什麼，都要拿出無所畏懼的態度。」

「謝謝您，我也一定會邀請大神官來參加婚禮。」

「我說了我很忙。」

大神官再次拒絕，然後回頭看了一眼。他身後正是索本修，整個人就像一座即將爆發的火山。

而菈絲塔的目光直到現在才離開艾勒奇公爵，輪流看向我和索本修，原本藏在唇角的微笑也不見蹤影。

索本修的額側和握拳的雙手上清楚浮現一條條青筋，我和他目光交會。

「……」

「……」

我們一句話也沒說，只是毫不閃躲地直視彼此。此時此刻，我心如止水，對他真的、真的已然無話可說，任由周遭的嘈雜騷動充斥兩人之間的沉默。

即使身處風暴中心，我卻心情平靜，彷彿正站在暴風眼裡。雖然不知道未來即將面對什麼，但我有自信處理好一切。但索本修與我完全相反，那對深黑瞳孔中只有熊熊燃燒的怒火。

擦著汗的大神官剛退開，索本修便緩緩朝我走來。

他到底還有什麼話可說？是生氣發火，還是來向我告別？總不會是來說我再婚的事讓他如釋重負吧？看他那嚇人的眼神，想必不會是什麼好聽話。

「皇后，不對，娜菲爾，這是……這究竟是什麼荒謬的事？」他走到我面前劈頭問道，語氣冰冷，沒有什麼起伏。

相較於眼中的灼灼烈火，索本修的嗓音太過冷靜，完全不像怒火中燒的人。

「少用求婚這種話來敷衍我，妳知道這不是我想聽到的回答。」

他冰冷的態度也感染了我，於是我平靜地點頭。

「是啊，我知道你想聽什麼回答。」

他大概是想知道我怎麼能在離婚之後立刻再婚，以及再婚對象為何是海因里之類的，不過……

「雖然我很清楚，但我不想回答你。」我維持平靜的態度告訴他，「因為這不是前夫該干涉的事。」

這顯然刺激到了索本修。

「前夫？」

他又問了一次，彷彿不可置信

「前夫？」

隨後他自嘲一笑，「也是，我是前夫，是前夫沒錯……」

索本修很快便維持不住冷靜自持的表相，聲音沉沉落下，額上的青筋清晰可見。他又靠近一步，帶著威脅的冷笑俯視我。

「但我依然是妳所屬國家的皇帝，而且，我並不打算讓我的前妻再婚。」

果然出現我預料中的反應了，幸好我已經先一步取得大神官的再婚許可……

一旁大神官彷彿和我心有靈犀，在這時出聲介入。

「索本修皇帝，那可是屬於我的權責。」

或許是這種場面實在太像劇情荒誕的滑稽劇，人群中突然傳出笑聲，而且音量還不小。

索本修似乎也聽到了，這讓他的表情變得更僵硬，耳根也開始漲紅。

索本修來回看著我和海因里，最後終於轉身走開，從法庭的側門離去。

我本來想向大神官道謝，但大神官也順勢離開了現場。皇帝和大神官的身影一消失，鬧哄哄的交談便再度充斥整座法庭，就像是同時開場的樂器演奏，議論紛紛的聲音從四面八方傳遞擴散。

只見父親母親、侍女們以及法樂昂侯爵，都迅速來到我身邊，七嘴八舌地發問。

「娜菲爾，這究竟是怎麼回事？」

「娜菲爾啊，怎麼突然就說要再婚……」

「娜菲爾小姐，事情怎麼會變成這樣？」

詢問的同時，他們時不時看一眼我身旁的海因里。大概是因為海因里的身分從王子變成了國王，即使他也是當事人，卻不太好直接搭話。

「很抱歉沒能事先知會大家。」我愧疚地道歉。

雖然我也是為了確保計畫不出差錯，才會隱密地進行，但這種選擇無可避免會讓疼愛我、珍惜我的親人朋友驚慌失措，或是感到失望……

幸好侍女們沒有埋怨，反而一邊哭著一邊恭喜我。

「不，這樣真的太好了！」

「您都不知道我們心裡有多痛快。」

「您一開始順從地接受離婚要求，我可是氣得牙癢癢呢！」

蘿拉像是想到了什麼，握緊拳頭，一副下定決心的表情。

「我決定了！我要和家裡說我要去留學，然後跟著娜菲爾小姐一起離開！」

「蘿拉，這……」

「反正您過去當王后，一定也會需要侍女嘛！」

蘿拉和其他侍女不同，最初是為了學習宮廷禮儀才會來我身邊當侍女。但……不管怎麼說，要讓蘿拉就這樣離鄉背井，還是會讓我猶豫。

這時，朱柏爾伯爵夫人也站出來了。

「那麼，不如就讓我和蘿拉一起跟著娜菲爾小姐走吧。」

「朱柏爾伯爵夫人？」

蘿拉就算了，沒想到連朱柏爾伯爵夫人都這麼說。我驚訝地看著她，夫人卻輕描淡寫地說：

「愛莉莎伯爵夫人和丈夫感情很好，應該很難跟您一起搬到國外。但我和丈夫已經各自生活很久了，就算我一整年沒回家，那個人也不會知道的，娜菲爾小姐。」

「……」

我一臉不知所措，朱柏爾伯爵夫人笑嘻嘻地補充。

「當然，如果換成是他一年沒回家，我也不會知道。這麼說來，他昨天在家嗎？」

看著伯爵夫人狡黠的模樣，我不禁笑了。

「朱柏爾伯爵夫人也願意一起走，我自然是很開心……」

但這不是小事，我不免還是有所顧慮，見狀，原本靜靜旁聽的海因里立刻向朱柏爾伯爵夫人保證。

「那我就先替我的妻子向大家道謝了。到時候的待遇，一定會比現在更好，請大家安心前來。」

聽到海因里說出「妻子」兩個字，蘿拉興奮的驚呼簡直和烏鴉沒兩樣。然而父親和母親仍是一臉茫然，似乎還沒消化峰迴路轉的情勢。

「啊，岳母、岳父大人。」

聽到海因里如此稱呼自己，父親和母親互看一眼，更加不知所措了。海因里微微傾身，在兩人耳邊輕聲說：「大哥現在已經在西王國了。」

父親和母親先是一臉驚訝，下一刻父親便落下淚水。母親安慰著父親，雖然沒有跟著哭泣，但看得出她也放下了心中的大石。

看來他們剛剛雖然慶幸女兒不需要以廢后的身分度過餘生，但心裡依然牽掛著被流放在外的長子，因此無法真正感到開懷吧。

看著這一幕，讓我的眼眶發熱。

我心中並不是沒有惆悵、失落和憤怒。即使我的至親和友人都樂見我提出再婚，但這也改變不了我現在是個被離婚、被趕下后座的人。不過當我看見侍女們的喜悅和父母的安心，胸中的正向情緒也隨之膨脹，壓過所有的傷心和憤怒。

而這一切都要感謝海因里。若沒有他……想必現在的我，收到離婚判決後只能呆呆聽著侍女的安慰。父親和母親也會傷心落淚，自責當初不該讓我去當什麼王儲妃。而憐憫的目光會從四面八方集中過來。

我很清楚眼眶中的濕意是喜極而泣，但依然不想在大家面前落淚，所以深呼吸壓下那股酸澀，然後向海因里綻開笑顏。

菈絲塔追著索本修而去，一邊想著皇后真的是太殘忍了。

啊，不對，現在皇后可是我呢。

她早就知道，**前皇后**娜菲爾跟索本修在一起只是為了皇后之位，根本不是因為愛他。光是這樣就夠庸俗了，沒想到她還在離婚後，馬上就跑去巴著其他國家的國王，果真是個勢利眼！完全不管這麼做會讓前夫變得多可笑。

好狠毒，真的是個狠毒的人！菈絲塔不屑地咂舌，一邊追在索本修身後。

埋頭前進的索本修直接回到自己的寢居，菈絲塔猶豫片刻，還是跟著進了門。

索本修的呼吸粗重，一手撐在桌面上。他的眼神空洞，看來剛才的事讓他受到了不小的衝擊。

「陛下……」

見到索本修這副模樣，菈絲塔的眼眶也泛紅了。

太可憐了……她一手掩唇，一步步靠近。索本修大口大口喘著氣，試圖壓下怒火，此時才發現菈絲塔的存在。他皺起眉頭，然後對菈絲塔扯出微笑。

「抱歉，菈絲塔。現在我想自己靜一靜。」

「陛下……」

菈絲塔啜泣著靠過去，雙手覆上索本修撐著桌面的大掌，而後以顫抖的聲音坦白。

「陛下，海因里王子的筆友，其實是廢后。」

索本修只是靜靜看著菈絲塔。他連信都親眼看過了，不只這件事，連菈絲塔謊稱是筆友的事都知道了。所以他一時無法理解，為何菈絲塔要在這種時候突然提起這件事。

只見菈絲塔輕輕垂眸，像個悲傷的天使般淒然開口。

「其實廢后從很久之前，就和海因里王子有私情了。」

「！」

「菈絲塔是為了保護廢后……那時候才會站出來假裝是筆友。」

索本修冷冷看著菈絲塔，她則繼續以手背拭去不斷落下的淚水，眼神清澈地回視索本修。

「沒想到她會這樣背叛陛下……早知道當初就應該先告訴陛下。是菈絲塔判斷錯了，陛下。」

看著似乎真的很難過的菈絲塔，索本修的表情逐漸變得微妙。

皇室新聞永遠是人民熱愛的話題。

就連皇族中誰有便祕困擾這種事都能讓人津津樂道，所以只要皇室發生什麼事，肯定會立刻引發熱議，所有報章雜誌都會爭相報導。

不過在眾多雜誌中，最值得信賴的刊物非《羅爾登》莫屬。即便是那些平時對報章上的流言蜚語不屑一顧的人，也會信任《羅爾登》刊登的皇室新聞，可見《羅爾登》在皇室緋聞領域具有非常高的公信力。原因不外乎是《羅爾登》擁有皇室獨家許可，是專門刊登皇家消息的官方刊物。

於是，當皇帝皇后離婚及再婚的消息一傳開，而且還是在《羅爾登》上刊登的正式報導，所有人都不可置信。

廢后居然要再婚?!這要不是白紙黑字寫在《羅爾登》上，任誰也不會相信。

即使沒有任何法律明文規定不能，但過去從來沒出現過離婚的皇后又再婚這種事。畢竟無論前皇后的新丈夫是誰，這樣的婚姻關係都註定不會簡單，更別說還得顧慮皇帝的觀感。

當然，歷史上那些廢后也不乏追求者，但即使進一步發展成情人，也不會正式再婚。

這種選擇，主要是因為上流社交界實在太小，即便離婚成為廢后，她們也依然是眾人關注的對象。如果再婚，她們在社交界的地位勢必下降，這對那些曾站在制高頂點的人而言實在很傷自尊，所以寧願維持廢后的頭銜。

然而，娜菲爾皇后，那位以冷硬和無懈可擊聞名的皇后，竟然要再婚，而且對象還是西王國的國王？所有人都被這史無前例的情況嚇到，認為太難以置信。

「這樣也好啦，與其作為廢后留在這個國家，還不如到西王國去當人家的王后。」

「也是，雖然成為廢后好像能活得無拘無束，但一輩子都得遭受指指點點，也沒那麼容易。」

「皇帝陛下都可以納情婦，皇后陛下為什麼就不能再婚？」

「可是，再怎麼說還是要顧及一下體面吧。上一秒才離婚，下一秒居然直接宣布再婚！」

「就是啊，這樣一來陛下的顏面要往哪裡擺，肯定會被其他國家當成笑話。」

「東大帝國的前皇后，竟然跑到西王國去當王后，簡直就是叛國啊。」

最開始的震驚退去後，民間紛紛出現不同意見，有些人贊成娜菲爾再婚，有些人則怒斥這決定太不得體。也有些人是情感上支持再婚，但同時也認為失去皇后這樣的人才對國家是一種損失，考量到這點便應該阻止皇后再婚，甚至主張乾脆攔住馬車不讓她離開。

第二日午間，法樂昂侯爵來訪德羅比宅邸。我聽他轉述外頭的輿論，苦澀地笑了。

「無論是哪一邊的主張，都是預料之中的反應。」我早已做好心理準備，也有所覺悟。「對人民而言，我的存在只代表著皇后這個身分。」

對全國國民來說，我就是這個國家的一部分。如果是身邊的親朋好友被迫離婚，一般人都會支持對方去尋找新的人生道路。但如果換成國家的某一塊被強強制割讓給其他國家，只會覺得有失顏面和難以接受吧。

看見我的反應，法樂昂侯爵刻意擺出爽朗的笑容。

「話說回來，您做事也太滴水不漏了。讓我跑這一趟腿，怎麼連隻言片語都不肯透露呢？」

「抱歉。」

「您並不需要抱歉。」法樂昂侯爵眨了眨眼，俏皮地翹起小指，「往後只要記得，我，法樂昂侯爵，可是促成這段姻緣的大功臣就好。」

看著那狡黠的模樣，我不禁笑了出來。就在這時，一旁整理文書的財產管理員放下筆起身，他已經埋頭工作了近三十分鐘。他是專門為德羅比家族管理財產的負責人，剛剛正在幫我處理財產清單。

「都整理好了嗎？」

大概是有點疲憊，管理員捏了捏自己的後頸，聽到我的問題立刻笑著回應。

「都整理好了，請別擔心，小姐。就連小姐的一隻梳子都不會遺漏，全都為您打包帶走。」

「謝謝你。」

法樂昂侯爵在一旁露出好奇的眼神。

「您打算將皇后寢居裡的私人物品全都帶回來嗎？」

他大概是想問，我除了帶走自己的錢和珠寶首飾，是不是連日常用品也不準備留下。

我點了點頭，「我是這麼打算的。」

雖然聽起來可能有點小氣……但不用想也知道接下來是誰會住進皇后寢居，我完全不想留下任何東西和她共用。反正等她當上皇后宮殿的主人，也會隨自己的喜好去布置，大概會把原有的物品全部丟掉吧，家具會也會全數換新。

我不想讓菈絲塔用我的東西，自然也不想讓她任意丟棄我的東西，那就只好全部自己帶走了。

財產管理員可能是向來看不慣貴族的奢侈無度，顯然對此十分贊同。他一邊哼著歌，一邊再次檢查清單，我的視線則看向拱門的另一側。

海因里正站在父親和母親面前，努力保持著臉上的招牌笑容，但不像平時那麼游刃有餘，時不時會破功，露出一絲悶悶不樂……感覺有點可愛。

昨天晚上海因里邀請父親和母親一同移居到西王國，結果被拒絕了。父親和母親表示，雖然不能阻止我或是哥哥成為西王國國民，可是他們認為自己出身自東大帝國，同時是這個國家的貴族，不應該變換國籍……海因里大概是想繼續說服他們吧。

就在這一刻，海因里突然看向我，眼角弧度笑意滿溢，然後和父親與母親一起朝我走來。

面對身為國王的海因里，財產管理員似乎不太自在，他悄悄起身離席，準備到二樓繼續清點。母親一過來便開口問我。

「娜菲爾，妳現在打算怎麼做？要在這裡住到什麼時候呢？」

原來剛剛他們是在商議這件事，我毫不猶豫地回答。

「什麼時候出發都可以，我已經都準備好了。」

剛即位的海因里並不是以官方身分來訪，不適合在東大帝國久留，所以我提前做好了離開的準備。沒想到，海因里自己卻想多留幾天。

「我已經安排馬車來接人了……所以不如再待半個月左右再走，怎麼樣？」

對我而言當然再好不過了，可是我們真的能再待半個月這麼久嗎？

看到我擔憂地蹙起眉頭，海因里狡黠地眨了眨眼睛。

「我也需要多一點時間，才能在 Queen 的父母身上爭取更多好感啊。」

父親和母親只和索本修相處過，還沒習慣海因里的說話方式，聽到這句話反而不知所措地面面相覷。

大概就只有法樂昂侯爵樂在其中，不過在父親狠狠瞪他一眼後，侯爵馬上收斂臉上的笑意，舉起雙手隨便編了個藉口。

「啊！在下突然想起還有其他事要辦。」

說完，法樂昂侯爵便準備開溜，然而一開門便頓住腳步。我不解地走上前，只見侯爵眼神冰冷，隔著前庭瞪著宅邸大門。

他這是怎麼了？我跟著他的視線看過去，卻在柵門後方看到難以理解的景象。

禁衛騎士團如一排銅牆鐵壁，堵住了前庭大門。

「請您先留步。」

法樂昂侯爵低聲交代，然後越過前庭，隔著柵門向一名禁衛騎士問話，但騎士並沒有理會。於是侯爵在圍牆附近找了一塊岩石造景，爬上去確認圍牆外的狀況。他嘖了一聲，回來向我說明狀況。

「不僅是大門，整座宅邸都被騎士包圍了。」

這是怎麼回事？索本修，難道你要把我監禁起來？

我親自走到宅邸大門前，看柵門後方的禁衛騎士。這群騎士一見到我，都不安地面面相覷。但即使他們一臉抱歉，卻一步也沒有退開。

「你們在這裡做什麼？」

「非常抱歉，皇……娜菲爾小姐。」

「你們打算一直站在這裡？」

「這是陛下的命令。」

雖然他們看起來很不自在，但態度相當堅決。

「我會親自去見陛下，讓開。」

我命令道，強壓下心中的怒氣開門。騎士們卻用身體擋住出口，讓我連門都打不開。

「！」

我震驚地看著這群人，沒有一個人敢直視我，但他們仍然堅守崗位。

這時，不知道何時來到我身後的海因里，冷冷地低聲開口。

「竟敢監禁西王國國王和王后，難道是打算引發外交風波？」

像是在自言自語的這番話中，滿溢著威脅。騎士們一聽，全都臉色慌張，緊張得不知該如何是好。

然而，此時卻傳來了另外一人的聲音，回應海因里。

「明明在意國際衝突，卻搶走別人的妻子？」

那是索本修。騎士一排排地擋在眼前，雖然看不到他的人影，但索本修似乎已經來到了宅邸門外。

禁衛騎士立刻往旁一站，讓出了一條路。索本修透過柵門的白色鐵欄杆之間，輪流打量我和海因里。

「我似乎沒有搶走別人的『妻子』。」

「居然大言不慚，海因里一世，如果想說這種謊話，昨天就不該製造那樣的騷動。」
「離婚一成立的當下，陛下和娜菲爾小姐就已經毫無瓜葛了，自然也不會是『別人的妻子』。」
聽到海因里這番話，索本修氣得咬牙切齒。不知道他是不是整晚沒睡好，眼下掛著厚厚的黑眼圈。雖然依然散發著威嚴的氣勢，但明顯一臉疲態。
我還以為他在成功離婚後會愉快地開香檳呢。是因為我立刻和別人再婚，所以他沒辦法舉杯慶祝嗎？我壓下心中一絲勝利的喜悅，維持面無表情。
或許是精神不濟導致無法冷靜，索本修一手猛力抓住柵門，在匡噹聲中惡狠狠地痛斥海因里。
「風流的國王，海因里一世！是你誘惑了單純的娜菲爾吧！」
提出求婚的人明明是我，這指責實在是委屈了海因里。不過或許是顧慮我的顏面，海因里並沒有出聲反駁，我只好自己站出來澄清：「求婚的人是我。」
索本修像是被雷擊中般，愣愣地看著我。
「妳就這麼想替那傢伙說話？」
我說的明明都是實話，但索本修似乎不相信，依舊認為是我落入了海因里的圈套。
「這是事實。」
我又強調一次，索本修則放聲大笑，然後看著我問：「妳是為了報復我，才這麼做的嗎？」
「報復？」
「因為我討厭那傢伙，所以為了刺激我，才選擇他作為對象？」
「並不是。」
「妳難道不知道，那個乳臭未乾的傢伙根本是個花心大少嗎？真的不需要為了報復我，就毀了自己的人生。」
「並不會毀掉。」
「那傢伙只是在利用妳而已，娜菲爾。」

「是互相利用才對。」

「！」

「！」

聽到我的回答，索本修的眼珠彷彿就要掉出眼眶。而且不知道為什麼，一旁笑容滿面的海因里也跟著瞪大雙眼。

啊……也是，我實在沒必要在這種情況下，揭露我們只是政治聯姻。但現在改口好像更奇怪，我決定之後再向海因里道歉。

總之，我說完後就直視著索本修，那雙漆黑眼眸中滿是驚訝。如果只看他的表情，說不定會有人誤會我搶走了他的皇位。

「陛下不需要感到驚訝，就去過自己想要的人生吧，與您想攜手相伴的人一起。」

「我想攜手共度的人是妳啊，娜菲爾！」

「可是昨天召開離婚法庭的人是陛下您。」

「那是……！」

索本修狠狠咬著下唇，接著又怒視海因里。

「我這麼做，並不是想把妳送到那個對妳一無所知的毛頭小子身旁。」

海因里依然愣在一旁，似乎還沒從剛剛的打擊中回過神，甚至連反駁索本修那些惡言惡語的力氣都沒有。

有這麼驚訝嗎？我暗中拉了拉他的衣角，海因里這才刻意露出游刃有餘的笑容。

「但往後，這個毛頭小子還有非常非常多的時間，能夠慢慢去了解娜菲爾小姐，陛下。」

「海因里一世……！」

索本修雙手抓住了鐵欄杆，卻來不及把話說完。

「陛下。」

一旁的卡爾侯爵飛快地上前，在索本修耳邊悄聲勸阻。

「這裡耳目太多了。」

索本修這才轉頭環顧四周，我也跟著看去。沒想到，圍觀者還真的不少。應該是因為一大堆騎士聚集在此，前方又傳來爭執聲，附近的人想看熱鬧，就慢慢圍了過來吧。

索本修咬牙切齒，憤恨地瞪著我和海因里，最終還是無可奈何地轉身離開。他搭上馬車揚長而去，很快就消失在視線裡。可是禁衛騎士並沒有撤退，依舊堅守不離。

繼續站在這裡也沒有任何意義，於是我和海因里先回到宅邸內。

我們大致說明剛剛發生的事，母親聽完，認為索本修不可能關住整棟宅邸的人，建議我不如扮成女僕溜出去。

想到如果什麼也不做，十五天後可能真的無法離開，我就同意試試看。

於是我們先讓幾名女僕出門，立刻發現這招行不通。雖然女僕可以進出，但禁衛騎士會仔細檢查長相才放行。

接下來，我們改找一名身手矯健的僕人，讓他翻牆出去。可是沒過多久，僕人就被騎士抓住丟了回來。

為了確認受到監禁的對象有誰，家中的每個人都輪流外出。結果，顯然禁止離開的人就只有我和海因里。

隔天，父親和母親便向索本修請求謁見，希望他能撤銷禁令，但索本修拒絕接見他們。

我也漸漸開始焦躁不安，被困住的時間越長，對海因里就越不利……為了娶他國皇后便擅自跑出來，然後又被人抓住的國王……我就算了，令人擔心的是，海因里在西王國國內，會不會因此被國民瞧不起。

或許是我的憂慮不知不覺顯露在臉上，海因里靠近站在窗臺邊往下看著騎士的我。

「沒事的。」他小心翼翼地牽起我的手，「能不引起任何騷動就離開當然最好，但……如果真的萬不得已，我也想好應對之策了。」

「是麥肯納卿嗎？」

「是的，幾天後，會由西王國提出正式的抗議。」海因里的嘴角微微上揚，「雖然妳的前夫是個卑鄙的男人，但身為皇帝還算稱職，所以到時他也只能迫不得已撤回騎士。」

「好吧……」

如果真的是這樣就好……

「比起這個，我……有事想問 Queen。」

「問吧，問什麼都可以。」

「那個……關於妳昨天說的話。」

「？」

「就是……」

昨天我說了不少話，實在搞不清楚他指的是哪一句。我看向他，但海因里只是低下頭，猶豫片刻後，就笑著搖了搖頭。

「沒什麼。」

他到底想問什麼？啊，難道是……？

「是因為我說出我們是政治聯姻的事嗎？」

「什麼？」

「抱歉，我下意識就說出來了。」

海因里愣愣地看著我，接著搔了搔臉頰，尷尬地笑了。

「不是這樣的……」

不是？

海因里嘆了口氣，牽著我的那雙手又握得更緊了一點，接著低聲說：「我沒有把 Queen 當成只是政治聯姻的對象。」

「？」

「我只想告訴您這件事。」

Chapter 22

陌生之地

Empress and the Emperor, side by side as they were meant to be.
But with a prey found in the forest, and a prince sent from the West.
It's an oath to be broken, or new vows to be made...

「陛下，娜菲爾小姐倒還好，但海因里一世這邊，是時候該送他回去了。」

卡爾侯爵擔心地勸告索本修。

將前皇后和海因里一世強行監禁在宅邸裡，已經過了四天。不管海因里一世是私自過來，還是有事先報備，隨著再婚消息的擴散，西王國的人遲早會知道自家國王跑到東大帝國的事。如果一直關著不放，西王國也會得知國王被囚禁在東大帝國首都。這樣下去，可能真的會引發國際衝突。

「西王國目前雖然尚未升為帝國，但依舊是國力強大的存在啊，陛下。」

索本修知道，他非常清楚，就是因為再清楚不過，所以這四天才會苦惱不已。他在沒有回應，只是撐著額頭，眼睛半閉著。

他心知肚明的事，卡爾侯爵卻一直在耳邊反覆嘮叨，這讓索本修更加疲憊。

「我們兩國的關係可不能鬧僵。」

「……」

索本修正默默想著，不知道卡爾侯爵要囉嗦到什麼時候，嘮叨聲卻突兀地停下了。感覺分明還有一堆沒說完，索本修睜開半閉的眼睛，看向自己的祕書。

只見卡爾侯爵欲言又止地站在原地，不斷覷著索本修的臉色。

「你想說什麼？」索本修嘆了一口氣，開口問道。

卡爾侯爵在猶豫片刻後，終於聚集起勇氣提出建言。

「陛下，不如趁此機會，把這當作兩國之間的聯姻，送上賀禮，以示陛下的寬大胸襟如何？」

「賀禮？」

「是的，送給海因里一世的結婚祝賀……」

「賀禮?!」

索本修的眼中布滿陰霾，臉色一沉，「你瘋了吧」這幾字不言而喻。

卡爾侯爵垂下視線，似乎也清楚這種提議有些過分。但如果以國家為重，這確實是目前最好的處理方式。不將娜菲爾視為「已離婚的前皇后」，而是「東大帝國的貴族千金」，贈送賀禮就顯得合情合理。

考量到在娜菲爾再婚後，東大帝國和西王國可能迎來交惡的未來，這項提議即便有損顏面，也算是最佳的補救方式了。只是……

卡爾侯爵不自在地雙手緊握。顏面不保這點確實是很大的問題，而且送結婚賀禮給前妻這個舉動，或許會讓部分人認為索本修寬宏大度，但可能會有更多人認為索本修腦袋有問題。

至於索本修本人，對於這種提議，他不僅心生不適，更覺得荒謬。但他不能斥責自己得力的首席祕書，只能咬著牙，冷冷地對侯爵說：

「哪天你自己的妻子要和其他男人再婚時，你再自己送賀禮吧，寬容大度一點。」

卡爾侯爵退下後，索本修狠狠一拳砸上桌面。但再怎麼怒火中燒，索本修心底也明白，自己不能再這樣關住海因里一世了。娜菲爾也是，再怎麼說她也獲得了大神官的再婚許可。

大神官已經離開了首都，等他回到大神殿後，勢必會更改文書，將海因里和娜菲爾登記為夫妻。如此一來，即便那兩人沒有舉辦婚禮，也會正式成為夫妻，而娜菲爾也隨即成為名符其實的西王國王后。

一想到這個事實，索本修就更加怒不可抑。娜菲爾的再婚對象應該是自己才對，他和她才是從小一起長大的夫妻，目前的分離不過是暫時的，將來勢必回歸正軌，攜手共度餘生。海因里那個陰險小人……

「混帳，海因里、海因里、海因里！」

咚咚咚，索本修一下又一下捶打書桌。書房的鳥籠中，那隻藍鳥原本在梳理羽毛，被雙眼嚇得驚恐大張，像是認為眼前的人瘋了。

索本修撐住額頭，大口大口喘氣，接著拿起桌上的鈴鐺搖動。侍從聽到鈴聲進來後，他立刻下令。

「把艾勒奇公爵給我叫來！」

當艾勒奇公爵收到傳令而來，索本修劈頭提出要求。

「公爵，聽說你和海因里一世是朋友。」

「是的，陛下。我們兩個從小就認識了。」

「你應該聽說我和海因里一世之間發生了什麼。」

「這……」艾勒奇公爵欲言又止，最後只是曖昧地笑了笑。

索本修冷冷地下令：「我無法監禁西王國的國王太久，所以打算把他送回去。」

「您能這樣想就太好了。」

「你能『藉由』朋友立場，把海因里一世從德羅比公爵宅邸帶出來嗎？」

艾勒奇公爵本來準備繼續回「您能這麼想就太好了」，話到嘴邊突然一愣。索本修似乎別有所指，他不是單純要自己把海因里帶出來，而「藉由」自己來這麼做？

「您的意思是……」

「你親自去德羅比公爵家一趟，只要把『海因里一世』帶出來就好。」

艾勒奇公爵這才聽懂索本修的意圖。

也就是說，在目前的情勢下，若是索本修主動釋放等同情敵的海因里，幾乎就等於是公開認輸。不過，無論真假與否，若是改由艾勒奇公爵出面帶人離開，釋放海因里一世就會變成是經由朋友協助而脫困。索本修應該就是為了這樣粉飾太平，才會傳喚公爵過來，特地命他去做這件事。

艾勒奇公爵暗暗感嘆，索本修雖然高傲自負，但聰明才智也不遜色呢。

「在下遵命。至於娜菲爾小姐，您是怎麼打算的呢？」

「目前西王國最為重視的是海因里，而不是娜菲爾。」

艾勒奇公爵想了想，笑著說「您說的是」，接著起身離去。

公爵一離開，索本修便召集所有祕書，吩咐他們：「務必盡快找到阻止皇后再婚的法條，不管是歷史紀錄、法典還是禮儀守則，翻遍所有典籍都必須給我找出來！」

兩三個小時後，艾勒奇公爵推測那些禁衛騎士應該都收到索本修的指示了，便搭上馬車前往德羅比公爵家。

坐在輕輕搖晃的馬車上，艾勒奇有些苦惱。他目前還不想與索本修對立，正確來說，如果能獲得索本修的寵幸，那就再好不過了。只要他處理好索本修這次的私下請託，或許就能一舉取得皇帝的信任。

可是，如果他真的只帶海因里走，兩人的友情可能會受到衝擊，畢竟海因里看起來是真的非常喜歡娜菲爾皇后。

即使海因里和艾勒奇各有所求，不過在通往終點的路上目標一致，所以才會維持同盟關係，在必要時交換手上情報，但不會去干涉彼此的行為。然而，此時卻出現艾勒奇自己能獲得助益，卻會對海因里造成損害的情況。

若是能獲得索本修的信賴，對艾勒奇的最終目標絕對有幫助。就算海因里對他不滿，但只要兩人的追求仍然相同，合作關係就不會破裂。

反過來說，如果他去接海因里時連同娜菲爾皇后一起帶走，勢必再也無法取得索本修的信任，就算能獲得海因里的感激，也沒有什麼用，畢竟兩人本來就處在相同陣營了。

「嗯哼。」艾勒奇輕拍自己的臉頰，自言自語道，「這不就有結論了嗎？有結論了。」

有什麼辦法能解決目前的困境？要怎麼做才能突破那道騎士人牆逃出這裡？

我在走廊上徘徊，偶爾瞄一眼窗外的圍牆和圍牆外的禁衛騎士，一邊沉思著。但無論怎麼想，都想不到什麼好方法。

不管是誰出入大門，騎士都會仔細確認長相，如果遮住臉，無論給出什麼理由，騎士都會堅持要掀開查看。想翻牆出去，也會被駐守在牆外的騎士抓住丟回來。

就連馬車也被禁止出入，逃出的機會非常渺茫。大概就像海因里說的，只能等西王國那邊正式提出抗議了……

決定和海因里再婚，果然是我太貪心了嗎？因為我的關係，連累海因里受到這樣的屈辱，這讓我的心情十分沉重。

就在我心不在焉地經過窗戶時，餘光突然瞄到意料之外的景象。我回到窗前，認真地往外看。

一輛黑色華麗的大馬車，正朝著宅子內駛進來！怎麼會？為了避免我和海因里藏在馬車中偷渡出去，索本修明明禁止任何馬車出入了。

我詫異極了，連忙下樓往正門去確認。

會是索本修嗎？如果不是索本修的馬車，禁衛騎士應該不會放行。

沒想到車門一打開，走下來的竟是我從沒想過的人——艾勒奇公爵。身為海因里朋友，同時也是菈絲塔朋友的艾勒奇公爵來訪。

「海因里呢？」

艾勒奇公爵詢問過來幫忙牽馬的僕人。這時，回過頭的公爵發現了我的存在，便朝我露出微笑。

僕人看到我倒是鬆了口氣，他大概只是出來幫來客安置馬車，沒想到這個從未見過的客人，居然沒頭沒腦要找宅邸中另一位貴客，讓他一時不知所措。

我示意僕人繼續手邊的工作，然後走向艾勒奇公爵。公爵搔了搔額頭，露出為難的表情。不過當我上前說了聲「好久不見」，公爵也笑著向我打招呼。

「好久不見，您過得還好吧？」

「……如您所見。」

他輕笑一聲，「我看不出來這是代表好還是不好。」

「那就看你怎麼詮釋了。」

「就我看來，似乎不太好呢。」

「你是來找海因里的嗎？」

艾勒奇公爵的唇角淺淺勾起，「是的，海因里過得還好吧？」

就像我直呼海因里的名字那樣，就算海因里已經當上國王，艾勒奇公爵也一樣自然地喊他的名字。

就我所知，公爵也沒有參加海因里的加冕典禮。

這兩人的交情依舊深厚嗎？不過就算我這樣問，他也不會回答我就是了，反正現在的重點不是他們的友誼。

我點了點頭，「你來找海因里，是出自陛下的旨意？」

「！」

「看來確實是如此。」

「我之前就一直這麼認為，您真的非常會察言觀色。」

畢竟若是沒有索本修的命令，禁衛騎士不可能放馬車通行，這也算不上什麼察言觀色。但我沒有多做解釋，而是以眼神示意庭院的方向，然後說：「在你去見海因里前，我有些話想先和你說。」

「唔，這不在陛下的旨意內……」

「由你自己做決定。」

艾勒奇公爵似乎不認為和我聊聊是個好主意，目光左右移動，不過很快就擺出笑容朝我行禮。

「如果這是您的命令。」

我領著艾勒奇公爵來到僻靜的庭院後，立刻確認四周有沒有其他人。艾勒奇公爵看我這副模樣，饒富興致地笑出聲。

「哎呀，您這是想聊什麼祕密呢？」

「不希望讓其他人聽到的事，最好是連家裡的人都不知道。」

「這還真讓人期待。」

說完，艾勒奇公爵話便兩眼發光地湊近，一手撐住旁邊的紅磚壁。他的站姿隨興，臉上帶著自負的微笑，真不愧是社交界鼎鼎有名的花花公子，看起來非常風流倜儻。

瞬間，我感到有些好奇。海因里與艾勒奇公爵一起橫掃各國社交界時，舉手投足是不是也同樣如此。之後有機會一定要問問他。

「看您如此難以啟齒，想必事情一定非常棘手。您怎麼知道我就偏偏喜歡這一味呢？」

「公爵，你和菈絲塔是朋友對吧？」

「……哎呀，原來不是我心裡想的那種事啊。」

這個人雖然輕浮，但十分擅長見機行事。只見艾勒奇公爵立刻放下手，收起不怎麼正經的姿勢，認真地看向我。雖然公爵的嘴角依然掛著戲謔的笑容，但態度明顯收斂許多。

我再度確認四下無人後，這才繼續道：「如果菈絲塔只是闖一般的禍，並沒有關係。」

「？」

「但萬一菈絲塔做出可能危害東大帝國人民的舉動，還請你在一旁為她導正方向。」

想起離婚那天，菈絲塔穿著極度不合時宜的華麗服裝出席的模樣，還有她從進宮到現在都沒有改變的說話方式，就能明顯看出菈絲塔身邊，沒有任何願意忠言逆耳勸諫菈絲塔的人。

如果菈絲塔一直待在情婦位置，就算身邊只剩下等著看她出糗的人，那也沒什麼關係。但問題是，現在索本修想把她拉上皇后之位，情況便完全不同了。

菈絲塔自己要做什麼，我都無所謂，反正往後都眼不見為淨了。但如果她不僅把自己搞得一團糟，還要拉整個東大帝國和國民一起陪葬，那我可不願意。

雖然我已經準備遠赴西王國擔任王后，如今西王國的國民才是我的責任所在……但即使我不再是東大帝國的皇后，這裡依然是我的母國，這點永遠不會改變。

然而艾勒奇公爵的反應卻出乎我的意料。我本以為公爵不管是否出自真心，都會禮貌上答應我，沒想到他反而露出為難的表情，嘆了一口氣後說：「真是的。」

「有困難嗎？」

作為在菈絲塔身處低谷時給予幫助的朋友，艾勒奇公爵應該有充分的資格勸導她吧？

「這種話，為什麼需要躲起來說呢？」

因為這個請求雖然不是為了菈絲塔而提出，但確實對菈絲塔有幫助，如果讓父親、母親或是海因里聽到，他們可能會為此難過。但如果我把這些考量解釋清楚，或許會讓我顯得過於軟弱，所以我只是面無表情地回應。

「這件事對公爵來說，應該不難辦到。」

只要他不是那個只想在一旁看菈絲塔好戲的人。

艾勒奇公爵凝視著我，但依然沒說出我想聽到的答案，而是令人摸不著頭腦的話。

「其實在搭馬車過來的路上，有件事讓我相當苦惱。」

「？」

「那可是我好不容易才想出的結論呢。」

他在說什麼？

「結果您居然這樣，簡直是舉著刀往我的良心猛刺呢。」

「良心？」

艾勒奇公爵嘆了一大口氣，低聲喃喃說著「反正多少是有」。我依然無法理解公爵在說什麼，挑眉看著他。艾勒奇公爵只是擺擺手，露出狡黠的笑容。

「反正呢，我和菈絲塔小姐之間的事，不是前皇后應該插手的。」

「！」

「請前皇后趕緊先回屋，簡單打包幾樣必需品後就到後門來吧。」

明明就不知道我家後門在哪，還要我去後門找他的艾勒奇公爵，就這樣瀟灑地轉身離開。

結果沒走幾步，他又回頭問我：「啊，對了，所以海因里到底在哪裡呀？」

「為什麼你要我到後門……」

「因為您已經是我朋友的妻子了，密會當然要偷偷進行呀。」

密會……啊，難道！

「你要把我救出去嗎？」

公爵看起來不像是會這麼做的人呀？雖說他和海因里確實是朋友沒錯。

艾勒奇公爵瞇起眼睛小聲地說：「您的反應真的是太無趣了。」

「謝謝你。」

「我剛剛那句話聽起來不像讚美吧？」

「沒想到你願意協助我脫逃。你這個人雖然有點怪，但也有好的一面呢。」

「！」

我考慮著該帶走哪些東西。西王國也能買到的物品最先被我排除，打包項目就以那些有錢也買不到和滿載回憶的物品為主。這些行李可以之後再慢慢運送，目前只要打包那些方便攜帶的必需品就好。

行李收拾好後，我向父母親說明艾勒奇公爵來訪的事並道別，接著便前往通向宅邸後門的走廊。

我透過後門上的窗口，想看看艾勒奇公爵是不是到了。然而門外並沒有公爵的身影，我只看到了公爵的馬車，馬伕已經坐在車上，似乎做好了啟程的準備。

難道公爵是打算用那輛馬車把我送出去？

沒等多久，艾勒奇公爵和海因里便出現在走廊上。不過公爵就算了，就連海因里也兩手空空，什麼行李都沒拿。

「Queen！」

其實我們兩三個小時前才見過面，海因里依然像是多年不見般，歡欣地朝我跑來。艾勒奇公爵見狀，笑他說要不要乾脆幫他綁一條尾巴。旁觀的我也不禁笑了出來。

海因里不解地問：「岳父和岳母大人呢？」

應該是對我明明就要離開了，父親與母親卻沒有出來送我的事情感到驚訝。

「難道……」

「這次我已經向他們兩位清楚解釋過了。」

「啊……」

「雖然宅邸內都是我們的人，但父親和母親為避免萬一，依然會照常以散步的名義出門。」

「啊……」

海因里點著頭，而一旁的艾勒奇公爵則略顯驚訝地說：「我還想說是像誰呢，原來是像雙親呢。」

「他們是我的父母，這不是理所當然的嗎？」

「這個嘛，我可是和我父母一點也不像。」

艾勒奇公爵聳了聳肩，說了聲「走吧」，我們便打開後門走出去。

或許是對前皇后的最後敬意，那些禁衛騎士並不會監視圍牆內的一舉一動，所以即使馬車突然從前庭移動到後院，也沒有引起任何注意。不過小心為上，我還是盡快上了馬車，隨後便是公爵和海因里。

然而艾勒奇公爵卻在海因里踏進馬車前一把將門關上。我不解地看著公爵，他一邊說著「失禮了」，一邊將手探向馬車深處。

「？」

「皇帝陛下的指令，是讓我送海因里一個人出去。」

艾勒奇公爵按下某處，我身下的位置立刻傳出「喀啦」一聲，我嚇得趕緊起身，坐到對面去。

艾勒奇公爵嘻嘻一笑，把那個位置的坐墊移開。可是就算拿開坐墊，底下的座椅看起來也沒什麼變化。那剛剛究竟是什麼聲音？

艾勒奇公爵笑而不語，雙手抓住椅面下方用力一扳，座椅中便出現一個諾大的空間。原來椅面底下是中空的，再加上座位全都用皮革包覆，就算有人拿手去敲，也很難發現其中別有洞天。

「這……」

我驚訝地看向公爵，而他只是往那個空間一指。

「非常抱歉，要請前皇后委屈一下了。」

馬車離開前庭大門前，禁衛騎士請求艾勒奇公爵見諒，照例檢查一遍馬車內部。馬車上的空間雖然寬敞，但一件行李都沒有，於是也沒什麼好檢查的。

如果載滿了行李，騎士就需要一一打開行李確認，但艾勒奇公爵只拿著一支枴杖，而坐在對面的海因里一世，手上雖然有個棕色皮包，可是尺寸絕對藏不下一個人，最後剩下的就是車夫了。禁衛騎士將馬車內部裡面仔細檢查一遍後，終於示意放行，艾勒奇公爵笑著向他們眨眨眼，將馬車車門關上。

兩日過去，禁衛騎士中沒有任何人發現皇后已然消失無蹤。

當然，索本修對此也一無所知，正在威逼祕書趕快查出任何能撤銷再婚的方法。祕書們努力地翻遍歷代先皇的歷史紀錄，甚至連國外的前例都一一確認，也把法典從第一頁一字一句查到最後一頁。但國王與皇帝的婚姻核准權限徹底掌握在大神官手上，無論再怎麼研究一般律法，還是徒勞無功。

「一定有這種先例，歷代這麼多皇后之中，怎麼可能沒人再婚過！」

還真的僅此一位。

無論索本修怎麼刁難部下，再怎麼能幹的人，也無法憑空捏造事實。就算想隨便謊造幾句文獻，但歷史學者多達幾百名，總不可能連那些人的記憶都一起塗抹修改吧。於是祕書們東找西找，最後只硬湊出一個不太正當的辦法。

「用一般的方法無法撤銷再婚，陛下。」

「就算是大神官大人親自前來，也無法單方面撤銷。」

「這件案例與再婚無關，不過二十年前，南王國某位國王曾在三天之內想撤銷婚姻。」

「那後來怎麼樣？」

「大神官大人以『已經結婚了，怎麼能隨便撤銷』這樣的理由回絕了。」

看到索本修的表情越來越難看，祕書們趕緊提出剛剛勉強拼湊的解決辦法。

「但換句話說，卻曾經有過撤銷離婚的先例，陛下。」

「撤銷離婚？」

索本修自己也看過不少貴族申請撤銷離婚的案例，無論是因為婚外情或是兩方家族的利益糾紛，一氣之下就提出離婚，但在好好談過之後便撤銷的夫妻也不是沒有。而部下說的正是這個辦法。

「是的，雖然並不常見，但確實是有國王曾經這麼做過。」

「如果離婚不再成立，第二次婚姻就會變成重婚，那麼再婚自然也就只能撤銷了，陛下。」

「！」這倒是他沒有想過的方法，索本修驚訝地瞪大雙眼。「撤銷……離婚嗎？」

他猶疑不定地敲打著皇座扶手，一邊沉吟，下方的下屬則此起彼落地應和著。

「是的，陛下，如此一來就能撤銷再婚。」

索本修無奈地笑出聲。到頭來，要他撤銷離婚？

「難道沒有其他辦法了？」

「沒有了，陛下。」

索本修闔上沉重的眼皮。撤銷離婚……撤銷離婚，那麼一開始他又何必申請離婚？

皇后不孕，而他又需要一位繼承人，如果孩子還沒出生，這場離婚就撤銷，那他根本不需要大費周章地籌畫這整件事。

「……」

最後，索本修重重嘆氣，左思右想後，決定還是先到德羅比公爵家一趟再說。他想見見娜菲爾，只有見到她，才能知道該怎麼下定決心。

然而在德羅比家，索本修等到的不是娜菲爾，而是意料之外的人去樓空。

「娜菲爾呢？」索本修憤怒地質問公爵夫婦，但公爵夫婦只表示他們什麼都不知道。

索本修氣得雙手握拳，憤恨地咬緊下唇。

看來是艾勒奇公爵把皇后弄走了！一定是幾天前帶走海因里一世時，也一併帶上了娜菲爾。

索本修一離開大宅就立刻下令：「皇后也逃跑了！給我找！立刻派人到各個關口，把所有和皇后相似的女子都給我抓回來，快！」

雖然座椅下的祕密空間確實不小，但用雙眼看和身歷其境還是有很大的差別。我呆呆地抱膝坐著，一邊思考著自己到底在做什麼？怎麼看，現在的我都不像是為了成為王后而遠行，反倒更像在逃的犯人。

雖然馬車已經盡量平穩行進了，但座椅下的這個箱子距離車輪實在太近，只要稍有晃動，不僅噪音不小，就連我的身子也會跟著搖晃，一不注意頭就會撞到箱頂。然後我又會被撞擊反震下來，換屁股撞上箱底。這樣抱膝而坐，已經是我嘗試了各種姿勢後，可以說是最舒服的一種了，至少沒有那麼晃也沒有那麼痛。

「Queen，妳沒事吧？」

而且外頭不時會傳來海因里的關心，讓我安心不少。

「Queen，再往前走一點，我們就會穿越邊境了。」

通常這時候我不會出聲回應，而是握拳輕敲旁邊的箱壁。因為在這種姿勢下，說話的聲音一定會變得很奇怪，然後就會引來艾勒奇公爵的大笑。

還不都是一開始海因里問我「沒事吧？」的時候，我咬牙說出了「沒素」，讓艾勒奇公爵笑得人仰馬翻，害我在底下非常尷尬。不過就算我只用敲箱壁的方式回應，似乎還是能逗樂艾勒奇公爵。這次他又傳來了哈哈大笑的聲音，我只能在座椅底下咬唇忍著。我聽到海因里制止他的聲音，但根本沒用。

「為什麼，你不是也在笑？我和你的差別只在有笑出聲和沒笑出聲而已。」

艾勒奇公爵一說完，馬車內突然一陣靜默，看來海因里如公爵所說，正在和他「無聲」抗議。

「唉……」我嘆了口氣，閉上雙眼。還是乾脆睡一覺吧，時間過得還比較快一點。

不過我的精神大概比想像中更好，一邊努力入睡，一邊想著：「真的能睡著嗎？」

這時，心頭突然閃過異樣感，我立刻睜眼查看。頭上的箱蓋被打開了，往旁邊一看，拿著頂蓋的海因里就站在那。

沒想到我其實睡得挺熟的。我感到有點難為情又有點羞恥，只好對海因里笑了笑，海因里也笑了。

「真是神話般的景色，Queen 睜開雙眼看向我的瞬間，我的心臟激動得怦怦亂跳呢。」

稱讚人也要有個限度。也就是說，一定範圍內的稱讚會讓人心懷感謝，但超過那個範圍，就會讓人難為情了。剛剛海因里那個稱讚，就是超過限度的例子。我不自在地放開雙膝，坐直身子準備站起來。

「啊，慢慢起來就好。」海因里連忙伸手扶我，「維持同樣的姿勢太久，突然起身會傷到身體的，Queen。」

我完全站起身後，他親手為我整理弄皺的衣裙，接著笑容滿面地看著我。在他又要說出什麼令人難為情的稱讚前，我連忙先開口詢問：「已經到了嗎？」

「還沒，這裡是邊境的村落。」

「那些騎士……」

「相關的命令似乎還沒傳達到這裡。」海因里雖然這麼說，但還是下意識往馬車外看了一眼。「不過應該快到了。」

我走出祕密箱子，然後搭著海因里的手走下馬車。艾勒奇公爵一臉凝重，正在跟車夫交談，不過一看到我，他立刻換上風流倜儻的笑容朝我揮手。海因里迅速跨出一步，擋住我和公爵的視線。我轉頭環顧四周，想知道我們到了哪座村落。

邊境的村落都能視為國家的要沖之地，所以我曾經巡訪過一次。哥哥也曾經被下放到邊境過。啊，難道是魯克斯嗎？這裡看起來不像哥哥待過的邊防軍鎮守區。我居然睡了這麼長一路？我不敢置信地眨著眼，這時艾勒奇公爵大概是交代完事情了，便走向我和海因里。

「看來我只能陪你們到這裡了。」

「謝謝你，艾勒奇公爵。」

「這一路上我也很愉快呢，王后陛下。」

在德羅比宅邸時，公爵還戲謔地用「前皇后」來稱呼我，現在倒是換成了「王后陛下」。這稱謂大概是故意喊給海因里聽的，不過聽到之後，反而是我更在意海因里的反應。

我偷偷瞥了海因里一眼，只見他輕柔地笑著。

「哎呀，煩死了，那張幸福的臉，還真是令人不悅。」

海因里完全不理會公爵的抱怨。不過……他們能對彼此這麼不客氣，看來交情比我想像中好很多。

艾勒奇公爵不屑地哼了一聲，「我找了一個雖然規模不算太大，不過至少值得信任的商團。他們已經做好出發準備，王后陛下只要過去加入他們就好。」

「那海因里……？」這些是在我睡著的期間，他們自己的討論嗎？

海因里看起來也清楚這些安排，對我說：「我們一起走更容易引人起疑，所以還是分開行動比較好，Queen。」

「那麼你會跟著另一個商團離境，還是會跟著傭兵？」

「嗯……不是，我要自己一個人走。」

「那太危險了，一起走吧。」

雖然索本修應該不會把海因里抓回去，但也不能讓堂堂一國之主獨自在邊境行動啊！這裡雖不是常時泉肆虐的範圍，但一切還是小心為上，畢竟除了常時泉之外，也有可能遇到別的竊賊團，甚至是強盜！

只是海因里自信滿滿地笑著堅持沒問題，連艾勒奇公爵都笑嘻嘻地保證海因里真的不會有事。

「海因里可是非常擅長神出鬼沒呢，妳就別擔心了。」

但這樣真的不危險嗎……雖然很想繼續抗議，不過當初海因里也是獨自一人跑到了威爾月，而且就在最近，他更是悄聲無息地潛入了東大帝國的皇宮。

想到這裡，心中的擔憂雖然依舊，我還是點了點頭。如果海因里獨自逃跑會比較輕鬆，那麼有我在旁邊，反而可能增加他的風險。

「那麼，海因里，我先走一步啦。王后陛下，也希望妳一路小心。」

目送艾勒奇公爵搭上來時的馬車，掉頭返程後，海因里帶著我走進一間看似普通的旅館。本來以為我們會在這裡住一晚再走，結果並沒有。

我們一進門，有名女子便立刻上前，看了看我和海因里後問道：「需要運送的是哪一位？」

我稍稍舉起手，同時，胸中的心臟緊張得快速跳動。我的長相已經被繪製成肖像流傳多年，而且離婚是好幾天前的事，消息一定也傳開了。就算是再怎麼遙遠的邊境，這裡的居民也不可能不知道皇后離婚和再婚的新聞，更別說這些消息靈通的商團了。現在我雖然罩上了寬大的斗篷，還用斗篷兜帽遮住臉，但如果對方要求我脫下斗篷確認長相……

「走吧。」

但這名女子並沒有要確認長相，而是爽快地招呼一聲就走出旅館。

真的可以就這樣跟她走嗎？我不知所措地看向海因里。

海因里示意我安心，笑著說：「沒事的，我和他們共事過幾次，啊，當然他們並不知道我的王子身分。不過無論如何，他們都會完美處理好委託。」

既然海因里這樣說，應該是沒問題。我點了點頭，跟著女子離開旅館。海因里則保持一段距離地在後方，一直目送我到上商團馬車為止。

馬車行駛後，他依然站在原處看著我們離開。但就在那名女子呼喚我，我移開視線再看回來的那瞬間，海因里的身影就消失了。

只聽到遠處傳來鳥兒鳴叫的聲音。

女子自稱是這家商團的主人，看來除了一般貿易業務，他們也會接一些傭兵的工作。

相對於一路上健談的態度，商團主人的口風卻相對緊，絕不深入聊自己的事，也沒有過問我的事。她只聊最近的傳聞，以及未透露姓名的親朋好友的趣事。

而近聞中，自然出現了「離婚後立刻再婚的皇后」的相關話題，讓我有點難以招架，但可以直接聽聽來自國民的反應，也是件好事。

「我支持皇后陛下的選擇。」

「是嗎？」

「嗯，雖然我的部下中也有些人認為這樣很自私，但那只是因為這種事沒發生在自己身上，他們才能說得這麼輕鬆。」

「……」

「離婚這件事，既不是由皇后陛下提出，也不是雙方合意的，是她單方面被宣判離婚耶。那還說什麼離婚後的仁義道德？根本是狗屁，您不覺得嗎？」

我忍住差點脫口而出的「謝謝妳」，連連點頭同意。

「沒錯，都是狗屁。」

「是說您的語氣怎麼有點奇怪？」

「！」

在這之後，她也繼續陪我聊天。而後馬車只在用餐時間停下，每次等我們吃完飯完回來，不僅會換上一位新車夫，連馬匹都會進行更換。

看來這一路到西王國都會這樣安排，我稍微安下心後，也開始有心情欣賞窗外風景了。

不知道索本修解除騎士命令了沒有，不過我應該已經順利逃出來了。

然而還不到兩國交界的國境，商團就把我放了下來。她說商團接到的委託是把我送到鄰近國境的這座小村莊，如此和我道別後，就像一陣風般迅速離開。

我愣愣站在完全陌生的地方，幸好沒過多久，就看到海因里騎著一匹高大的馬出現在眼前。

「你是什麼時候到的？」我驚訝地問道。

海因里竟然是從村莊裡出來的，也就是說，他居然比我這個不眠不休坐馬車趕來的人更早抵達。

「剛到不久。」

「我完全沒看到你……」

「我是走另一條路過來的。」

意思是說我是走大路，而海因里是抄小徑嗎？也是，他也不像是搭馬車過來的，應該是騎馬抄小路走。我點了點頭，海因里則笑著伸出手。

「妳會騎馬嗎？」

好久沒有這樣暢快地全速騎馬了。多虧海因里事先幫我準備好騎馬裝，一坐上馬拿起韁繩，我就立刻興致高昂起來。

「Queen，這樣會、會不會騎太快了？」

海因里緊緊抱著我的腰，聲音有些結巴。

可能是因為逆風，他的聲音老是斷斷續續的。騎馬時必須集中精神面朝前方，所以我並沒有回頭，只是笑著說：「我很喜歡這樣。」

身為貴族，有幾項運動是必備技能，而馬術就是其中之一。雖然當上皇后之後太過忙碌，抽不太出時間練習，但我一直都很喜歡騎馬。

在我成為皇儲妃前，就很喜歡騎著迷你馬在院子裡奔馳，而當上皇儲妃後，先皇后也送了我一匹黑馬作為賀禮。索本修也很喜歡騎馬，我們經常……

不想了。回憶過去時總是會出現索本修，我的前半人生似乎擺脫不了他的身影。

我努力將索本修從腦袋裡揮開，突然意識到身後的海因里變得有些安靜。海因里是不是不喜歡騎馬速度太快啊？我連忙呼喚他：「海因里？」

「……在。」

幸好他馬上就回應了，雖然聲音聽起來不知為何有些悶悶的。

「你在害怕嗎？要不要我把速度慢下來？」我擔心地詢問，但海因里搖了搖頭。

因為他正貼在我的背後，所以我能感受到他搖頭時，從他胸膛傳到我背上的動靜。這讓我突然意識到他的存在感，反而把轡繩拉得更緊了。

出發前，我因為太久沒騎馬，所以興奮地自告奮勇要坐前面。現在想想，這個姿勢還真是……我再度拉緊轡繩，同時也感受到腰間的束縛。海因里的雙手緊緊抱著我，一點縫隙也不留。

「海因里。」

「是的，Queen。」

「那個……你的手可以鬆一點……」

「這樣我會掉下去的。」

「……」

「我是因為害怕才抱這麼緊。」

海因里的態度很自然，所以是我太在意他了嗎？我的身體不由得有些僵住，不知道貼在我背上的他是不是也有感覺到。

怎麼好像只有我一個人反應特別大？於是我又策馬加快速度，想藉由迎面而來的風，轉移我對海因里雙手的注意力。結果有點弄巧成拙，速度反而放慢了下來。

或許是感受到我的侷促，海因里身體的震動透過我們相貼的地方傳來。他一定是在偷笑，就像我躲在馬車座位下時，艾勒奇公爵說的那樣。

我正打算說那還是交換位置好了……可是姿勢會變得更奇怪。我如果坐到後面，就必須像現在的海因里一樣，換成我緊緊抱住他。那樣的話一定就……會碰到。

我能從背上感受到海因里結實的胸膛，反過來他也一定會感受到我的。就在我不知該如何是好的時候，海因里笑著問我：

「還是我和妳一起拉著轡繩呢，Queen，這樣會不會比較好？」

一起拉轡繩的話，他應該就不用抱得這麼緊了，於是我連忙點頭同意。

「那樣應該比較好，現在有點太擠了……」

於是海因里笑著伸出手，一起握住了韁繩。問題是，雖然他不是握在我的手上，可是韁繩的長度就這樣，他抓住後端也會讓我們的手貼在一起。而且不僅是手，連手臂都會貼在一起。我只好緊咬牙忍耐，刻意直視前方。

如果剛剛的姿勢是他緊抱著我，那麼現在看起來則是我窩在他的臂彎裡。

「換搭馬車……搭馬車應該比較好。」

「妳不是說喜歡騎馬？」

「馬車也不錯。」

「不過騎馬的速度比較快，Queen。」

「還是說再去尋一匹馬來，如何？」

「像這樣的名馬，要立刻再找一匹有點難……等找來另外一匹馬再出發，肯定會拖到時間，Queen。而且我們很快就要到西王國了，麥肯納已經等候多時了。」

海因里為難地解釋一番後，還擔心地詢問。

「怎麼了？是不是太快了有點頭暈？」

我有點在意他靠上來的胸膛、臂膀和手，可是實在說不出口，所以只能回應「沒事」。

好吧，就快到西王國了，再撐一下就好。

就像海因里說的，如果要再去找另一匹差不多快的馬，肯定會花費多餘的時間。而且如果他根本不在意，只有我反應過度反而很奇怪。

這……這很自然啊，我們只是一起騎馬而已。我努力調整心態，緊緊握住手中的韁繩。

「對了，Queen，妳說妳喜歡金色對吧？」

「那封信，你看到了？」

「對。我離開前，房間還沒裝潢好……」我身後傳來海因里低沉的笑聲，「等我們抵達時，應該已經都用金色裝飾好了，敬請期待吧。」

「雖然我喜歡金色，但也沒必要用金色來裝飾房間。」

「也是，丈夫本人已經是金色的了。」

「！」

「躺在我身邊的時候，妳就會看到一片金色。」

「我會背向你睡的。」

「就像現在這個姿勢嗎？」

「！」

為了不讓自己忘記人還騎在馬背上，我努力地擺動轠繩。

剩下這段路上，海因里都像這樣，聊著聊著就突然冒出提醒我們已經是夫妻的大膽發言。而每一次猝不及防聽到，我都只能默默緊握手中的轠繩。

都怪他開口閉口都是丈夫、妻子、夫妻之類的用詞，害我的臉老是不受控制地發燙。但要說出「可不可以別再說這種話了」來制止他，好像又有點太小題大作……

「對了，Queen 知道嗎？在西王國的王宮，並沒有王后宮殿喔。」

「那麼我要睡在哪裡呢？」

「同一樓層裡，有三間並排的房間，中間是共用的寢室，而左右兩邊相鄰的，則分別是國王和王后的寢居。」

「為什麼要這樣安排……？」

這樣不會不方便嗎？就算關係再好的夫妻都會有想獨處的時候，更不用說我們只是政治聯姻……

海因里輕笑的聲音再次傳來。

「啊，我們使用的床比較特殊一點。」

他現在提起床的話題，難道是在期待新婚之夜？我嚇得瞪大雙眼。

不過海因里的語氣聽起來很認真，不像在調笑，應該沒有情色的意涵。所以真的是床有什麼特殊之處嗎？

不管他到底是什麼意思……我現在只想趕快下馬。

Chapter 23

疑心

終於看到國境邊界時，我總算鬆了一口氣。終於能夠擺脫這令人為難的姿勢了。

不過，等看到邊界另一側正準備迎接我們的馬車、禁衛騎士團和麥肯納時，好不容易才消退的緊張感又一湧而上。

我放慢馬速，越過邊界，慢慢朝他們走去。馬兒停下腳步後，兩位西王國的禁衛騎士便上前接過韁繩，海因里則一躍而下，朝我伸出手。

我扶著海因里的手下馬，麥肯納立刻上前行禮，然後劈頭就問海因里：

「陛下，我明明派了兩匹馬過去，您怎麼只騎了一匹馬回來？」

兩匹？我立刻轉過頭去，只見海因里面不改色地搖搖頭。

「看來是你事情沒辦好，麥肯納。」

「什麼？這哪是我沒辦好，明明就派了兩匹。」

「就是只有一匹啊。」

理直氣壯的海因里一邊說，一邊往我這裡偷瞄，一對到視線，就笑著向我解釋麥肯納常常會犯這種小錯誤。麥肯納在他身後緊皺著眉，見狀我也笑著搖了搖頭，這才看向一旁的禁衛騎士。

然而，騎士們的臉色反而讓我心生不安。這些奉命守護海因里的禁衛騎士已經盡力維持面無表情，但從眉梢和嘴角還是能看出他們的驚訝。麥肯納大概是注意到我的視線，為了讓我放寬心，便笑著出言安慰。

「他們只是因為親眼見到傳聞中的王后陛下，所以感到受寵若驚罷了。」

……看起來可不像啊，我還不至於分辨不出驚喜和驚訝的表情。不過我也不好表現得過度在意，這樣只會讓氣氛更尷尬，於是裝作從容地靜靜一笑。機靈的麥肯納立刻打開了馬車門。

「請上馬車吧，王后陛下。」

……搞不清楚這個人到底是機靈還不機靈了，都已經這種情況了，他還一直把王后掛在嘴邊。我只好默默向他點頭，像逃跑般迅速上了馬車。

即便上了馬車，那些禁衛騎士的目光依舊在我腦中揮之不去。連善於表情控制的禁衛騎士都表現得這樣了，別說西王國的國民，那些即將在社交場合上碰面的貴族，又會怎麼看待我？還有那些曾在東大帝國與身為皇后的我見過面的人，又是什麼想法？

窗外的風景和東大帝國略有不同，索本修已經追不到這裡了，照理來說我應該感到放心才是，但如今的心情卻比剛剛騎馬時更加複雜。

沒事的，我做得到，只要努力就好。我不斷在心中如念咒般反覆安慰自己，一旁突然傳來海因里溫柔喊著「Queen」的聲音。

海因里就坐在我的對面，一對上我的視線，他溫柔的目光便化成笑意。海因里向前傾身，大掌輕輕覆上我的手。

「沒事的，Queen 可是人見人愛的皇后呢。」

如果真的是這樣，我就不會被離婚了……海因里對我的評價總是過於高估，就連我蜷縮在暗箱裡的模樣，都能讚嘆地形容成神話般的場景。大概正是因為這樣，他的安慰反而對我沒有太大的幫助。不過既然人家都開口了，我也不好不回應。

「謝謝你，我好多了。」

我微笑著朝他點頭，但一直到馬車停下，心中的緊繃感都沒有消失。

不過，應該說多虧索本修帶回了菈絲塔嗎？從那之後，我已經很習慣眾人投來的好奇目光，也能夠泰然處之。所以當我步下馬車時，面對等後在宮殿前的一大群人，依然能維持沉著的笑容。

緊張感驅使我的心臟快速跳動。好奇、擔憂、期待、看好戲、不悅……各式各樣的情緒透過數十雙眼睛投射而來，如同水晶燈般閃爍，讓人眼花撩亂。我不動聲色地維持高雅的儀態，微笑著挽上海因里的手臂。

或許是這招奏效了，那些人猶豫片刻，便紛紛朝我們彎腰行禮。

「參見吾王陛下與王后陛下。」

讓迎接的人群退下後，海因里牽起我的手，說要帶我去房間。

「每個人的眼睛都閃閃發光地充滿好奇呢。」

他一邊上樓梯一邊說著，或許是擔心我的心情受到影響，好幾次偷偷觀察我的反應。看來他也感受到了眾人集中而來的視線重量。

「沒關係的。」

我淡然地說到，但海因里立刻說「是我有關係」，接著開始抱怨。

「我為了迎娶 Queen 回來當王后，不知道做了多少努力。要潑我冷水也不是這樣的吧……」

「畢竟國王自行推行婚事的情況比較罕見。」

「是這樣說沒錯。」

「更何況對象還不是西王國的貴族千金，而是鄰國離過婚的皇后。」

海因里低頭微笑，但那抹笑意只維持了一瞬間，表情很快又恢復沮喪。跟在我們身後上樓的麥肯納看了看我，開口說：

「您無須擔心，王后陛下。很多人聽到東大帝國的皇后要變成我國王后後，都表示相當開心呢。」

「是這樣嗎？」

「當然。」

可是剛剛出來迎接的人，明明大部分臉上都是驚嚇的表情。想起那幅畫面，我默默笑了。

其實我並沒有像海因里和麥肯納擔心的那樣心情不好，雖說來到新環境是會令人緊張沒錯……麥肯納又再次觀察我們的臉色，這才繼續說道：

「親眼看到本人受到的震撼當然不同，我想這是人之常情，多多少少啦。不過一定也有很多人在心中暗暗讚嘆。」

然而麥肯納和海因里全力安撫我的努力，卻因為走廊上碰到的一位騎士而徒勞無功。

這位騎士就守在王后寢居門前，一看到我們就上前來迎接，臉上表情已經不足以用冷漠來形容，而是冰寒。行禮的姿勢雖然像教課書般完美，說出的話卻一點也不客氣。

「陛下，您太魯莽了，竟然為了一個女人賭上自己的性命。」

他毫無顧忌地批判海因里親自到東大帝國帶走我的事，不僅如此，即使知道我如今已是王后，卻依然當面稱我是「一個女人」。

麥肯納怒斥一聲「由寧卿！」，但海因里只是開玩笑般平靜地警告對方。

「怎麼了，為了一句話而賭上性命的人，不也站在我面前？」

這位被稱作「由寧卿」的騎士，表情瞬間一僵。不過這人倒也不是完全沒有禮貌，很快就向我致歉。

「失禮了，在下是禁衛騎士團長，由寧。」看來這個人的脾氣也頗為固執，他繼續帶刺地說，「在下的君主為了迎回娜菲爾小姐而身歷險境，在下實在很難說出什麼好聽話，還請娜菲爾小姐見諒。」

「由寧卿，我是你的君主，娜菲爾小姐也同樣是你的君主，注意你的禮節。」

海因里這次直言警告，由寧不得不調整表情，退後一步鞠躬道歉。然而就在海因里準備帶我進王后寢居時，他再次上前阻止。

「臣惶恐，陛下。『王后寢居』只有在舉行婚禮後才能使用。」

這句話幾乎讓海因里的耐性告罄，原本掛在唇角的笑意徹底消失，氣氛頓時一觸即發。

我回想起第一次見到海因里的情形，他面無表情的時候還讓我覺得難以親近……但完全比不上現在這副令人畏懼的模樣。

海因里似乎感受到我的視線，很快又掛上笑臉，可是這個笑容跟馬車上的完全不同。但現在可不是觀察海因里表情的時候，我按下驚訝的心情，伸手攬住海因里的臂彎。

——別衝動。

海因里或許是被我嚇了一跳，手臂的肌肉微微一震，但他什麼也沒說，似乎明白我的用意。只是抑制這份怒氣大概不容易，可以明顯看出他的下顎繃緊。

我維持著得體的微笑，攬著海因里的手悄悄以拇指輕撫他的臂膀，暗示他做得很好。

沒錯，這件事海因里不能插手。這位騎士團長並不是不滿我的異國皇后身分，只是無法接受海因里為了帶我回來而在東大帝國遭到監禁。

從我越過國境到現在，能感覺到這些西王國人都還沒將我視為「西王國王后」。在他們眼中我依然是「東大帝國皇后」，包括眼前這位騎士團長。

在這樣的情況下，若是海因里為了替我撐腰，處罰了這位忠言逆耳的屬臣，會造成什麼結果？長遠來看，這對我一點幫助也沒有。

而且這位騎士團長可是不惜承受海因里的怒火，也要做出他認為正確的行動。像這樣的人，光靠權勢無法使其屈服，必須獲得他的認同和信任才行。

是的，如果我要在此立足，就必須獲得這些人的認可。而且是靠自己的力量。

我刻意擺出微笑，用溫和的聲音說：「如果這裡的規定是如此，那我也必須遵守才是。」

大概是沒料到我竟然沒有發怒，由寧停頓了片刻才回應，但臉上的警戒依舊沒有鬆懈。

「請您見諒。」

我帶著在皇儲妃時期就練習過千百遍的「母儀天下式笑容」，接著問他：「請問是否有其他房間能讓我使用呢？」

這次由寧立刻回覆，像是事先想好了答案。

「王宮中有貴賓房，請您至該處歇息即可。」

但我只是搖搖頭，順著他的邏輯反駁。

「你剛才說婚禮尚未舉行，所以不能使用王后寢居對吧？但我與海因里已經完成結婚誓約，如今我的身分是王后，可不能使用客房。」

「！」

由寧挑起眉，沒想到態度始終不強硬的我，竟會變得如此難纏。而我依舊帶著同樣的笑容回視。

雖然我必須獲取他的信任和好感，但也不能讓人覺得好欺負，因此必須劃清彼此該遵守的界線，讓他明確知道我的底線在哪裡。

「唔呃……」

麥肯納原本兩眼發直地看著我和由寧一來一往，發現我看過去，立刻支支吾吾起來，看了一眼海因里後才開口。

「那個，所以說，呃，或者可以都使用陛下的寢居？不是，我不是指同住一間，樓下還另有一處陛下的寢居……」

麥肯納的話才說到一半，便被走廊上清脆的腳步聲打斷。我轉頭看去，只見一位身穿藍裙的貴夫人朝此處走來。

沒想到，一見到來者，由寧的表情竟然舒緩了一點，但另一邊的麥肯納倒是顯得有點為難。這位究竟是誰？就在我疑惑的時候，貴夫人已來到我面前行禮。

「日安，娜菲爾小姐。我是威登三世的王后，克麗絲塔。」她朝我露出和善的微笑，並提議道，「本來只是來打聲招呼，但碰巧聽見各位似乎是在煩惱臨時的住所。如果您不介意，要不要住在王后的別宮呢？」

這是目前聽來最可行的方法了，不過海因里好像不太滿意，眉頭深鎖著。

我向克麗絲塔前王后道謝，她便轉身帶路。海因里本來還打算一起跟上來，但我朝他擺擺手，告訴他我自己去就可以了。

說是這麼說，其實我非常不自在，因為我實在沒想到，自己竟然必須和前任王后同住。

如今已逝世的東大帝國先皇后，當初在我和索本修即位後，便帶著親信們移居至離宮。先皇后的意思是，如果她依然留在皇宮內，會讓新皇后難以立足。

在出發前，我稍微研究過西王國的繼承體制，本來以為前任王后早就搬到了位在康普舍的大宅。雖然知道總有一天會碰面，但沒想到她竟還住在王宮裡……

我在意的並不是相處起來會不會尷尬，而是海因里即位後后位空懸的這段時間，宮內諸事大概都還是已退位的前王后在主持。現在宮殿中的人們，應該也都是她在位期間雇用的。那麼如果我和她住在同一座屋簷下，這些人會追隨誰？當然是眼前的她。

無論克麗絲塔為人處事是好或不好，不對，如果她是個好人，那我就更難在這裡站穩腳步了。

還真是大事不妙。我暗自擔憂著，與我並肩而行的克麗絲塔突然悄聲詢問。

「傳聞是真的嗎？」

「什麼傳聞？」

「妳一離婚就立刻和陛下再婚的傳聞。」

「……是真的。」

「天吶。」

她掩嘴笑了，那是個溫柔優雅的微笑。但她的笑容轉瞬即逝，很快就沉默下來，看起來非常哀傷。

「克麗絲塔小姐，妳還好嗎？」

我擔心地問，克麗絲塔卻一臉不解地看著我。

「妳說什麼？」

「……」

真奇怪，她好像不知道自己剛剛露出了什麼表情。

「沒有，沒什麼。」

是因為想起了亡夫嗎？我沒有深究那一閃而逝的陰鬱神態，只是對她笑了笑。

這時，一名經過的女僕動作自然地向克麗絲塔行禮，口中說著「參見王后陛下」。這位女僕大概不是在王宮前迎接我的那批人，她就這樣在我面前大喇喇地尊稱克麗絲塔為王后。

克麗絲塔停下腳步，驚訝地糾正對方。

「怎麼能叫我王后，我不是說過以後都不能這麼喊了！」

然而，女僕卻一派天真地笑著回道：「可是我們的王后一直都是您呀。新王后是個外國人，又那麼愛她的祖國，哪有可能像王后陛下這樣替我們著想。對我們來說，王后陛下才是真正的王后。」

這番直白的言論，讓克麗絲塔為難地看了我一眼。或許是擔心由她開口糾正的話，聽起來會像是斥責，所以希望宮女可以自己發現我的身分……可惜這位宮女實在太遲鈍，整篇「頌讚真正的王后」都說完了，還沒意識到眼下的狀況。

克麗絲塔這回以求救的眼神看向我，希望由我本人出面來澄清事實。但……雖然對克麗絲塔很抱歉，可是我並不打算站出來，而是乾脆藉此機會靜靜觀察。

我剛才在思考的就是這個，前後兩名年紀相仿的王后，因為權力交接不完善而同時存在王宮之中，在這樣的情況下，我想看看這些在宮庭中服務的人最真實的想法。

一邊是直到去年都還在位的前任王后，雖然已退位，但至今依舊以王后的身分處理宮中大小事。她的朋友、家族以及擁戴者都在身邊，甚至宮中的僕役目前絕大部分都是她雇用的。

反觀另一邊，雖然是現任王后，卻是個異國人，不僅親朋好友和擁戴者都遠在國外，與西王國宮殿裡的人更是毫無交集。

不用想也知道王宮中的人會對哪方更有好感，即便如此，我還是希望能親眼確認。在那位女僕之後，我們又遇到了幾名僕役，同樣的情形也一再上演，但我始終保持靜默。

「那個……還請您別介意。」

快到別宮的時候，克麗絲塔小心翼翼地開口。她的嘴唇發白，臉上帶著一抹哀傷的微笑。

「他們只是習慣了我的存在才會這樣，其實都是一群很善良的人。現在他們只是同情我的處境，想必很快就會追隨娜菲爾小姐的。」

「好……」為了不讓語氣聽起來太敷衍，我刻意慢慢回答，實際上一點也不認同她的話。

我們這一路上遇到的人，幾乎都稱呼克麗絲塔為王后，並對她讚不絕口。至於我，不僅是外國人，還是個剛與前夫離婚就立刻再婚的精明女子，甚至有人認為東大帝國出身的我，態度一定很傲慢。

還有什麼呢……啊，還有人說要先給我下馬威，銼銼我的銳氣。有幾名僕役剛剛應該有去宮外迎接我和海因里，他們本來說笑著迎面走來，但一看到克麗絲塔身後的我，立刻嚇得閉上嘴……看來在我看不見的地方，類似的發言應該不會少。

對克麗絲塔而言，這些人都是好人，就算她不再是王后，也會在她身旁支持她。但這樣的人對我而言，也會是好人嗎？

「……」

「娜菲爾小姐？」

問題是這樣的想法，我也不能直接坦承說出來。我不由得回想起當初菈絲塔剛進宮的時候……當然，克麗絲塔是海因里的嫂嫂而不是妻子，情況不能說完全相同。只是克麗絲塔的地位也一樣因為新來者而產生不穩，這點我能感同身受。

我的笑容似乎讓克麗絲塔放下心來，一到別宮便上前為我開門。

「就是這裡。」

我盡量按捺下心中的煩悶，跟著她走進去。克麗絲塔興奮地問：「這裡很美吧？」

「……是啊。」

別宮確實非常美麗。陽光灑落在大廳中，看似隨意擺放的家具，也透出濃濃的古韻之美。就是……有點太像東大帝國的水晶屋了，讓我著實吃了一驚。

之前就聽先皇后說過，國外有眾多模仿水晶屋的建築，所以這也是其中之一嗎……不過如果我提起這件事，可能只會加強東大帝國人真的很高傲的印象，還是算了吧。於是我只是捧場地讚嘆這裡的設計。

介紹完所有房間後，克麗絲塔依然沒有離開的意思，看起來有些欲言又止。我好奇地看著克麗絲塔，她雙手十指緊扣，小心翼翼地開口。

「或許我這樣會讓您不快……但請原諒我的厚顏，娜菲爾小姐，我有一事想請求您。」

「什麼事呢？」

「宮中的雇員和僕役，都未到退休的年紀。」

「？」

「他們都是我雇用的人。」克麗絲塔輕嘆一口氣，以小鹿般的眼神向我哀求，「正如我剛剛所說，他們都是很好的人，一定也能成為娜菲爾小姐的助力，個個手腳俐落又老實本分。」

「……」

「如果可以，還希望娜菲爾小姐不要撤換掉這些人，讓他們繼續留在宮裡工作。」

我努力放鬆表情，不要顯得不近人情，但真的很難。

我可以理解她為何提出這種不請之情。伴隨著王權轉移，通常王宮中的人事也會一同異動，所以她是在憐惜那些因為她退位就要跟著被解僱的人。可是這種請求只會讓我為難。

既然是王宮的雇員，就表示我們接下來必須共同生活，然而，他們卻都是克麗絲塔的擁戴者。在東大帝國時，宮裡全是我僱用的人，我的行蹤都會被菈絲塔掌握了，現在又怎麼可能和一群不效忠我的人朝夕相處？

到時別說坐穩王后之位，剛才那一路上的光景只會反覆上演，我的一舉一動都會被這些人拿來小題大做。

只是我也不是不能理解她對自己人的關心，所以認真思考後，決定劃清自己的底線。

「我會沿用那些工作與我沒有交集的人。」

「沒有交集……？」

「但若是經常接觸到我的工作，可能就無法不換人了。就算不解僱，也必須調整他們的工作崗位。」

克麗絲塔聽完，表情黯淡下來。能從事經常接觸王后的工作，就表示那些人都是王后的親信，如今面臨失去工作，可以說是她連累了這些人。

不過克麗絲塔並沒有繼續糾纏，笑著說好後，點了點頭。

「是我的要求太過強人所難了，非常抱歉。」

「王后陛下！東大帝國的皇后人怎麼樣？」

克麗絲塔一回到寢居，等候已久的侍女們紛紛上前來關心，詢問與娜菲爾王后見面的事。她們都是從王后時期便陪在身旁，對克麗絲塔來說，就像是朋友姐妹般的存在。

克麗絲塔苦笑著搖了搖頭，「看來她對我存有戒心。」

「不是吧，王后陛下您又沒有做什麼！」

「這也是情有可原，她在旁邊聽到宮裡的人還在喊我王后陛下。」

「在旁邊？她明明在旁邊，那些人還這樣嗎？」

「因為她沒有出面表示自己才是王后……」

聽到克麗絲塔這麼說，所有的侍女都非常詫異。

「沒想到她的頭腦這麼好，看來已經開始挑選要趕出去的名單了。」

克麗絲塔嘆了口氣，坐到椅子上。

「王后陛下，您可不能被她的氣勢壓倒。」

「一開始就該先給她下馬威才行！」

曾和她一起走過頂峰的侍女們都忿忿不平，但克麗絲塔搖了搖頭，小聲地說：

「我現在已經不是王后了，怎麼能濫用權力和她競爭呢……」

克麗絲塔露出惆悵的笑容。或許今天換成哪個貴族千金坐上這個后座，她心情還會比較好一點，可是如今這位偏偏和自己有著相似的經歷。

一開始聽到消息，克麗絲塔還對她有些同病相憐。只是對方為了擺脫困境，要來奪走的卻是自己的位置，這讓她不僅心情五味雜陳，更有些許委屈。而且再婚的對象還是……

「那女人也是剛失去皇后之位，就轉身又當上王后。」

「所以王后陛下也沒有理由不行啊！」

「克麗絲塔小姐也能跟其他國王再婚，不是嗎？」

侍女們七嘴八舌地勸慰克麗絲塔，卻毫無幫助。

娜菲爾和克麗絲塔雖然理解彼此的處境，但各有不能退讓的原因。就在兩人各自為此苦惱的時候，海因里傳喚了各大官員和僕役的管理者。

整人到齊後，海因里在眾人面前承認自己獨自前往東大帝國是輕率的行為，但強調這並不是娜菲爾要求，而是他自己武斷的決定，並嚴厲警告所有人。

「娜菲爾小姐一直以來都是我崇拜並仰慕的對象，身為皇后的能力也非常優秀，所以我好不容易才將她迎回來。但人才剛到，這是……你們以為她是什麼獨角獸嗎？」

出於好奇而跑去圍觀這位再婚皇后的人，全都尷尬地清喉嚨，努力避開海因里的目光。畢竟這位只聞其名，來自大國的皇后，竟然會跟自家的風流國王再婚，實在是太難以置信了。因為耐不住好奇跑去圍觀，他們確實理虧。

「東大帝國的皇后突然變成我國王后，事前也沒有任何風聲。想必現在所有人都依然將克麗絲塔小姐視為王后，一時間要將其他國家的皇后當作王后看待，這當然不太容易。」

前王后克麗絲塔的親戚，凱特隆侯爵出聲反駁，但海因里抬手朝他的胸口一指，立刻讓他閉上了嘴。

「就算明天讓某人來取代你的位置，我也能像對待你一樣對待他。」

送走克麗絲塔後，我獨自走到茶桌旁坐下，默默沉思起來。就在這時，窗外傳來了敲擊的聲音。我走過去打開窗，只見海因里捧著寶石花束站在窗外。我知道有鮮花花束這種東西，但寶石花束……

「這是什麼？」

我有點慌張地問，他又重複了一遍之前說過的解釋。

「西王國盛產寶石，礦山是屬於皇室的財產，所以有很多寶石。」

「……」

「妳討厭寶石嗎？」

「倒也不是……」

之前他送來藏有寶石的蛋糕時也是，難道海因里的喜好就是把所有東西都加上寶石？

不論如何，這麼突如其來的昂貴禮物，我實在不太好收下。如果只是鮮花花束，倒還可以輕鬆接過。

就在我猶豫的時候，海因里擔心地詢問：「還是會覺得有負擔嗎？」

「如果是鮮花花束的話，就沒關係。」我不自在地笑著回答。

海因里卻指了指寶石花束中隱藏的幾朵紅色小花，「這裡也有花啊，既然有花，就可以叫做鮮花花束。」

我被他逗笑了，海因里似乎也覺得自己有點強詞奪理，難為情地撓了撓臉頰。

「我們現在是夫婦了，Queen，就收下吧。」

於是我接過他手中的寶石花束，他的表情瞬間點亮。光是我收下禮物就能讓他這麼開心……他這個樣子實在太可愛，我便請他進來坐。就在我準備繞去開門的時候，海因里竟然從窗戶跳了進來。

「海因里？」為什麼有門不走，偏偏要從窗戶進來？我不解地看著他。

海因里一臉「糟了」，嘟囔道：「習慣了……」

「你平常習慣從窗戶進出？」

海因里的神色慌張，東看西看，看來是被我說中了。這種行為確實有損國王的形象，如果我追問下去，應該會讓他更難為情，所以我轉移了話題。

「不是說有會議？」

海因里立刻抓住新話題，「只是需要交代一些事情，所以很快就結束了。」

「你這麼久不在，國務沒有什麼異常嗎？」

「我消失就是最大的異常了。」海因里雖然開了玩笑，但很快就換上嚴肅的神情，「剛才是妳阻止我，我才默不做聲，但是……Queen，我希望能讓所有人都明白，妳是我的妻子，也是這個國家的王后。」

他應該是在說由寧冒犯我的事，但我搖了搖頭。

「大家都很清楚。」

「清楚的話，就該表現在行動上。如果做不到，就更要讓他們知道該怎麼做。」

「海因里，有些事你能幫我，但有些事，必須由我自己來解決。」

我將手中的寶石花束放到茶桌上，然後輕輕握住他的手。

「謝謝你，但就連身為皇帝的索本修，也不能左右大眾對菈絲塔的評論。所以這件事情，我必須自行處理。」

「……」海因里緊咬著下嘴，最後還是輕聲妥協了。「我知道了。但只要有我能幫上忙的事，妳一定要全部告訴我。」

「謝謝，我現在就有件事需要你的幫助。」

「還真是言出必行呢。」

聽完我的請求後，海因里開心地說他會立刻派人處理，目光溫柔地看著我。

「要派由寧卿的姐姐去當侍女?!」

聽到剛從別宮回來的海因里居然下達這樣的明令，麥肯納震驚得眼珠都快瞪出來了。明明不久前他們才見到由寧對待娜菲爾的態度，現在居然要讓由寧的姐姐來擔任「王后侍女」這等尊榮的工作？

「只是暫時的。之後會由夫人原來在東大帝國的侍女來接手，但那兩位目前尚未抵達。」

「不是，就算是這樣，這也太……」

麥肯納不滿地皺起眉頭。身為那隻光榮負箭傷的愛情信鳥，他自然要站在娜菲爾這邊。

「而且由寧卿實在太過分了。人在東大帝國的王后陛下哪有辦法把您抓過去，您被關在東大帝國哪能怪王后陛下？明明是您自己飛去自投羅網！」

原本頻頻點頭贊同的海因里，這時起身詢問：「對了，怎麼沒看到克沙勒大哥？」

經過幾天的相處，在海因里看來，克沙勒是個有情有義，而且願意為妹妹赴湯蹈火的人。現在妹妹來了，他應該會第一時間跑來迎接才對。但很奇怪，海因里到目前為止都還沒見到他。

「他也沒有跑到別宮去。」

「啊，他應該是打算盡量避不見面，應該是躲在附近吧。」

「避不見面？為什麼？」

「他擔心現在出現，會對王后陛下造成妨害……」

海因里訝異地挑眉，不贊同地嘖了一聲。

麥肯納聳聳肩，「事實就是如此，畢竟克沙勒卿實在是惡名昭彰。」

「……雖然差遣大哥不太好意思，但為了改變他的名聲，看來得交辦一些事情給他了。」

「考慮到未來的狀況，這樣做確實比較保險。」

海因里點點頭，走向書桌。他不在的這段期間，桌面上累積了一堆大大小小的文書。海因里坐到書桌後方，捲起袖子。

「啊，還有結婚典禮也得趕快準備了。」

他打開墨水瓶，羽毛筆尖沾上黑色墨水時，突然「嗯？」了一聲看向麥肯納。

「準備結婚典禮，這不是你該做的事嗎？」

麥肯納愣愣地看著海因里，「這，一般來說……是由王后陛下準備的。」

一般情況下，國王會在王儲時期迎娶王儲妃，所以會由宮中地位最高的母后籌辦婚禮。想到此，海因里和麥肯納的表情雙雙變得微妙。

現在並不是「一般的情況」，克麗絲塔已經不是王后，娜菲爾才是。當然，由於娜菲爾還沒正式掌權，若是由前王后克麗絲塔來籌備婚禮，確實會是最好的辦法。但這對娜菲爾來說，可就不是好事了。

準備一場最高規格的王室婚禮，需要花上幾週的時間來指揮調度王宮，如此一來，克麗絲塔的地位一定會更加牢固。可是如果讓娜菲爾自己來準備，也可能讓她在社交界落人口實。舉行得太盛大，會被說是奢侈無度，舉行得過於簡單，又會被說是在瞧不起西王國。

麥肯納擔心地問：「該怎麼辦呢？」

「還能怎麼辦，只能我親自籌備了。」

「我就知道您會這麼說，但……」

海因里追問道：「但？」

「但就算是由陛下親自準備，也會出現一樣的問題。」麥肯納深吸一口氣，繼續道，「若您辦得太盛大，大家會說您是被愛情遮蔽了雙眼——」

「我會稱帝。」

聽到海因里這番話，麥肯納立刻吞回原本要說的話，驚訝地看著他。

「什麼?!」麥肯納懷疑自己是不是聽錯了。

「我會在婚禮當天稱帝。」

麥肯納一手遮住自己的嘴，不敢置信地瞪大雙眼，似乎總算聽懂了海因里的打算。

「那麼……！」

「所以無論多盛大舉辦，應該都不會再有人說奢侈了吧。」

「我、我的心臟，心臟快承受不住了。」麥肯納喃喃道。

雖然時機稍嫌太早，但這麼做的好處依然多過壞處。首先，讓娜菲爾當上西大帝國的第一任皇后，能洗清兩人閃電結婚的負面印象。再來，能藉機在前來祝賀的眾位貴賓面前，以崇高的頭銜覆蓋娜菲爾身為異國人的隔閡。

可是有別於興奮的麥肯納，海因里發表完稱帝宣言後，神情依舊凝重。

「陛下？」麥肯納見狀，擔心地呼喚道，「還是您其實不想稱帝，卻硬是……」

「必須稱帝。」海因里搖了搖頭，表情依然冷肅。

盤據在海因里心頭的是他的王兄，威登三世。

西王國並沒有將領土分劃給貴族統治，也對貴族的私人軍隊規模加以限制。這樣的西王國之所以能組成足以匹敵東大帝國的軍隊，是基於王室的雄厚財富，以及國王對軍權的完整掌控。

西王國王權高度集中，加上極度富有的財力，自然能培育出堅強的國力。

然而在威登三世的治理下，原本強勢的王權卻開始弱化。這是由於威登三世個性柔和，又長年臥病在床。

海因里有時候不禁會想，如果自己待在兄長身邊，情況會不會比較好。不過如果他當時真的這麼做，弒兄的謠言也只會越傳越烈而以。

海因里深深嘆了口氣，幸好如今的王權只比父王在位時削弱了一些，還在可以掌握的範圍內。而且光是減少對手的魔法師人數，並不會因此增加我方的魔法師人數，所以更需要好好統率……

「啊！」

「怎麼了嗎？」

「麥肯納，之前那個魔法學院的學生呢？」

「您是指那個叫艾斐利的學生嗎？陛下說要歸還魔力的那位？」

「沒錯，現在怎麼樣了？」

「目前也就那樣。取走魔法能力花了不少時間，歸還就需要更久了。」

「知道了。」海因里點點頭，總算開始處理桌上的文書。

「是說，陛下，那個，魔法能力一定要歸還嗎？」麥肯納吞吞吐吐地問，看上去有些不情願。

「還回去。」

聽到海因里如此斬釘截鐵，麥肯納的不情願又更強烈了，他噘著嘴，氣鼓鼓地說：

「真的很花錢，是真的真的真的非常花錢。反正那孩子是東大帝國的人，把能力歸還回去，也是回到東大帝國啊。」

「反正就這麼一個，你就還給那孩子吧。」

「……」

另一邊，索本修正在苦苦等待尋回娜菲爾的消息，焦躁地走來走去。但無論他怎麼等，也等不到任何好消息。

「陛下……」

菈絲塔擔心地看著索本修。本來她是為了胎教而來，但現在別說安胎，眼前的索本修只讓她感到更加不安。

明明應該為離婚高興的人，卻滿臉陰沉，不肯放棄尋找廢后的下落。菈絲塔心裡很不是滋味，索本修表現得像是要收回讓她當上皇后的約定。

幸好廢后已經跑到西王國去了。

如果娜菲爾還留在東大帝國，索本修又是這種態度，菈絲塔真的會坐立難安到睡不著。

「陛下，大家都在討論廢后逃跑的事。」菈絲塔實在看不下去了，便出聲安撫。「她的名聲現在變得很差，請您不用再擔心了，大家都是站在陛下這邊的。」

這樣的安慰會有效果嗎？只見索本修停下徘徊的腳步，看向了菈絲塔。

「菈絲塔。」

菈絲塔想著，時機終於到了。她快步來到索本修面前，用著水汪汪的大眼仰望他。

「您說吧，陛下。」

「……這件事是誰告訴妳的？」

「這件事？艾勒奇公爵呀。」

聽到艾勒奇公爵的名字，索本修的表情變得很難看。他非常確定把娜菲爾帶走的人，鐵定就是艾勒奇公爵。只是艾勒奇公爵的異國王族身分讓他不好去追究，只能將怒氣壓抑在心底。

索本修為了不遷怒於菈絲塔，只好盡量壓低音量警告她：「妳別再跟艾勒奇公爵走太近。」

「咦？為什麼？」

「他並不適合妳。」

菈絲塔不知道索本修吩咐艾勒奇公爵帶走海因里的事，她以為索本修是因為嫉妒而生氣。畢竟皇后被罷黜後，現在索本修身邊的女人就只有菈絲塔了，所以她跟艾勒奇公爵太親近這件事，想必讓索本修感到嫉妒了。

見到索本修的怒意，菈絲塔反而安心許多，態度也軟化下來，她低聲說：

「您別擔心，陛下。菈絲塔愛的人就只有陛下而已。」

「什麼？」

「艾勒奇公爵只是一個朋友……」

索本修不明白菈絲塔在說什麼，疑惑地看向她，而菈絲塔只是笑容曖昧地回視。他知道菈絲塔誤會了什麼，但怕點破會讓對方尷尬，於是點了點頭，然後坐到一旁的沙發上。

「妳是為了胎教過來的，我不該提起這麼嚴肅的話題。好吧，來，所以我們要做什麼？」

同一時間的西王國，海因里的禁衛騎士團長由寧從麥肯納手中接到王令後，便久違地回到家中。

「還想說最近怎麼連人影都沒見到，還真是難得啊？」

由寧的姐姐蘿茲早已就寢，此時半睡半醒地下樓迎接弟弟。她一邊打著呵欠，一邊命令女僕拿點吃的進來。

「這個。」由寧脫下厚重的外套，拿出國王的諭令遞了過去。

「這是什麼？」蘿茲又打了一個呵欠後，打開諭令確認。

「讓姐姐去擔任新任王后臨時侍女的任命狀。」

「讓我？」

任命侍女的王令是可以拒絕，但肯定會被國王記在心上。再加上擔任王后的侍女本身是件殊榮，若不是非常特殊的情況，幾乎沒有人會拒絕。蘿茲嚴肅地瀏覽寫著諭令的紙，然後大笑起來。

「啊，這個？」

「用意太明顯了，不覺得很令人失望嗎？」

由寧低聲說著，取下腰間的佩劍放到桌上。蘿茲又笑了，把諭令再讀了一遍。

「幹嘛這樣，不覺得很有趣嗎？」

「哼。」

「看起來倒是用盡了心思，不覺得嗎？看來是想把我叫過去，表現出她是個仁慈又善良的王后吧。」

蘿茲笑了幾聲，瞥了一眼對面的由寧。

「肯定是因為我家弟弟，跑到王后陛下跟前擺出了狂妄的架子吧？」

雖然只是幾小時前的事，但由寧在娜菲爾面前的表現似乎都傳開了。由寧沒想到自己的事竟然已經傳進姐姐耳裡，不屑地笑了一聲。

「看來我跟王后陛下之間倒是有個共通點呢，都有個暴躁的兄弟。」

「我可不會打人。」

「少來。」

「……」

「總之事已至此，也好，我就藉著扮演侍女的期間，來好好觀察一下新王后吧。」

「妳做得來嗎？」

「反正就看看她是個怎樣的王后、對國家有沒有幫助，只要確認這些就好了，不是嗎？」

由寧的姐姐來報到時，是隔天上午的十一點左右。

「我是被臨時任命前來服侍王后陛下的蘿茲．奎伯爾。」

我放下手中的書，仔細地打量她。雖然我沒有讀心術，但至少從表面上來看，蘿茲的態度很恭敬。不過看她偶爾會往四周偷瞄的樣子，可以看出她的警戒心很強。

「謝謝妳願意幫忙，蘿茲小姐。」我笑著將腿上的書放到一旁，然後起身，「日後請妳多多關照。」

「遵命，王后陛下。」

她簡單說完後便看向我，像是在問她接下來該做什麼。於是我問她：「妳能帶我參觀更衣間嗎？」

蘿茲大概是沒想到我這麼快就提出要求，下意識反問：「什麼？」

「我想去服裝室看看。」

「啊……好的，服裝室。」

蘿茲有些慌張地眨眨眼，但很快就恢復從容的微笑，一邊說「請往這裡」一邊帶我離開房間。

我不疾不徐地跟在她身後，觀察她的走路習慣。沒什麼能比走路習慣更能看出一個人的性格。

其實在等待由寧的姐姐來報到時，我在腦中模擬過許多情境，根據對方性格的不同，各有不同的應對方法。如果是個畏縮又謹慎的人，我會用溫柔體貼方式相待。如果是充滿防備的刺蝟性格，那就給她時間慢慢習慣。如果是習慣服從權威的人，那我就領著她到海因里那邊轉一圈。至於那種認為我必須從她身上獲取好感的人……那就得打破這種預設心理。

「到了，王后陛下。」

那扇小門後是王后的服裝室，裡頭的裁縫師和助手們慌慌張張地起身朝我行禮。我一一向他們致意，感謝他們的辛勞，而後笑著呼喚蘿茲。

「蘿茲小姐。」

「在，王后陛下。」

本來她正等著看我要交代這些裁縫師什麼，聽到我喊她便笑著回應。

我示意身上的衣服，對她說：「我帶來的衣服並不多。」

正確來說，是只有我穿來的那一套。蘿茲睜大雙眼，應該是想起我和海因里幾乎算是逃亡回來的事，所以好奇我們究竟走得有多匆忙，竟然連衣服都沒帶吧。

「原來如此，那麼是該替您訂製些衣服了。」

我依然帶著微笑，下令道：「沒錯，所以要麻煩妳馬上替我準備六套服裝。」

「好的，請問要為您準備怎樣的服裝呢？」

「三套常服，兩套正裝，還有，為防萬一，也請幫我準備一套宴會禮服。」

「您有沒有想要的風格……」

她想問的應該是預算，不過我裝作不知道，而是笑著拜託她。

「我不太清楚西王國的主流風格，所以就全權交給蘿茲小姐處理了。」

這樣一來，無論我穿得如何，都至少不會落人話柄。我刻意在眾人面前下令，就算蘿茲小姐弄了一件奇形怪狀的衣服來，大家也會知道問題出在誰身上。

蘿茲順從地回應「遵命」，但可以明顯感覺到她對我的警戒心又提高了。我依舊裝作不知情，只是請她帶我參觀王宮。

「我得先記熟這些位置才行。」

「……是，王后陛下。」

我們離開服裝室後，往下走兩層，穿越一條長長的迴廊後，來到了散步小徑。

這個國家真的非常富有，不負其名，西王國的宮殿與東大帝國相比，華麗大氣程度幾乎不相上下。宮殿建築以亮色系為主，隨處可見寶石裝飾。

我想到海因里一再強調他們是寶石生產大國的話，不禁輕笑出聲。喜歡閃亮亮的東西，感覺就像鳥一樣。鳥……鳥？

「……」

「王后陛下？您怎麼了嗎？」

「啊，沒什麼，沒事。」

腦中再度冒出「麥肯納就是藍鳥」的那個假設。等等與海因里會合的時候，我一定要問問，如果麥肯納真的是那隻藍鳥，海因里肯定知道。

「我們繼續走吧。」

就在這時，我發現身後傳來急匆匆的腳步聲。

「？」

那顯然不是羅茲，我好奇地往後一看，只見一位嘴中叼著筆的正裝男子，剛好腳步不穩地摔倒。他迅速爬起來拍了拍自己的褲子，發現我正盯著他看，立刻停下手邊的動作。

「請問這是哪位？」

我問蘿茲，她低聲回答：「是一位獲准出入王宮的記者。」

記者……

「不是王后陛下該接近的對象。」蘿茲飛快地補充解釋，「之後召開正式記者會時再接觸比較好。」

她的表情不太自在，似乎希望我趕快往其他方向走。或許是因為貴族社交界的風吹草動，經常被記者拿來作文章的緣故吧。

「獲准出入王宮的記者應該不只一位吧？」

我沒有放下這個話題，羅茲回答的語氣不太情願。

「現在共有三家報社獲得許可，每家報社只能派一名記者進宮。」

但只有一位記者跟著我，也就是說另外兩位是跟著克麗絲塔嗎？還是克麗絲塔並不喜歡記者進宮……無論如何，或許都對於現在的情況有所幫助。

我並沒有改走其他方向，反而故意朝記者前進，朝對方露出最和藹可親的笑容。

「你似乎有問題想問我，請說吧。」

記者沒想到我竟然會主動靠近，驚訝地眨著眼。一旁的蘿茲緊張地喊著「陛下」，試圖勸阻我。不過記者也不笨，慌張一閃而逝，他很快就拿出隨身筆記本開始詢問。

「請問您怎麼會如此快再婚呢？」

「小姐，妳得多交好記者才行。聽那些人問的問題，也就能知道國民究竟想要什麼了。」

同一時間，艾勒奇公爵也正與菈絲塔並肩散步，並給予忠告。公爵對菈絲塔說的策略，與娜菲爾採取的行動不謀而合，但菈絲塔顯然心不在焉。

索本修要她與艾勒奇公爵保持距離的提醒彷彿還在耳邊，而且才剛說完，隔天自己就又與公爵見面，心中實在有點過意不去。

但這也沒辦法嘛。菈絲塔這麼想著，賭氣地嘟起。

在她身邊的人當中，朗特男爵雖然親切又聰明，但他是皇帝的手下。至於裴勒迪子爵夫人，菈絲塔始終沒辦法信任她。而新女僕戴莉絲看起來很忠心，可是她每次見到索本修的模樣都讓菈絲塔看不順眼。另一個經驗老道的女僕愛麗恩，雖然做事手腳很俐落，可是都不太說話，讓人摸不透。

所以菈絲塔在宮裡可以信得過的人，幾乎就只有艾勒奇公爵而已。不，菈絲塔甚至會因為沒對他說她很快就要當上皇后的事而愧疚。

如果可以直接告訴艾勒奇公爵，他就不用說這些有的沒的建議，可以直接告訴她當上皇后後要怎麼做比較好。但公爵不知道實情，現在講的都是怎麼做才能幫助她當皇后。

「而且如果要提高小姐的聲望，記者就非常重要。妳想想，就算小姐是世界上最善良的人，那些平民也無從得知，不是嗎？」

「嗯。」

「對於那些貴族，即使關於小姐的傳聞錯得再離譜，他們也有機會親自判斷真相。可是平民並沒有機會接觸到小姐，所以要贏得民心，就得與記者打好關係。」

「就算不這麼做也沒關係……」菈絲塔終於忍不住嘟囔著反駁。

艾勒奇公爵聽到後，試探地問：「不這麼做也沒關係？小姐不是說想為了自己和孩子當上皇后嗎，難道妳改變心意了？」
「不是這樣的。」
「還是認為娜菲爾皇后已經離開，所以之後就可以安心了？」
「對，已經沒有人會來傷害菈絲塔了。」
「下一任皇后說不定會更討厭小姐啊。」
為了忍住「才不會有那種事」的反駁，菈絲塔微笑著轉過身去，然後嘟起嘴。
「小姐，我在和妳說認真的事……不要當耳邊風。」
「我知道了。你是要我好好對待記者，對不對？這樣就好了吧？」
「也不完全是這樣。」
「？」
「敵人和對所有人一視同仁的那些人，都不算是我方陣營，不是嗎？」
菈絲塔一臉痛苦，她本來想結束廢后話題，然後來聊新養父母的事。可是艾勒奇公爵卻一直在講這些不重要的東西。
「小姐，妳知道記者分成幾種嗎？」
「不知道。」
「兩種。」
「好記者和壞記者？」
「親近貴族的記者，以及與貴族敵對的記者。」
「親近貴族的記者一定也會親近皇室，菈絲塔有必要和這些記者打好關係嗎？」
「也不能完全這麼說。」
「？」
「親近貴族並不等同親近皇室，反之亦然，和貴族敵對並不等同於和皇室敵對。」

菈絲塔兩手扶著頭，心中大喊著：「夠了！」

「如果貴族和皇室的關係不好，那麼皇室就得去親近和貴族敵對的記者。也就是說，這是見風轉舵的博弈。」

「啊……嗯，好的。」

「不過呢，平民天然的立場就是與貴族敵對，小姐。了解這個差異後，就得決定自己要站在哪一邊了。」

菈絲塔深吸一口氣，「菈絲塔要獲得平民的支持，所以必須去交好那些親近平民的記者。」

「沒錯，但也不能因為這樣，反而被親近貴族的記者厭惡。」

「呃……那菈絲塔要怎麼知道哪個記者親近平民，哪個親近貴族？」

「只要閱讀這三年的報導就知道了。」

菈絲塔聽完，蹲下身子揮了揮手。

「小寶寶說不想聽到這種話題！請說一些有趣的事吧！」

看著這樣的菈絲塔，艾勒奇公爵笑出聲來。菈絲塔癟嘴看向他，公爵無奈地笑著搖頭，似乎是覺得她很可愛，但不打算鼓勵這樣的行為。

菈絲塔偷瞥了他幾眼，也不好意思地低頭笑了。

一般人閱讀報紙，只期待著兩件事：事實，以及自己想知道的答案。至於記者問我的這個問題，追求的也不是事實，而是「想聽到的答案」。

那麼西王國的國民會想聽到怎樣的回答呢……絕大部分國民都不會希望自家的國王上演一段不倫之戀而淪為笑柄。王室緋聞再吸睛，人民也不會想看到國王或王儲夫婦惹得一身腥。

西王國的國民想必也是這樣的心情。而且海因里的王兄生前納了不少情婦，所有人應該都已經厭煩這樣的事了……所以與其說出政治聯姻的事，倒不如夾雜點浪漫愛情故事，效果會比較好。

可是如果浪漫過火，可能又會變成不倫戀，我得好好把握這之間的界線。

雖然這類回覆先和海因里套過比較好……可是如果我現在推遲答覆，可信度會大打折扣，之後就算給出的說法再漂亮，也會被認為是粉飾的劇本。

深思熟慮後，我淺笑著回應：「就在我整頓自己，準備面對離婚的時候。」

「?!」

「那時的陛下給了我很大的力量。」

當然，我也不忘在回應中偷偷拋出對方絕對會感興趣的誘餌。

這位聰明的記者立刻發現我話中有話，驚訝地問：「您是指您事先就知曉離婚的事嗎？」

「……我有所耳聞。」

我沒有詳述，但這樣的回答就足夠了，留下充足的想像空間。

記者驚訝到闔不上嘴，一旁的蘿茲也同樣一臉震驚，看著我的眼神染上同情。

晚上六點左右，因為別宮沒有安設廚房，蘿茲為了準備王后的膳食便回到主宮殿，自然也順便和弟弟由寧碰了面。由寧一見到蘿茲，立刻問起王后好不好相處。

蘿茲淡淡地說：「不管是從好的方面還是壞的方面來看，都沒什麼人情味。」

「什麼意思？」

「就字面上的意思。」蘿茲想了想，繼續道，「但出乎意料，她並沒有對我展開懷柔策略。」

「會不會是姐姐太遲鈍了？」

「我難道連這種事都分辨不出來嗎？」

「這倒是。」

「不僅不打算籠絡我，甚至還真的要我幫她的忙。」

蘿茲把自己奉命準備衣服，而且是在眾人面前「被賦予重責大任」的事都說了一遍，然後稍稍提起裙襬，指著浮腫的腳。

「你看到沒？她說想參觀王宮，就讓我帶著她走了一整天。」

「怎麼走的，腳可以走到這麼腫？」

「別說了，你都不知道她每一處看得有多仔細。」

蘿茲擺擺手，想到就不禁渾身一抖。仔細的程度根本不像王后，簡直直逼間諜。她每一間房間都要進去，把王宮徹底觀察了一遍，自然也碰上不少人，但不知道為什麼，其中有幾個人看到王后後竟然面如死灰。

「感覺她也不是真的要參觀王宮，而是想要在眾人面前露面……」

看著歪頭思索的蘿茲，由寧又問：「那與克麗絲塔小姐相比如何呢？」

「我才和她相處一天而已，就只知道這些。」

「人品呢？」

「才一天而已，哪有辦法知道。」

「能力呢？」

「應該不錯吧？她能力出眾的風評都已經傳到這裡來了，雖然我目前還沒親眼目睹。」蘿茲老實回答完後，吞吞吐吐地承認，「不過，我呢，嗯，不討厭她。如果她能少到處逛，要我繼續當侍女也可以。」

「……」

這似乎不是由寧想聽到的答案，他的眉頭微微鎖了起來。

蘿茲還沒回來，她出去多久了呢？我看了一眼時鐘。

今天一整天都在逛王宮，於是我回想了一下從主宮殿回到別宮的行走距離。確實不短。那雙已經疲憊不堪的腿要再來回走這趟，速度勢必會變慢……不過怎麼想都還是太久了。

那麼她應該是遇到了誰，所以聊了一下。會是誰呢？一定是她弟弟吧。

沒錯，如果要見克麗絲塔，她應該會另外再找時間見面。聊了這麼久都沒有覺得不妥，應該是和由寧見面了。

那他們會聊什麼呢？說不定是在說今天走了一整天，抱怨腳痛呢……我趕緊用拇指壓住自己的唇，以免失笑出聲。

——叩叩。

啊，是她回來了吧。我放下手起身。

——叩叩。

但敲擊的聲音卻不是從大門傳來，而是窗戶。就像昨天一樣。我滿腹懷疑地走過去開窗，海因里跟昨天一樣站在窗外。如果要說哪裡不同，就是他今天手上拿的不是寶石花束了，而是提著用金箔裝飾的象牙白餐盒。

「海因里，這是……？」

「可以一起用餐嗎，Queen？」

「蘿茲小姐還沒回來。」

海因里敲了敲手上的餐盒，笑著說：「我都準備好帶過來了。」

他這副模樣，讓我想起小時候索本修偷偷藏起餅乾跑來找我的樣子，心中一陣火辣辣的痛。為了揮去腦中的影像，我趕緊笑著答應。

海因里一樣從窗外跳進來。又是這樣，我挑眉看他，海因里這才意識到自己做了什麼……是不是改掉他這個習慣比較好？等我們更熟悉之後，一定要好好說他。我暗自下好決心，跟著海因里走向茶桌。

海因里把餐盒放到桌上，一邊打開盒蓋一邊問：「今天過得怎麼樣呢？」

「我遇到記者了。」

「記者？啊，有三個晃來晃去的對吧。」海因里自然知道那些人是誰，他微微瞇眼，然後若有所指地問，「妳遇到的是哪個？」

「藍色頭髮，綁著馬尾……」

「啊，我知道是誰了。」

我把那名記者詢問的問題，和我回覆的答案，都告訴了海因里。本來還擔心我的回答會不會讓他不滿意，但海因里笑著說：「雖然省略了不少，但妳都照實說了呢。」

「我如今依然是這麼想的……一直以來都很感謝你。」

「我也說了很多次，Queen，想迎妳回來當王后的人是我。」

他說完後，手慢慢移向坐在桌旁的我，像隻在桌面上移動的蝸牛，最後在我面前停下。這是想牽我的手嗎？我不自在地伸手覆上他的掌背，下一刻，海因里就像遇到獵物的食蟲植物般一把握住我的手，然後問道：

「蘿茲小姐怎麼樣？」

「捕蠅草……」

「什麼？她有這麼糟糕嗎？」

「什麼？啊，不，不是，她很聰明伶俐。」

海因里似乎發現捕蠅草是在說他的手，他歪了歪頭，繼續問道：

「除了蘿茲小姐以外，沒有其他想要的侍女了嗎？」

「我還得再慢慢觀察。」

我一邊回答，一邊悄悄抽回自己的手。

如果我是從王儲妃過渡到王后，自然足以分辨誰可以放在身邊，而誰又不行。就算沒有王儲妃這段過渡期，如果我是出身自西王國，也可以輕易選出風評良好或與我關係親近的人來當侍女。但以上兩種情況我都不符合，所以很難挑選放在身邊的人。

海因里嘴上說著「好的」，目光卻惋惜地看著我抽回的手。他的表情實在太明顯了，任誰都能看出他的失落，我不自在地動了動手指，然後朝他一笑。

和海因里相處時總是這樣，雖然有點不自在，但還是很安心，心裡某處在騷動著。他就像顆塞滿羽毛的蓬鬆抱枕，讓我感到舒適，偶爾又不自覺想笑。

但這種相處模式也讓我擔心。舉行結婚典禮後我們勢必得共度初夜，如果現在就這麼不自在的話……

初夜前令人擔心，初夜本身令人擔心，初夜後要如何面對他的臉也令人擔心。到時候我們還能像這樣……如同事般相處嗎？

一想到初夜的事，心底就像被小貓的舌頭舔過般，讓人渾身不對勁。這種心情實在太奇怪，我只好刻意將視線移到餐盒上，雖然不知道是誰打包的，但還是稱讚了餐盒的用心與精美。

「是我做的。」

沒想到竟然會聽到這樣的回答。

「真的嗎？」這真是出乎我的意料，所以我又確認了一次。

海因里點點頭，低聲道：「所以說，Queen，我可以拜託妳一件事嗎？」

「拜託？」

「我們現在已經結婚了嘛。」

「……對。」

所以為什麼突然說這個？我心裡一陣緊張，兩眼盯著他。

海因里繼續低聲道：「我想做一件事。」

聽到這句話，我吃驚得屏住呼吸，目光左右飄移。

他說結婚了想做的事……會是什麼？雖然我不知道答案，但他看起來也同樣侷促不安。

說實在的，我心裡已經有了一些猜測。接吻……應該是要接吻吧？也可能是更親密的肢體接觸。我莫名地緊張起來，兩隻手在桌面下緊緊相握，不自在地看著他。

索本修是怎麼接吻的？想不起來了。但因為我們兩個從小就訂婚了，當時是自然而然就……要拒絕他嗎？還是答應他？我瞄了一眼海因里的嘴唇，看起來十分柔軟。

也是，反正是夫妻，不可能不接吻。我苦惱了片刻，便決定接受他的吻。暗自做好心理準備後，我面無表情地回答他。

「好，沒問題。」

絕對不是因為海因里的嘴唇很漂亮，我才答應接吻的。

海因里笑了笑，拿起了叉子。叉子？

只見他叉起餐盒中某塊白色魚肉，遞到我的嘴邊，還說著：「來，啊～」

我整個人愣住，眼睛眨了眨，下意識張開嘴，某個香噴噴的東西就放了進來。我僵硬地咀嚼吞下，眼睛依然愣愣地看著他。海因里則眨著眼睛看我。

「這是什麼？」接吻呢？我詫異地問他。

海因里的笑容溫柔，低聲說：「這就是我一直想做的事。」

我感到更手足無措了，嘟囔道：「……我自己也有手啊。」

這句話明明是在慌張之下脫口而出，語氣聽來卻有點過於無情。我有點抱歉地看過去，海因里則難為情地向我道歉。

「Queen 討厭這種事嗎？對不起。」

「不是這樣的，我是……」

「？」

我閉上嘴，面對他一無所知的臉，我要怎麼開口告訴他，剛剛我說沒問題的其實是指接吻？

我不是因為想和他接吻而焦躁，只是因為我自顧自地誤會後，白白做了莫名其妙的覺悟而已。但如果把這件事說清楚，聽起來反倒像我在期待與他接吻。所以我一言不發，叉起小番茄塞到海因里嘴裡，一口接一口。

「Queen？太多了，太多了，妳慢慢來。」
「張嘴。」
「Queen，妳慢一點——」
「你不是說夫妻之間想做這個嗎？」
「呃，Queen，總之妳先……」
「一口也不漏，都吞下去吧。」
門外的蘿茲剛靠近，就聽到門後傳出國王的呻吟混著哀求，嚇得趕緊往後退。她張大眼睛，偷偷往那扇門看去，整張臉都紅透了。
不是聽說東大帝國的皇后性格一本正經？從各方面看來確實很一本正經，沒想到居然如此開放……
蘿茲一手拍拍自己的臉頰，然後捧著盤子飛快地離開別宮的走廊。
我餵完了所有的小番茄，海因里的嘴角還殘留不少紅色汁液。他拿出手帕擦臉，有些不滿地抱怨。
「我想做的事，才沒有這麼激烈呢。」海因里想了想，又笑著改口，「不過因為是 Queen 餵的，所以我很開心。」
他爽朗的樣子，讓我十分過意不去。明明是自己蠢得會錯意，居然還遷怒到他身上。
「我來幫你吧。」
我受不了這種自我譴責，於是起身走到海因里身邊，搶過他的手帕幫他擦拭嘴角。
海因里乖巧地任我擺布，不過要是他能閉上眼睛就更好了。但海因里不僅不閉眼，還一眨也不眨地看著我。每當他眨眼的時候，金色的睫毛就會微微顫動，下方那雙紫眸忽隱忽現，讓我想起了 Queen。
對了，這麼說來……
「突然想起來，我有件事想問你。」

海因里彎起眼角笑著說：「儘管問吧，Queen。」
「你養的那隻藍鳥，難道是麥肯納嗎？」
「！」
海因里的臉立刻哀怨起來，嘀咕道：「剛剛的氣氛，剛剛的氣氛難道不好嗎？」
他眼角的笑意消失了，表情沮喪，連頭都低了下去。我收回手，把手帕還給他後，回到原本的位置坐下。
「所以不是嗎？」
我再問了一次，海因里看起來相當不知所措，左顧右盼地四處看，最終還是裝不下去，輕嘆一口氣回答。
「沒錯。」
我不由得張大了嘴。雖然我已經差不多確信這件事了，但親耳聽到還是很震驚。人居然會變身成鳥……這真是太令人吃驚了，更何況那隻鳥還是海因里的下屬。所以這不是傳說，而是真實存在的種族嗎？我無法抑制好奇心，還是問出了那個族名。
「所以麥肯納卿，他是鳥首族嗎？」
沒想到海因里聽到我的問題，居然笑得人仰馬翻，完全顧不上回答。
那時候的艾勒奇公爵也是這樣，沒想到連海因里也……我咬著唇，斜眼看著海因里。我知道自己說這個族名的時候，聽起來是很奇怪，但那又不是我的錯，一開始就不應該取這種名稱。
「嗯。」
海因里點著頭，努力咬住下唇壓下笑意。過了至少三分鐘，他才終於能好好開口回答。
「雖然沒錯，但還是盡量不要使用這個名稱比較好。」
「啊，族名改了嗎？」
「不，不是這樣。只是，嗯，那個民族的人不太喜歡這個名稱。」

現在想想，這個名稱是由他們族群的敵對方取的，聽起來確實很冒犯。所以我點了點頭，繼續問道：「那可以改名嗎？」

「什麼意思？」

「鳥首一族……或是改叫鳥面族？」

看到海因里又緊閉著嘴抖動忍笑，我決定盡量不要再講這個種族的名稱了。

「不過，Queen 是從哪裡聽來這些情報的？」

「是宮裡的魔法師。」

「啊……原來如此。」

海因里挑起眉，冷笑了一聲，表情非常嚴肅。

怎麼了嗎？難道這是國家機密？見到我擔心地看著他，海因里立刻笑著表示沒事。

「難道……這是機密之類的事嗎？」他這樣反而讓我更擔心，於是我進一步詢問。

但海因里只是擺手道：「那個種族到現在還存在的事是機密沒錯，但種族本身的存在卻不是什麼機密。」

「可是你的臉色不太好看……」

「我只是在感嘆，東大帝國真的有不少優秀人才而已。」

看來海因里對母國的愛比他自認的更加深重。雖然這是件好事，但對於我這個東大帝國出身的西王國王后而言，那番發言卻讓我不知該如何反應。

如果表達肯定，海因里應該會有點不是滋味，但這本身是事實，我也難以否認。我只好隨意點點頭，等海因里心情恢復平常後，才繼續詢問。

「我還有一件事情想問。」

但這回海因里並沒有爽快地說「儘管問」，而是露出有些不安的神情，像是擔心我又要問什麼可怕的問題。

我觀察了一下他的反應，接著認真地問：「難道……Queen也是鳥……那一族的人嗎？」

「！」

「Queen應該也是你的下屬之一？」

海因里猶豫地雙手交握，目光往下飄。整個人看起來靜止不動，但從他顫動的髮尾，可以知道他實際上很緊張。我歪著頭，仔細地觀察著他。

海因里維持這個狀態好長一段時間後，才開口問：「如果Queen也是人類……妳會不開心嗎？」

Queen，我可愛的Queen。為我叼來了蛋糕，在我哭泣時張開雙翼擁我入懷安慰的Queen。想到Queen本身的話，完全不會不開心。但如果牠其實是人類……

我猶豫片刻，回答了「有一點」。

這並不是因為Queen做過什麼讓我難過或不開心的事，而是因為我對Queen實在太沒有警戒心了。回頭想想，Queen在我換衣服的時候都會轉過頭去，而且也不會主動親啄我。我抱住牠的話，還會全身僵住，像隻玩偶一樣。

可是問題在於我自己主動去抱了Queen、去親牠，還在牠面前大剌剌地換衣服。Queen如果只是Queen，那倒沒什麼關係，但如果牠的真實身分是我丈夫的屬下，那就令人非常困擾了。

海因里不自然地笑著說「這樣啊」，然後就一邊喃喃自語著什麼，一邊迅速用叉子拿取餐盒裡的食物。

「這……這個也很好吃。」

「所以最後您什麼都沒說，就這樣回來了?!」

隔天，麥肯納聽完海因里的轉述，一臉不可置信。海因里把頭埋進臂彎，趴到了書桌上。

「她說不開心的那瞬間，我的腦袋就一片空白了。」

「明明我是鳥的事情，您那麼自然就說出來了……」

「她又沒說你會讓她不開心！」

「因為我和陛下不一樣，我這隻鳥和王后陛下沒那麼親密。」說完，麥肯納又補充了一句，並露出自豪的表情。「我可是一隻自尊自愛不黏人的鳥。」

海因里瞪了他一眼，然後嘆了口氣，「我應該對她說明真相的……」

海因里很怕知道一切的娜菲爾，會用冷漠的眼神瞪他，表達對他的輕蔑。雖然娜菲爾那雙令人戰慄的冷傲眼眸也非常有魅力，但海因里並不想被她用那樣的眼神視為敵人。

海因里難過到什麼聲音也發不出來，麥肯納見狀只能搖頭。

「您總不能一直隱瞞下去吧。」

「我知道，我必須說。」

如今，他們這一族的存在是重大機密，一般情況下絕對不允許外傳，唯一的例外就是家人。所以海因里現在已經可以向娜菲爾說明另一重身分了，他也做好了被娜菲爾發現 Queen 身上祕密的心理準備。

海因里重重嘆氣，抬起頭說：「我打算等夫人那些東大帝國侍女抵達之後再說。」

「您說的是朱柏爾伯爵夫人，還有那位叫做蘿拉的小姐嗎？」

為什麼一定要等到那時……？麥肯納雖然把後面這句疑問吞了回去，但海因里知道他想問什麼，所以直接回答：

「這樣一來，就算內心受到衝擊，至少她身旁還有能給予安慰的人。」

海因里看起來已經認定娜菲爾會深受打擊了。

至於麥肯納，他並不知道娜菲爾常常拍打 Queen 的屁股、抓著 Queen 親了好多次，還有把牠抱在懷裡哭等等的內情，所以只是一邊想著「陛下也太篤定了吧」，一邊嘖嘖稱奇。

不過等麥肯納走出海因里的辦公室，一陣不安突然掠過心頭，腳步不禁倜促起來。

「我應該沒做過什麼事……對吧？」

Chapter 24

噴水池中的男子

Empress and the Emperor, side by side as they were meant to be.
But with a prey found in the forest, and a prince sent from the West.
It's an oath to be broken, or new vows to be made...

為什麼海因里會那麼慌張呢？

我整晚都在想這件事，想著想著就睡著了。但早上醒來腦中浮現的第一件事，依然是這個。

不管我起床梳洗、我看著蘿茲帶來的衣服時，我穿上衣服、盤綁頭髮時……甚至在我被在東大帝國沒見過的食物辣得直咳嗽時，都無法擺脫海因里那個慌張的表情。

對於他慌張的理由，我也不是完全沒有頭緒。或許海因里自己就是Queen，所以才會這麼驚慌吧？

如果海因里的反應小一點、冷靜一點，我可能還不會有這種想法。只是他對於我提到麥肯納和Queen的反應實在差別太大了，如果Queen不是他，又何必那樣？

「王后陛下，今日您想去哪裡？」

「……」

「王后陛下？」

鳥……首族，他們之間應該都是親戚關係吧，而海因里和麥肯納可是堂兄弟。這樣看來，麥肯納應該是的母系親戚那邊是鳥……首族，畢竟王族不太可能是鳥……首族的人。

但如果和我的推測相反，是來自父系親戚的血脈呢？那麼海因里和麥肯納一樣都是鳥人的可能性就更高了。

海因里驚慌失措的反應，血緣間遺傳的能力……如果將Queen視為海因里，一切就說得通了。

「王后陛下？」

再加上Queen和海因里的眼睛都是紫色，頭髮和羽毛都是金色不是嗎？

天吶，我越想越戰慄，不禁抬手掩唇。這時，心中突然浮現Queen毛茸茸的觸感。

我好像每次覺得牠太過可愛的時候，都會去拍拍牠的屁股。對，而且每次我打牠屁股時，Queen看起來都特別緊張。所以我每次讓牠睡在我身側，牠卻總是一早就飛走，難道也是這個緣故？我到底親了Queen幾次？

「王后陛下！」

這一聲嚇到我了。我太沉浸在思緒中，聽到大喊才回過神來。蘿茲兩手撐在桌上，擔心地看著我，臉也越湊越近。

「怎麼了嗎？」

我驚訝地回問，蘿茲拔高了音調。

「您沒事吧？我已經喊您好幾次了。」

「啊，這樣呀。抱歉，我剛好在想事情。」

「您的臉色不太好。」

「沒事，只是在思考一些事……」

到底是什麼事情想得這麼出神，蘿茲歪頭想了想，小心翼翼地問：「請問是因為克麗絲塔小姐的關係嗎？」

「克麗絲塔？」

克麗絲塔是誰……啊。

「不是的，跟她沒關係。」

我連忙扯出「王后式微笑」，然後搖了搖頭。我實在太心神不寧，對身旁的狀況一無所覺。直到蘿茲提起克麗絲塔，我才想到自己還沒將權力從她手上拿回來，實在沒有空胡思亂想。

雖然 Queen 是不是海因里這件事也很重要，但現在的重點是——海因里這麼容易就能溜出王宮，也是因為他是鳥嗎？……不行，如果我繼續坐在這裡，思緒就會一直跑過去。

我趕緊起身，並向蘿茲道歉：「真的非常抱歉，不過真的不是因為克麗絲塔的事。」

「是……」

蘿茲看起來不太相信，下一刻，她滿臉通紅地「啊啊」了幾聲，垂眸嘟囔著：「那、那當然，您還有很多其他要思考的事嘛。」

「？」

為什麼突然害羞起來?我困惑地看著她，蘿茲卻連忙問起其他事。

「啊，您今天想做什麼呢?宮殿您已經全看過一遍了。」

西王國首都中，能被稱作「宮殿」的處所，其實還有其他地方。但那裡距離遙遠，必須搭乘馬車才能抵達，我也沒必要急著去參觀，於是我搖搖頭。

「參觀宮殿到此就差不多了……對了，妳知道我哥哥住哪裡嗎?」

明明我聽說哥哥早就住進了西王國王宮，但奇怪的是，到目前為止我都沒見過他的人影。說真的，本來還以為哥哥會主動來找我……難道是去了別的地方?

「您是指克沙勒卿嗎?」蘿茲直接提起哥哥的名字。

「沒錯。」

果然哥哥現在就住在這裡。我點了點頭，蘿茲思考片刻才開口。

「雖然我不是很確定，但應該是住在其中一間貴賓房。」

「那我們就去那裡吧。」

雖然昨天參觀王宮各處時，也有走到貴賓房附近，但我並沒有一一進門。畢竟那是專門給客人下榻的地方，我進去參觀實在有失禮節。但若早知道哥哥住在那裡，我就直接進去見哥哥了。雖然有點後悔，不過現在去也不遲。

「好的。」

說完，羅茲便在前方領路，帶我前往貴賓房。我走在她身後，再一次慢慢觀察王宮的構造。

貴賓房的走廊上，站著一名負責相關事務的官員，羅茲一說出哥哥的名字，官員便立刻指出哥哥的房間位置。

「克沙勒卿目前下榻於前方第三間房中。」

「謝謝你。」

我謝過官員，來到哥哥的房門前，敲了敲門。能在西王國再次看到哥哥，這讓我非常振奮。雖然父親和母親選擇留在東大帝國，至少我在這裡還有哥哥在身邊。

「……」

然而我怎麼等，門後都沒有傳出任何回應。

難道他外出了嗎？也是，哥哥的個性本來就待不住，說不定這幾天他都外出了，根本就不在王宮裡。

反正也沒有一定要今天就見到面，我決定之後再來找他。

我轉過身說：「那我們先去圖書館吧。」

「是的，王后陛下。」

還沒走幾步，就聽到一串沉重的腳步聲，隨後眼前便出現一位身形魁梧的騎士。原本騎士正朝我們這邊走，但見到貴夫人在前，便退避到一旁。然而就在我和蘿茲越過他身邊時，騎士突然瞪大眼睛高喊。

「克沙勒卿?!」

他的手還指向了我。大概是把我錯看成哥哥，不然就是震驚我和哥哥實在長得太像了。至少我能肯定他一定認識哥哥。

騎士就這樣驚愕地佇在原地，直到蘿茲怒喝「放肆！」，他才回過神來。

「是娜菲爾王后陛下嗎？」騎士立刻跪下道歉，「臣非常抱歉，王后陛下，您和克沙勒卿實在長得太像了，才會……」

我告訴他沒關係後，騎士便站起身開始自我介紹。

「屬下名叫阿普林，王后陛下。雖然並不隸屬禁衛騎士團，但屬下是海因里陛下親自冊封的騎士。」

我點點頭，「很高興見到你，阿普林卿。你好像在找我兄長……」

我有些不安，猜不出海因里的騎士為何要來找哥哥。每次索本修的騎士去找哥哥，總是沒什麼好事。

雖然我很清楚海因里不是索本修，但哥哥依然是哥哥。西王國王宮裡有這麼多人每天都在背後議論我，我實在很擔心他會為此跑去找人打架。

然而阿普林的回應卻在我的意料之外。

「啊，是的，因為克沙勒卿總是在躲屬下。」

「？」

「克沙勒卿是由屬下帶回西王國的，所以本來想說我們兩個可以加深交情，但克沙勒卿總是躲著我。」

因為想交朋友才來找哥哥？海因里的騎士？哥哥還避不見面？雖然不是因為產生了紛爭才找上門，這讓人鬆了一口氣，但……

我為了不同的原因皺起眉頭。哥哥喜歡和強者來往，聚在一起聊劍、談馬、說戰爭、討論戰術等等，這是他的興趣。如今他卻在躲這位看起來實力強悍的騎士？

我困惑地看著對方，騎士則若有所思地看著我。

「這麼一想，自從王后陛下過來之後，就更難找到克沙勒卿了。難道……是王后陛下把克沙勒卿藏起來了？」

「太放肆了！」

蘿茲再度怒斥，阿普林又一次匆忙跪下，連聲致歉。他這副模樣實在太過卑微，我不禁有些驚訝。這位名叫阿普林的騎士，可說是我看過的騎士中最不像騎士的人。無論是行為、用詞，甚至是外觀，都讓人不禁懷疑「這人真的是海因里的騎士嗎？」。

但這反而讓我更加不解。哥哥這個人其實與那些所謂的「典型騎士」合不來，因為他受不了貴族老是愛唇槍舌戰。

一般貴族不管有多生氣都會先扯出笑容，再迂迴地酸言酸語回擊。可是哥哥的怒火往往都是直接爆發。所以他應該與那些「非典型騎士」會更合得來才對……

這位騎士到底是做了什麼，哥哥才會一直躲著他？

我依然困惑地看著他，但決定先解開彼此的誤會再說。

「我也是來找兄長的，但他人不在，所以正準備離開。」

阿普林這才恍然大悟，「啊，原來如此。」說完，他毫不猶豫地跟上我們。

我們離開了貴賓房的走廊，下樓時，阿普林態度自然地閒話家常起來。

「是說，屬下有一位妹妹，善良又帥氣……總之，她聚集了優點於一身，王后陛下。」

「是嗎……」

「問題就是那孩子太單純了，甚至無法好好直視男性的眼睛，這讓我有點擔心。」

「這樣啊……」

「當然，她只是單純而已，那孩子還是很聰明很伶俐的，您曉得吧？」

我連見都沒見過，怎麼會知道你妹妹聰不聰明？我心裡這麼想，但口頭上還是應和著他。我現在可說是一頭霧水，不明白這男人為何要跟著我。

就這樣走了約三十分鐘，我終於受不了，只好委婉暗示他不用再同行了。

「很抱歉，阿普林卿。」

「是的，王后陛下。」

「我現在打算去圖書館。」

「這樣啊，那屬下可以推薦幾本好書給您！」

「……就不勞你推薦了。」

「還是王后陛下要推薦幾本書給屬下？」

完全沒效果，這個人似乎沒有離開的意思。難到他來找哥哥只是藉口，事實上是克麗絲塔派來跟在我身邊打探消息的嗎？但又好像不是這回事，因為我們迎面遇上某位侍女時，阿普林竟然大聲說：「這不是前王后陛下的侍女嗎？」

「！」

「妳還待在這裡，還沒走啊？」

如果是克麗絲塔派來的人，不可能如此直白地給侍女難堪。克麗絲塔的侍女看了看我和阿普林，也沒膽追究，只好滿臉通紅地憤而離去。對方想必是誤以為阿普林是我的親信，剛剛那番話是出自於我授意吧。

然而阿普林根本沒發現自己讓克麗絲塔的侍女顏面盡失，自信滿滿地說：「屬下很受歡迎，大家看到我都會臉紅。」

……看來他只是不會看人臉色罷了。

總之，感覺無法帶著這位大嗓門騎士進入圖書館，於是我決定慢慢散步，順便複習昨天記下的路線。

蘿茲看起來對阿普林非常不滿，神情僵硬，一路沉默不語。但在發現阿普林根本不打算離開之後，只好無視於他的存在，直接開口問我。

「王后陛下，您不準備再找其他侍女嗎？」

「之後會有兩位服侍過我的侍女從東大帝國前來。」

「加上我就是三位，但人數還是不夠呢，陛下。」

「我會視情況再慢慢增加。」

我們聊著侍女人手不足的話題，正想著阿普林怎麼這麼安靜，他就突然舉起手插嘴。

「王后陛下！屬下推薦自己的妹妹當侍女！」

已經盡量容忍他的蘿茲，聽到這話立刻握住我的手，飛快地搖頭，滿臉寫著「萬萬不可」。她們認識嗎？當然，在貴族社交界即使交情不熟，也多少知道彼此的名字和長相，只是……

我的思緒落在蘿茲身上，所以沒有立刻回覆，一旁的阿普林十分激動，哀求般不斷推薦。

「她真的是很善良的孩子，很會看人臉色，又很健康，一定會成為王后陛下的得力助手。陛下若能收她作侍女，那將是屬下家族的莫大光榮，絕對不會忘記王后陛下的大恩大德！」

「……那你明天能先把她帶過來嗎？」

阿普林看上去實在太迫切，我只好和他約了明天見見他的妹妹。而得到我口頭承諾的阿普林，總算感受到神的旨意，終於願意離開我身邊了。

我看著阿普林遠去的背影，蘿茲等到他徹底消失後，這才向我坦承。

「王后陛下，您絕對不能任用阿普林卿的妹妹當侍女。」

「是蘿茲小姐也認識的人嗎？」

「我和她沒有私交，但她很有名。」

有名？

「她難道闖過什麼禍嗎？」

「她和阿普林卿完全是同個模子印出來的，無論是樣貌還是性格！」

啊……

「如果您將那女人放在身邊，會有損您的格調，陛下。」

到底是什麼情況才會讓蘿茲說出這種話，這讓我莫名不安起來。但我都已經與阿普林約定好了，也沒辦法收回。

「反正已經約好明天先見一見了，看看再說吧。」

隔天，蘿茲那麼堅決反對讓阿普林的妹妹擔任侍女的理由，我親眼看到她本人時，總算能夠理解了。嗯……

「屬下是瑪斯塔斯．維奧萊特，王后陛下。」

用著響亮嗓音上前致意的她，散發出的氛圍真的……殺氣騰騰，讓人十分驚恐。

蘿茲說她和阿普林一模一樣，在我看來，所謂的一樣，應該是指兩兄妹的氣質。身為騎士的阿普林，氣勢散發著殺氣，給人粗獷的印象，而瑪斯塔斯也不惶多讓。再加上她背上背的那個是什麼……槍？

「啊，這是維奧萊特，陛下。」

穿著一身以蕾絲和珍珠裝飾的淡粉洋裝，背後卻扛著巨大的長槍，視覺上非常不協調。見我愣愣看著她身上的武器，瑪斯塔斯不好意思地紅著臉，搔了搔自己的臉頰。

「這……因為我受到的教育是，淑女必須時時攜帶武器，絕不能鬆懈。」

身上沒有任何武器的蘿茲，表情整個垮了下來。

「那就拜託妳了，瑪斯塔斯小姐。」雖然我自己也受到不少驚嚇，但盡量不動聲色，露出笑容道。

沒想到瑪斯塔斯一臉感動地重複道：「瑪斯塔斯小姐？」

我一不小心還是面露詫異，瞪大雙眼看著她。見狀，瑪斯塔斯扭著手指道歉。

「非常抱歉，因為自從受封為騎士之後，大家都只會叫我『瑪斯塔斯卿』。」

「妳已經受封為騎士了？」

像是有其他隱情般，瑪斯塔斯一臉憂愁地說「是的」，接著一邊偷偷觀察我的反應，一邊吞吞吐吐地詢問。

「是說……那個，當侍女應該做什麼呀，陛下？」

蘿茲在瑪斯塔斯身後無聲用唇語說：「您看吧，就說絕對不行。」

我猶豫了片刻，先告訴瑪斯塔斯我想喝茶。但就算聽到我這麼要求，瑪斯塔斯也沒有反應，依然傻傻站在原地。蘿茲只好跑上前，拖著她的手臂往外走。

兩位千金的腳步聲都遠離之後，我靠在椅背上開始煩惱。阿普林為什麼硬要推薦連侍女該什麼都不知道的千金給我呢？總覺得……他心裡像是在打著什麼主意。

「你說誰去當了誰的侍女?!」

海因里正在喝水，一聽到報告，頓時嗆得直咳嗽。

「瑪斯塔斯卿。」麥肯納一臉尷尬地回答。

海因里咳到整張臉漲紅，一邊用手搧風一邊問：「為什麼？」

「還能是為什麼。她一心期盼能當『瑪斯塔小姐』，這次讓她逮到機會了吧。」

海因里的眉頭深鎖，「她到底為什麼對這種事這麼執著啊？」

阿普林和瑪斯塔斯兄妹，隸屬於海因里個人的親信所組成的祕密騎士團，而且並非普通成員。阿普林是騎士團長，妹妹則是騎士團第二小隊的隊長。

這支騎士團目前接受的都是必須暗中進行的任務，但海因里打算在稱帝後將騎士團由暗轉明，並提拔到身邊擔任禁衛。可是現在，祕密騎士團的第二小隊長竟然要去當王后的侍女……

海因里頭痛地揉著太陽穴。雖然作為部下，他很重視瑪斯塔斯，但完全不會想把她送到妻子身邊當侍女。

瑪斯塔斯在騎士團中可是以手段凶殘出名，甚至有「血之手」的稱號。難道現在她要用揮砍敵人脖子和腦袋的手，去幫夫人切牛排嗎？

麥肯納無奈地說：「這都要怪阿普林卿，還不是因為他看上了克沙勒卿，整天追著他跑，不然哪會發生這種事。」

「等等，你說什麼？誰看上了誰？」

「阿普林卿啊，他想把自己的妹妹介紹給克沙勒卿。陛下不在的期間，他可是一直追在克沙勒卿身後跑。」

「！」

「這一定是阿普林卿的盤算，讓妹妹當上王后陛下的侍女，與克沙勒卿見面的機會自然大大增加。他肯定是用『能變成任何人都不會忽略的千金小姐』這種說法來慫恿瑪斯塔斯。」

明明長得熊模熊樣，腦筋倒像狐狸一樣動得快，麥肯納碎碎念著。海因里驚訝得張大嘴。

隨後，麥肯納問海因里：「不說這個了，陛下今晚還要訓練嗎？您看起來非常疲倦，要不要幫您取消？」

帶著瑪斯塔斯到處轉了一天後，我更加苦惱了。

雖然瑪斯塔斯作為侍女實在不怎麼樣，她的個性卻相當合我的胃口。或許因為是正式受封的騎士，瑪斯塔斯一舉一動都充滿騎士的架勢，十分帥氣可靠。而且她也只是一開始不太熟悉而已，知道侍女的工作該做些什麼後，很快就能幫我跑腿了。

瑪斯塔斯的個性倒是與凶惡的外表天差地遠，非常地乖巧。不過不知道為什麼，每次我說話的時候，她總是會出神地盯著我的臉。

說實話，瑪斯塔斯真的很可愛。如果不是我請她進行一場「社交界爭執模擬」，或許會毫不猶豫地收下她當侍女。但也就是這場模擬測驗，讓我下定決心絕對不能讓她來擔任侍女。

爭執才進行不到五分鐘，她就抽出長槍大喊：「我以這把長槍發誓，我說的話句句屬實。若有半句虛假，就獻上我的項上人頭，妳也堵上妳的腦袋吧！」

侍女有時肩負著為皇后或王后出面吵架的重責大任，所以我才想來一場爭執的模擬測驗，但這結果實在是太誇張了。她替我進行跑腿時犯的那些小錯誤，我多少還能睜一隻眼閉一隻眼，但如果她真的在社交界這麼做……我哥哥這樣我都很難做人了，更何況是身邊的侍女。

但就在瑪斯塔斯回去之前，她害羞地對我進行了一番告白，讓我實在很難直接了當地說「我沒辦法任命妳為侍女」。

「哥哥突然叫我來當侍女，我原本還以為他腦袋出問題了。結果突然發現，我好像真的很適合當侍女呢。」

「！」

「就算我做錯事，您也不會切下我的手指……王后陛下真的是位很好很溫暖的人呢。」

她平常到底是生活在什麼樣的環境，竟然會出現犯錯就要切掉手指這種言論，讓我著實擔心。

但蘿茲在瑪斯塔斯離開後，便認真地給我忠告。

「不能用同情心來選拔侍女，王后陛下。絕對絕對不可以。更何況現在您在各方面，都會一一被拿來和克麗絲塔小姐做比較，絕對不能因為侍女的關係成為眾人的笑柄啊。」

「……」

「阿普林卿和瑪斯塔斯卿雖然受封為騎士，但都是沒有騎士團要接收的怪人。沒必要和這種人扯上關係，陛下。」

我就這樣煩惱了好一段時間。其實就算蘿茲沒有開口，我自己本來也就對侍女的禮儀行止要求嚴格。侍女就如同我的鏡子，映射出我的想法和形象，所以有時我也必須為她們犯的錯負責。

過去我身邊的侍女，就算是最活潑、言行也最大剌剌的蘿拉，必要的時候依然能展現出教科書般完美的禮儀。但如果是瑪斯塔斯……實在讓人難以放心。

如果我感情用事留下她當侍女，未來她真的在宴會上抽槍出來威脅人，那怎麼辦？

可是想到要拒絕瑪斯塔斯，她說著我很好時的閃亮目光，以及切手指的事，就又會浮現心頭。或許是因為來到西王國後，實在沒什麼人站在我這邊吧。她雖然不像蘿茲那樣，是我計畫好拉拔到身邊的孩子，但我非常感激她主動站出來說喜歡我。

最終我依然猶豫不決，只好在夜裡獨自走出別宮。雖然沒有人領路，但我已經將王宮的布局記得差不多了，別宮附近的路尤其熟稔。既然不怕迷路，我決定出來走走，順便透個氣。夜晚的空氣有助於清除心中的雜念，比較好整理思緒。

「……」

但沒過多久，我聽到了拍打的聲響，便抬頭一看。那是一群巨大的鳥類，正排成一線飛越夜空。我眨眨眼，又用手背揉了揉，再次看向那群鳥。

是我的錯覺嗎？Queen 好像飛在鳥群之中……？如果裡頭也有藍鳥，我就能更確定了。

但鳥群中並沒看到醒目的藍色，所以我其實不確定剛剛看到的究竟是不是 Queen。我猶豫片刻，決定去看看鳥群飛到了什麼地方。

沿著那個方向往前走，前方是那座謠傳鬧鬼的廢棄宮殿。記得蘿茲說明時看起來十分害怕。我問她為什麼有那麼可怕的傳聞，卻一直沒有重建這座宮殿，蘿茲說是那因為想拆除廢棄宮殿的那些工人，全都被鬼嚇跑了。

不過我本就不怕這種靈異傳說，所以逕自走進宮殿。如果真的有鬼，我也想見一見。

說是這樣說，在聽到中庭噴水池傳來潑濺水聲的時候，我依然不由自主地渾身一顫。

難道真的是鬼？我藏身在柱子後方，探頭看向噴水池。仔細觀察一番後，我在噴水池灑下的水流中發現了鳥的輪廓。啊，原來是鳥發出的聲音。

我覺得自己實在太膽小了，不禁笑了出來。說著不怕鬼卻被嚇到，真是太丟人了，於是我閉上嘴默默看著噴水池。

那隻鳥用翅膀拍打著水，發出嘩啦啦的聲響。接著牠走出水流，露出了鳥兒的臉和羽毛。

那是Queen。果然我剛剛看到的就是Queen，但其他的鳥到哪去了，為什麼只有Queen在這……？

我滿腹疑惑，目光仍然關注著前方，就在這時，我的眼前出現了不敢置信的畫面。

上一秒，Queen還忙著抖落羽毛上的水珠，下一瞬間竟變成一名高大的男子。中間沒有什麼轉化過程，而是真的一眨眼後就徹底改變了。

鳥變成的男子抬手將臉上的濕髮向後撥，似乎低喃著什麼。我連忙在尖叫出聲前捂住自己的嘴。

那男子……竟然是一絲不掛的海因里。

我太過震驚，只能愣愣看著他赤裸的身子。腰部以下浸在水池中，上半身則裸露在月光中。

之前讓海因里護送的時候，我就隱約發現他身上全是肌肉。穿上衣服時並不明顯，但脫下衣服便顯得異常健美。腹肌、手臂、大腿、鎖骨、優雅修長的脖頸以及直挺的背部，全都有如神殿中的雕像。

濕意覆蓋光滑的肌膚，十分引人遐想。金髮往後撥，更加凸顯那張俊美的臉龐。身上的水珠在月光下一閃一閃發光，讓海因里看起來簡直不像人類，而是一位精靈。

但確實有一處不尋常的地方，那巨大的……部位，在神殿中的雕像上看不到，精靈似乎也不會擁有。原來從鳥變回人之後是裸體嗎？

雖然我確實懷疑過 Queen 就是海因里，但親眼目睹真相，依然讓我的心臟怦怦亂跳，更不用說還是以如此刺激的方式看到。

而且雖然懷疑過他就是那隻鳥，但沒想到鳥的形態居然是裸體……也就是說我是在他裸體的狀態下抱他、親他，還拍他屁股嗎……！

為了不讓自己失聲大叫，我只好狠狠咬住舌頭。看著眼前一絲不掛的海因里，腦中不禁開始聯想我都抱著這樣的身體做了些什麼。

海因里這麼騙我，我應該生氣才對。他還刻意假裝自己和 Queen 是不同的個體，我應該生氣才對。然而對我而言，此刻的震驚儼然大過憤怒，最主要是太難為情了。

當我從紛亂的思緒中回過神，海因里已經從噴水池中起身離開了。我在原地躊躇了片刻，接著查看四周，確認沒有其他鳥或人之後，就飛快地回到別宮。

生氣……得好好跟他生氣才行。我一面這樣想著，一面躺回床上，努力在心中堆疊怒氣。他這樣騙我，我應該生氣才對。就算不表現出來我發現了什麼，也應該怒火中燒才對，這才正常。

但我無論怎麼想，想來想去，浮現的都是他一絲不掛的身體。特別是……那個部位，實在讓人印象過於強烈，害我老是想起……那個部位。

怎麼辦？我想給海因里一個坦白的機會，畢竟鳥一族的存在是機密，他應該也不是故意要隱瞞我。所以既然我們現在結婚了，我想給他一個開誠布公的機會。

但如果他真的老實承認了？他肯定也會想起自己是鳥型的時候，被我抱到懷裡拍屁股的事……眼前再次浮現海因里站在噴水池中的幻影，我拿起枕頭埋住自己的臉。

……還是我乾脆裝作不知道好了。

翌日，東大帝國的索本修也聽到了令他震驚的消息。

「你說娜菲爾已經在西王國了？」聽到部下的報告，索本修慘笑一聲，扶住額頭。「真的就這樣走了？」

「是的，聽說已經在王宮裡生活了。」

索本修拍著手大笑出聲，彷彿聽到什麼有趣的笑話。

從西王國到東大帝國傳遞消息需要不少時間，可見娜菲爾已經在西王國王宮裡住了好幾天。索本修全身無力，不知所謂地乾笑著。深沉的背叛感浮上他的心頭，怒氣隨之狂湧而上。

就算娜菲爾再怎麼生氣，她怎麼能……怎麼能轉身就去當其他國家的王后？索本修完全不能理解，娜菲爾明明就說不是因為喜歡海因里才和他結婚，為何動作卻又如此迅速？

混帳！

索本修如今很後悔自己燒毀海因里寫給娜菲爾的信，說不定那些看似稀鬆平常的內容，其實暗藏了什麼神祕暗語，譬如早就互許終生之類的肉麻內容。

索本修極力壓下怒火，示意部下退下。等對方離開後，他立刻咬牙切齒地捶打牆壁。

娜菲爾從小就是他的妻子，不是戀人，而是妻子。一直以來都陪伴在他身旁，未來一輩子也都會在身旁的妻子。

不僅如此，德羅比公爵家可是出過好幾代皇后的貴族。從他們家選皇后可不是為了避免近親通婚，就算把出身其他家族的皇后全部加起來，也比不過來自德羅比家的皇后人數，德羅比家就是這樣的頂級名門。但這種頂級名門的閨秀，竟跑到了西王國？

索本修握著拳頭，一次又一次往牆上捶打。他知道娜菲爾會生氣，但再怎麼生氣也該有個限度吧？她如今的舉動在索本修看來完全越界了。

「卡爾侯爵。」索本修獨自發洩了好一段時間，最終依然壓制不了憤怒，叫了侯爵來命令道，「馬上開始準備與菈絲塔的婚禮。」

「這麼……快就要嗎？」

「得在她生產前舉辦婚禮才行。結婚本來就是一件辛苦的事，總不能等到肚子越來越大，讓她拖著沉重的身體進行吧。」

「是這樣沒錯。」

「結婚典禮必須越盛大越好。」

卡爾侯爵連連稱是地答應下來，但也面露擔心地看向索本修。他發現索本修似乎比平時更加激動，還注意到他微微濕潤的眼角。

「陛下……？」

「娜菲爾一定得出席這場婚禮……我要讓她後悔。」

「陛下……」

索本修緊緊閉上雙眼。

娜菲爾目前尚未舉行再婚的婚禮，但到時候一定會送邀請函過來。所以他想在娜菲爾完婚之前，索性自己先辦一場婚禮，讓她看到盛大華麗的婚禮後懊悔。

索本修知道自己這麼做很幼稚，但如果不這麼做，他完全無法發洩這股怒火。

「呼……」

索本修吐完長長的悶氣，閉上眼睛讓自己冷靜下來。他強行壓下躁動的情緒，彷彿沒有提到娜菲爾般開口詢問。

「現在外界對菈絲塔的輿論如何？」

「本來就還算不錯，現在又因為對娜菲爾小姐的反彈心理，對菈絲塔小姐的觀感就更加正面了。」

「這樣啊，那還真是萬幸。」

在如今的貴族社交界，人人都想巴結菈絲塔。但索本修心知肚明，這群人討好菈絲塔，只是想藉此討好自己罷了，根本不會有人希望菈絲塔當上皇后。甚至可以說，眼前這些與菈絲塔交好的人，只會在菈絲塔當上皇后後轉身跑光。

畢竟雖然平民出身的皇后並不多見，但在每一個前例中，貴族永遠都是站在其對立面。雖然菈絲塔多了一對貴族父母，但第一印象可沒有那麼容易就抹除。

「國民的輿論對菈絲塔很重要。」

「是，但……菈絲塔小姐坐上后位之後，能不能繼續維持目前的輿論風向，就不清楚了。」

「那也沒辦法。」

「但總會比貴族好。」

崇拜神話中邁向成功之路的英雄是一回事，但當自己成為故事中的人物時，可就完全不同了。

索本修一次次握緊又放開拳頭，最後坐回書桌後，對卡爾侯爵下令。

「適當地安置一些名譽職位給菈絲塔的養父母，讓他們的形象更體面一點。」

朗特男爵來訪的時候，菈絲塔正在和養父母聊天。

「還是我們先離開吧？」

「妳看起來很忙，那我們就先回去了。」

原本開開心心和菈絲塔說著話的養父母，一看到朗特男爵來訪，便急忙起身告辭。

他們挺會看氣氛的嘛。菈絲塔滿意地看著這對夫妻，他們不但真的對菈絲塔視如己出，也很懂分寸。原本艾勒奇公爵就叮囑過，無論這對夫妻個性如何，她都要好好照顧他們。沒想到這兩人的一舉一動會如此令人滿意，菈絲塔是越看越喜歡他們了。

「那麼就下次再見了，母親，父親。」

菈絲塔在朗特男爵面前溫聲向養父母道別。不過正要離開的這對夫妻，卻被朗特男爵留了下來。

「啊，兩位可以不用離席沒關係。」

兩夫妻站在沙發和茶几之間，詫異地看著朗特男爵，一旁的菈絲塔也面露疑惑。

「為什麼？」菈絲塔問道。

朗特男爵開心地笑著，將手中捧著的一卷淡黃色手諭遞了出去。菈絲塔遲疑地接下，將捲了一圈又一圈的紙攤開，一字一句地讀著上面寫的字。

菈絲塔現在閱讀的速度還很慢，養父母只能在一旁焦急。過了好一段時間，菈絲塔這才瞪大眼睛看向朗特男爵，然後又看向了養父母大喊。

「陛下要將父親任命為靈武大臣耶！」

菈絲塔的假父親本來還恍恍惚惚地問「靈武大臣？」，下一刻才猛然回過神，驚訝得闔不上嘴。而菈絲塔的假母親則是雙手掩唇，不可置信地看著朗特男爵。

這對沒落貴族夫妻一直以來都只頂著爵位名號，從未獲派任何職位。

菈絲塔也雀躍地跳起來驚呼一聲，認為陛下一定是準備要讓她升上后位，才會這麼做。瞬間猜到索本修心意的菈絲塔，興奮到喜極而泣。一旁的養父母也同樣眼眶泛紅，拿出手帕幫菈絲塔擦掉眼淚。

「因為我有個好女兒，才能有這種好事啊！」

「妳真是我們的寶貝，菈絲塔。」

看到菈絲塔和養父母緊緊相擁的模樣，朗特男爵打從心底感到開心。雖然他也十分惋惜娜菲爾皇后離開的事，但他更喜歡眼前這三人，希望他們未來都能一帆風順。

一個從小失去雙親受盡苦難的女人，另一邊是散盡家產苦苦尋找女兒的夫妻。十年後戲劇般的重逢，未來只剩下幸福的人生在等待他們。

這畫面實在太像一齣感動人心的舞臺劇，朗特男爵也不禁鼻腔發酸。

「男爵大人怎麼也哭了……」

菈絲塔笑著問他，朗特男爵也不好意思地笑了。

「就是啊，但眼淚就是不自禁地流下。」

「男爵……」

「未來一定都會是好事，沒錯。」

朗特男爵離開後，菈絲塔牽起養父母的手。

「明天會有一場下午茶聚會，兩位要不要一起出席，順便告訴大家這個好消息呢？」

索本修賦予養父母這個職位，一定能讓自己站穩在社交界中的地位。所以菈絲塔更要藉此機會將身負要職的養父母介紹給其他貴族，同時讓這些人看看自己和養父母之間的親密感情。

隔天，菈絲塔的養父母首度出席菈絲塔的茶會。

菈絲塔一臉滿足地看著眾人和養父母打招呼的樣子，心情非常好。

以往托拉妮夫人舉辦宴會的地點，如今是她坐在這裡。而且身旁坐著的，是在這世界上比任何一個人都愛自己，或至少看起來像是這樣的養父母。而且這對養父母還是身負要職的貴族。

讓菈絲塔擔心的廢后已經跑到別的國家去再婚了，不會再回來，她的肚子裡還有皇帝的第一個孩子。索本修已經承諾要讓她坐上皇后之位，那麼這個孩子就是未來皇帝。一切的一切，都是未來的康莊大道。

如果要說有什麼隱憂，那就是一年的皇后之約，還有羅特修子爵這個人……

菈絲塔想著，反正如果我又懷孕，就可以延長當皇后的時間，陛下也不會想再去生其他私生子。而且他是那麼愛菈絲塔。

不管期限是不是一年，菈絲塔並不是那麼在意。但羅特修子爵的問題可就不同了，這個人只會隨著她的地位越來越高，而變得更礙眼而已……

一定得把那個口風不緊的羅貝提、沒有擔當的亞廉，和垃圾子爵都除掉，但這樣一來，孩子又……

就在這個時候，突然從一旁傳來了哭泣的聲音，菈絲塔回過神來，驚訝地轉頭看去。她那對假父母竟然傷心地大哭著。

「母親？」

菈絲塔詫異地叫了一聲，某個貴族慌張地說：「那個，是我失禮了，我不小心說錯話……」

「說錯話嗎？」

「那個……我提到他們走失了兩個女兒，雖然只找回其中一位，也很值得開心了……」貴族尷尬地說著，低下了頭。

菈絲塔慌張地看向養母瑪莎。或許是因為家道中落，又不斷苦苦尋找自己女兒，如今卻在開心的生活中又聽到了這樣令她難過的事，她哭到臉色發白，看來一時之間很難停下了。

眾人紛紛望向菈絲塔，似乎都認為既然菈絲塔是瑪莎的親女兒，而且又是姐姐，自然應該去安撫自己的母親。至於假父親，他已經將夫人緊緊抱在懷裡，兩人相擁而泣。

菈絲塔雖然心不甘情不願，但還是起身走過去，將兩人都抱在懷裡。雖然他們丟失的女兒和自己一點關係也沒有，但其他人都認為那就是菈絲塔的妹妹。現在仔細想想，如果自己對待這對假父母必須做的像真的一樣，那就該派人去找她那個假妹妹。

「是菈絲塔想得不周到，母親。我應該先去把妹妹找回來的……」菈絲塔一邊啜泣，一邊抱著假母親向她承諾。「您別擔心了，菈絲塔一定會找到妹妹的。」

假母親聽到菈絲塔這麼說，一邊啜泣一邊問：「真的嗎？真的願意幫忙找妳妹妹？」

那個妹妹為什麼就變成我的妹妹了？雖然菈絲塔心裡煩躁地這麼想，但表面上卻連連點頭。

「當然。」

她就這樣不斷安撫著假母親，一旁的貴族也紛紛動容，眼眶泛紅地拭淚，整個場面看起來非常感人。至少這結果還算不錯，菈絲塔心裡這麼想著，回到了座位上。

但在這之後，無論聚會氣氛如何熱鬧，菈絲塔就是無法集中精神。

她連自己的親生兒子都不知道該怎麼辦了，現在還要她去找一個跟自己完全沒有關係，而且也沒有任何幫助的假妹妹回來，一想到這個，她就覺得心煩。

如果菈絲塔是出自好心想幫忙那還好，但現在是在情勢逼迫下給出的承諾，這讓她特別反感。如果假父母私底下來拜託，她也會同意的，偏偏就是要在這種場合上邊哭邊鬧。想到這裡，菈絲塔對假母親也煩躁起來。但這也不能怪養母，畢竟是其他貴族硬要提起走失女兒的話題。

如果接受朗特男爵帶來的貴族夫婦作為假父母，還會有這種事嗎？

菈絲塔暗自嘆了口氣，最後假借洗手的名義離開座位。她想吹吹風，冷靜一下自己的焦躁。

然而，就在菈絲塔散步兩圈左右之後，她看到了艾勒奇公爵。她一發現艾勒奇公爵就立刻走過去。雖然公爵也出席了聚會，但因為坐得很遠，整場他都在與其他貴夫人和千金聊天。這讓菈絲塔有點失落，想叫他等等坐得離自己近一點。

但艾勒奇公爵此時正在與另一個人聊天，菈絲塔停住腳步，皺眉看著眼前的一切。

艾勒奇公爵對話的對象，是剛才那個在假母親面前提起走失女兒的貴族。雖然聽不到他們的聲音，但兩人的臉色都很嚴肅。

在說些什麼呢？菈絲塔在原地靜靜觀察，雖然想靠近一點好聽到對話內容，但因為那邊是草地，一旦有人走近肯定會被發現。

菈絲塔瞇起眼睛看著他們。艾勒奇公爵雖然在社交界是個名氣響亮的人物，但因為他同時也是聲名遠播的花花公子，所以身邊圍繞的幾乎都是女性。不管會不會惹出緋聞，他的朋友全都是女性，至少在菈絲塔的觀察下是如此。

而且公爵方才在茶會上，也都只跟那些貴夫人和千金聊天不是嗎，現在卻在跟男性貴族說話？為什麼要特地跑到這種地方來，與一位男性貴族談論嚴肅的話題？

平時的菈絲塔只會覺得奇怪，但不會多做停留。但這個時機太恰巧了，讓菈絲塔心底感覺有點疙瘩。

不過就在當天晚上，那位在假父母面前提起失蹤女兒的貴族來訪，向菈絲塔道歉後，她心裡的那點疙瘩就消失了。因為貴族在道歉的時候，提到了艾勒奇公爵。

「艾勒奇公爵大人，他對這件事非常生氣。」

「艾勒奇公爵嗎？」

「是的，他說我在那種開開心心的場合上提起這種事，不僅對伊斯卡子爵夫人，對菈絲塔小姐您來說，也是非常失禮的舉動。」

「……也不是太失禮。就只是……突然提到了令人感傷的事，所以心裡有點難過而已。」

「在此誠摯向您致上歉意，菈絲塔小姐。」

原來他們剛剛一臉嚴肅，就是在講這件事啊。菈絲塔心中一顆大石總算放下，深深鬆了一口氣。畢竟眼下她身邊能夠全心信任的人，就只剩艾勒奇公爵而已了。菈絲塔這幾個小時一直非常不安，公爵是她唯一能共享祕密的人，她很怕就連這樣的公爵都必須開始懷疑。幸好這個心結總算解開了。

看到連嘆氣都顯清純美麗的菈絲塔，那位說錯話的貴族像是在試探什麼似地說：「不過……艾勒奇公爵似乎很喜歡菈絲塔小姐呢？」

菈絲塔猶豫了一下，然後反問：「這是什麼意思？」

「也沒有，就是公爵突然找我到外面，然後就說了這些事情……」這位貴族似乎對菈絲塔和艾勒奇之間的關係起疑，露出一絲曖昧的笑容，「也是，如果是像菈絲塔小姐這樣有魅力的美女，任誰都會輕易迷上。」

「……」

菈絲塔默不作聲。

然而就在對方離去後，她突然臉頰發燙，歪著頭想：難道艾勒奇公爵和海因里國王並不是那種關係嗎？

難道不是嗎？那封信上的內容，只是朋友之間的玩笑而已？也是，仔細想想，艾勒奇公爵到處和各種女人傳緋聞，如果他跟海因里國王真的是那種關係，應該就不會有這麼多傳聞了。

而且……現在回想起來，打從第一次和艾勒奇公爵見面開始，他就對自己特別好，連他本人都親口說過喜歡自己，雖然語氣聽起來是有點半開玩笑……

菈絲塔咬著唇，漸漸害羞起來，垂眸盯著地板。那位貴族的話始終在耳邊徘徊不去。

哎，不可能的。雖然只是在心裡想，但菈絲塔的臉越來越紅，最後試圖用手搧去熱意。

話說婚禮是什麼時候要舉行呢？

「希望能盡快進行，陛下本人是如此下令。」

隔天一早，蘿茲一邊替我準備早膳，一邊告訴我她從弟弟那邊聽來的消息。

今天早膳的內容有南瓜清湯加奶油球、三種果醬，以及整條未切的麵包棍。我看著小小餐桌上擺滿的食物，然後問蘿茲：「他真的說要親自籌備婚禮？」

我已經從本人那邊得知他想盡快舉行婚禮的事，這我也同意，但海因里要親自籌備這件事，我還是第一次聽說，有點吃驚。

「是的。」蘿茲將餐具全都擺好，偷偷觀察一下我的反應才問，「那個……您是希望能夠親自籌備嗎？」

「倒也不是這樣。」

「那您為何如此驚訝呢？」

「因為國王陛下現正處於政務繁忙的時期。」

「啊，也是，您說得沒錯。」

不過，他應該是不希望把婚禮交給克麗絲塔來辦，以免擴大克麗絲塔的權力吧。一想到海因里如此為我傷透腦筋，我就備感安慰，不自覺露出笑容。但下一瞬間就回想起昨晚的場景，我的神情立刻變回一本正經。

「王后陛下？您真的不會想親自籌備嗎……？」或許是我表情太過嚴肅，蘿茲見狀緊張地問。

「沒有。」

我笑著回覆後，拿起了叉子，但剛才無預警浮現的海因里的……那個樣貌，無論如何都無法從腦中消失。

海因里都提起婚禮籌備的事了，等等我也得去找他當面討論詳情才行。想到這裡，我不由得嘆了口氣。我現在就這麼尷尬了，真的能好好和他對話嗎？

總之，我努力吃著桌上的餐點，努力忘掉那個場景。但看著盤中的食物，反而讓腦中的畫面更加清晰。最終我只草草喝了幾口清湯就把湯匙放下，然後就起身。

「您只吃這麼一點嗎？」

「我想好好思考一些事情。」

「應該不是西王國的食物不合您胃口吧？」

「當然不是。」

我努力擠出笑容，然後告訴羅茲我今天打算去找海因里，請她幫我確認海因里方便的時間。

在房間裡待了約莫兩小時後，我估算著海因里政務會議的空檔時間，這才出發。雖然現在看到海因里的臉還是會有點難為情，但總不能一直這樣躲著他。

我就這樣不斷從一默數到一百，再從一百倒數回一，反覆在心底默念著，一邊往海因里的辦公室走去。

然而，在我抵達辦公室時，心裡那點難為情瞬間消失無蹤。因為我在辦公室門前遇到了一個意想不到的人。

「娜菲爾小姐，好久不見。您過得好嗎？」

是前王后克麗絲塔。

她一看到我，以及站在我身後的蘿茲，立刻露出燦爛的微笑，但並沒有繼續說什麼，因為她身後的辦公室門不知何時打開了。說不定是在她開口叫我之前就開啟了，總之我們只好先進入辦公室。

海因里似乎以為我和克麗絲塔是一起來的，他驚訝地從書桌後起身。

「兩位怎麼會一起……？」

「我們碰巧在門前遇到。」

我簡要地說明原因後，海因里點頭表示理解。而原本一語不發站在旁邊的克麗絲塔，見到海因里從書桌後方走出來，便立刻說明了自己的來意。

「陛下，我聽說您要親自籌辦婚禮，這是真的嗎？」

海因里一頓，停在書桌側邊，表情嚴肅地看著她說：「是的，就如兄嫂所聽到的。」

我也側頭看向克麗絲塔。原來她是為了同樣的事情而來。

克麗絲塔的神情略顯緊張，或許是意識到我和海因里雙方的視線，她顯得更加緊張了。克麗絲塔露出不自在的微笑，小心翼翼地詢問。

「如果您不介意的話，陛下，我希望您能將籌備婚禮的事宜交由我去辦。」

海因里挑眉回問：「交給兄嫂嗎？」

「因為由一國之主親自準備婚禮的情形非常少見。我身為陛下的兄嫂，同時也是前任王后，由我來替二位籌備婚禮最適合不過了，也是最符合禮數的選擇。」

海因里露出略顯為難的笑容，正準備開口……看來應該是打算拒絕她的提議。於是我便搶在海因里之前先出聲。

「畢竟我們的婚姻打從一開始就很獨特，所以籌備的部分，自然也是獨樹一格比較好。就按照原本定好的方式進行吧，海因里。」

雖然就算我不出聲，海因里也會直接拒絕克麗絲塔，但克麗絲塔畢竟是他早逝王兄的妻子，他這樣直接頂撞兄嫂實在不太好，倒不如由我來出面。

克麗絲塔像是沒料到我竟然會出聲反對，挑起眉看向我，不像是因此動怒，應該只是有些吃驚。然而她並沒有反駁，只是靜靜垂下眼，喃喃道：「那好吧……」

然後克麗絲塔向我們道歉。

「本來以為身為陛下的兄嫂兼前王后，應該由我負責這些事。看來是我太不會看氣氛了，很抱歉。」目光低垂的克麗絲塔看上去無精打采，似乎非常失望。再加上她本來就蒼白如燼的臉色，低聲道完歉後，氣氛便更凝滯了。

克麗絲塔沒有再多說，就這樣默默走出辦公室。我愣愣地看著關上的門，眉間不禁微微皺起。

我突然有一種自己在欺負克麗絲塔的錯覺，明明只是在完成我該做的事，感覺卻像推倒了一隻纖弱的小動物。

這真是太奇怪了，當初面對處境比克麗絲塔更可憐的菈絲塔，我都沒有這種感覺。但不知道為什麼，看著克麗絲塔卻總覺得過意不去，這種感覺實在讓人煩悶。

仔細想想，大概是因為她們兩人的禮儀教化程度不同吧。菈絲塔老是會做出一些超出常理的舉動，譬如跑到禁止出入的地方隨意動我的東西，或是要我把她當成姐妹之類的，甚至還會模仿我的一舉一動，讓人渾身不舒服。

但克麗絲塔的這份柔弱，則完全在我的理解範圍內，所以才會如此過意不去吧。

當然，人心非常複雜，很難強行解釋成某種原因……

「Queen？」

我可能是不小心沉浸在思緒裡了，一直到海因里走到我面前呼喚，我才回過神來，抬頭看向他。

海因里目光擔憂地看著我，「妳的臉色不太好看，還好嗎？」

「我沒事。」

海因里似乎不太滿意我的回覆，似乎是覺得我怎麼看都不像沒事。

「雖然妳讓我盡量別出面……但我在想，是不是應該請大嫂少在我辦公室附近走動呢？這樣的命令也不行嗎？」

海因里小心翼翼地徵求我的意見。

「沒必要這樣。」我搖了搖頭。

其實海因里無論用什麼方式插手管這個問題，都不太合適。不過我沒有繼續提克麗絲塔的事，而是直接說了我今天來找他的重點。

「啊，其實我來找你也是為了這件事。」

「Queen 也想親自籌辦婚禮嗎？」

「不是，我只是覺得如果有能幫上忙的地方，我應該提供協助。」

「嗯。這是為了 Queen 準備的典禮，所以我想全部親手操辦。」

「那好吧……」

「當然，試穿禮服的時候，妳就得來幫我了，總不能按照我的尺寸來製作嘛。」海因里玩笑道，朝我咧嘴一笑。

然而就在他提到尺寸時，我本來因為克麗絲塔現身而拋諸腦後的畫面，瞬間全部重現，讓我臉上一陣發熱。我連忙低下頭，但這個視角似乎反而更糟糕，我只好把頭轉到旁邊。

「Queen，妳生氣了嗎？」

其實我只要靜靜就好，但搞不清楚狀況的海因里跑到我身旁蹲下，硬是追逐我避開的目光。我一看到那雙紫眸，臉就變得更燙了，因為這雙眼睛會讓我想到 Queen……

我咬緊牙關，把身體轉向另一側。海因里見狀更慌張了，整個人跟著繞到這一邊。

「Queen？妳真的生氣了是不是？」

「……」

「Queen？」

我們就這樣轉了一圈，我覺得這樣下去也不是辦法，總不能老是這麼害羞下去，我都打算給海因里一個坦誠的機會了，不是嗎？

雖然很害羞、很難為情，但也不能就這樣讓他一直隱瞞下去，這對他勢必也會造成很大的心理負擔。

最終，我下定了決心，緩緩開口。

「海因里，你——」

——是不是有事瞞著我？本來想這麼問，但一看到他擔憂的神情，我脫口而出的卻是風牛馬不相及的事。

「替我邀請高福曼大公前來吧。」

海因里的臉瞬間僵住。

「什麼？」

他一臉無法理解，我怎麼會突然提到高福曼大公的名字。老實說，我自己也無法理解。

本來關於高福曼大公的事，我打算等婚禮結束後再說，怎麼就下意識脫口而出了呢？

雖然我心裡非常後悔，但既然話都說出口了，我便像是計畫好一般，一臉鎮定地提起幾週後才準備說的話題。

「你還記得高福曼大公吧？你們在新年祭上應該碰過面。」

「怎麼可能忘記。」

可能是因為兩人還差點吵起來，海因里嘴角勾起意味深長的微笑。他大概是不想在我面前失去冷靜，不過可以明顯感受到，他是費盡了千辛萬苦才壓下對大公的不滿。

「妳想邀請那傢伙過來嗎，Queen？」

「我之前在東大帝國，曾與他一起準備了大陸之間的貿易事項。」

「大陸之間的……貿易？」

就在我說出貿易的事情後，海因里原本嫌棄的表情認真下來，雖然他的眉頭一樣深鎖。我伸手撫上他的眉間，輕輕地揉了揉，他的表情這才放鬆許多。

「我有仔細在聽。」

我這才繼續說：「不過後來因為陛下和大公之間產生了一些爭執，貿易最終還是破局了。」

「啊，這件事我有聽說，難道是……」海因里的視線落在我的拳頭上，「是嗎？」

他抬手輕點自己的臉，應該是在示意高福曼大公打了索本修一拳的事。

「沒錯。」

「雖然我也不是不能理解，但實在是太衝動了。」

那其實是因為當時的高福曼大公被藥效影響了。這麼想起來，不知道大公現在成功解除藥效了嗎？我正想著這件事，這時海因里抓住了我的手。

「先坐這裡吧，別一直站著。」

他領我到書桌前的一張椅子坐下，自己則靠坐在桌邊。雖然他並非故意，但我現在的視線高度剛好正對海因里的肚子……腹肌上。

「！」

我握緊自己的手，然後將椅子轉面向窗戶。我當然知道他為何請我坐下，但這……視角實在不太好。

我裝作欣賞窗簾縫隙外的風景，一邊對他說：「我希望能夠繼續談這項貿易。如果你能找大公來，我會試著推動利伯特和西王國之間的貿易活動。」

海因里似乎沒什麼精神，嘟囔著說：「既然是Queen準備過的事，肯定能成功……」

「這是首次由國家來主導大陸之間的貿易活動，光是在初期推動這件事，就能藉此獲得許多利益。未來若與其他大陸間的貿易成為趨勢，那麼我將把西王國打造成大陸間的貿易樞紐，成為貿易的仲介國。」

「……」

「由國家來主導貿易事業，就能讓那些過去曾動過相關念頭，卻因為個人規模不易經營而打消的商人，一起共襄盛舉，讓他們更容易進行投資。」

我專注地看著窗外，不斷說著這些發展的可行性，而且在東大帝國時都詳細探討過實行方式，絕對可以放心之類的。我正滔滔不絕，海因里卻嘟囔著冒出一句話。

「可是，Queen，妳一定要朝著那邊說話嗎？」

「！」

「請看著我說。」

「……」

「如果妳沒有在生我的氣，那就拜託妳看著我說吧。妳的目光一直避開我的眼睛，這樣真的很奇怪。」

「我……不是在避開你的眼睛。」

「那不然呢？」

「我是在避開你的純真。」

「啊？」

海因里完全聽不懂我在說什麼，其實我也不知道自己在說什麼。可是我也沒辦法說「我其實是在避開你的下半身」這種實話。最後，我們的對話就圍繞著高福曼大公，尷尬地結束了。

「那我就當作你會邀請大公出席了，可以嗎？」

「當然可以。」

「謝謝你。」

海因里看起來有事情想問我，我其實也有事情想問他，但我們彼此都沒有說出口，就這樣尷尬地告別了。

「走吧，蘿茲小姐。」

「我還以為您會待更久一點。」

「因為沒其他要說的事了。」

蘿茲表情一臉驚訝，看來西王國的人都認為我和海因里是談了場世紀之戀，不管做什麼都難捨難分。當然，這也和我幾天前對記者說的那番話脫不了關係……

幸好蘿茲並沒有深入打聽，只是笑著說：「因為兩位不用多言就能心意相通，是像這樣對吧？」然後態度自然地準備跟我離開。我放心許多，於是便與她並肩而行。

就在我們踏出主宮殿，準備走回別宮時，我看到站在前方路口的克麗絲塔，而她身旁正是那天阿普林搭過話的侍女。看她們兩人這樣，顯然是來興師問罪的。

「妳們是在等我嗎？」我走向克麗絲塔，詢問道。她比我早離開，此時卻出現在通往別宮的必經之路上，這絕對不會是偶然。

「是的。在此特意等候您，是有話想和您說。」

「請問是什麼事？」

「我聽說娜菲爾小姐身邊的人，羞辱了我的侍女。」

果然，她是為了替自己的侍女撐腰，才會等在這裡。

接著，克麗絲塔語氣平靜卻斬釘截鐵地說：「我希望日後不會再發生類似的事情，還拜託您多加注意。」

雖然嘴上說著拜託，卻不落於下風。她願意為了身邊的人出面拜託，這種舉動反倒讓她顯得大氣而光明磊落。

我心裡突然一陣惋惜。雖然克麗絲塔與我立場相對，她的行動我無法給予正面評判……而且她也確實常常提出令人為難的要求……但撇除這些，克麗絲塔這副守護自己人的姿態，讓我真的非常讚賞。

如果我們之間不需要爭權奪利，彼此的交流溝通應該能夠很順利吧。可是無論我再怎麼喜歡她的人品，我的回答也絕不會改變。

「阿普林卿並不是我的人，而是國王陛下身邊的人。這類的叮囑，可能要請妳親自對陛下說。」

見過克麗絲塔後，我的想法也略有改變。

克麗絲塔懂得體恤自己身邊的人，行為舉止又高尚端莊，像這樣的人，周遭一定不乏人才。她和我的年齡相仿，我想招攬到身邊擔任侍女的那些合適的貴夫人和小姐，肯定也早就往克麗絲塔靠攏了。

原本我是打算在西王國的上流社交界中慢慢挑選侍女，但在這種情況下，應該是機會渺茫了。因為能當王后侍女的人選，早就都被克麗絲塔挑走了。

就算真的有剩下適合的人，可能不是一開始就沒有當侍女的意願，就是和克麗絲塔侍女的關係親近。如果是這樣的話，那麼我……

「妳能幫我送一封信給瑪斯塔斯，請她來當我的侍女嗎？」

我只能發揮一點冒險精神了。自從碰到克麗絲塔後，這一個多小時來我都沉默不語，卻突然提起瑪斯塔斯的名字，讓蘿茲有點措手不及，下意識反問：「您說瑪斯塔斯卿嗎？」

「是的，我打算讓她來擔任我的侍女。」

「可是，王后陛下，您也看到了，那位千金……並不太適合侍女這份職位。」

「所以我才要帶著她。」

「？」

「因為她應該沒有和克麗絲塔接觸過。」

「！」

「這就讓我想到一件好奇的事……我可以問妳一個問題嗎，蘿茲？」

「啊，可以的，您請問。」

「妳聰明機靈，禮儀教養也都很完美，為什麼沒有去當克麗絲塔的侍女呢……？」

蘿茲是非常優秀的侍女，很會把握狀況，反應也很機靈，是氣質優雅又能幹的貴族。雖然我一開始是抱著拉攏由寧卿的目的才請她來當侍女，不過現在單純是非常滿意蘿茲這個人。

所以我才會覺得奇怪，為什麼克麗絲塔沒有找蘿茲擔任她的侍女？

「受到您突如其來的稱讚，嗯，我實在受寵若驚。」

蘿茲不自在地笑了，接著抓抓鼻子，不好意思地坦承。

「您說得像是我單方面拒絕了克麗絲塔小姐一樣，讓人有點難為情。不過，其實是我從來沒收到相關的邀請。嗯，我認為可能是因為由寧是海因里陛下身邊人吧。」

「由寧卿不是禁衛騎士嗎？」

「以前也是禁衛騎士沒錯，嗯，但並不是團長。」蘿茲說完後，不自在地閉上了嘴。

當時的國王還是海因里的哥哥，想必作為應該守護海因里哥哥的禁衛騎士，其實卻是海因里的手下這件事，不好意思對外人說起吧。

我沒有繼續追問，而是笑著牽起她的手說：「那就太好了，我真的非常喜歡蘿茲。」

蘿茲睜大眼睛看著我，然後露出害羞的笑容小聲回應。

「其實……我也是。」

隔天早上十一點左右，收到通知的瑪斯塔斯，笑容燦爛地來到我在別宮的房間。

「王后陛下！」

她豪爽地舉起一手不斷揮舞，旁邊的蘿茲瞪了她一眼後，這才慢慢放下手，不過臉上還是堆滿笑容。真的是一位非常爽朗的千金。

然而今天早上來訪的，可不只她一位賓客。

「啊，陛下，我在來的路上遇到了這位。」

瑪斯塔斯進門後站到了旁邊，只見她身後是一排排提著巨手提箱的人。

「向娜菲爾王后陛下請安，初次見面，我是西王國最頂尖的設計師，麥麗儂。」

我好奇地看過去，只見領頭的那位用最華麗的辭藻介紹完自己後，便伸手往一旁的包包翻找，拿出一本雜誌遞了上來。

瑪斯塔斯接過雜誌，呈遞給我。我翻開一看，雜誌第三頁大篇幅刊登了她的照片、姓名以及店鋪名稱等等的資訊。確實是寫著「頂尖」的設計師沒錯。我翻閱一段時間後，麥麗儂露出和雜誌照片一模一樣的笑容，對我說：

「海因里國王陛下命我製作王后陛下出席婚禮和婚宴的禮服，以及幾套平時用的正裝。若您方便，我是否能入內打擾呢？」

「進來吧。」

我允許後，名為麥麗儂的設計師便走了進來，後方帶著大手提箱的人也魚貫而入。除了手提箱之外，還有幾臺用布覆蓋著的掛桿臺車。

設計師麥麗儂兩隻手互搓了搓，把我從頭到腳打量一番後，笑著說：「很好，非常好。」

「？」

「陛下吩咐我盡量將禮服設計得越華麗、越閃耀動人越好。不過禮服如果設計得太複雜，反而會壓過穿它的人，所以我本來很擔心。但如今一看，王后陛下完全能夠駕馭。」

麥麗儂笑咪咪地打開其中一只手提箱，嘴角幾乎都要咧到耳根了。她從中取出五本厚厚的簿冊，然後自信滿滿地大喊。

「我一定不負所望，為您做出最華麗亮眼的禮服！」

就在娜菲爾一一翻閱禮服草稿時，恰巧，另一處的菈絲塔也正在與索本修派來的設計師討論禮服，氛圍卻大不相同。

「妳說我要盡可能穿得樸素？」菈絲塔詫異地追問設計師，「這可是菈絲塔的婚禮耶！」

明明朗特男爵才說，陛下命令他把婚禮辦得越盛大越華麗越好，所以她想像過無數次她的禮服會有多華麗，結果設計師現在卻說越樸素越好？菈絲塔非常不情願地問：「為什麼？」

「陛下說要盡可能準備最適合菈絲塔小姐的禮服。」

「那妳的意思是，菈絲塔不適合華貴美麗的東西嗎？」

菈絲塔一臉委屈地問，設計師連忙擺手說：「我不是這個意思。」

「可是菈絲塔聽起來就是這個意思。」

「不是這樣的……那個，是因為菈絲塔小姐在平民階層中，非常受到擁護。」

「可是平民又不一定只喜歡樸素的東西。」

「是這樣沒錯，但婚禮本身已經非常盛大華麗了，如果連您的禮服都如此高貴，那……那菈絲塔小姐的形象，就會跟大眾心中期待的樣子不太符合。」

「可是婚禮那麼華麗，禮服太樸素的話，菈絲塔就會被忽略啊！」

菈絲塔極力地反駁著設計師。

對索本修而言，這是他的第二場婚禮。而且他才剛離婚，菈絲塔和娜菲爾皇后一定會不停被拿來比較，如果這時候菈絲塔還穿平淡無奇的禮服……根本是故意要讓菈絲塔成為眾人的笑柄，這讓她非常受傷。

「絕對不會這樣，因為菈絲塔小姐本身就已經非常美麗了，只要稍作修飾，反而會更加凸顯您的光彩——」

「廢后之前穿什麼？」

菈絲塔一問，設計師趕緊找出娜菲爾的結婚禮服設計稿給她看。那件禮服的樣式非常華麗。

「……」

菈絲塔緊抿著唇，沉默地表達著自己的不滿。設計師見狀更加不安了。

菈絲塔懷疑地問設計師：「難道，妳也是之前為廢后設計禮服的人嗎？」

「是的，無論是訂婚儀式、結婚典禮，甚至是平時所穿的禮服，都是由我設計的。」

這和菈絲塔猜的一樣，她鬱鬱寡歡地問：

「妳是因為喜歡廢后，為了做出對比，才故意要菈絲塔穿得平淡樸素一點，對吧？」

「絕對不是這樣的，我只是根據整體氛圍——」

菈絲塔用手指向娜菲爾禮服的設計稿說：「幫菈絲塔做一件比這個更華麗的。」

設計師勉為其難地離去後，菈絲塔躺靠在沙發上，腳不斷踹著抱枕洩憤。雖然設計師一直否認，但在菈絲塔眼中就是想讓廢后贏過自己，才故意勸她穿樸素一點。

說什麼平民會喜歡穿樸素簡單的皇后？菈絲塔覺得這個理由太荒謬了。

就在菈絲塔心煩著這些事情時，又有訪客上門了。

來者是艾勒奇公爵。不過這回他並非獨自前來，身邊還跟了一位菈絲塔沒見過的男人。

「公爵，這位是……？」

菈絲塔開口一問，艾勒奇便請那位男子先到走廊上等候，然後向她說明。

「小姐，還記得我之前與妳說過關於記者的事嗎？」

菈絲塔的眼睛瞪得圓圓的，點點頭。

「你是把記者帶來了嗎？」

「是平民派的記者。陛下向妳求婚了，對嗎？」

「！」

「小姐即將和陛下結婚的消息，已經傳遍大街小巷了。」

「這……」

「對嗎？」

沒有對艾勒奇公爵如實以告的菈絲塔，尷尬地低下了頭。

艾勒奇公爵見狀，豪爽地笑著說：「哎呀，何必一副抱歉的樣子？我只是因為那個人聽到消息後說想來採訪小姐，所以就把他帶過來了。」

菈絲塔慌張地抬起頭看向艾勒奇公爵。雖然那天她是有聽到公爵說明什麼平民派、貴族派記者，什麼採訪之類的事，但其實當下只是隨便聽聽，覺得一切很複雜，只記得要會見風使舵之類的。

看到菈絲塔那雙大眼睛一眨一眨的樣子，艾勒奇公爵笑著為她解釋。

「等等接受採訪的時候，記得要說小姐的婚禮，代表了平民的勝利。」

「可是菈絲塔現在已經是貴族了……」

「但妳還是得這麼說。雖然後來妳知道了自己的貴族身分，但妳如今依然認為自己和『大家』並沒有什麼不同。」

「我知道了。」

「還有，小姐要記得說，即便妳當上皇后之後，也依然會與平民同在。」

菈絲塔雖然非常緊張，但她一字不漏地照著艾勒奇公爵的指示回答了。

平民派的記者離開後，接著來了一位貴族派的記者。這回，艾勒奇公爵一樣在採訪之前給了菈絲塔建議。

「記得，要呈現浪漫的戀情，強調妳和索本修陛下之間戲劇般的愛情故事。」

「那菈絲塔可以說會和貴族同在嗎？」

「這樣一來，妳的發言就前後矛盾了。」

「啊。」

「盡量著墨你們的戀情，貴族們就喜歡聽這樣的故事。」

菈絲塔這回也照著艾勒奇公爵的建議回答。

兩場採訪讓菈絲塔筋疲力盡，所以一結束她就立刻倒在床上。

躺在床上的菈絲塔，心情難以形容的怪。她就要當上皇后了，就要站上這個國家最高的位置了，為什麼還要看這麼多人的臉色呢？

真的很煩人。難道往後每次說話，都要這樣小心翼翼的嗎？這真的好煩……

她就這樣躺在床上，直到腹中突然傳來微微的胎動。原本懶洋洋的菈絲塔，兩手立刻覆上肚子。

這是錯覺嗎？雖然現在又停了，但在疲憊不堪的時候感到的這個胎動，給了菈絲塔很大的力量。

菈絲塔雙手蓋在肚皮上，喃喃自語著。

「媽媽會努力的，孩子。」

我看完整整五大本禮服設計稿，挑選著款式，幾個小時就這樣飛速流逝。

但事情可還沒結束，麥麗儂希望趁此機會一起量好我的尺寸，於是我從座位上起身，張開雙臂，站著讓她測量。

就在此時，傳來了敲門的聲音。

「請進。」

雖然我正在量身材，不過身上還是穿著一件薄薄的衣服，所以沒多想就回應了。

進門的人是海因里。

「我是來看看進行得如何……」

海因里說到一半，卻停在門邊默默看著我，隨後露出滿意的微笑。我明明還沒穿上禮服，實在搞不懂他在滿意什麼。

總之溜進來的海因里，讓原本熱烈討論著設計款式的現場瞬間一片安靜。他悄悄走到我這邊，然後問設計師：「選了怎麼樣的設計呢？」

接著他輪流看了看我挑選的和設計師推薦的款式，又一張張翻閱那疊厚厚的設計稿。

沒想到我在轉身時，不小心碰到了海因里，又因為太過刻意裝作不在意他，反而嚇得一把推開他。

海因里愣住了，捧著設計稿一動也不動。

我也同樣手足無措，因為是下意識的反應，前面的意外接觸又是一瞬間的事，看起來就像我突然用力把他往外推。

「嗯，也是，妳應該會想保密自己挑了什麼樣的禮服。」

海因里尷尬地低聲說著，放下手中的設計稿本。接著他焦慮地看向時鐘，說自己突然想起來還有急事，匆匆忙忙就離開了。

海因里離開後，現場的氣氛變得更加尷尬，甚至連剛剛對我說個不停的麥麗儂都安靜下來。

量完尺寸後，我坐回椅子上，緩緩地梳著頭髮。

我沒有想讓他不開心的，該怎麼辦才好？

Chapter 25

真相大白

Empress and the Empire, side by side as they were meant to be
But with a prey found in the forest, and a prince sent from the West,
It's an oath to be broken, or new vows to be made...

「她一定是在生我的氣。」海因里焦慮地喃喃自語。

捧著一疊文書走進辦公室的麥肯納，聽完發生什麼事後，詫異地說：「您一定是做了什麼惹人生氣的事。」

「……我也不知道，真的想不到是什麼事啊。」

「但一定有什麼吧？王后陛下又不是會隨便發脾氣的人。」

海因里咬著下唇想了想，然後緩緩開口：「其實，她昨天原本好像要說什麼，但馬上又不說了……」

「說什麼？」

「我也不知道。她突然就說起高福曼大公的事，但很明顯是顧左右而言他。」海因里煩躁地抓著自己的腦袋，「難道我是Queen的事被她發現了，所以她才生氣了？」

麥肯納一臉驚訝地問：「您被發現了嗎?!」

「我不知道。」

海因里搖了搖頭，不過他心底確實隱約有這種感覺。那天，就在娜菲爾問完麥肯納的身分，接著問起Queen的時候，她的神情根本已經認定Queen也是海因里的人類部下。反而是海因里自亂陣腳，心虛的反應處處讓人起疑。

本來海因里還以為娜菲爾沒有追問，應該是沒發現他的慌亂。但如今她卻突然態度冷淡，還不願意和他對視，算算時間，肯定是在發現真相後生氣了。

「如果您如此在意，不如乾脆直接向王后陛下坦承？」

「你都是這樣處理的嗎？一旦在意，就會立刻去做？」

「我……我會先和陛下討論。」

「那我都會說什麼？」

「嗯，您會建議我直接去做。」

「好吧，看來我得身體力行自己的建議了。」

海因里嘆了口氣，站起身來。娜菲爾會發現確實只是時間問題，遲早都要和她說清楚的。

「我本來想一起挑禮服的……」

「啊，您是去挑禮服，然後被趕出來的嗎？」

海因里緩緩抓向椅子上的靠枕，麥肯納見狀，放下手中的文書就奪門而出。

海因里離開後，我焦慮地在房裡走來走去，非常後悔自己剛剛的舉動。雖然那行為本身根本沒有經過大腦思考，但無論如何，都一定程度地代表了我的態度。而在海因里眼裡，不管我的行動是否有意，都是狠狠把他推開了。他一定很驚慌又沒面子吧，況且旁邊還有好幾個外人在……

我狠狠地拍了拍自己的雙頰，然後深呼吸幾次。

去道歉吧。

「蘿茲。」

「是的，王后陛下。」

「……我得去國王陛下那裡一趟，妳可以幫我拿件外衣過來嗎？」

蘿茲一聽到我的請求，臉上立刻露出安心的表情，趕緊拿來一件黃色斗篷。看來她剛剛應該是在擔心我和海因里是不是吵架了。

不過就在我要出門的時候，海因里先找了過來，於是我便支開兩名侍女。見到他之後，我更不好意思了，只好擺出嚴肅的神情。

現在已是深夜，海因里身上卻依然穿著白天那套衣服。看到他連衣服都來不及回去換就來找我，我不禁感到更加抱歉。

我就這樣尷尬地與他面面相覷，找尋開口的時機。

「我有件事想與妳坦白。」

但就在我準備開口的時候，這回又讓海因里搶先一步。

他想說什麼呢？在這種深夜時分上門來說的，一定是重要的話題吧？我不知為何突然緊張起來，雖然猜不出他到底要說什麼，但就是緊張得不得了。

「我就是Queen。」

「……」

不過海因里說出來的事，和我心中的預設有點出入。我本來還以為他想談一些嚴肅的話題，比如今天發生了這樣的事，雖然不到要退婚，但他感覺非常不舒服之類的。沒想到他居然是要表明自己的身分，我有點意外地看著他。

只見海因里尷尬地笑著喃喃道：「妳好像不太驚訝，果然妳早就知道了啊。」

「！」

「對不起，Queen，我不是有意要隱瞞妳的。」

海因里連忙向我道歉，眼神急切地看著我，像是在說他自己也非常過意不去，表情相當地難受。

「Queen，我們這一族的真實身分不能告知家族以外的人，所以我才沒辦法早點向妳提起，不是故意一直騙妳的，請相信我。」

我搖了搖頭，準備安慰他說沒關係，也打算對自己剛剛推開他的行為向他道歉。

「海因里。」

我朝他伸出手，但突然間，海因里變身為一隻巨大的鳥，讓我伸出的雙手在半空中頓住。

為什麼他突然要變身成鳥呢？我困惑地看著他，已經化身成鳥的海因里，眼睛一眨一眨地盯著我，那模樣非常可愛，很是令人疼惜。難道是打算用這副可愛的面貌，希望我能因此消消氣嗎？

海因里，不，應該是說Queen睜著圓滾滾的大眼睛，用可愛的表情努力抬頭看著我。

那副模樣真的非常可愛，他真的很會善用自己的優勢！

可愛又俊美的Queen，小心翼翼地一步步靠近我，還試著把腦袋湊過來。我差點就習慣性地把牠整隻抱到懷裡了。

打從一開始，其實我最擔心的就是萬一 Queen 是海因里的部下該怎麼辦。那不就表示我之前都是把丈夫的部下抱到懷裡，不僅摸了對方的屁股，也親了他？

這是我能想到的最糟糕狀況，所以當我知道海因里其實就是 Queen 的時候，反而不怎麼生氣，也完全可以理解因為這是機密，所以不能告訴我。

但是……我迅速收回原本想抱牠的雙手，轉頭不去看牠。

「我沒有在生氣，海因里，真的。」

我的臉頰又開始發熱。現在的 Queen 雖然是隻很可愛、很惹人憐愛的小鳥，但我已經知道這種狀態下的海因里，可以在一眨眼間變成裸體的男人。既然知道了，就不能再這樣抱著牠，畢竟，雖然我抱著的是一隻鳥，但海因里本人可是在一絲不掛的狀態下被……被我抱住！

——咕……

「是真的，我真的沒有在生你的氣……就只是……」

我偷偷看了一眼，只見 Queen 的眼睛瞪得又大又圓，一臉無辜。我不得已，只好伸手摸了摸牠的頭。Queen 則閉起眼睛，整張臉埋進我的手心磨蹭。真的非常可愛，海因里像這樣被摸頭的時候也一定很可……天吶！我立刻收回自己的手，哀求牠說：

「我沒有在生氣，沒事，我說真的。你先回去……在我看不到的地方趕快變回來之後再過來吧。」

——！

海因里離開後，我靜靜坐在椅子上，發呆了將近三十分鐘後，才打開門走了出去。

蘿茲好像正在教瑪斯塔斯什麼，看到我獨自走出房間，吃驚地詢問。

「王后陛下？您怎麼自己一個人出來了，國王陛下呢？」

瑪斯塔斯也往我身後確認一番，臉上露出困惑的表情。

「他從窗戶離開了。」我只好這麼回答。

兩人的表情非常困惑，就這樣進到房間後，突然發出尖叫。

「啊，王后陛下！國王陛下的衣服在這裡……」

「！」

「陛下真的從窗戶離開了嗎？」

我像是被人從頭頂潑了一盆冷水，瞬間從魂不守舍的狀態回過神。海因里居然連衣服都忘了帶走？

我扶牆站了片刻，這才腳步匆忙地回到房裡。只見海因里的衣服散落一地，從外衣到襯褲全部都丟在地上。蘿茲滿臉通紅地背過身去，瑪斯塔斯則遲疑地看著我。

「陛下是脫光衣服之後離開的嗎……？」

蘿茲就算了，但瑪斯塔斯身為海因里的騎士，好像也不知道他能變身成鳥的事。

我不知道該怎麼辦，手指不停捲著髮尾。真的是太尷尬了，這種情況下，我該怎麼回答才對？不對，重點是看蘿茲整張臉紅到脖頸的樣子，想必已經做了一些害羞的想像……我應該阻止她亂想下去嗎？可是我又該說些什麼才能阻止？乾脆說海因里只是脫掉衣服，什麼也沒做？說他脫光衣服後，我就讓他離開了？問題是，這樣我……反而聽上去會變得更奇怪吧。

「沒、沒關係的。」

「什麼？」

「我們是夫妻啊。」

「什麼?!」

「……」

「當……當然王后和國王陛下是夫妻沒錯……」

瑪斯塔斯看了一眼窗外，像是在喃喃自語，聲音卻又清晰地一字一句傳進了我的耳裡。

「但脫光光的陛下，和他路上會遇到的那些人，卻不是夫妻啊。」

我繼續解釋下去，好像只會讓我和海因里變成更奇怪的人。所以我沒有再多說什麼，而是飛快地上前把海因里的衣服都收起來。

如果只是一般外衣，讓侍女們去收拾就好，但畢竟這堆裡面連襯褲都有，實在不太方便使喚她們。

我一抱起滿地的衣服，立刻就聞到海因里常用的香水氣味。在那瞬間，我腦中浮現 Queen 難過的表情。像是之前我生日的時候，牠奮力提著蛋糕飛來，卻因為我說這禮物太貴重了，讓人感到負擔，Queen 就哭著飛走的那次……哭泣的正是海因里，怪不得我去找他的時候，他的眼睛都紅紅的。

海因里……內心似乎非常脆弱，這回會不會也正在哭呢？一想到這裡，我又感到萬分抱歉，同時也非常擔心他。

最終，我猶豫了一下後，決定向瑪斯塔斯諮詢。

「瑪斯塔斯，請問妳有被陛下誤會過嗎？」

瑪斯塔斯既然身為海因里的騎士，應該比較清楚他平時的情況。

但聽到我這麼問，瑪斯塔斯卻眨著眼，困惑地問：「您指的是哪種誤會？」

「例如妳沒有在生氣，他卻以為妳在生氣……」

「倒是有過我已經很生氣，卻完全被陛下忽視的經驗。」

「！」

瑪斯塔斯眼睛突然一亮，像是想到什麼般問道：

「啊，難道說？陛下是誤以為王后陛下生氣了，太過慌張，才從窗戶離開的嗎？」

「……差不多是這樣。」

瑪斯塔斯「噢……」了一聲，然後思考了片刻。

「雖然能猜到陛下為什麼會嚇得脫光衣服跑掉，啊，不對，其實我猜不太到，但您不用太擔心……嗯……我想說的是，呃，陛下很會笑，呃……但就只擅長笑這件事。」

「妳說他只擅長笑？」

「是的，陛下總是用笑容來隱藏真正的想法，所以我沒見過陛下受到打擊的樣子。」

瑪斯塔斯觀察了一下我的反應，然後接著補充。

「如果誤會王后陛下生氣的動搖，大到能讓擅長隱藏情緒的陛下慌張地脫光衣服跑走……那麼您要不要誠實告訴陛下比較好呢？說您完全沒有生氣。」

我本來認為海因里是個情感豐沛、恣意流露的人，瑪斯塔斯卻說他不常表露情緒，難道是只在我面前展露嗎？這突如其來的發現，讓我有點手足無措。但瑪斯塔斯說的話並非全無道理。

「誠實嗎……」

我點了點頭，然後抱著衣服往外走。

「王后陛下！」

「我要去找陛下。我打算老實告訴他所有事，好好解開誤會。」

「不是，我不是要攔住您。只是您要不要拿別的布把這些衣服包起來……因為那整堆衣服都會被看到的。那個……上頭有陛下專用的紋章和陛下的襯褲啊。」

「！」

已經換上常服的索本修，正坐在菈絲塔的床邊，為進行胎教而哼唱著歌。

菈絲塔躺靠在蓬鬆柔軟的枕頭上聽著，臉上露出微笑。高高在上的皇帝，可是正靠在她的肚子上哼著歌呢。這在一年前，可是連想都不敢想的事。

菈絲塔的手蠢蠢欲動，很想撫摸索本修那頭漆黑的頭髮。這背影是多麼令人喜愛啊！

想當初，亞廉為了子爵這個爵位，甚至連自己的孩子都能否認，但如今眼前這地位遠高於亞廉的男人，卻為了讓她腹中的孩子不淪為庶出，費盡各種心思。甚至白天晚上都會找空擋來和肚子裡的孩子說話，或是唱歌給他聽。菈絲塔每次看到索本修盡心照顧胎兒的模樣，都會不由自主地想落淚。

「陛下很會唱歌呢！」

「因為我學過。」

「帝王學裡面也有包含歌唱嗎？」
「這不在帝王學之中，而是在社交界交際需要的課程。」
「孩子肯定會記住父親的聲音。」
索本修微微一笑，輕輕地撫摸著菈絲塔的肚子。
就在這時，傳來了有人敲門的聲音。
「是誰？」卸下新手父親面貌的索本修，轉頭冷聲詢問。
過了片刻，守在門外的女僕戴莉絲走進來報告。
「陛下，卡爾侯爵求見。」
索本修迅速看了一眼牆上的鐘。
「在這個時間？」
「是的，侯爵說有東西急著要上呈給陛下……」
「好，讓他到我的起居是等著吧。」
戴莉絲回應「好」之後，便退回到門外。
索本修一起身，菈絲塔便睜著大大的眼睛仰望著他。
「陛下這就要走了嗎？」
「因為卡爾侯爵這個時間來，應該不會是一般的小事。」
索本修替菈絲塔拉起被毯，仔細蓋好後，這才回到自己的寢居。
卡爾侯爵並未坐在沙發上，而是手捧報紙，一臉焦急地站著等待索本修。
「什麼事？」
索本修一走進來，卡爾侯爵立刻遞上手中的報紙。
「請您看這個，陛下。」
索本修皺著眉接下了報紙。那是來自西王國的報紙，而報紙上刊載著……

他的表情瞬間凝固。

「娜菲爾她……聽見了我與菈絲塔約定要和她離婚的事？」

因為已時至深夜，我只好強忍急切的心情等到隔天。一早起床後，我就急忙換上整齊的衣服出門，想在海因里和臣屬開會前，先把話都說清楚。然而，沒想到去找海因里的時候，我竟然會在那裡遇到哥哥。哥哥正好剛從海因里的辦公室走出來。

「哥哥？」

我驚訝地跑了過去，哥哥也一臉驚喜，立刻張開雙臂朝我跑來。我迎了上去，哥哥緊緊地將我抱在懷裡，嘴中喃喃說著我聽不清楚的話，然後肩膀突然抽動起來。我抬頭一看，哥哥竟然哭了。

哥哥就這樣抱著我哭了好一陣子，直到麥肯納從辦公室裡出來才放開我，掏出手帕擦了擦自己的眼睛，然後笑著說：「我們好久沒有這樣了。」

「哥……」

「之前我聽到妳離婚的消息，真的都快心碎了，娜菲爾。」

「……」

「因為我知道，就算妳和海因里陛下再婚了，也不表示妳被提出離婚時受到的傷害就能消失。」

「……」

哥哥再一次將我緊緊抱入懷裡，就這樣抱了好一段時間，直到麥肯納咳嗽幾聲，哥哥才放開我，難為情地笑了。

「我本來以為一抵達這裡，就能見到哥哥。」這個擁抱讓我想起之前沒見到哥哥的落寞。

哥哥將手帕收進懷裡，然後才回答我。「我擔心會連累到妳，才一直避不見面。」

「哪有那種事？」

「之前在東大帝國的時候也是。聽到妳離婚的消息之後，我就一直在想，這種結果會不會都是我造成的。如果我能老老實實待著，是不是就不會有這種事了……」

雖然不能說哥哥這麼說有錯，但其實就算沒有哥哥的事，索本修最終還是會把我趕走。因為他愛的是菈絲塔。為了讓菈絲塔名正言順坐在自己身旁，他勢必得把我驅離。事實上，他在流放哥哥後，確實進一步利用此事罷黜我的后位。

我不想繼續提這件事，而是笑了笑，故意開哥哥的玩笑。

「哥哥一直躲著我，倒是很常和海因里見面？」

「因為陛下說在結婚典禮前，他打算把我的名字列入『騎士巡訪』的名單。」

「騎士巡訪？」

「這是西王國的傳統之一，由隸屬國王麾下的騎士組隊，在幾座城市中巡邏並幫助當地的居民。」

我想起來了……確實聽過這類的事蹟。透過這樣的巡訪機會，表現最出色的騎士也會聲名大噪，贏得大眾好感。之前我的副官聊到這件事時，還笑說這樣也太刻意打造英雄了吧。

「……真的很感謝他。」

我很清楚海因里為什麼會讓哥哥去做這樣的事，想必是為了提高哥哥在西王國的名聲。我下意識將懷中那包衣服抱得更緊了。

哥哥也不好意思地笑了，稱讚起海因里。

「之前一直聽說他很輕浮，可是卻在各方面都想得很周到……」

「嗯。」

「看來他真的很喜歡妳。」

「這……」

與其這麼說……不過反正「喜歡」這個詞彙，也不一定只能是戀人之間的愛戀。

「嗯。」

我實在羞愧難當。

向哥哥道別，約好了之後再聊後，我輕手輕腳地走入辦公室。只見海因里帥氣地站在房間中央，一和我對上視線，卻愧澀地笑了。

「Queen。」

以自己的名字來稱呼我的他，沒有像平時那樣走過來，而是在原地躊躇不決。大蓋是因為我之前避著他的關係，讓他不確定自己能不能靠近。

我看著這樣的他，雖然心中還是充斥著害臊……但這次換我提起勇氣，主動朝他走過去。

海因里雙手緊握，用滿是遲疑和膽怯的眼神看著我。

「Queen，我——」

「我真的沒有在生氣。」

「但妳不是一直在躲我嗎？Queen，我……我真的很希望妳不要躲開我。」

「我不是因為生氣才避開你。」我趕緊解釋，強壓住奪門而出的衝動問道，「我可以老實坦承自己避開你的原因嗎？」

海因里立刻回答：「當然，如果不是因為生我的氣，那請直接告訴我原因。」

「但你可能會因此被嚇到。」

「我都焦慮到睡不好了。那個，Queen，我真的不希望自己被妳討厭。」

海因里的眼神中透露著滿滿的膽怯，瞳孔看上去比平時更漆黑深邃。我深呼吸了幾次，緊抱著懷中海因里的衣服，像是把這當作護身符。

說出實話是一件非常困難的事，但就算害怕我會因此動怒，海因里也全都向我坦白了，所以我也應該提起相同的勇氣才行。我又深深吸了口氣，盡可能面色不變地開口。

「我看到你裸體的樣子了。」

「！」

「腦海中老是浮現那個畫面，讓我很為難。」

「！」

「所以我才一直沒辦法和你對上視線，因為一對上我就會回想起這件事。」

「！」

海因里的下巴都快掉下來了，呆呆地看著我，看起來完全無法理解自己到底聽到了什麼。我努力維持從容的表象，緩緩吸氣吐氣。這對我來說實在太過難以啟齒。

「原……原來是這樣啊。」海因里抬手遮去了半張臉，喃喃自語道，「原來是因為看到了那個……啊……所以目光才會一直躲開我……」

「你嚇到了吧？」

「因為 Queen 實在是太誠實了……請等一下。」

海因里迅速背過身去，不斷用手往臉上搧風。我很確定他這副模樣不是裝的，因為能明顯看到他臉上的紅暈蔓延，從脖頸一路紅到了耳尖。

他搧了好一陣子才回過身來，不過看起來一點降溫效果也沒有。

海因里拍了拍後頸，然後問：「不過，妳是在哪裡看到的？」

「廢棄宮殿內的噴水池。」

「啊，噴水池。那所以我——」

「是全身濕透的狀態。」

海因里又抬起雙手掩住自己的臉。反觀我自己，因為把實話全都一口氣說出來了，所以之前那種手足無措的難為情倒是緩解了一半。

說出實話的力量還真是強大，雖然我還是會覺得有點害羞，但至少已經可以和他面對面交談了。不過現在換成海因里不敢看我的臉就是了。

一時間辦公室內鴉雀無聲，雖然不至於尷尬，但不知道為什麼就是開不了口說話。氣氛頓時曖昧起來。我很想立刻和他說些什麼，同時又什麼話都不想說。

還是說……在這種情況下，靜靜去牽起他的手會比較好？

我才想到這裡，海因里便悄悄地把手伸過來，試探地碰了碰我的指尖，似乎也在猶豫該不該牽起我的手。於是我看向其他地方，但主動牽住了他的手指，然後就感受到從他身上傳來的輕顫。

我偷偷地瞥了一眼，海因里正對著我笑。我們一對上視線，他便緊緊握住我的手，開心地問道：

「妳用過餐了嗎？」

「還沒……」

「要不要一起吃？」

我點了點頭，他就牽著我走到書桌旁，然後搖起桌上的鈴鐺。辦公室門很快就打開，一位沒見過的侍從走了進來。侍從一看到我和海因里交握的手，明顯露出吃驚的表情。

這讓我又覺得有點難為情，連忙轉過頭看向窗外。

我們開始用餐。起初我其實還是不太自在，不過隨著我們一邊進食一邊聊天，這種感受漸漸退去，我的心情也輕鬆許多。在這樣的氣氛下，海因里試探地問我：

「Queen，所以妳真的會一直想到那個畫面嗎？」

我瞬間被沙拉裡面一片小小的生菜嗆到。看到我拼命咳嗽的樣子，海因里連忙把裝滿飲料的杯子推給我。

「看妳反應這麼大，想必應該是真的吧。」

一喝完飲料，我便斬釘截鐵地說：「現在不會了。」

當然，這是騙人的，不過也沒有人能證實我說謊。可惜海因里的直覺倒是很敏銳。

「不對，人的想法不可能在這麼短的時間內改變。」

「請不要有不必要的誤會。」

雖然我試著再說一次謊，但他直接無視我的話，繼續問道：

「Queen，妳現在還是會想起我的那副模樣吧？」

「我都說了沒有。」

「Queen。」

「？」

「我們結婚之後，妳就可以欣賞一整天了。」

我喝了口飲料，原本是為了避免再被食物嗆到，結果反而在聽道這句話之後，又被飲料嗆到不斷咳嗽，這次甚至咳到連眼淚都被咳出來了。

我怒瞪了他一眼，海因里慚愧地低下了頭，本來準備遞手帕過來，但他迅速看了一眼手中的手帕，又連忙收了回去。不過來不及了，我已經認出那是我的手帕，也就是之前綁在 Queen 脖子上的那一條。

「那條不是我的嗎？」我很確定那是我的手帕。

海因里不得已，只好拿出一直收在身上的手帕，辯解道：「因為妳也沒要我還給妳……」

「那是我要給小鳥的。」

「我就是那隻小鳥，所以就代表這是 Queen 送給我的。」

我本來還想據理力爭，但在那一刻，海因里的脖子進入我的視野。

海因里變成 Queen 的時候是裸體對吧？也就是說，他那時候一絲不掛，只綁了條手帕在脖子上？我還是別繼續想了。腦海裡描繪的畫面越來越不太妙，所以我沒有繼續爭論，直接把手帕還回去。

「Queen？」

「我什麼都沒有多想。」

拿回手帕的海因里，聽到這句話後緊緊咬住下唇。看來我根本是搬石頭砸自己的腳，說了一些多餘的話了。雖心思被一眼看穿了，我還是努力擺出一副冷淡的表情。

可是海因里根本不打算放過我，嘻嘻笑著悄聲說：「Queen，有什麼想看的就盡管說吧。」

「！」

「我會努力讓 Queen 的想像，全都化為現實。」

「！」

索本修一整個晚上都在重複收起報紙、拿起報紙又打開，然後再收起來。他將採訪娜菲爾的那篇報導，徹頭徹尾地讀了一遍，然後重讀了一次又一次，甚至能將整篇文章的標點符號都一字不漏地背下。但索本修的視線依然沒有離開過那份報紙。

他的心很痛，痛到完全無法入睡。娜菲爾聽到了他與菈絲塔約定好要和她離婚？娜菲爾親耳聽到的嗎？她那麼驕傲，一定被傷得很重，索本修光是想像都覺得難受，甚至都快喘不過氣來。心臟被揪得越來越緊，他感到頭暈目眩。索本修狠狠地捶了捶自己胸膛，敲打在心臟的位置。不知道為什麼，那處總是隱隱作痛著。

索本修就這樣捶了自己一整晚，最後光是碰到胸口附近，就會有股刺骨之痛傳來。早上換衣服的時候才發現，原來那處早就被他捶到瘀青了。

侍從們嚇得七嘴八舌，場面亂哄哄起來。索本修只好喝斥一聲，讓他們不要大驚小怪。他讓侍從把卡爾侯爵叫來，然後躺回床上，閉上雙眼。

索本修在沉默中等待，突然間靈光一閃……這其中肯定產生了什麼誤會。

當初他確實是與菈絲塔說了離婚的事，但那時候也說了，只會讓菈絲塔當一年的皇后。雖然索本修也沒有刻意挑明，一年的約定期限過後，會是誰要來坐這個皇后之位。

所以娜菲爾才會誤會的吧？她認為索本修一年後又會娶新的皇后嗎？

不，說不定娜菲爾根本沒聽到後面這一段。沒錯，應該就是這樣。

如果是這樣的話，他得告訴娜菲爾自己真正的打算才行。雖然現在娜菲爾已經再婚，一時半刻也無法回來，但至少他們之間的誤會可以解開。

而且傳聞中，海因里一世可是個花花公子，那種傢伙一定會傷到娜菲爾的心。雖然娜菲爾現在因為打擊太大，才會去跟那種人結婚，但最終一定會為他傷透心。

他一定要告訴娜菲爾，自己絕對沒有拋棄她的念頭。這樣一來，當娜菲爾受到傷害時，才會記得回來這裡。

索本修從床上起身，走到書桌前，拿出信紙飛快地寫信。雖然他自己也不知道，解開誤會後下一步又該怎麼做，但眼前最重要的就是把誤會解開。

索本修認為自己跟娜菲爾之間的絆腳石，就只有這個誤會而已，一旦誤會消除後，事情一定就會變得順利。雖然他自己也不知道具體來說是什麼事情會變得順利，但無論如何先做就對了。

他把信寫完，用封蠟密封住後，剛好卡爾侯爵也到了。

「陛下，您傳喚屬下嗎？」

索本修把封好的信件遞給卡爾侯爵，上頭既沒寫寄件者，也沒寫收件者。卡爾侯爵狐疑地接過來。

「這是……」

「送去給娜菲爾吧。」

「您是說王后陛下嗎？」

一聽到「王后陛下」這四個字，索本修立刻瞪了過去，卡爾侯爵趕緊閉上嘴。

索本修再次叮囑道：「信說不定會被海因里一世擋下來，必須低調進行才行，絕對要派人親自送到娜菲爾手上。」

「……屬下領命。」

另一邊，也有和索本修同樣心煩的人。

「菈絲塔要結婚了……」

那是羅特修子爵，他愁眉苦臉地瞪著手上的報紙。他會這副模樣，都是因為今天小報上面刊登的新聞，說菈絲塔就要和皇帝索本修結婚了。

根據報導描述，為了籌備這場婚禮，商人如流水般進出皇宮內。昂貴的寶石、地毯、絲綢，包括利伯特在內，火大陸個大國家的珍貴特產，都一一被送進皇宮，知名的花藝業者也為此忙進忙出地。

小報上說，雖然結婚一事皇室尚未公布，但肯定會有結婚典禮。畢竟有這麼多商人進出皇宮，沒有要辦婚禮才奇怪。所以據專家——雖然也沒寫清楚是哪方面的專家，總之據他們指出，十有八九會舉行婚禮。

雖然也有人說，結婚對象可能是其他貴族的千金，但想破頭也找不到能和德羅比家族出身的娜菲爾比肩的千金。當然，稍遜於德羅比家的名門家族中還是有不少未婚千金。但如果只是另外一場政治聯姻，那打從一開始就沒必要罷黜娜菲爾，然後硬是去找比較差的家族。

所以這場婚姻肯定不是簡單的政治聯姻，而是真的自由戀愛終成眷屬，既然如此，大部分的人自然認為皇帝的結婚對象非菈絲塔莫屬。

「我的天，那丫頭居然要當皇后。」

知道菈絲塔曾經是奴隸的羅特修子爵連連搖頭，除了不敢置信之外，還多了一點微妙的心情。這世上的事情，真的是太奇妙了，他曾使換過的奴隸，如今居然要當上一國之后。

另一方面，羅特修子爵的兒子亞廉聽到菈絲塔要結婚的消息，便消沉地回到房間。女兒羅貝提則是在怒火中燒的同時，又有點害怕。

「那丫頭當上皇后的話，一定會立刻報復我們的，父親！」

「不是，為什麼要報復我們？」

「因為我們握有她的祕密啊。」

「哼，如果是這樣，她反而更該小心才對。」

「如果她雇殺手來殺我們，那該怎麼辦？」

羅特修子爵雖然臉上不屑地笑著，其實心裡也隱隱感到不安。

菈絲塔的第一個孩子由他們偷偷撫養，這也是自己的後路之一，但儘管如此，心中的不安仍難以完全消除。萬一菈絲塔真的狠毒到，連自己的孩子都會下手殺掉怎麼辦？

就在這時，門外傳來敲門聲。來訪者正是羅特修子爵定期會去賄賂的宮廷人員。

羅特修子爵開始勒索菈絲塔後，便定期會去賄賂在宮殿中工作的人。因為騎士和貴族都有很高的忠誠心，口風太緊，不過這些只是在宮殿中工作的僕役，就比較沒什麼忠誠可言，口風也相對鬆。

當然，羅特修子爵在這些人面前用的藉口，是他要替菈絲塔多搜集情報。也多虧菈絲塔在平民中的高人氣，讓這種藉口更加便利。

而這天來訪的宮廷人員正是其中一人。

「怎麼來了？是有什麼重要的事嗎？」

羅特修子爵趕緊讓對方進來，同時確認來意。如今事情已演變至此，子爵認為就算再微不足道的消息也值得重視。沒想到這個宮廷人員帶來的情報，遠比他預想中更有價值。

「陛下偷偷派了人到西王國。」

「去西王國？」

「是的，而且還不是正式出訪，非常隱密，沒有任何紀錄。」

「祕密派人去西王國……」

宮廷人員收下情報費離開後，因為這人帶來的消息而想到好點子的羅特修子爵，合不攏嘴地大笑。他收拾收拾後，立刻動身去皇宮找菈絲塔。

菈絲塔傲慢地看著羅特修子爵，「你來幹嘛？」

自從上次羅特修子爵看到菈絲塔和養父母在一起後，這麼久以來兩人還是第一次碰面。見到菈絲塔的態度，子爵強忍破口大罵的衝動，坐到了她對面的沙發上，然後笑嘻嘻地開口。

「妳知道我今天是聽到了什麼消息才來的嗎？」

「反正又是打算來威脅我吧。」菈絲塔冷冷地回答，一樣坐到子爵的對面。

經過皇宮生活的洗禮，如今她的姿態也與以往不同了。

羅特修子爵輕笑了一聲，「聽說皇帝送了封信給娜菲爾皇后。」

「什麼皇后？她是廢后。」

「隨便妳怎麼說吧。」

「……」

菈絲塔挑起眉。也是，仔細想想，叫她廢后或皇后都不是現在的重點。重點是，送信？

「什麼信？」

「這我就不知道了。」

「反正就去把信攔截下來就好了，不是嗎？」

「如果是陛下派出去的人，那肯定不是普通人物。不只要打贏這種人，還要把信搶走，我哪來的錢雇用那種等級的傭兵啊。」

反正肯定得花上不少錢吧。菈絲塔吞回這句回敬，因為她很清楚羅特修子爵還沒說完。這傢伙不是單純來這邊告訴自己這些事，他現在是要——

「所以呢，你想說什麼？說你搜集情報的能力很好？這種事菈絲塔自己也能查得出來。」

「但事實上，妳不就是不知道嗎？」羅特修子爵瞇起眼，奸詐地笑著，手撐在腿上彎下腰，傾身向前說道，「我跟妳說過什麼了？是不是跟妳說過，妳會需要我的。」

「！」

「我們清楚彼此的底細，不過妳那對假父母呢？他們應該只知道妳光鮮亮麗的外表吧，也只想知道妳好的這一面而已。」

菈絲塔完全無法反駁。雖然瑪莎跟吉林特都是很善良的好人，但她和那兩人之間的關係建構在脆弱的基石上，就算他們再怎麼和藹可親，菈絲塔也終究不是他們的親生女兒。而且他們甚至也不知道這個假女兒其實是奴隸出身，菈絲塔當然也沒辦法對他們開誠布公。

「菈絲塔啊菈絲塔，想找同盟，就該找跟我們一樣的人啊。」羅特修開始舌燦蓮花地誘惑著菈絲塔。

菈絲塔靠在沙發的椅背上，焦躁得嘴唇顫動。昨晚還對著她的肚子甜蜜地唱著搖籃曲的索本修，今天竟然就偷偷派人送信給娜菲爾。如果是要說什麼壞消息或是壞話，應該可以直接走官方渠道，但他卻偷偷摸摸地派人送，一定是打算對娜菲爾道歉。

今天早上，菈絲塔也看到了刊載娜菲爾皇后採訪的西王國報導，搞不好索本修就是想為這件事說對不起。

菈絲塔煩躁地絞著手指說：「我們不是從以前就是同盟嗎？」

「當然……是這樣沒錯。」羅特修露出了滿意的笑容，「總之，關於廢后這邊的事情妳大可放心，菈絲塔。都是已經再婚的王后了，還有可能會回來嗎？」

「菈絲塔不擔心廢后的事。」

「好好，我都知道。」

「是真的。」

「好啦。還有，至於陛下會不會看上別的女人，妳也完全不用擔心，我會自己看著辦去處理掉的。」

聽到羅特修這麼說，菈絲塔咬緊嘴唇點了點頭。

「我知道了。」

「啊，今天我看到雜誌了，聽說妳搞不好會結婚？」

「你說話小心點。」

「當然，我會小心的，我們的皇后陛下。」

羅特修子爵輕浮地笑著，然後把自己空空的手掌往前遞去。

又是要來拿錢的。雖然菈絲塔非常不滿，但也只能按耐住怒火，拿了寶石給羅特修子爵。子爵接過後，賊嘻嘻地將寶石揣進懷裡，然後站起身。

「那麼，我們就下次見啦！」羅特修子爵又補充道，「希望是有好消息的時候。」

「等一下。」就在子爵準備離開時，菈絲塔叫住了他。

子爵疑惑地停下腳步，菈絲塔追了上去。

「想起來了，我想讓你去幫我找一個人。」

「找人？妳想找誰？」

「比我還要年輕的女孩。」

「和羅貝提同年嗎？」

「這我就不知道了，總之你去幫我找出來，是我父母的次女。」

見到羅特修子爵一臉懷疑，菈絲塔覺得自己被羞辱了。她本來就為了找妹妹這件事心煩，現在看到子爵一臉「為什麼？」的表情，讓她更加火大。

「你去給我找出來就對了。」

菈絲塔再次囑咐後，羅特修子爵嘟囔著「那好吧……」，然後聳了聳肩。

「反正我會先去找的，妳假父母的全名叫什麼？」

羅特修子爵離開後，菈絲塔仍止不住地心煩意亂。她在房裡繞來繞去，然後停下來確認時鐘。還不到索本修過來的時間。菈絲塔又跑到外頭走廊徘徊，她確認四下無人後，決定去西宮看看。

在皇后離開之後，西宮變得一片寂靜，那些在西宮裡四處走動，總是熱熱鬧鬧的侍女們，也都回到了自家宅邸。而派駐在此的女僕和僕役，人數也相對減少許多，平時頂多一天來打掃一次。菈絲塔知道這個時刻剛好和他們打掃的時間錯開，於是立刻走了進去。

這是她最近新產生的興趣，溜進皇后寢居，想像日後的滋味。之前她詢問索本修的時候，雖然他有點意外，但還是把這裡的鑰匙拿給了菈絲塔。反正房間是空的，她想幹嘛都可以。在新皇后繼任之前，皇后寢居甚至不會打掃，所以菈絲塔常常避人耳目，在這裡隨意進進出出。

今天也是一樣，菈絲塔一進到皇后寢居，就立刻將門鎖上。此時她的心情才好了一點。

菈絲塔靠在門邊，看著這個空蕩蕩卻依然華麗的房間。雖然房內還留有一些家具，但可能是因為無人使用，空蕩蕩的感覺特別明顯。

如果我開始住在這裡，就會好一點了吧。菈絲塔如此想著，然後在房間裡四處轉四處看。

雖然她亂逛的範圍最多也只在寢居內，但菈絲塔覺得這樣就已經很滿足了。她充分享受自己即將當上皇后的心情，一邊模仿著從娜菲爾身上學到的一舉一動，一邊呵呵地笑著。

雖然那些要記誦的事情還沒有完全背好，但菈絲塔至少在言行舉止上已經高雅許多。甚至連曾教導過娜菲爾的老師看到菈絲塔的進步，都驚訝地說：「天吶，和娜菲爾小姐還真是像呢！」

說真的，那些煩人的背誦課程，上得再多別人也看不出效果。重點果然還是言行舉止跟禮節吧。

結婚典禮當天，大家如果把菈絲塔拿去和前皇后比較，一定會嚇一大跳。

菈絲塔頓時開心起來，心情徹底恢復了。她心血來潮，乾脆把每一件家具都打開來看看，卻意外發現了奇怪的東西。

「這是什麼？」

一張看似平凡無奇的方椅，椅面卻感覺有點翹起。菈絲塔把墊子掀開，沒想到椅子裡面竟然藏著東西。原來這是椅子造型的保管箱。

但菈絲塔詫異的並不是椅子裡面可以放東西，而是裡面竟然堆滿了文書。

是廢后的文書嗎？菈絲塔好奇地把文書全都拿出來看。

國庫贊助申請書？

有好幾張文書上頭都寫了這行字，其他幾張則寫了孤兒院之類的東西。菈絲塔看了一眼時鐘，確定時間還算充裕後，便坐到椅子上，將文書一張張仔細拿來看。

這些文書都是以簡單的用語書寫，菈絲塔很容易就讀懂了。孤兒院、養老院、未婚父母的支援機構、免費醫療機構、免費餐廳等等，這些都是娜菲爾皇后以自己的私人財產，冠上皇室名義捐贈的慈善機構。

而且在這些文書底下還有一封信。菈絲塔一手抱著文書，一手拿起信件閱讀。

「致菈絲塔……」

信中用著平鋪直述的文筆，解釋娜菲爾私下以皇室名義資助的這些機構，離婚後便無法繼續資助的事。也說明透過國庫資助慈善機構，是以一年一期的方式撥款，目前還不到申請時間，娜菲爾無法在離開前將那些機構轉為國庫資助。

等菈絲塔當上皇后的時候，應該差不多就是可以申請國庫資助的期間。娜菲爾已經將申請書都準備好了，希望申請時間到來的時候，菈絲塔可以代為提交。不過因為現在國庫資助的慈善機構已經有很多，也可能會因為預算問題而被拒絕，如果可以的話，請菈絲塔像她過去那樣，以皇室的名義，用私人財產為這些慈善機構提供資助。

除此之外，就沒有寫其他的事了。真的就像一封寫給繼任者的交接信，無聊透頂。硬要找出公事以外的內容，頂多只有寫著因為情況可能會變得有點複雜，交代菈絲塔絕對不要用自己的名義去資助，這一個段落而已。

讀完這封信的菈絲塔，心中有種說不出來的感受。而且就像要火上澆油般，信封中又掉出了某樣東西。那是兩張面額非常大的現金支票。如果信上的內容屬實，這筆金額足以支撐這些慈善機構整整兩年。

看來採訪內容是真的，她老早就知道自己要被離婚的事了。

菈絲塔皺起眉頭。心底最深處冒出許對皇后的愧疚，但一想到不得不承認娜菲爾確實是個好皇后，又讓菈絲塔感到不舒服。如果她承認娜菲爾是好皇后，那不就代表把好皇后擠下位的自己是壞人了嗎？

菈絲塔絕對無法認同自己是壞人這種事。皇后是因為幸運才能生在皇后家，菈絲塔靠著自己走到這一步，可是費盡了千辛萬苦。而且即便走到這裡，光是好好活著都已經用盡力氣了。

更何況菈絲塔又害不到皇后，當初是皇后把安分守己的她推開的。難道不是娜菲爾皇后一直想把菈絲塔趕走，才會自我毀滅被趕走的嗎？

沒錯，一開始就不要對我用墮胎藥，或是唆使自己的哥哥來打我，不就沒事了嗎？

這樣一來，皇帝也就不會把皇后趕走了。這一切都是廢后自找的。現在她居然還留下這種瞧不起人的信？真是個徹頭徹尾的偽善者。

「妳就這麼看不起菈絲塔啊？」

想通之後的菈絲塔心中大為光火，但依舊把信跟文書，還有那兩張支票緊緊抱在懷裡。

叫菈絲塔不要用自己名義去資助？菈絲塔不屑地笑了，說什麼狀況會變得複雜，根本只是見不得別人的聲望變高而已吧。

為了得到國民的信賴和愛戴，菈絲塔決定繼續資助這些慈善機構，不過全部都會用菈絲塔的名義去做。本來就是菈絲塔資助的不是嗎？誰會想用皇室的名義去做啊？

「克沙勒卿和王后陛下真的不是雙胞胎嗎？」

哥哥以騎士身分出發進行巡訪後沒幾天，瑪斯塔斯跪在窗臺上賣力擦著玻璃時，突然沒來由地提出這個問題。我想說她怎麼會突然說這個，便看了過去，只見瑪斯塔斯也一臉好奇地看著我。

「我們不是雙胞胎。」

我笑著回應她，瑪斯塔斯「啊……」了一聲後，連忙點頭。見狀蘿茲竊笑了一番，然後用手肘碰了碰瑪斯塔斯的側腰，問道：「有興趣啊？」

瑪斯塔斯態度自然地點點頭，「對啊。」

她的回答實在是太理直氣壯，我跟蘿茲都驚訝地看過去。

瑪斯塔斯的表情還是一樣自然，繼續道：「哥哥說過他非常強，所以我想跟他交手一次看看。」

「妳說的交手是打架的意思嗎？」

蘿茲有些懷疑地確認，瑪斯塔斯點頭回答沒錯，突然反應過來，用看到變態般的眼神瞥向蘿茲。

「王后陛下！您不覺得這位前輩的腦子裡，好像都存著一些骯髒的念頭嗎？」

連續幾天相處下來，這兩人的關係似乎變得親密許多。到時候蘿拉和朱伯爾伯爵夫人一加入，這裡一定又會變得熱鬧起來。

雖然我也很想念愛莉莎伯爵夫人和其他侍女，但幸好我在這裡遇到的人也都很好。

對了！我看著她們的笑容，突然想到一個好點子。

「蘿茲。」

「是的，王后陛下。」

「在西王國的上流社交界中，最受歡迎的人是誰呢？」

蘿茲歪著頭想了想，然後說：「是利伯提公爵和莫雷妮小姐。」

「就這兩位而已嗎？」

「原本最受歡迎的人是海因里陛下，再來才是利伯特公爵和莫雷妮小姐。不過現在情況不同了，畢竟可不能將即位的陛下再當作社交名流看待。」

蘿茲又想了一下，補充說明道：

「啊，利伯提公爵和莫雷妮小姐是血緣很近的親戚，兩人是舅舅跟姪女的關係。」

「我能見見這兩位嗎？」

針對我的問題，蘿茲很快就猜到我的意圖，她「啊」了一聲，然後笑道：「您是想拉攏這兩位嗎？」

不過蘿茲對於我的打算，倒是不抱正面期待。

「雖然您的想法很好，但沒有那麼簡單。」

「是偏向克麗絲塔的立場嗎？」

「利伯提公爵是的。」

「那莫雷妮小姐……」

「她和克麗絲塔甚至起過衝突，關係並不好。」

這麼聽來應該沒問題才對？我不解地挑眉，蘿茲連忙搖頭，補充道：「莫雷妮小姐曾是王后的候選人之一。」

「這沒關係。」

「不僅是如此，那位千金小姐可是個野心勃勃的人，習慣對人發號施令。對於成為某某附庸這種事，可能會感到厭惡……」

「這也不要緊，因為我沒有要她一定要成為我這邊的人。」

以前，托拉妮公爵夫人也不能算是我這方的人，而是我的朋友。雖然蘿茲看起來依然擔心，但並沒有再說什麼。

「我會幫您約他們見面。」

我點點頭後，從位子上起身。想到托拉妮公爵夫人的同時，我心中又浮現了一個不錯的點子。怎麼之前都沒有想到呢？

「王后陛下？」

「我要去找麥肯納卿。」

「您不去找海因里陛下嗎？」

我帶著一臉驚訝的蘿茲和瑪斯塔斯前去找麥肯納。雖然麥肯納同樣一臉意外，但還是笑著接待我們。我支開其他人後，小心翼翼地詢問麥肯納。

「我知道你能變身成為鳥的事——我可以問你一個和這方面有關的問題嗎？」

麥肯納聽到我提起他們那一族，雖然略顯慌張，但還是小聲回答可以。看他一直在觀察我的臉色，似乎也怕我會因為一直被瞞在鼓裡而生氣。但我今天來找他，並不是為了追究為什麼要隱瞞我的事。

「我想請你幫忙找一個人，所以想問你，鳥的變身型態可以維持多長時間？」

麥肯納聽到我的問題，臉色這才鬆懈許多。

「您說您有想找的人嗎？」

「沒錯。可以嗎？」

「您知道對方的位置嗎？」

「不知道，只能確定對方不在東大帝國境內，剩下的就不清楚了。」

「這樣的話，可能有點困難。」

與我預期的不同，麥肯納說找人並不容易。就算他變身成鳥，還是得在搜尋時肉眼確認長相。如果能大概知道所在位置，可能還好辦一點，但如果只知道「不在東大帝國境內」，就相對困難了。

「如果要用通緝的方式，屬下倒是能幫陛下辦。」

這提議讓我嚇了一跳，我趕緊對笑著如此建議的麥肯納說不用了，便動身返回別宮。

我想找的人是托拉妮公爵夫人，但真的找不到就算了，可不能用上這種通緝的方式。

我又思索了片刻，把蘿茲叫了過來。

「之前採訪我的那位記者，妳還記得嗎？」

「記得，他刊登採訪王后陛下的內容之後，還引發了熱議呢。」

「那位記者現在也在宮裡嗎？」

「應該是吧。」

「妳能幫我找那位記者過來嗎？藍色頭髮的……」

「好的。」

我請羅茲去找人，約兩個小時後，我便再次見到採訪過我的那位記者。

「在下名為賈納爾，王后陛下。」

記者看起來非常緊張不安，不明白自己為什麼會被我傳喚，目光左右轉動。同時眼神又透露著機靈，仔細觀察著我的臉色。

「我找你來，是有件事希望你能像之前採訪的內容一樣，幫我刊登出來。」

「陛下想刊登怎樣的內容……」

「關於我在西王國適應良好的事。」

「什麼？」

賈納爾記者不太明白這麼普通的事，為什麼要特意叫他過來採訪，不過他的表情也放鬆了不少，點頭爽快地答應。

「這件事包在我身上。」

「就請你寫說，我在西王國適應得很好，這裡有很多好人，不過偶爾也會懷念以前的朋友……諸如此類的內容。」

「寫這些就好了嗎……？」

「我希望你能將那些朋友的名字一齊寫上。」

賈納爾遲疑了一下，不過依然一邊答應一邊拿出筆記本。我告訴他侍女們的名字，順便將托拉妮公爵夫人的名字也一併帶上。

賈納爾離開之後，趁蘿茲和瑪斯塔斯去準備晚膳的空擋，我心滿意足地站在窗邊。

我會叫這位記者過來，是想找到托拉妮公爵夫人的下落，所以才故意在侍女們名字之中，將夫人的名字也摻進去。

托拉妮公爵夫人思考靈活又聰明，看到我的採訪報導後，一定會知道這是我想找她的信號。她答應過總有一天要報答我。如果她是真心的，那麼一定會找過來……

如果是托拉妮公爵夫人，一定很快就能掌控住這裡的社交界。

對於一般國民來說，要得到他們的愛戴，唯有付諸於行動才行。無論話說得再漂亮、再好聽，最終只有為國民著想的王后才會受到歡迎。

但上流社交界就不一樣了，他們已經握有財富和名聲地位，光靠當一個稱職的王后，很難跟這些人打好關係。我必須親自接近他們，這麼一來，我身邊就需要一位關係親近的社交名人。如果是托拉妮公爵夫人，一定能夠承擔這個重任。

這時傳來的敲門聲，讓我從思緒中回到現實，起身過去開門。沒想到門外竟然不是我的兩名侍女，而是海因里。

「海因里？」

而且他還一臉憂鬱。

「怎麼了嗎？」我不明所以地問道。

海因里一臉難過地看著我，然後緩緩牽起我的手，輕輕吻在我的手背上。

「Queen，妳覺得很孤單嗎？」

沒頭沒腦的，這是什麼問題？我完全無法理解。

「沒有呀？」

雖然將來我肯定會想念父母親，但現在的我才來到異國他鄉沒多久，還沒感受到太多的鄉愁。但海因里卻眼眶濕濕地看著我，明明我真的一點也不覺得孤單，但他似乎根本不相信我的話。

「海因里？」難道是從誰那邊聽到了什麼？我擔心地看著他。

海因里輕聲對我說：「我看到了……Queen 說自己非常孤單的報導了。」

「那個記者告訴你的？這麼快？」

「我來找妳的路上遇到他，我問他來幹嘛，他就說 Queen 拜託他寫一篇自己很寂寞的報導……」

我不知道那個記者是故意曲解我的話，還是真的誤會我了，這個情況實在讓人哭笑不得，我搖了搖頭說：「沒有這種事，海因里。」

「我希望妳是真的沒有感到孤單，Queen。」

「真的沒有。」

「如果妳希望的話……不然，要不要我晚上以『Queen』的模樣陪著妳呢？」

「！」

「不管妳想做什麼都可以，任憑妳盡情寵溺疼愛，就像以前那樣。這樣妳會不會比較好受一點？」

「……」

我不太清楚自己現在是什麼表情，不過海因里很快就轉成開玩笑的語氣。轉得好。

我冷靜地警告他：「如果你用 Queen 的樣子來找我，我可是會幫牠穿上衣服喔。」

雖然他是關心我才提出這種服務，不過那個語氣聽起來就是在鬧我。

海因里倒是不介意鳥兒穿衣服，笑著回道：「妳要親自幫我穿嗎？我們要穿情侶裝嗎？」

我正準備回答，卻越過海因里的肩頭看到了自家侍女。她們推著晚膳回來了，但……那是怎麼了？怎麼都一臉下巴要掉下來的驚愕表情。

我思考了一下那兩人為什麼會嚇成這樣，應該是因為海因里那句曖昧不明的話吧，說什麼他要以「Queen」的樣子晚上來陪我的這段。侍女們並不知道海因里可以變身成鳥的事，而是理解成海因里要穿著我的衣服陪我……天吶！

我連忙朝她們搖搖頭，然後一把將海因里拖進房間。

「過來這邊。」

再怎麼說海因里如今都是我丈夫了，不能讓他的名聲除了花花公子之外，又多了什麼裸體男或是一些奇奇怪怪的形象。

不過匆匆忙忙之下，關門的聲音好像有點太大，我自己被驚得皺起眉，趕緊查看海因里的狀況。只見他被夾在我與門之間，眼睛瞪得大大地看著我。

我不是故意擺出如此壓迫的姿勢，慌忙往後退。海因里卻立刻收起驚嚇的表情，眼中帶著笑意，在我耳邊悄聲說：「剛才實在是讓人太怦然心動了，Queen。」

「都這種時候了，你還開玩笑。」

「就是這種時候，才要開玩笑。」

「……也是啦，有人說過無知便是福。」

「這又是什麼意思？」

海因里一臉困惑，看來沒有發現我們的對話被侍女們聽到而誤會的事。

我走到了茶桌旁坐下，海因里則像在跳舞般，腳步輕快地走到我對面坐下，笑著問：

「不覺得有我在身邊的話，就比較沒那麼孤單了嗎？」

我聽到他這樣說，立刻明白他為什麼一直在用玩笑的語氣說話了。海因里還是很在意那篇報導。對於他的體恤，我滿懷感激的心情，伸出雙手握住他的手。

「真的沒事的，海因里。我會想念以前的朋友是必然的，但這不代表我在這裡感到孤單。」

「真的嗎？」

「我身邊還有蘿茲、瑪斯塔斯、哥哥……也還有你，不是嗎？」

「！」

海因里聽到我這樣說，喜悅之情溢於表，燦爛地笑著說沒錯。看到他這樣的笑容，不知道為什麼，我突然覺得很難在椅子上好好坐著，很想起身走走。我抑制不了這份衝動，於是起身在房間裡緩緩踱步，但這並沒有任何效果，我只好轉換其他的話題。

「我去看過婚禮預定舉行的場地了。」

「妳說大宴會廳嗎？」

「應該是那裡。」

「覺得怎麼樣？」

幸好海因里很快地就附和我新起頭的話題，而且大概因為這是他很在意的事，還眼睛一眨一眨地詢問起我的意見。

「我下令盡可能將這場婚禮辦得華麗又盛大，還可以嗎？」

現在我雖然感覺還是不太對勁，但極力地裝出若無其事的樣子說：「很美。」

「那太好了！」

「但，因為實在太華麗了，讓我有點擔心。」

「這沒什麼，畢竟西王國本就是寶石的盛產大國。」

關於西王國盛產寶石的這件事，我已經不知道聽到第幾次了，如今不禁好奇起來，究竟產量到底有多少，他才會一直掛在嘴邊說？

就在我思考這件事的時候，海因里面露擔心地悄聲說：「一定得辦得盛大華麗才行，越大越好。」他可能以為我是因為不喜歡婚禮太過鋪張才會皺眉，於是我搖了搖頭。

「我並不是不喜歡辦得盛大華麗這件事。」

有時候事情得樸素地打理，有時候自然也需要隆重鋪張。這場婚禮無論是想辦得低調或是高調都有理由可以支持，所以沒有必要反對海因里的想法。我只是怕浮誇過頭了，會引來閒言閒語罷了。

不過海因里這是怎麼了？表情有點怪怪的，一臉要笑不笑的樣子，像是藏著什麼想大肆炫耀的事。

「海因里？」他的表情實在太奇怪了，我只好喊了一下他的名字。「你怎麼了嗎？」

聽到我問他，海因里難為情地低聲說：「既然這樣，好像也只能跟妳說了……本來還想要更帥氣地告訴妳這件事。」

「帥氣地告訴我？你要說什麼？」

「我要告白。」

「告白……」

都這種時候了還有要坦誠的事……啊！

「難道是？」要跟我說他喜歡我嗎？我驚訝地看著他。

海因里更加驚訝地反問我：「怎麼了？妳已經猜到了嗎？」

我吃驚地捂住心口看著他。他不會真的要說喜歡我吧？我一時之間手足無措。

「我沒有猜到，不是，就只是想說有沒有那麼一丁點的可能……或許你是想說那件事。」

海因里表情非常驚訝地感嘆著：「不愧是Queen，怎麼就能設想到好幾步之後的事情呢？」

「……」

我默不做聲，難為情地低下了頭。對於這件事，我確實也一直覺得很奇怪。

海因里和我結婚能得到什麼好處？當然是不少，可是相對而言損失也很大，為什麼會願意承擔這些風險來接受我的求婚呢？

出自同情心、經過計算、鑑於我們之間的友誼，或者是綜合以上種種等等……我把各種可能性都想過了，當然也想過可能是出自於愛情。雖然不是索本修與菈絲塔之間那種甜膩的男歡女愛，但萬一有那個可能，會不會他對我也抱存著異性之間的好感？

不過這也只是我猜測的理由之一，而且我本來認為可能性極小，覺得就算他真的對我有好感，但比起異性之間的愛情，更應該偏向友情。所以我現在才如此不知所措。

而且他要在這種狀況下告白……不對，最大的問題應該是他如果真的向我告白了，那我該怎麼應對才好？

海因里說出令人心驚膽顫的發言後，露出溫柔的笑容，握住我的手。

「本來是想給妳一個驚喜的，沒想到妳已經猜到了，實在有點可惜。」

「這很令人不知所措。」

「沒錯，之後肯定會變得更忙。但絕對值得，因為這是遲早的事。」

「……」

「我們結婚當天，妳將成為西大帝國的第一位皇后。」

海因里笑得一臉燦爛，心滿意足地看著我，像是在心中描繪著光明美好的未來。

但我一時間不太能理解他在說什麼。皇后？不是什麼愛的告白就算了，但為什麼突然會說到皇后？

「Queen？」

我這次是真的大大受到衝擊，在臉上展露無遺。

海因里見狀慌張地問我：「Queen？妳不喜歡嗎？」

海因里說的這件事，究竟意義有多重大，我一直到隔天才真正回過神來意識到。

初代皇后，而且是西大帝國的初代皇后。他這是打算要稱帝了。我激動得感覺心臟快跳出胸腔，醒來後便無意識地反覆蓋上被子、拉掉被子，又蓋上又拉下。

事實上，西王國稱帝並不是異想天開的事，畢竟任誰都知道西王國早已擁有足夠的國力和財富。世人反而是不明白為何西王國遲遲不稱帝，我也是其中之一，而且依然不理解背後的考量。

能參與王國晉升為帝國的這一刻著實讓人悸動，絕對會被記載在史書上，而我也將成為這份歷史的一部分，這教人如何不激動。曾經一度與王座距離遙遠的海因里，如今卻往前邁了如此一大步，讓我既感到自豪，又感到驚奇。

我也得成為一位好皇后才行。當然，就算他沒有要稱帝，我也會成為一位好王后沒錯，不過如今我不僅是史上第一位再婚的皇后，同時也將成為西大帝國的首位皇后，就更應該謹言慎行，努力擔任好身為皇后的職責。

不，現在不是浪費時間的時候。我趕緊從床上起身，拿出來到西王國後，我每天都在閱讀的那本書。那本書上頭有著近二十年來，所有國王的會議紀錄。

接下來，除了侍女們前來幫我著裝，以及用早膳的時間以外，我沒有一刻把那本書放下來。就這樣，我自己也不知道時間是怎麼流逝的，總之就在我埋頭苦讀時——

「王后陛下。」在一旁編織的蘿茲呼喚我，「布魯報社的記者蒙德雷，求見王后陛下。」

「布魯報社嗎？」

「是獲准出入王宮的報社之一。」

我一聽到蘿茲的介紹，就知道這位記者來找我的原因了。獲准自由進出皇室的三間報社，彼此是競爭關係，而王后居然接受了其中一間的採訪，還是兩次。另外兩間報社肯定會對此事耿耿於懷，找機會也來採訪我。

所以重點是……作為被其他家捷足先登的報社，一定會想寫出更精采刺激的新聞，所以在採訪的時候，很可能會問出一些敏感的問題。

「您是否要接見呢？」

我想了一想，然後說：「讓他進來吧。」

反正這種場面也不能永遠逃避。蘿茲一臉擔心地走了出去，很快就將蒙德雷領進來。

蒙德雷看上去就像是個身材魁梧的騎士。他走進來的神態毫不猶豫，顯然對這次採訪胸有成竹。我裝作沒看出這點，笑著迎接他。

蒙德雷向我行禮致意後，客套地寒暄了幾句，就在我覺得差不多會丟出敏感問題的時候，他果然就開口了。

「王后陛下的名聲早已傳遍天下，尤其是您的能力，時常獲得眾人的高度讚賞。所以我相信您對於西王國，也一定會是一位好王后。」

這後頭，應該還有個但書吧。

「但也讓人有些擔心。」

開始了。

「王后陛下作為皇后能有如此聲望，換句話說，也代表了您對東大帝國的一片熱愛。」

「……」

這位記者提出的問題比我想像中更棘手。看著一時間答不上話的我，蒙德雷一臉擔憂地繼續問。

「雖然東大帝國和西王國之間沒有任何衝突時，這點並不會構成問題……但倘若兩國之間為了利益而需要彼此競爭，您不會因此感到為難嗎？」

不知道信件是否成功寄給娜菲爾了，索本修對此焦慮不已。

負責送信的騎士會不會迷路？會不會中途遇上強大的盜賊，結果信件被奪走？雖說就算真的出現這樣的盜賊，對方也不太可能取走信，但他所有心思都在擔心信會不會不見，根本無法用邏輯思考。

索本修就這樣戰戰兢兢地等待回音，彷彿這封信只要送到娜菲爾手中，一切就能恢復成他原本計畫的那樣。

不過就算索本修再怎麼心煩，時間到了，還是得公事公辦去執行謁見的義務。

索本修心想，我要瘋了！

沒想到他都已經夠煩躁了，今天請求結婚祝福的謁見卻特別多。這讓他看所有人都不順眼，自然就散發出一股沉鬱的氣場。

不過，請求謁見的民眾都把這股氣場認作皇帝的威嚴，也幸好索本修的真實情緒也不會直接顯露在臉上，就算他根本不想真心給予祝福，還是會露出仁慈的微笑。

最後一組謁見的平民，並不是準備踏入禮堂的新人，而是一對夫妻，帶著一個十三四歲的孩子。

「這孩子從今天起，就要成為我們夫妻的女兒了，懇請陛下為這孩子祈福。」

就像平時帶著新生兒前來尋求祝福的謁見，這對夫妻則是帶來了領養的孩子。

這一次，索本修是真心替這個孩子祈福，祝福她未來能走向康莊大道。他想起了娜菲爾資助過的那個孤兒。於是謁見結束後，索本修走在回宮的路上向身旁的卡爾侯爵下令。

「把娜菲爾的副官帶來辦公室見我。」

索本修在辦公室中看著政務文書時，娜菲爾的兩位副官到了。

「妳們就是娜菲爾的副官？」

被索本修臨時召見的兩位副官，本就神情緊張，一聽到前皇后的名字就更擔心了，害怕皇帝會將怒氣發洩到自己身上。

「是的，陛下。」

「應該有名孤兒是娜菲爾私下特別照料的，妳們誰負責這個項目？」

索本修突然提起娜菲爾照顧的孤兒，其中一名副官慌忙上前說：「是由我負責，陛下。」

這位副官不明白皇帝為什麼會突然問起這件事，表情瞬間有點茫然，但索本修不予以理會，只是繼續說自己想說的事。

「那個孩子，我聽說她失去了魔法能力。」

「沒錯，陛下。」

「她的近況如何？還有資金贊助嗎？」

「目前人依然就讀於魔法學院，至於資助的錢，據我所知，目前是以德羅比公爵家的名義在贊助。」

「所以妳沒有再負責這件事了？」

「是的，我如今已轉移到其他部門工作。」副官唯唯諾諾地回答。

皇后離婚之後，副官調動職務是很正常的事。索本修點了點頭，然後下令。

「讓公爵那邊可以不用繼續贊助了。」

副官被索本修的指令嚇到，下意識回問：「啊？」

「那孩子，妳認得她的臉嗎？」

「是的，我之前會定期去找她面談。」

「我想見她一面，把她帶過來吧。」

副官聽到這裡，更是露出了不可思議的表情。

索本修讓她把孩子帶過來，是認為對方想必是娜菲爾很疼愛的孩子，當初才會私下援助。但索本修反對讓魔法能力消失的孩子繼續待在魔法學院裡。這樣只會讓孩子不斷糾結自己魔法能力消失的事，認為自己一無是處罷了。長遠來看，不如讓她離開沒有發展性的地方，所以才會想將她帶來身邊，幫她尋找未來的其他可能性。而且索本修也打算，如果那孩子願意，想讓她乾脆在首都住下來。這樣一來，哪天娜菲爾回來的時候，不就更能感到安心、感到高興嗎？

但另一邊，認為索本修親自罷黜了皇后的副官們，根本沒料到索本修是打算照顧皇后疼愛的這個孩子，所以反而惴惴不安。

然而，曲解索本修意圖的人，可不只副官她們。

「你說他讓人帶一個女孩子回來？」

菈絲塔從羅特修子爵那裡得知索本修命人帶一個女孩回宮的事，感到非常詫異，又再確認了一次。

「你給我說清楚，是女人還是女孩？」

「我也不知道，不過既然是魔法學院的學生，應該跟羅貝提差不多大吧。」

「魔法學院……」

菈絲塔哼了一聲。索本修要找的人，居然還有魔法能力這件事，更是傷了她的自尊。曾經貴為名門貴族的娜菲爾才剛消失，現在居然又來了一個魔法師，這讓菈絲塔非常頭痛。她本來以為索本修絕對不會劈腿，難道只是自己的錯覺嗎？

雖然所有人都認為索本修是移情別戀到菈絲塔身上，但菈絲塔並不認為索本修愛上她是花心，因為打從一開始索本修跟娜菲爾就只是政治聯姻，彼此根本不相愛。

菈絲塔兩隻手不安地動著，眉頭深鎖。她深怕索本修在結婚前夕找了別的女人過來，然後就改變心意，讓那女的來當皇后。就算現在還沒成年，但那孩子如果跟羅貝提年紀相仿，兩三年後就成年了，跟索本修的年紀差距也沒多大，不管怎樣都可以當他的情人。

不過羅特修子爵卻樂觀地說：「目前還不知道為什麼要把人帶回來，反正先觀察觀察吧。」

「……」

「所以我說過什麼？事前就應該有所警覺嘛。」

菈絲塔的手緊緊按在肚子上，羅特修子爵繼續火上加油。

「搞不好這次只是誤會，但這種事總有一天會變成現實。」

「不要只會在那邊挖苦菈絲塔，你還是先想想要怎麼防範那天的到來吧。」

「哼哼。」

羅特修子爵被菈絲塔一頓斥責後，反而哼起了歌。打從一開始他來找菈絲塔，就是故意要讓她感到不安，藉而提醒她子爵存在的重要性。菈絲塔越感到慌張不安，他就越開心。

羅特修子爵離開之後，菈絲塔整個人窩到沙發上，一手撐著下巴，雙眼緊閉。一感受到壓力，她整個人就怒火攻心。依照菈絲塔現在的心情，很想直接跑到索本修面前，質問他究竟是帶誰回來。如果答案是為了公事，就能讓菈絲塔放下心來。

問題是，菈絲塔怕索本修萬會覺得這種嫉妒的表現很煩。適度的吃醋，會讓戀人的感情更緊密，但過分的嫉妒，反而會讓彼此都身心疲憊。

「那個……菈絲塔小姐。」

面對正在氣頭上的菈絲塔，一旁正在整理沙發的戴莉絲小心地緩頰。

「皇帝陛下不是那種人，您就不用太擔心了。」

戴莉絲剛剛在一旁服侍，全程聽到了羅特修子爵和菈絲塔的對話。

然而對於戴莉絲這番安慰，菈絲塔反而勃然大怒。因為戴莉絲很明顯對索本修有非分之想，從她這種人口中說出支持索本修的話，讓菈絲塔更加煩躁。

「真搞不懂妳又了解陛下什麼，竟然會說這種話。難道是要說比起身為陛下妻子的菈絲塔，妳更了解陛下？」

菈絲塔板著臉，低聲說出這些話。戴莉絲察覺到她的心情非常糟糕，趕緊閉上嘴保持沉默。

不久後，戴莉絲從菈絲塔的寢室收拾掉空碗盤出來，遇見了菈絲塔的另一位女僕愛麗恩。有別於戴莉絲的新手身分，愛麗恩可是一位貨真價實的前輩，常常從旁協助不足之處很多又常犯錯的她。

「那個……前輩。」

彼此交情不錯，戴莉絲便把事情前後跟愛麗恩說了一遍，希望能跟她討論對策。

「我好像不小心說錯話，讓菈絲塔小姐生氣了。」

「是嗎？」

「是的。但我是想說，從明天開始是我的休假期間……還是我就不要休假了呢？我闖了禍還跑去休假，菈絲塔小姐應該會更不開心吧？」

對於憂心忡忡的戴莉絲，愛麗恩面帶微笑地說：

「正式進入結婚籌備期之後，會變得更忙。要準備結婚的東西、典禮的東西，而且結婚之後只會更忙，可能至少要忙好幾個月都沒得休息。妳還是把假休一休支後，就趕快回來吧。」

聽到前輩體貼的建議後，戴莉絲回答了「是」，這才安心許多。

到了晚餐時間，雖然心中還是有點忐忑，但戴莉絲決定相信愛麗恩的話，按照原定計畫回家。她的老家就在首都，離得並不遠。

戴莉絲的哥哥喬安森難得看到妹妹回來，開心地調侃她。

「在皇宮中工作，怎麼臉變得更陰沉了啊？我上次看宮裡的每個人都紅光滿面，怎麼就我妹無精打采的？」

但沒想到他認真一看，發現戴莉絲的臉色真的不太好，嚇得他趕緊關心。

「妳怎麼了？是工作太累了嗎？」

「沒有，就……」

戴莉絲猶豫了一下，還是將今天發生的事大略地說了一遍。

「菈絲塔小姐好像生我的氣了。」

「菈絲塔小姐為什麼生氣了？」

「我本來是想安慰小姐，但好像反而讓她不開心了。」

「妳說錯話了嗎？」

「好像是這樣沒錯……」

「應該是因為這陣子是重要時刻，所以比較敏感吧。這也沒辦法，妳就別太放在心上了。」

「呿，知道了。我就算在意也沒用，難道還有其他辦法嗎？」
「沒錯。」
戴莉絲發現哥哥根本不站在自己這邊，只能哼了幾聲，然後不開心地問：
「看來哥哥之前跟本人見面後，很欣賞菈絲塔小姐呀？」
喬安森正是前陣子艾勒奇公爵帶去採訪菈絲塔的平民記者，戴莉絲也知道這件事。
喬安森一臉興奮地同意。
「嗯，小姐無所畏懼地站在平民這邊，一點也不在意那些貴族會怎麼看她。」
「真的嗎？」
「嗯，真的是個很了不起的人。」
「……」
「或許小姐會被貴族看不起，畢竟雖然小姐如今已找回貴族身分，但一直以來都是以平民身分長大的嘛。但小姐一定會成為我們平民的希望，她是如此宣告的。」
「嗯……」
「所以我們兄妹必須從裡到外都成為小姐的助力才行，知道了嗎，戴莉絲？」
喬安森看起來非常推崇菈絲塔，說這些的時候，眼睛都閃著光采。
雖然戴莉絲依然有些介意菈絲塔嘲諷她的話，但還是附和了哥哥。
「知道了。」

Chapter 26

報恩的蝴蝶

倘若東大帝國和西王國之間，為了利益而需要彼此競爭時，該如何是好？

這是昨天蒙德雷記者丟給我的難題，我當時回答：「那種事不太可能發生。即使真的發生了，那也不是能由我來選擇的事。」

雖然看似在迴避問題，但這也是事實，因為皇后或是王后負責的是內政。我確實有請海因里找高福曼大公來，繼續以西王國的身分談大陸間的貿易合作，但那和記者所問的「會支持哪一國」情況不同。

這件貿易若真能促成，對東大帝國來說確實是種損失，但當初拒絕高福曼大公的是索本修，並不是我。而如今這位記者提出的問題，在我心中掀起了微妙的波瀾。

就在我思考這件事情的時候，外頭傳來了好消息。是關於當初在東大帝國時，擔任我侍女的蘿拉和朱伯爾伯爵夫人的事。

「已經來了嗎？」

「是的，陛下。她們說都已經安頓好了，所以特地來拜見您。」

聽到蘿茲呈遞的消息，我實在太期待了，就連這幾天從沒放下過的書都一個字也看不進去了。

雖然我也很喜歡蘿茲和瑪斯塔斯，但我和蘿拉與朱伯爾伯爵夫人共度的歲月之久，情誼早已不可比擬。在我最難熬的那段時間，她們也一直陪伴在我身邊……所以我真的很想趕快見到那兩人。

幾小時後，蘿拉與朱伯爾伯爵夫人終於來拜見。我們緊緊擁抱彼此，分享著在異國重逢的激動。

「因為遲遲得不到父母親的同意，所以才來晚了。」

「我也是因為有很多事情要處理，所以才會遲了些，皇后陛下。」

不小心脫口喊出皇后陛下的朱伯爾伯爵夫人，「哎呀」了一聲，趕緊嘟囔著改口。

「現在應該叫您王后陛下了對吧？要改口還真是不大習慣呢。」

雖然很想告訴她們其實不久後又可以重新用「皇后陛下」來稱呼我了，但我努力抑制住這個衝動，不讓任何人發現。

海因里曾叮囑我，稱帝的事必須當作我們之間的祕密。事前只能讓少數幾人知道，在婚禮上再正式向世人公開。

「妳們來得正好，蘿拉、朱伯爾伯爵夫人。」

又跟她們兩人擁抱了好幾次，說了一些話之後，我這才介紹蘿茲和瑪斯塔斯給她們認識。四人生疏地彼此打了招呼，這場景看上去其實有點好笑。

特別是瑪斯塔斯，可能還不太習慣跟貴夫人和千金相處，渾身緊繃到讓人覺得有點可憐，真是難為她了。不過瑪斯塔斯很快就發現，蘿拉其實是個活潑開朗又大剌剌的的女孩，相處起來就一點也不尷尬了，兩人愉快地聊著天。

蘿茲跟豪爽的朱伯爾伯爵夫人也相處得很愉快。當初在東大帝國時，壞事厄運接連著來，讓我身心俱疲，但其實好事也是會像這樣成群出現的。

到了晚餐時刻，又有另一位我朝思暮想的貴客到來。

「托拉妮公爵夫人！」

正是我為了尋找她，刻意接受採訪的托拉妮公爵夫人。我張開雙臂給她一個大大的擁抱，托拉妮公爵夫人也眼眶泛紅地抱住了我。給了我一個久久的擁抱之後，她放下雙手笑著說：

「我如今可不是托拉妮公爵夫人了。」

哎呀，也是。那我該怎麼稱呼她好呢？朗德勒子爵夫人？她和朗德勒子爵結婚了嗎？見我猶豫了片刻，她露出迷人的微笑，悄聲說：「喚我妮安吧。」

妮安是夫人的名字，讓我只叫她的名字，也就是說……

「我已經對婚姻感到厭倦了。」

托拉妮公爵夫人，不對，應該是妮安，聳著肩如此說著。

「那這麼說，朗德勒子爵……」

我原以為她會和子爵結婚，畢竟當初她離開時，說得像是接受了朗德勒子爵的愛意。妮安狡黠地笑了。

「我們現在維持情侶的身分，如果懷孕的話，打算到時候再結婚，畢竟沒辦法讓孩子當私生子。不過如果沒有孩子，我們打算一直這樣生活。」

看來妮安對於當初因為不被托拉妮公爵信任，而被提出離婚的事，依然深感背叛吧。對於她現在的心情，我多少能共鳴，所以沒多說什麼，只是再次把她抱入懷裡。

接著，我們就著餅乾和咖啡聊起天。妮安跟我說了她這段時間以來的經歷。

「我去了很多地方旅行，走遍各個國家。」

「不會很累嗎？」

「連續這樣幾年應該會很累，不過我也才旅行幾個月而已，所以非常有趣呢。」

「那就太好了。」

「自從離開東大帝國，您知道我最驚訝的是什麼嗎？」

「是什麼？」

「就是王后陛下您結婚的消息。」

接著我們開始分享彼此的近況，妮安突然向我眨了眨眼。

「您甚至透過報導來找我，想必是有事情需要我幫忙吧？是什麼事呢？」

果然如我預期，她是看到報紙後才來找我的。我便如實向妮安說出我面臨的情況。

「由於海因里的哥哥年紀尚輕就駕崩，所以身為前王后的克麗絲塔也依然正值青春年華。而且作為一位王后，她的能力也毫不遜色。」

「這樣啊，在西王國是不是沒有類似太后的位置？」

「沒錯。再加上海因里即位時還是未婚，所以在我過來之前，克麗絲塔都還代理著王后職責。」

妮安很快地就理解我想說什麼，她一臉詫異地說：「看來追隨擁護她的人應該不少。」

「是啊，所以說妮安女士，我才會找妳過來。」

我將她的手牽了過來，緊緊地握住後，開口請求她。

「我需要妳的能力，請幫我控制這裡的社交界。」

妮安發出了爽快清脆的笑聲，接著一副小事一樁的態度，自信滿滿地向我保證。

「這很簡單。」

看到她這樣，讓我如釋重負。

「謝謝妳。」

我向她道謝後，妮安笑著對我說：

「我不是說過一定會還妳這份恩情嗎？」

「……還是很謝謝妳。」

「啊，對了，王后陛下。」

「？」

「朗德勒子爵說他也很感激王后陛下，他也會為王后陛下盡一份心力。」

相較於愉快的娜菲爾，另一邊的海因里則是悶悶不樂。

娜菲爾午膳時，忙著接見風塵僕僕的蘿拉和朱伯爾伯爵夫人，晚膳時間又迎來了托拉妮公爵夫人，海因里已經一整天都沒見到娜菲爾了。他可以理解娜菲爾想和許久不見的好友們，好好分享重逢的喜悅。但理解歸理解，海因里還是渴望更多與娜菲爾待在一起的時間。

麥肯納看著他這副模樣，搖頭道：

「之後有一輩子的時間可以看，現在只是一天沒見到面而已，您至於這麼焦慮嗎？」

「我們是新婚夫妻嘛。」

海因里一副「你怎麼連這麼簡單的道理都不懂」的嫌棄臉，麥肯納被刺激到了。

「既然這樣，您乾脆今天就跟我一起玩吧，陛下。」

就在兩人拌嘴的時候，海因里的副官在門外急著求見。現在已經是晚膳時間，通常他的副官要不是已經下班，就是正準備要下班才對，怎麼會突然求見呢？

「進來吧。」

雖然意外，海因里還是讓副官進了辦公室。只見副官一進房間便臉色蒼白地報告。

「陛下，有來路不明的騎士團在首都附近紮營！」

「來路不明的騎士團？」海因里皺起眉頭。

若說東大帝國以魔法師軍團聞名，那麼西王國首重的則是步兵和騎兵。因為魔法師人數增長有限，所以必須增長純軍事武力。不過就算是來路不明的騎士團，人數應該也不會多到造成威脅，所以海因里不明白為什麼副官會緊張成那樣。

「詢問對方來歷，如果覺得有危險，讓他們自行散去就好。」

對於海因里毫不在意的回應，副官神情凝重地說：

「屬下沒辦法那麼做……對方似乎是超國籍騎士團。」

一聽到超國籍騎士團，海因里和麥肯納同時感到危機迫近。

海因里表示自己知道了，讓副官先退下。辦公室中只剩他和麥肯納後，麥肯納連忙問道：

「陛下，他們是不是嗅到了什麼不對勁的地方？」

「……」

「如果被他們發現魔法師人數銳減，是我們下的手……」

在月大陸上，大部分國家都會加入月大陸聯盟，東大帝國和西王國自然都是其中一員，而超國籍騎士團則是直屬聯盟的騎士團。

正確名稱應該是「影子騎士團」，主要的職責是維持月大陸的和平。一旦他們認為某件事「可能」會成為全大陸的威脅，便會在事發前以維互和平的名義迅速清理解決，因此風評也不大好。

魔法師人數減少本來就是自然發生的事，海因里只是加快了進程。但若是讓超國籍騎士團發現，確實會帶給海因里不小的困擾。所以聽到這群人來到首都外的消息，讓他不禁緊張起來。

「麥肯納。」
「是的，陛下。」
「你親自前往一趟，看看情況究竟如何吧。」
「是的。」
麥肯納一臉凝重地接過命令，匆忙離開。海因里焦躁地坐在書桌前，等麥肯納回報。
西王國雖然強大到足以稱帝，但還沒有與全大陸為敵的實力，這點東大帝國也一樣。只要聯盟不破局，還沒落到名存實亡的境地，聯盟內的國家都會彼此顧慮、互相牽制。
海因里默默想著，這有點難辦了。

過了兩個半小時後，麥肯納才回來。
「如何？真的是超國籍騎士團嗎？」
幸好麥肯納的表情看上去還算樂觀，所以海因里追問道。
「這個……情況有點奇怪。」
「奇怪？」
「那是超國籍騎士團沒錯，但似乎不是為了追究我們那件事而來。」
「你說不是為了追究我們的事？」
海因里更困惑了，難道說真的是首都裡混進了什麼危險分子？這群人行事總是神神祕祕，行動都是暗中進行。就算是海因里，也無法掌握他們來此的原因。
「還有個更奇怪的地方。」
「還有更奇怪的？」
「帶領超國籍騎士團來此的人，是朗德勒子爵，陛下。」
「什麼?!」

海因里大吃一驚。朗德勒子爵……當初在新年祭上打過照面，他不正是那個老是跟在托拉妮公爵夫人身後轉的青年嗎？當初追在夫人身後，可說是形影不離了。

「他還真的是個影子啊？」

「什麼？」

「他不是因為刺傷菈絲塔，而被流放了嗎？」

「是的。」

海因里感到不可置信地笑了。在他的印象中，那位青年的臉龐青澀又純真，再加上當時他陷入瘋狂的單戀，常常一副半死不活的樣子。沒想到有這樣面目的青年，竟然會是超國籍騎士團的人……

隔天，就在海因里準備和貴族和官員開會時，朗德勒子爵以超國籍騎士團名義，正式求見。

自從聽聞他在首都外面紮營的消息，海因里對他來求見一事便有所準備，所以直接傳喚朗德勒子爵入見。同時他也很好奇，子爵為何會來到此地。

「聽說是超國籍騎士團？」

「那麼年輕的青年?!」

聚集在會議廳中的官員，見到慢慢走進來的朗德勒子爵如此年輕，互相議論紛紛起來。超國籍騎士團個惡名昭彰，團員通常都不會暴露自己的長相。因此，在光天化日下看到超國籍騎士團的真容，這些官員不由得騷動起來。

海因里笑容燦爛，看向朗德勒子爵說：「好久不見。」

「在下是帶領影子騎士團第五團的團長，朗德勒。」

朗德勒子爵恭敬地行禮，神情嚴肅，不帶任何笑容。海因里依然維持著平易近人的微笑，問道：

「我聽說超國籍騎士團來到首都外紮營，是為了什麼事呢？因為你們的關係，我的國民現在都很不安呢。我會根據你的回答，決定是否要請你們就地解散，希望你可以理解。」

對於海因里如此強硬的態度，底下的官員都面露訝異，看向自家國王。

「日前，貴國的娜菲爾王后陛下曾對在下有救命之恩。」

官員更加詫異了，再度議論紛紛起來。

這件事海因里倒是完全沒聽過，所以他也一臉驚訝地問：「我的妻子嗎？」

「是的，在下正是來回報此份恩情。在王后陛下還未有正式護衛前，還望國王陛下能應允，由在下及在下的騎士們，來擔任王后陛下專屬的私人騎士團。」

聯盟的首長擁有在非常時期指揮超國籍騎士團的權力，其中有三團只聽令於首長，其餘七團則都是依靠各自的意願行動。去成為某人的私人騎士團這種事，還是第一次。

會議廳中的議論聲越來越大。難道陛下一開始就知道這件事了？眾人的視線紛紛投向海因里。

雖然海因里同樣完全不知情，但他從容地笑著，將決定權拋了出去。

「你親自去問本人吧。」

「這樣啊……那就太好了。」

聽到娜菲爾竟是超國籍騎士團長的恩人，對方還上門來報恩的事，克麗絲塔露出苦笑。

身為前任王后，她也認為以國家立場來看，這是件好事。但帶來這件好事的主角並不是自己，這讓她心中感到絲絲苦澀。

克麗絲塔沉思片刻，走到了自己打理的小庭院中，然後命令一旁的侍女。

「將這些花包成花束，送給娜菲爾小姐吧。」

「天啊，您打算先送禮物給她嗎？」

侍女們群情激憤。她們認為娜菲爾是克麗絲塔潛在的敵人，所以都不喜歡她。再加上之前娜菲爾身邊的人居然出言汙辱克麗絲塔的侍女，她們就連同娜菲爾身邊的侍女都一併討厭起來。但如今居然要送娜菲爾禮物？

「王后陛下何必這麼做？」
「不管我喜歡那個人還是討厭那個人，那都不重要。」
「陛下……」
「在娜菲爾小姐並沒有出什麼紕漏的情況下，作為前任王后的我，就該對現任王后展示友好的一面。」
克麗絲塔嘆了口氣，繼續說道：
「而且如今又有超國籍騎士團的團長找上門，我又何必去跟她爭這個面子呢。」
一位侍女只好動手摘採克麗絲塔珍惜的花朵，一一放到籃子裡。就在她裝飾花籃時，其他侍女則繼續與克麗絲塔談論娜菲爾的事。
「就算王后陛下想跟她好好相處也沒用。」
「就是啊，那個人大概已經將王后陛下看作敵人了。」
「您聽說了嗎？那個人還找了莫雷妮小姐過去。」
克麗絲塔輕撫花籃上的緞帶，皺眉問道：「莫雷妮小姐嗎？」
海因里第十二號的王后候補人選，那位曾當面對克麗絲塔說她已經不是王后，要她離開王宮的貴族千金，也是讓克麗絲塔很難不討厭的人。然而娜菲爾卻找了她過去？
「看來娜菲爾小姐是想拉攏莫雷妮小姐呢。」表情緊繃的克麗絲塔喃喃道，接著深呼吸一口氣。「看來娜菲爾真的完全將我當作敵人了……」
「就是說啊。如果她能安安靜靜辦完婚禮，然後把她那動得很快的頭腦用在國家大事上就好了。」
「找莫雷妮小姐來，分明是想把克麗絲塔陛下趕走。」
「您得做些什麼反擊才行，王后陛下。」
侍女們一個個焦急地勸著克麗絲塔。
隨著娜菲爾的到來，會喪失權力的人並不只有克麗絲塔。這些跟在她身邊的侍女，也將面臨一樣的命運。

如果海因里結婚的對象是隨便哪個名門家族的千金，都還比現在的狀況好。因為無論對方的家世再好，在社交界中都不可能比得過她們。再加上海因里國王又是個花花公子，未來說不定會納幾十名情婦，作為政治聯姻的王后自然就會被冷落。這樣一來，王后不僅會失去國王的歡心，也會失去在社交界中的影響力，淪落成空有頭銜的存在。

但現在……侍女們感到棘手，紛紛哼出聲。

「無論用什麼方法，您都得出手，克麗絲塔陛下。」

「就算不能把她趕走，至少也要銼銼她的銳氣才行。」

「可不能連社交界都被那女人搶走。」

克麗絲塔臉色蒼白地苦笑。

「我還能做什麼呢？如果我們之間交惡，也只會淪為他國和國民的笑柄而已。如果私下成為敵對關係，可能連陛下都會討厭我。再加上我已經……不再握有任何權力了啊。」

在我和妮安及侍女們聊天的時候，意外迎來朗德勒子爵的到訪。

「娜菲爾陛下。」朗德勒子爵眼神激動地看著我，動作略微僵硬地單膝跪下向我行禮。「沒想到能在這種地方見到陛下。」

他支支吾吾地，似乎一時之間不知道該說什麼好。我上前想將他扶起，但朗德勒子爵搖了搖頭。

「在下是來報恩的。」

我其實沒有想讓他報這份恩，但我沒有直接拒絕，而是向他道謝。

「謝謝你。」

我一時想不到朗德勒子爵能成為哪方面的助力，但在這個地方，能有一個對我懷抱著好意的人在身旁，就已經令人充分感激了。

「你和妮安女士能到這裡來，我真的很開心，光是這樣，對我而言就已經是足夠的助力了。」

沒想到朗德勒子爵接下來提出的報恩，遠比我想像的更勝一籌。

「在下率領了騎士團過來，希望娜菲爾陛下能允許我們成為所屬於您的私人騎士團。」

朗德勒子爵帶了騎士團來？這著實讓我吃了一驚。

朗德勒子爵並沒有領地，雖然在東大帝國首都有宅邸，但沒有領地只有宅邸的貴族，照理來說應該養不起一支私人軍隊。然而朗德勒子爵卻說他有一支騎士團……

在朗德勒子爵和妮安離開後，我才透過海因里派來的侍從瞭解了事情的全貌。原來他所率領的不是一般的私人騎士團，而是被稱為超國籍的騎士團。

「居然是超國籍騎士團?!」瑪斯塔斯聽到這件事，興奮地跳了起來。「我一直很想跟他們較量一番呢！這真的是太好了！」

「瑪斯塔斯小姐，這樣對王后陛下很不敬啊！」

「不會的，我偷偷私下找他們非正式對決不就好了？」

瑪斯塔斯狡黠地笑了，然後開始盤算起來，如果兩天找一個人來對決，那跟所有人對決完應該要花上幾天……其他侍女連忙勸她先冷靜下來，我則坐在沙發上，心滿意足地喃喃自語。

「滴水之恩，竟能獲湧泉相報呢。」

蘿茲此時也一臉興奮地詢問。

「不過，王后陛下，您不打算請妮安女士來擔任侍女嗎？就像朱伯爾伯爵夫人和蘿拉這樣。」

我笑著回道：「妮安沒辦法做侍女的工作。」

妮安喜歡人群，是那種藉由他人注目來獲得能量的類型。如果讓她來當侍女，那麼她能見到的人會很有限。所以無論這份工作能獲得多大的光榮，都不適合妮安來做。同樣知道妮安特質的蘿拉和朱伯爾伯爵夫人大概也是這麼想的，所以聽到我這麼說，都跟著笑了。

就在我們笑著聊天時，又有一位訪客到來。因為今天接二連三來訪的人，都是當初在東大帝國的舊識，所以我也隱隱期待來者會不會又是另一個舊識，便很快地回應。

「趕快讓對方進來吧。」

新訪客確實是來自東大帝國，但並不是我的舊識，雖然我見過這張臉……

「娜菲爾陛下，在下奉皇帝陛下之令，前來向您問安。」

一聽到訪客的來意，蘿拉和朱伯爾伯爵夫人的臉色瞬間一沉。對方彷彿也猜到會遇到這種反應，露出尷尬的苦笑。見狀，我便讓侍女們都先退下，這才詢問他。

「陛下派你來，真的是單純問候我的近況？」

果然，他還有其他要報告的事。索本修的使者連忙拿出物品呈上。

那是一封信。我收下後展開，紙上赫然躍出熟悉的索本修筆跡。

「……」

我將信件從頭到尾讀過一遍，收回信封，並令對方退下。

「在下會在外頭等候，您可隨時傳喚在下。」

使者說完後，便默默退下。他說要在外頭等候，看來是在期待我的回信。

我閉上雙眼，手背輕靠在額頭上。回信啊……

索本修在信中寫著完全出乎我意料的事。他說自己並不是真的想和我離婚，雖然與菈絲塔約定好要讓她當上皇后，但期限只有一年。等菈絲塔生下孩子，讓那孩子脫離庶出身分，就會讓我重回后座。

一時間，我心中湧起難以言喻的感受。就像是……我的情緒被一層厚重的絲綢覆蓋，難以看清底下的真實面貌。即使如此，我也清楚知道，自己和索本修已經結束了。

雖然如今想起他，心裡還是會感到苦澀和難過，但無論那是出自於留戀還是愛恨，我都不可能重新與索本修結為夫妻。

如今的我已經和海因里結婚，而且在我低潮時，是海因里抓住了我的手。我怎麼可能因為不再需要海因里，就拋下他離去。

再加上，我要是在菈絲塔生產後重新坐上后位，就會變成那孩子的養母，可是我並不想把那孩子看作親生的來撫養。

作為菈絲塔和索本修之間愛的結晶出生，並不是那孩子的錯，所以我不希望那孩子因此受到傷害。然而我也沒辦法去愛那個孩子，也不想去親近那孩子，想必那孩子對我也會是一樣的感受。不管皇后之位原先的主人是不是我，那孩子一定都會認為是我搶走他母親的位子。明明身為嫡長子，母后卻並非自己的親生母親，那孩子勢必會怪罪到我身上。即便真如索本修所說，菈絲塔只會擔任一年的皇后，最終也註定只會產生不和睦的局面。

還是別寫回信了吧。

最終我走出房外，親自告訴索本修的使者，讓他回去稟告我這邊沒有任何回信。

索本修的使者離開後，我的心情依舊五味雜陳。我試著讀些書轉移注意力，卻一個字也看不進去，只是呆坐在搖椅上，愣愣地望著窗外。明明現在我身在西王國，卻突然有種回到東大帝國的錯覺。因為窗外翩翩飛過的蝴蝶，跟我在東大帝國西宮窗外看到的好像是同一種。

不知道這樣過了多久，窗外突然冒出了海因里的身影。我還以為是我的幻覺，沒想到是真的。

「你又打算從窗戶進來嗎？」我走到窗前，嘆了一口氣問。

海因里似乎想說什麼，但只是向後退了一步，然後否認。

「我只是想來這裡跟妳說說話而已，Queen。」

「你不打算進來嗎？」

「我真的只是想在窗外和妳聊天而已。」

「你現在的身分已經不是王子了，請多注意自己的言行舉止。」

「妳是在擔心我嗎？」

「不要隨便在這種奇怪的事情上感動。」

「妳是在教訓我嗎？不過能被 Queen 教訓，我也很開心。」

海因里還真是過分樂觀，他這個樣子，就算我把錯誤指正出來，想必也沒什麼效果。所以我也懶得再多說他什麼，而是轉移話題問道：「你怎麼會在這個時間過來？」

就我所知，現在他應該在忙著處理國政事務……？

剛剛被我數落還一臉神色自若，聽到我這個問題，海因里的臉色反而瞬間黯淡下來，默默低頭盯著草地。

「難道你是聽到陛下派使者過來的事了？」

因為使者剛走，所以我這麼推測。海因里這才小聲說了「對」，然後偷偷觀察我的神情。

「那個……因為我擔心妳會不會心軟……」

「我收到了信。」

「信?!」

看來他不知道有信的存在。也是，我是將旁人都支開後才收下的，他自然不知情。

「但我沒有回信。」

「啊……」

海因里聽到我這麼說，似乎安心許多，表情也亮了起來。

我伸出雙手搭在他的肩膀上，態度明確地告訴他。

「如今我是你的妻子，不用做這些無謂的擔心，海因里。」

海因里瞪大雙眼看著我，然後又笑瞇了眼，悄聲對我說：

「Queen……我的心跳得好快啊。」

我看向他，海因里的雙頰又泛紅起來。看來他原本是真的非常擔心，現在放心後心情也好起來了。看到他這副模樣，不知道為什麼讓我很想咬他臉頰一口。感覺好像一口咬下後，會從流出甜甜的草莓醬。這不像話的幻想，害得我瞬間難為情起來。

即使心中充滿對索本修的複雜情緒，但只要一看到海因里，就只剩覺得他很可愛的想法，到底為什麼會這樣呢？

在這一刻，有什麼湧上了喉頭……像是有什麼話不吐不快。但那會是什麼話呢？我自己也不清楚。思考了片刻，我最後只對他說：「放心吧。」

同一時間，遠方的高福曼大公，最近並沒有心思尋找下一個貿易目標，都在忙著尋找解除身上藥效的辦法。到處尋訪未果，他只好回到魔法學院，請求老師的幫助。高福曼的老師，當年就曾抓到自己的學生偷偷製作愛情靈藥之類的東西，並向黑市販賣的事。

「你們這群瘋子，這群瘋子！到底都在我背後捅了些什麼簍子？你們這些惹事生非的傢伙！」

「……實在沒臉見您，老師。」

「其他學生隨心所欲就算了，連大公都跟他們一起亂搞，這可不行啊！」

「……」

「明明長得正經八百，一副沒有法律也會嚴以律己的模樣，居然會私下做這種非法交易……哎呀，我的頭好痛，我的頭！」

高福曼的老師就這樣哀嘆了好一陣子，直到高福曼提起自己的身體好像有些奇怪的反應，他才停下數落，替自己的學生好好檢查了一番。

「您說距離喝下靈藥，已經過了一段時間嗎？」

「學生是在新年祭結束後沒多久喝下的。」

「那看來也還沒過很久。」

老師在高福曼身上這邊按按，那邊檢查後，又開口問：

「普通的靈藥應該會在某種程度上自然消退吧？」

「喝下解藥後就會立刻沒事，就算不喝解藥，一週後也會自然恢復正常。」

高福曼大公手裡緊緊捏著他在某間店裡買的娜菲爾肖像吊墜，然後說：

「雖然名為愛情靈藥，但也不是真的會讓人產生愛情。可是一開始就……學生是有懷疑過，會不會是那瓶的藥效特別強之類的……」

老師瞥了高福曼手中的吊墜一眼，但沒有看出上頭是前皇后的畫像。

「試過虞美人草和黑百合的混合解藥了嗎？」

「我喝了整整四桶。」

「吃了。」

「那在香木菌桂中混入金盞花的藥呢？」

「試過把紅康乃馨根和榕樹果實混在一起嗎？」

「試過了。」

老師哼了一聲後，又丟了很多個問題出來，只是身為魔法學院首席畢業生的高福曼，早就把老師說的這些方式全試過了一遍。老師的臉色越來越難看，高福曼也是。

他緊緊握住吊墜問：「真的沒有其他方法了嗎，老師？」

無法結果的愛情真的是太讓人難受了。高福曼大公原本以為只要自己不在娜菲爾身邊，症狀就會緩解，所以時機一到就逃命似地離開了東大帝國皇宮。然而過了兩天，他就醒悟到自己錯得離譜，反而是隨時能見面的那段時間，自己還比較好過。

如今，只要想到再也不能見到娜菲爾，心臟就痛得受不了。常常回過神就發現自己又回到了東大帝國的首都。高福曼已經不知道自己為此究竟來來回回了幾次。不僅如此，他手上擁有的娜菲爾肖像畫已經超過幾十幅，但依然緩解不了他內心的渴望。事情發展已經到了他自己也害怕的程度，繼續這樣下去，可能會直接衝去找娜菲爾，哀求她把自己納為情夫。

「嗯……」老師苦思許久後，緩緩開口道，「解決的方法我也想不到，但如果是原因的話，大概有三種可能。」

「三種可能嗎？」

「當然也可能這三種都不是，因為這只是我的推論罷了。不過要先知道根本原因，才能對症下藥。」

「請您賜教，老師。」

「靈藥既是由大公親自製作，對大公本人可能特別有效果。所以只有在大公身上，這帖愛情靈藥才會這麼成功。」

「第二個理由呢？」

「近年來魔法師的能力出現普遍降低的現象，就連有潛力成為魔法師的人數都明顯下降。魔力的表現會如此不穩定，可能也是受到這個現象影響的緣故。」

「……」

「至於最後一個原因……」

老師以懷疑的目光看著高福曼大公，然後說：

「大公或許在喝下靈藥前，早就愛上了這個產生藥效的對象……這也是可能性之一。」

「！」

「也可能是綜合了上述的所有原因。」

就在這個時候，老師的助理敲了敲門，在門外大喊。

「老師！有位西王國的人來此，說要見高福曼大公閣下耶？」

使者回到皇宮的時候，索本修正在辦公室讀內部舉發者的報告。而和羅特修子爵暗中勾結的僕役，一看到傳信的使者回來，立刻跑去了子爵的宅邸。

索本修看到使者，不等對方走到書桌前，就心急地出聲詢問。

「回信呢？」

看著眼神期待，確信會收到回信的皇帝，使者一臉難堪，但也無法對皇帝說謊，只好坦承回報。

「娜菲爾陛下沒有任何回信，陛下。」

索本修愣愣地眨眼，懷疑自己是不是聽錯了什麼，隨後輕鬆地笑著說：

「那至少應該有口信吧？」

使者為難地回答：「恐怕沒有，陛下。」

索本修的表情瞬間冰冷如霜，眼皮輕顫。他無法理解使者的答覆。居然沒有回應？怎麼可能沒有回應！應該已經解開彼此的誤會了，怎麼會沒有回應？

使者看著發愣的皇帝，唯唯諾諾地繼續說：「還有那個，陛下……」

「什麼？」

「陛下還記得朗德勒子爵嗎？」

「那個人又怎麼了？」

「朗德勒子爵和托拉妮公爵夫人去了西王國。」

「你說什麼？他們去做什麼？」

「朗德勒子爵他……」

「？」

「據聞他是超國籍騎士團第五團的團長。」

聽到使者這句話，索本修立刻站起身，握緊拳頭，瞇著眼質問。

「真的嗎？」

「是。」

使者退下後，索本修一時間無法冷靜下來。雖然月大陸聯盟勢力龐大，但只要東大帝國手中仍有魔法師軍隊，超國籍騎士團就不可能是對手。可是也不能仗著這點就正面和聯盟的人起衝突。

超國籍騎士團是個棘手又麻煩的存在，他們背後的月大陸聯盟更是如此。

索本修在心裡暗暗咒罵了一番。對娜菲爾的無回應也感到受傷又憤怒。

怎麼可以連一封信都不回？都已經把誤會解開了，為什麼她什麼話都不說？

同時，索本修心中還有另一種解釋。會不會是娜菲爾覺得信上的內容都是謊話？會不會認為那只是他為了化解她心中的怨怒而編撰的故事？

也有可能是這樣，因為她受了心傷，所以沒辦法再輕易相信他說的話。沒錯，就是這樣，一定沒錯。

索本修焦慮地在辦公室裡走來走去。

到了晚上，聽到托拉妮公爵夫人和朗德勒子爵跑到西王國的消息，托拉妮公爵找上了索本修，鬧著要索本修把自己的妻子找回來。這一齣鬧劇讓索本修的煩躁鬱悶瞬間一湧而上，怎麼搞得好像事情變成這樣都是他該負責？

「誤會自己妻子還把她趕跑的人，不就是你自己嗎！」

索本修忍受不下去了，失控地對托拉妮公爵怒吼。然而這同時也是索本修一直不敢正視面對，但又一直想對自己說的話。

「可是陛下！就是菈絲塔小姐告訴我，我的妻子和其他男人偷情的事啊！」

冷不防冒出了菈絲塔的名字，索本修渾身一震。他想起了假面舞會那天，菈絲塔跑去找托拉妮公爵說話的畫面，以及當時公爵的滿臉笑容。

「別說謊了。」索本修冷冷地說，「是你自己胡亂誤會，為什麼要怪罪其他人？那天你與菈絲塔聊天時，明明就很愉快不是嗎？」

托拉妮公爵沒想到索本修竟然有看到，於是委屈地將當天的事情娓娓道來。

「那是因為她一開始問我皇宮裡有哪些地方是用來私下密會的，又說她在那裡看到一對貴族男女姿態親密，覺得很害羞！那時我覺得菈絲塔小姐真是單純天真，才會笑的！」

「這樣說來，菈絲塔並沒有提到你夫人，不是嗎？」

「當、當然沒有直接說出來，但我問她是誰在那裡的時候，菈絲塔描述了對方的長相。那個描述完全就是在說我的夫人！她甚至說出夫人不會外露的身體部位的特徵……」

索本修心裡一沉，但表面上還是理直氣壯地告訴公爵。

「結論不還是你自己誤會了嗎？」

托拉妮公爵離去後，索本修一陣頭痛，手肘支在書桌上撐著額頭。

光是娜菲爾的事就讓他很難受了，托拉妮公爵剛剛說的那番話又讓他心情更加沉重。他其實知道菈絲塔除了單純的一面，也有攻於心計的一面。索本修承認，要在社交界中存活下來絕不能太過單純天真，但他也不想親耳聽到這種事。

然而壞消息不只如此。

隔天一早，索本修一邊換衣服，一邊看著半夜呈上的報告書時，卡爾侯爵帶來了第四個壞消息。

「陛下，高福曼大公往西王國去了。」

索本修手中的報告書頓時皺成一團。他的耐心已經到了極限，手中握著報告，用令人懼怕的眼神看著卡爾侯爵。

「你說什麼？」

憤怒到極點的索本修，將非緊急的會議全部取消，把自己關在寢室裡。他獨自在房內來回踱步，慢慢讓斷線的理智冷靜下來。

幾個小時候，索本修終於恢復冷靜，離開了房間。但他的內心充斥怒火和執著，決定要讓娜菲爾後悔拋棄自己的選擇，要讓她後悔不相信他對她的真心，愧疚地回到他身邊。為了達到這個目的……

「卡爾侯爵。」

「是，陛下。」

「娜菲爾的婚禮是什麼時候？」

「那邊也在急著籌辦，所以應該會與陛下的婚禮差不多時間舉行。」

「把日期提前，我們必須比他們提早舉行婚禮，必須！」

「是。」

「還有……送張正式邀請函給西王國的國王，請他務必出席婚禮。」

卡爾侯爵擔心地問：「國王陛下真的會出席嗎？」

侯爵認為對方應該不會來。但索本修冷笑了一聲。

「為了見到德羅比公爵夫婦，一定會來的。」

「是。」

索本修詢問卡爾侯爵準備的情況，並討論應該用怎麼樣的綢緞、邀請哪些對象等等，指示了一些結婚典禮相關的事宜後，便朝菈絲塔的寢居走去。

這時的菈絲塔剛好正在試穿結婚禮服。

「陛下！」

一看到索本修，菈絲塔立刻露出歡喜的笑容，可愛地呼喚著。她身上的禮服已經來到完成階段，這是菈絲塔第一次嘗試穿上的滋味，所以心情非常好。

「陛下，菈絲塔看起來怎麼樣呢？」

菈絲塔走下小木臺，來到索本修面前，優雅地轉了一圈。長長的裙襬隨著動作旋轉，緩緩散開落下。

這幅畫面如同童話故事中的妖精般美麗動人，設計師見狀，也滿意地笑了。之前菈絲塔堅持要設計華麗的禮服，沒有想到她也如此適合這種風格，讓設計師相當開心。

然而索本修看著菈絲塔的禮服，只是淡淡地說了一句。

「太華麗了。」

菈絲塔瞪著圓圓的大眼睛問：「不漂亮嗎，陛下？」

「漂亮，但如果妳能穿得樸素一點就好了。」

索本修這句話像是在對菈絲塔說，但實際上是在囑咐設計師。設計師趕緊低下頭說：「遵命。」

菈絲塔詫異地輪流看著索本修和設計師，接著突然哭了起來。索本修和設計師嚇了一跳，連忙轉過頭去，只見菈絲塔一邊啜泣一邊向索本修抗議。

「菈絲塔想穿這套嘛，陛下。穿這件站在陛下身旁，一定非常適合！」

「華麗的衣服妳可以以後再穿，婚禮就先穿樸素一點的，反正派對隨時都會有。」

「但就是在特別的日子，才更要重視衣服不是嗎？」菈絲塔可憐兮兮地說，「菈絲塔想成為適合站在陛下身邊的人。」

雖然索本修很想說不行，但他聽說不能給予孕婦太多壓力，這樣會影響胎兒。而且如果不讓她穿這件禮服，菈絲塔可能會沮喪得哭個不停。索本修看著她不肯放棄的模樣，只好嘆了口氣答應。

「好吧，妳就穿吧。」

我將二十年份的書記官的紀錄全都讀完了，接下來打算來看歷代王后的內政紀錄。

「王后陛下總是在看書呢。」

靜不下來的瑪斯塔斯似乎無法理解，嘟嘟囔囔地念著……

「陛下在東大帝國的時候，就一直是這樣呢。」

「真的嗎，蘿拉？」

「真的，每天就是書書書。」

「呃……」

「啊，不對，有時候還會捧著這～～～～麼一大疊的文書埋頭處理呢！」

瑪斯塔斯和蘿拉意氣相投地不斷聊著我的事，朱伯爾伯爵夫人雖然假裝自己沒有同流合汙，但偶爾還是會加入話題表示同意。再加上門前站著朗德勒子爵為我護衛，這副光景有如回到了東大帝國，我不禁跟著笑了。

「陛下。」

這時，去幫我端咖啡回來的蘿茲，用著罕見的表情向我呈報。

「克麗絲塔小姐的侍女來訪。」

「克麗絲塔的侍女？」

「是的，手上還提著花籃呢。」

花籃啊……雖然我猜不出來由，但還是讓對方進來了。

「我是伊瑪瑞，王后陛下。」

送花籃來的這個侍女我從未見過。她恭敬地向我行禮後，就將提著的花籃雙手向我獻上。

「克麗絲塔小姐聽聞王后陛下獲得了私人的騎士團，派我來獻上賀禮。」

蘿茲替我上前接過花籃，克麗絲塔的侍女又接著說：

「這些都是克麗絲塔小姐親手栽培的花朵。」

「請替我轉達感激之意。」

花兒非常鮮豔美麗，花籃也裝飾得很美。然而就在克麗絲塔的侍女離去後，蘿茲不屑地笑了。

「看來是因為朗德勒卿率領的騎士團而感到不安了吧。明明之前都無視王后陛下，如今才眼巴巴送禮物來。」

朱伯爾伯爵夫人也冷冷地問：「要替您丟掉嗎？」

看到蘿茲倒吃驚的表情，伯爵夫人趕緊補上一句「開玩笑的」，然後指向一旁沒有任何飾物的小桌。

「不如就放在那吧，陛下。」

「好。」我想了想後，又對蘿茲說，「蘿茲，妳幫我送一束刺槐花束給克麗絲塔小姐作為回禮吧。」

雖然我也很想從自己的庭園中摘些花朵送她，但目前我還沒有自己種下任何的花。

「她們那邊是想討好才送的，一定要給回禮嗎？反正她們又不是真心要送這份禮物。」

瑪斯塔斯一副不甘願的樣子問我。

「不管她們是不是真心的，都不要緊。」

「什麼意思？」

「虛假的情誼總是勝過明面上的勢不兩立。」

在那之後又過了好幾天，克麗絲塔沒有進一步的舉動，又回到了最初的樣子。但確實有些地方改變了。我的侍女們彼此相處融洽，也習慣了門前有騎士護衛。妮安則是每隔兩三天，就會和朗德勒子爵一起來找我。

他們兩人的相處方式，令我覺得十分有趣。或許是因為如今朗德勒子爵不再只是陷入瘋狂單相思的純真青年，而是可怕的超國籍騎士團長，但眼中卻始終只有妮安，這個反差實在讓人莞爾。雖然我為了不顯得太失禮，一直努力忍住笑意。

然而，即使我每天都如此安穩平靜地度過，但目光偶爾掃到書桌的抽屜時，心中依然會有些難受。

那格抽屜中，放著索本修的信。

「……你究竟是怎麼想的呢？」

如果能把小時候的索本修叫過來，我很想讓他坐在眼前好好地問出這個問題。因為那時候的索本修遠比現在更坦率，更率直地面對自己的情緒。

就在我重讀索本修的信時，有人敲了敲我的窗戶。我回頭一看，又是海因里！

海因里又一次站在窗外。我放下手中的信走過去，一把將窗簾拉上。

「Queen？」

他慌張的聲音從窗簾後傳來，但我就是想嚇嚇他。誰教他要把窗戶當成自己的專用出入口，就因為我每次都會為他開窗嗎？

「Queen？對不起啦，Queen？」

大概是真的被嚇到了，海因里連聲呼喚我。我故意等了大概三十秒，才把窗簾拉開。

只見海因里一臉低落地蹲在窗旁，手掛在窗臺上。一看到我把窗戶打開，他趕緊向我道歉。

「真的對不起，我只是習慣在這裡和妳見面……」

「從窗戶進出的行為，我只允許 Queen 這麼做。」

「那我能以 Queen 的面貌過來嗎？」

「如果確定會穿上衣服的話。」

「……妳要親手幫我穿上嗎？」

到底都在期待些什麼，這個陰險的禿鷹！

「今天這個時間過來，又是為了什麼事？」

明明現在也該在處理公務才對。

「我有個好消息，和一個令人不太舒服的消息要告訴妳。」

「什麼消息？」

「好消息是……我們結婚的日期終於決定了，Queen！」

「！」

「再過不久，我們就是永不分離的夫妻了。」

「現在我們也是夫妻啊，永不分開的夫妻。」

「之前是在神的面前立下誓約，這回則是在眾人面前誓言。宣誓我是妳的男人，而妳是我的女人。」

看到海因里心滿意足的表情，我就很想捏他的臉頰，就因為他老是用這種語氣講話……才會讓我誤會。猛然想起之前他要跟我說稱帝的事，我卻誤以為他是要向我告白的那次，我差點被又自己嗆到。

但我佯裝沒事，只是問他：「那壞消息是什麼？」

「嗯……」

比我預想的還要糟嗎？海因里躊躇了片刻，才總算開口。

「東大帝國的皇帝送了婚禮邀請函過來。」

「！」

「他說希望我們兩個都能出席，就算我不能出席，也希望Queen一定要到場。」
海因里說完後確認了一下我的反應。
「要去嗎？」
海因里會把這件事稱為壞消息，是表示他並不希望我去參加嗎？但我沒有多想，直接回答。
「我會參加。」
「知道了……」
「想順便見見我父母和朋友們。」
「……」
「我不希望因為要看那個人的臉色，而無法和我想見的人見面。」
我一說完，海因里馬上接話。
「我也會一起去的。」
我則立刻拒絕。
「你沒有必要這麼做。」
不是因為讓他跟我一起去有什麼不方便，而是因為當初在索本修的命令之下，他曾經和我一起被軟禁在德羅比公爵宅邸內，應該讓他留下了不太愉快的回憶，所以我不想讓他回到那個不愉快的地方。
但海因里笑著說：「我想跟妳一起去，我在那裡也有父母和朋友啊。」
海因里的父母在東大帝國？
「啊！」
看來他是指我的父母親。他的回應讓我又驚又喜，我瞪大雙眼看著他，海因里則戲謔地說：
「岳父岳母好像對我還很見外，我還真的是第一次遇到這種情況。這回我一定要成為惹人喜歡的女婿！」
「……他們現在應該已經喜歡你了。」

畢竟多虧了海因里的援手，我的處境才不至於落得太難看。海因里笑而不語，把頭伸進了窗內，然後輕輕地在我臉上印了一個吻。

「！」

我嚇得瞪大了眼睛。而海因里稍稍往後退，確認我的反應。見到我呆呆地一動也不動，他又湊過來親了一次，而且嘴唇停留的時間比上一次更久。最後海因里往後退了一小步，害羞地笑著說：

「那麼我什麼時候才能確定自己已經成為惹人喜歡的丈夫了呢？」

聽到這句話，我大腦一片空白。他是問我什麼時候才能變成惹人喜歡的丈夫嗎？他已經很惹人喜歡了不是嗎？但他應該不是這個意思吧，難道是向我索愛嗎？真是太令人混亂了。

我跟索本修相處的時候，都是怎麼反應的呢？我努力思索了一番，但我跟他之間從未有過這樣的對話，都是些無法提供參考的經驗。就在我不知如何是好的時候，海因里輕輕嘆了口氣，然後悄聲說：

「妳的眼睛現在就像隻飽受驚嚇的兔子呢。」

「我嗎……？」

「以後再回答我吧，Queen。」

海因里離開之後，我依然站在窗邊，頭倚著窗戶。額頭靠上窗框的那剎那，瞬間清涼起來。我都沒發現自己的臉像是快燒起來了，用手背碰了碰臉頰，還真的很燙呢。

是因為海因里他……比我小的關係嗎？還是因為他是花花公子的性格，所以這些甜言蜜語都能張口就來。雖然我並不討厭這樣……

就在我出神的時候，傳來了敲門的聲音，我心裡想著該不會是海因里吧，就跑去開了門。

但我猜錯了，是蘿茲跟朱伯爾伯爵夫人。她們兩個不知道是從哪裡回來的，手中都提了個籃子，裡面裝著滿滿的水果。

「這些是什麼？」

「因為聽說宮中有果園，所以就去了一趟，陛下。」

「我馬上替您削一顆。」

她們兩個坐到沙發上，削著水果擺盤的時候，我又陷入了發愣的狀態，直盯著窗外。

過了好一陣子，才突然想起海因里跑來跟我說的要去東大帝國的事。如果我決定要去，那麼侍女們也會隨行，當然得知會她們一聲。

「剛剛國王陛下來過一趟。」

「國王陛下嗎？」

「可是回來的路上沒遇到啊……」

「他是從窗戶那邊過來的，帶來兩個消息後就離開了。」

將水果都削完的蘿茲放下水果刀，看向了我，而朱伯爾伯爵夫人也把水果盤放到茶桌上後，等著我接下來的話。

「結婚的日期已經決定好了。」

一聽到我這麼說，她們的表情瞬間亮了起來。

「終於……！」

「麥麗儂設計師會變得更忙碌的，陛下。」

但隨即，兩人的臉色又因為我接下來說的消息又沉了下來。

「還有，東大帝國那邊，邀請我和海因里出席皇帝陛下的婚禮。」

她們露出喝到了一大口鹽水的表情。

「我們決定參加。」

一聽到我的決定，兩人的表情像是喝到了第二口鹽水。她們迅速對視一眼，而我從她們臉上讀出滿滿的不滿。

「……果然還是去比較好吧。」

但兩人最終還是嘆了口氣，表示理解我的選擇。

就在我們打算繼續討論這個話題的時候，又傳來了敲門聲。蘿茲出去應門，我則坐到了沙發上，看向門的方向。

來者是個有一大把灰白鬍子，衣著得體的男子。這是誰？我盯著這張從未見過的面孔，對方則朝我彎腰行禮。我點了點頭，允許對方上前來，於是男子便進了房間，非常有禮貌地開口。

「在下是亞瑪雷斯家的首席管家，王后陛下。」

亞瑪雷斯家？好像在哪裡聽過的名字……啊，想起來了，我曾在會議紀錄上看過幾次，印象中應該是身居侯爵之位。為什麼他們家要派首席管家過來找我呢？我疑惑地看了他一眼。

管家謙卑有禮地說：「王后陛下，在下是受莫雷妮小姐差遣而來。」

莫雷妮！原來是莫雷妮的人。當初因為她是西王國社交界中頗具影響力的人，想讓她成為我這邊的人，所以我曾傳話過去說想見上一面。看來他便是來回覆這件事的。

我點了點頭後，這位管家繼續說：

「小姐非常感謝王后陛下的邀請，表示只要告知時間和日期，任何時候小姐都會來赴陛下之約。」擇日不如撞日吧。

「請幫我轉告她，請在明日下午一點左右來訪吧。」

莫雷妮在約定時間的半小時前抵達，正幸好我的預料之中，我也早早備好茶點準備招待。

「莫雷妮在此，見過王后陛下。」

我細細地觀察朝我行禮的莫雷妮。她有著亞麻色長髮和一雙灰色眼睛，是個舉手投足都很優雅，看上去也很能幹的千金。眉宇間透露著坦蕩的氣質，應對很得體。

「能受到王后陛下的邀請，實在榮幸之至。」

「聽說關於莫雷妮小姐的事情後，就很想跟妳見上一面。」

「我也是，自從聽到王后陛下抵達的消息後，就一直期待著，不知何時能被陛下召喚。」

看來她不只看上去坦蕩，說的話也非常有氣度。我露出了笑容，雖然氣質不大一樣，但感覺就像看到了看年輕版本的妮安。

「這樣啊，那麼妳在等我召喚，想必是想從我身上得到些什麼吧？」

我乾脆也不繞圈子，而是開門見山地問。莫雷妮微微地笑了笑，將雙手放在膝上回答。

「陛下找我來，是因為我能幫助您融入這裡的社交界吧？」

還真是聰明，太好了。我也直接了當地承認。接著，她用比剛剛更謹慎的語氣問道：

「我確實能為王后陛下提供幫助。那麼我為陛下提供幫助，又能獲得些什麼好處呢？」

這話問得非常大膽，但又很聰明，倒是讓站在門口的蘿拉，脖子奮力扭了過來，表情像是在說「怎麼會有這種人」。我忍著不笑出聲，這次則換我拋出問題。

「妳想得到什麼好處呢？」

與其兜著圈子轉，她應該更想直接聽到這個句提問吧。

「請幫我將克麗絲塔小姐趕走。」

然而莫雷妮的要求卻遠遠出乎我的意料。我抬起眉，表情有些吃驚。

莫雷妮這時繼續解釋，「不曉得您是否聽說過，我和克麗絲塔小姐曾有過激烈的爭執，也因為這件事，被海因里陛下說了很刺耳的話。」

似乎光是回憶這件事就讓她非常生氣，莫雷妮的表情漸漸僵硬，呼吸也急促起來。

「自那件事之後，追隨克麗絲塔小姐的貴族，就開始明目張膽地欺負我和我的朋友們。」

「……」

「不知道是受到克麗絲塔小姐的指示，還是他們心中有氣所以自己想這麼做。但不論如何，罪魁禍首都是克麗絲塔小姐，所以只要她離開這座宮殿，那群狐群狗黨也就會散了吧。」

然後，她犀利地看向我。

「而原本克麗絲塔小姐在先王陛下逝世的時候，就該回到自己位在康普舍的宅邸才對。不，就算不回到那裡，也得把宮中的位置空出來。所以將克莉絲塔小姐趕走，本就是理所當然的，陛下。」

「……讓我想想吧。」

送走莫雷妮之後，我把蘿茲和瑪斯塔叫進來，告訴她們剛剛的對話內容，並問她們莫雷妮和克麗絲塔的關係是否如此不合。瑪斯塔看起來完全不知道這件事，蘿茲則是仔細想了想，然後說：

「雖然她們之間的爭執並沒有真的很激烈，但社交界確實在聽說她們吵架之後，就被分成了兩派，陛下。」

「這樣啊……」

「不過既然莫雷妮小姐的態度如此強硬，應該不單純是因為社交界中的事。」

不只是社交界的事？蘿茲像是在努力擠出所有記憶，皺著眉頭說：

「莫雷妮小姐是亞瑪雷斯侯爵的獨生女。而據我所知，為了立繼承人，亞瑪雷斯侯爵收養了自己的外甥，但聽說莫雷妮小姐想自己繼承侯爵的爵位。」

「啊！」

「那個外甥，正是克麗絲塔小姐親信──立柏堤公爵的三兒子。」

「居然是這樣。」

「莫雷妮小姐會不會是想藉著趕走克麗絲塔小姐，一併將自己的嗣兄趕走呢？」

「這個嘛……」

或許真的是這樣。莫雷妮看上去自尊心很強，或許她不願直接表明要我幫助她獲取繼承人之位，而是迂迴地要我趕走克麗絲塔。

蘿拉擔心地問：「陛下，您要怎麼做？」

我沒有立刻回答，而是往後靠到沙發椅背上。

若是跟莫雷妮聯手，那麼自然能和社交界中過半的勢力交好，但同時也會徹底與克麗絲塔為敵。但就像之前我告訴侍女們的那樣，比起撕破臉，維持虛假的情誼才是上策。

我真的有必要直接出面，和克麗絲塔正面宣戰嗎？

接下來好幾天，我都一直在思索這個問題，但遲遲得不到答案。這期間，前去參加索本修婚禮的使節團也慢慢成型，不知不覺就到了該出發的日子。我居然是以異國王后的身分回到自己的母國，心情實在非常微妙。

就在出發前，我在鏡子前整理身上的旅行便裝，一邊試著放鬆臉上的肌肉，維持從容的表情。等我準備好踏出房間，馬車早已在外等候。

馬車周圍站的不是西王國的騎士，而是超國籍騎士團的成員。他們向我敬完禮，我這才走上馬車。這輛馬車駛到正門，又與其他馬車和騎兵會合。

……怎麼還沒來？我在馬車上張望，卻沒見到瑪斯塔斯。其他的侍女們正指使一旁的騎士幫忙搬大包小包的行禮。

「蘿拉，妳看到瑪斯塔斯了嗎？」

我擔心地開口詢問，但蘿拉搖了搖頭，蘿茲跟朱伯爾伯爵夫人也表示不清楚。我覺得這樣不行，打算從馬車上下來。

「王后陛下！王后陛下！」

這時，只見瑪斯塔斯背著她的長槍，繫著斗篷，在遠處跳上跳下。

「瑪斯塔斯！」

我趕緊呼喚一聲，一轉眼她就飛奔到我面前，開心地跳來跳去。

「陛下，您聽說了嗎？您應該還沒聽說吧？請告訴我您還沒聽說！」

「我沒聽說，是什麼事？」

「我收到哥哥的聯繫了！」

哥哥……啊，那個看上去凶神惡煞的騎士，阿普林卿對吧。我點了點頭，她笑嘻嘻地繼續說：

「哥哥也參加騎士巡訪了，聽說好像是跟王后陛下的哥哥同一隊呢！」

「是嗎？」

「對，是叫克沙勒卿沒錯吧？」

「沒錯。」

「克沙勒卿他——」

但前面的蘿茲冷冷地打斷了瑪斯塔斯的話。

「瑪斯塔斯，妳一件行李都沒帶？」

瑪斯塔斯只好趕快回頭去打包自己的行李。我在馬車上等待瑪斯塔斯回來，實在很好奇她要說的事情，只能一直玩著手指。

將近三十分鐘後，瑪斯塔斯才回來會合，把剛剛說到一半的話說完。

「聽說克沙勒卿在騎士巡訪中表現非常好。」

「真的嗎？」

這真是讓我又驚又喜。瑪斯塔斯爽朗地笑著，大聲回答「真的」。

「那您知道他是怎麼獲得高人氣的嗎？」

「？」

這問題還真讓人不安，「怎麼獲得高人氣」就像是要說……哥哥獲取人氣的方式跟其他騎士都不一樣。我有點擔心地看著瑪斯塔斯，只見她興奮地解釋：

「平常那些騎士都是聽村民訴說冤屈，由他們出面調查後再下判決。但王后陛下的哥哥卻是在調查完後，直接用拳頭解決！」

「！」

「當然由法律裁決也很好，但對於飽受委屈的人來說，還是有點……果然還是要親眼看到一拳揍下去，心裡才會痛快。」

我驚訝地眉頭深鎖，但瑪斯塔斯反而一臉興奮，朝著空氣揮了幾拳。

「這可是第一次出現這種情況，大家都給予熱烈的歡呼呢！」

「……」

聽到眾人是這種反應，我愣了愣。而瑪斯塔斯責眼中閃著光芒問我：

「王后陛下的哥哥是怎麼樣的人呢？感覺是個很剛直的人呢！」

一開始聽到哥哥的舉動，我實在有些擔心，但瑪斯塔斯一直給予正面的評價，我這才安心不少。雖然哥哥……確實跟其他人不太一樣。嗯，反正重點是，他作為騎士獲得了大眾的好感。西王國的國民能喜歡哥哥真是太好了。我把手靠在馬車的窗臺上，看著窗外。

哥哥的事情想完之後，腦中浮現的便是東大帝國的事。我心中五味雜陳……想向父母親展示我過得很好，也很感謝陪同而來的海因里，還有，也不知道我看到索本修護著菈絲塔的模樣，會不會感到更加心痛。以及，雖然我沒有告訴任何人，但老實說……我也很期待見到索本修不是滋味的表情。我想讓他看到，我就算沒有他也能過得很好。這想法是不是太幼稚了？

就在我沉思的時候，馬車停了下來。已經到了嗎？

但我往窗外看，卻只看到一片森林。我疑惑地看向車門，聽到一聲「Queen」從馬車外頭傳來。

一開門，海因里就朝我微笑，當著侍女們的面詢問我：

「Queen，我能和妳兩人共乘一輛馬車嗎？」

我都還沒回答，侍女們就知趣地一個個離開了馬車。我本來就準備了兩輛馬車，看來她們都跑去搭另外一輛了。我沒有挽留她們，而是尷尬地拉上窗簾。

「嗯？為什麼要拉窗簾？」

海因里爬上馬車後，在我對面坐下。坐定後，他往後敲了敲車壁，止步的馬車又開始移動。

「我想和妳待在一起，就過來了。」

我都還沒問他原因，他自己就先回答了。

「這樣啊。」

我鎮定地回應，視線再度往窗外看，但窗簾已經被我自己拉上了，什麼也看不到。

我為什麼要拉窗簾？我暗暗咒罵了一下自己，然後偷偷瞥一眼海因里。他並沒有往我這裡看，於是我迅速拉開窗簾，假裝認真看著窗外風景。

「咳。」

「！」

馬車內傳來憋笑的聲音，但我假裝沒聽到。幸好悶笑聲很快就停止了。

也不知道就這樣過了多久，我突然很想念 Queen。Queen，我可愛的大鳥兒。在我剛知道海因里用 Queen 型態出現時是全身裸體的真相，著實感到衝擊，所以看到 Queen 就會讓我難為情起來。但隨著時間流逝，現在好像比較適應了，所以我又興起了想見 Queen 的念頭。

雖然海因里是 Queen 的時候是一絲不掛……但他不是有羽毛嗎？仔細想想，鳥的羽毛與人的衣服其實是相同概念吧？一想通這個道理，我就更想見到 Queen 了。如果這個時候能將牠那小小的身軀緊緊抱在懷裡，或許就能讓我混亂的心思鎮定下來。

我回頭瞄了他一眼，海因里正好也看著我，臉上帶著笑意。我猶豫了片刻，還是開口拜託他。

「你能為我變身成 Queen 嗎？」

「現在嗎？」

「我想抱著 Queen。」

才剛說完，一隻金黃色羽毛的鳥便在我身邊飛來飛去。請他變身成 Queen，他就真的立刻照辦，我不禁為此心跳加快。當然，這也可能是因為他在變身之後留下的滿地衣物衣服。

但仔細瞧，Queen 就是 Queen，沒有令人不適的赤裸感，當然也不是說海因里的裸體會讓我不適……總之，這讓我安心許多，於是我伸出雙手，碰到了 Queen 的羽毛。

海因里眼睛眨了眨，眼神透出滿滿笑意。他竟能用鳥的表情展現笑容，但眼前又是鳥兒 Queen 沒錯。我提起勇氣，傾身抱起 Queen，放到了腿上。此景讓人開心又懷念。我慢慢將 Queen 摟進懷裡，就是這個味道，令人懷念的味道。

Queen 眨著紫色的雙眼，娜菲爾雙手緊緊抱著牠，一動也不動。Queen 也像隻玩偶般一動也不動，只將雙眼微微抬起往上看。

眼前映入的是娜菲爾的下巴，往上是鼻子，還有濃密的睫毛，雙眼則緊閉著。

娜菲爾的身子突然顫動了一下。

看來是睡著了。Queen 這麼想著，雙眼瞇了起來。

牠確認娜菲爾沒有醒來候，慢慢將一邊的翅膀抽出來。牠又確認一次，娜菲爾依然在酣睡，Queen 這才將另一邊翅膀移出來。

兩邊翅膀都能自由活動後，Queen 再次細細觀察眼前的娜菲爾，確定她真的睡熟了，終於開心地仰天長嘯。牠當然沒有發出任何聲音，只是做做樣子抒發情緒。牠在心裡奮力地叫了又叫，然後用自己柔軟的翅膀蓋上娜菲爾的雙手。其實翅膀隔著羽毛，Queen 自己並沒有鮮明觸感，但娜菲爾一定能感受到羽毛的柔軟。

Queen 把娜菲爾圈在懷裡，自己也慢慢閉上了眼，準備就這個姿勢入眠。

如果真的有所謂的幸福，那就是他們兩人共度的時光。

——咚！

突如其來的撞擊讓娜菲爾的身體往旁邊倒去，Queen 立刻張開雙翼想護住她，卻完全構不到娜菲爾摔下座椅的身體。

Chapter 27

再遇索本修

我在額角的疼痛中睜開開眼，卻發現自己竟然斜趴在馬車的地板上，Queen 則被困在我的懷裡，呈現頭上腳下的狀態。

「Queen！」

會不會折到翅膀了？我慌張地起身查看，幸好看上去並沒有什麼大礙，反而是 Queen 伸出翅膀摸了摸我的頭。

「我沒事。」

其實額角痛得要命，但我為了掩飾自己難堪的一面，只好撒了謊。

我轉頭看了看四周，「發生什麼事了？」

變身成 Queen 的海因里當然無法回答。我發現馬車的車身傾斜，看來是遇上了什麼事。

我正準備打開窗戶，就聽到由寧的聲音從車門外傳來。

「海因里陛下，您沒有大礙吧？」

他刻意不提及我的名字，但問題是能回應他的海因里，現在已經變身成鳥了。

「陛下他沒事。」我只好出聲回應。

由寧靜默片刻後，又說：「陛下，您似乎得出來看一下了。」

我凝神去聽外面的狀況，似乎是馬車的輪子出了問題。Queen 往我這邊看了過來。

「你變回人吧。」

我趕緊悄聲說，將他的衣服擺到旁邊後，就側過身閉上了眼睛。

下一刻，就聽到海因里在我耳邊溫柔地說：「沒事的，不用擔心。」

我沒說什麼，只是微微一笑點點頭。

突然覺得這個狀態……其實也不錯。我的丈夫是一隻鳥，不覺得很可愛嗎？

在我身後，海因里發出悉悉簌簌的聲響，我悄悄露出笑容。

就在這時，馬車突然傳來匡啷一聲，晃了一晃。我被嚇得張開眼睛，下意識往旁邊一扶。下一刻，又被眼前的巨大黑影嚇到。原來是衣服穿到一半的海因里，失去平衡朝我這裡倒過來，那個巨大的黑影正是海因里的身體。我慌張地瞪大雙眼，海因里的近在眼前，他也同樣一臉驚慌。

「對、對不起！」

海因里結結巴巴地道歉，臉色漲紅，雙手撐在車壁上。但我的手也正扶著車壁，所以莫名變成我們雙手交疊的狀態。

「對不起，我不是故意的，Queen。」

「沒關係的……先起來吧。」我轉過頭去，小聲說道。

他赤裸著壓在我身上，讓人非常難為情，幸好因為我們臉貼得很近，反而讓我不會注意到其他地方。雖然這不代表我感受不到他的裸體。

「好，我立刻起來，立刻。」

海因里難為情地低喃，避開我的手，扶向一旁的車牆，迅速撐起自己身體。結果這次他被我的裙襬絆倒，再次朝我撲來。我們差點就要雙雙撞斷鼻子，幸好海因里及時撐住地板，才不至撞上我的臉。

「陛下？您真的沒事吧？」車門外再次傳來由寧的大喊。

「我沒事！」

「要屬下進去嗎？」

「不用！」

海因里喝止由寧後，又一次嘗試起身，沒想到再度滑了一跤，我們的身體貼得更近了。

我慌張地伸手推他，但觸手皆是他光裸的身體，溫暖又結實……這真的是太難為情了，我立刻收回手，打算側身避到旁邊去。畢竟馬車傾斜，我的裙襬又攤在地板上，海因里起身的時候很容易被絆到。

然而，就在我扭身移動的時候，海因里「呃」了一聲，表情一臉尷尬。

「沒事吧？」難道是我踩到他了嗎？還是我身上的飾品刺到他了？我趕緊關心地問。

海因里滿臉通紅，稍稍撐起自己的身體，然後低聲開口。

「請先不要動。我有點……敏感。」

讓我不要動？我驚訝地看著海因里，然後下意識往下一看。剛才兩人貼緊時還好，他現在撐起身，我反而清楚看到了他叫我不要動的原因。

「啊！」

我驚呼一聲，海因里渾身一顫。我立刻抬高視線，這回迎面而來的是海因里的臉。

氣氛一陣尷尬，我看了看四周，在這個情況下也不方便尋求幫助。沒辦法了，現在能想到的方法只有一個。

「你忍耐一下。」

「什麼？」

我叮囑完海因里後，手往下伸，把攤在地上的裙襬一口氣拉起。暫時無視海因里在我耳邊小聲驚呼「老天啊，老天啊」的聲音……

「可以了。」

我迅速收攏裙襬，等海因里避開我的裙子，小心翼翼地雙手撐住車壁起身，我立刻轉頭面向車壁。我的整張臉都在發燙，耳中不斷出現嗡鳴。如果這裡有老鼠洞，我真的很想把海因里塞進去。

海因里在旁邊七手八腳穿衣服，這一次我始終沒有張開眼睛。一直到窸窣聲停下，又傳來開門的聲音，我這才瞇眼睛看向車門。

一陣混亂下，海因里的衣服都皺成一團，脖子和臉頰也都紅通通的。

天吶！剛剛太慌張了沒看清楚，他的領口居然還印上了口紅印。

車外的蘿茲一臉詫異，張大了嘴巴，轉頭偷偷看向了我。

我趕緊關上車門。

雖然馬車意外毀損，但因為有帶備用車輪，所以換好後就繼續上路了。

幸好接下來的路程都沒有再出現其他意外，我們也安全地抵達了東大帝國。這幾天也讓我的心情平復了不少，雖然只要和海因里待在一起，就會想到那天的事情，心中尷尬不已……不過我們兩人都努力假裝沒事，態度自然地相處。至少我自己是如此。

隨著越來越接近東大帝國首都，馬車意外的衝擊也逐漸被緊張感替代。馬車通過首都城牆時，我將窗簾半掩，靜靜地看著窗外。

只見市民好奇地偷瞄來自西王國的馬車，想必眾人都聽說我和海因里要來的事了吧。是不是在猜測著我坐在哪一臺馬車上面呢？我這個拋下全國人民跑去再婚的皇后，竟然還敢厚著臉皮回來，或許這些人都有這種想法吧。就算他們真的這麼認為也無可厚非，但想到這裡，我的內心還是有點難受。

我把頭輕靠在車壁上，徹底拉上窗簾。坐在對面的朱伯爾伯爵夫人輕聲開口。

「那些人不知道陛下經歷過什麼，可以不用太在意他們。」

「沒錯，即便陛下默默接受離婚，一輩子閉門而居，那些人也不會為陛下做些什麼不是嗎？您就別理他們了。」蘿拉也立刻出聲附和。

是我不安的情緒被看出來了嗎？我雙手輕拍自己的臉頰，然後擺出從容的神情，微笑地說：

「妳們不用擔心我。」

馬車先抵達的地方，是德羅比公爵家。我們打算今天在這裡住一天，明天再進宮。

我一下馬車，接到消息來迎接我們的父親、母親和其他親戚，立刻簇擁到我身邊。

父親又落下眼淚，我則努力不讓自己跟著哭出來。等我和母親擁抱完，分享了重逢的喜悅後，海因里這才走到父親面前，笑著喊「父親大人」。

該說多虧了他……嗎？被海因里嚇到的父親，眼淚倒是立刻停住了。

我們迫不及待地簡單分享近況後，才移步餐廳，繼續聊這段時間發生的事。想說的事情實在太多，我一直說個不停。海因里像是發現新大陸般，在一旁好奇地盯著我。

「你剛剛怎麼一直盯著我看？」

用完餐回房的路上，我一邊介紹環境，一邊問他。海因里說他第一次看到我一口氣說了這麼多話，感覺很神奇……

回到房裡梳洗完畢後，海因里說他要再去找父親和母親，努力達成自己的目標。而我則在好久不見的家四處走走，跟想念的人打招呼，剛好碰上正與父親和母親一起談天的海因里。

可惜父親和母親與海因里相處時，好像還是有點不自在。這也沒辦法，畢竟父親和母親早已習慣女婿是索本修這件事。如今的女婿，可是完完全全跟索本修相反的類型，自然感到陌生。

至少他們看起來相處還算融洽，我放心地又四處晃了晃，然後回到久違的房間，舒服地躺下來，放鬆地休息。

隔天，雖然很捨不得，但還是得告別家人。

「反正我們也會出席宴會。」

「明後天就能再見到面。」

雖然父母親也是滿滿的不捨，但依然努力不形於色地為我送別。

我和海因里上了馬車後，便往皇宮出發。

就在馬車通過皇宮正門時，我心中的不捨漸漸被一股難以言喻的情緒取代。之前剛抵達東大帝國的首都時，明明還很緊張，但如今緊張感完全消失，取而代之的是一股很難說明的心情。這個感覺，與當初收到索本修那封信時一模一樣。

馬車在皇宮中緩慢地前行。這回我將窗簾完全打開，凝神看著窗外。伴隨著踢噠踢噠的馬步聲，和車輪喀拉喀拉轉動著聲音，我的腦中也跟著混亂了起來。

窗外映入眼裡的風景是那麼熟悉，反而讓人心煩意亂。無論是哪一處，都有我親手碰過，或是親身走過的痕跡，我卻無法帶著開心的情緒來面對這一切……

馬車停了下來，我的心臟似乎也隨之一顫。我盡可能管理好自己的表情，踏出馬車。

出來迎接我的是索本修的祕書，皮勒努伯爵。看來心中五味雜陳的不只我一個人，就在我踏出馬車來到他面前時，皮勒努伯爵的瞳孔顫抖了一下。

「歡迎蒞臨，西王國的王后陛下，海因里陛下。」

不過他依然努力完成自己的使命問候我們，我也盡量保持從容地點了點頭。皮勒努伯爵遲疑了一下，然後抬手示意某處。

「請隨在下走。」

他要帶我們去的地方，我完全了然於心。是白玫瑰廳。白玫瑰廳是用來接見外國貴賓的招待室，不過，這是海因里第一次來到這間房間。

白玫瑰廳外站著索本修的禁衛騎士。他們一看到我，表情都瞬間僵住，我若無其事地微笑，皮勒努伯爵則在一旁準備開門。

大門打開，裡頭除了索本修外，還有其他的祕書，以及幾位貴族，看來都是聽說了我要來的消息。

索本修的表情毫無動搖，我往他身旁看過去，看向那個我曾經跟他一起迎接貴賓的位置，那個與他並肩的位置。然後我又把視線轉回索本修身上。

他也正看著我，一臉平靜，眼神中卻透露著絲絲哀傷。我們就這樣盯著彼此。和我預想不同，此時我心中並無任何波瀾。那麼他呢？

我們不知道這樣沉默了多久。

「陛下。」

一旁的皮勒努伯爵小聲地喚索本修。索本修這才像是從夢中驚醒一般，開口道：

「遠道而來，辛苦你們了……在此感謝西王國貴客所展示的情誼。」

他面無表情，語氣平穩，完全看不出是剛剛那個站著出神的人。然後他又看了我一眼，但並沒有再多說些什麼。

「你說誰來了？」

和將情緒完美藏在心裡的索本修不一樣，菈絲塔可控制不住自己的反應。菈絲塔正在替自己完工的禮服做最後的檢查，一邊聽著出席婚禮的名單，不可置信地說：「怎麼能夠這樣？」

帶來消息的朗特男爵則尷尬地笑著說：

「畢竟是顧全大局的人，所以接到邀請後，接受邀請出席才是合乎情理的選擇。」

就在朗特男爵離去後，菈絲塔煩躁地咬著自己的指甲。好一陣子後，她轉頭向設計師要求：

「幫菈絲塔的頭飾全用寶石來裝飾，看起來越華麗越好。」

設計師正在用大頭針固定禮服，聽到這裡吃驚地確認。

「什麼？您確定嗎？」

「沒錯。」菈絲塔很肯定地說，「大家一定會把菈絲塔拿來和廢后比較。」

「是這樣沒錯，但是——」

「廢后既然回到了自己拋下的國家，為了保住自己的面子，一定做足了準備。」

菈絲塔說得鏗鏘有理，但她的要求和設計師的想法卻背道而馳。

「您的禮服已經非常華麗了，如果連身上飾品也都同樣華麗，那您很可能會被衣服壓下去的。」

設計師又再度勸說，但菈絲塔非常堅持自己的想法。

「這是菈絲塔的婚禮，所以婚禮當天，菈絲塔不想被任何人比下去。」

設計師勸不了她，只好為菈絲塔準備各式各樣華麗的飾品後離去。

看著掛在衣架上的禮服，菈絲塔這才放心許多。只要能穿上這件衣服，一定不會輸給娜菲爾皇后。

但即便如此，心中依然忐忑不安。

菈絲塔就這樣沉思好一陣子後，突然想到了一個妙點子。

從未想過有一天，我竟然會住進招待外賓使用的南宮！

進到專為西王國王后準備的房間，我看看了四周，不自覺地笑了出來。人的未來會怎麼走，真的一切都很難說。在一年前，不，甚至可以說是幾個月之前，我都無法想像到會有今天的這一切。

我將心緒不寧的思緒擺到了一旁，先脫下手套和厚重的外套，然後打開裝衣服的行李箱，找出更為舒適，但依然符合禮節的衣服換上。接著召喚了女僕們進來，幫忙將剩餘的行李整理放好。

我坐在床上休息沒多久，蘿茲和瑪斯塔斯也都各自整理好行李，過來找我。至於蘿拉和朱伯爾伯爵夫人，我則是讓她們回到自己家裡休息。

「一直都是四個人一起行動，突然又剩下兩個人，感覺還真是有點奇怪呢。」

瑪斯塔斯大概是想念和自己意氣相投的蘿拉了，一過來就開始叨念。蘿茲也因為跟朱伯爾伯爵夫人變得很熟絡，同樣一臉落寞地笑著說：「就是說啊。」

再怎麼說她們之前都是天天生活在一起，要不變親密也很困難。克麗絲塔身邊的侍女大概也是因為這樣，所以才會如此團結吧。

不過這份因為人數銳減而感到的落寞，很快就煙消雲散，因為那些曾在東大帝國服侍過我的侍女，一個個都跑過來找我。

「愛莉莎伯爵夫人！」

其中自然也包含了曾擔任我的侍女長的愛莉莎伯爵夫人。

「皇后陛下！」

改不掉用以前稱謂喊我的伯爵夫人，話才剛說出口，就自己瞪大雙眼僵住。直到聽見其他的侍女大笑出聲，她這才難為情地跟著笑了。

過沒多久，我們連其他房間的茶桌都搬了兩張過來，一大群人就這樣圍著桌子坐下，一邊吃著餅乾一邊喝著咖啡。實在是太久沒見了，彼此都有一肚子的話想說。

「我在那邊適應得很好，蘿茲和瑪斯塔斯都幫了我很大的忙。而且我在那邊還見到了兄長。」

「海因里陛下呢？怎麼樣？」

「……」

看到我沒有回應，只是露出不自在的笑容，東大帝國的侍女們都露出不大好看的臉色，我見狀趕緊擺手，蘿茲則搶在我面前幫我回答。

「妳們都不知道陛下和王后感情有多好，光是在一旁看……就讓人覺得很欣慰呢。」

蘿茲一邊說臉還一邊變紅，她這樣分明就是想到了馬車輪故障時的事情。其他侍女紛紛嘻笑起來，還不斷追問。

「怎麼了嗎？是怎麼個欣慰法啊？」

「陛下很疼愛我們娜菲爾陛下嗎？」

蘿茲或許是覺得不方便再繼續說明下去，只能面露尷尬的笑容。不過她也沒有繼續回答的必要，因為海因里本人直接來我房間找我了。

「見過西王國國王陛下。」

侍女們驚訝地上前行禮，海因里露出像是見到幸運女神般的笑容，揮了揮手後，便向我走了過來。

「妳是不是把丈夫晾在一旁太久了啊？我因為吃醋所以就直接過來找妳了，Queen。」

侍女們興奮地發出了小小聲的尖叫，我瞪了一眼海因里，讓他別鬧了，他則一臉委屈的樣子，然後伸出手輕輕牽住我。

「我很想妳。」

海因里像是渴求關愛的大狗狗般這樣說著，旁邊的侍女們都興奮地倒抽了一口氣。但我卻皺起了眉頭。如果是我們兩個單獨在一起的時候，他怎麼樣我都沒有關係，但現在他身為一國之王，難道不應該在他人面前樹立莊嚴的姿態嗎？只是，如果我現在當面指責這一點，也只會傷到他的面子，所以我只好努力裝作沒事，對他微微一笑。

第二天，我也依然與侍女們一邊聊天一邊開開心心地度過一天。第三天也是如此，我讓自己保持在充分休息的狀態。

還記得當初我坐在皇后這個位置上時，每天都得忙東忙西，從早工作到晚。如今已不再是皇后，竟能在皇宮裡如此悠閒度日，雖然非常諷刺，但我盡量不露於形色，只是笑著面對一切。

總算來到了結婚典禮的前一天。一直到昨天為止，我都還和侍女們笑鬧著談天，今天卻突然變得什麼話也說不出來。我心緒不寧地在獨自房間裡踱步，實在受不了，決定出去散步透透氣。

沒想到海因里也剛好來到了附近，於是便一起散步。我們就這樣靜靜地邁著步伐，沒想到卻走到了之前同樣與海因里這樣散著步的地方。

「妳還記得嗎？」看來海因里也想到了一樣的事情，他笑著問道，「我們曾經在這裡，一邊聊著Queen的生日，一邊散著步，不是嗎？」

「我記得。」

「Queen還曾經拿蟲子來餵我。」

「！」

這麼一說，確實是有這麼回事，但我當時又不知道海因里就是Queen。一想到那時候的事，我也不禁笑了出來。

「讓你受到很大的驚嚇了嗎？」

「我現在看到蟲子都還會瑟瑟發抖呢。」

「那時候你好像還說，西王國的鳥都要把食物煮熟了才吃？」

「……」

「你意外地很膽小嘛。」

總是自信滿滿的海因里，竟被我發現軟弱的一面，讓我不禁想戲弄他一下。

海因里難為情地笑著說：「Queen不怕蟲子嗎？」

「完全不會。」

我小小地吹了牛，海因里鼓掌讚嘆道：「真是太厲害了！」

「那當然。」

「那麼以後晚上約會時如果有蟲子跑出來，就派 Queen 去抓就好了。」

「?!」

「除了蟲子以外，其他的我來對付。」

「這個嘛……」

這個想法實在有點不妥，我瞥了他一眼，就看到海因里帶著有深意的笑容，那分明就是早知道我是在吹牛的表情。我尷尬地瞪了他，他果然立刻破功，抿著唇憋笑。

我們就這樣聊著天，我正準備問海因里他生日的時候都吃些什麼，這時，突然感受到一股強烈的視線，於是立刻轉過了頭去。索本修就站在那裡。

一看到索本修，我又想起之前的事。那時也是跟海因里一邊散步一邊在聊 Queen 的事情，索本修就突然出現了，說不定接下來的發展也會一模一樣呢。仔細想一想還真是有點可笑，於是我臉上掛著輕嘲，向索本修行了禮。

「拜見東大帝國皇帝陛下。」

索本修一語不發，只是站在那裡看著我，也沒有要回禮的意思。他眼神滿是怒火，不斷看著我和海因里，然後突然對海因里開口要求。

「海因里國王，可以請你先迴避一下嗎。」

海因里並沒有離開，淡淡地回絕道：「非常抱歉，但陛下您的眼神看起來非常生氣……即便是來自陛下的請求，我也無法單獨留下我的妻子和其他正在氣頭上的男子相處。」

索本修立刻表情一僵。

「其他男子？」

海因里默默看著眼前的索本修，然後笑著說：「因為娜菲爾小姐是在下的妻子啊。」

——皇后不是王子你的導覽員，而是我的妻子！

海因里說這番話的聲音，似乎和幾個月前，索本修說那句話的聲音重疊在一起。

索本修大概也想起了這件事，瞪大了雙眼。但無論海因里是抱持著什麼意圖說出這句話，這都是鐵錚錚的事實。當初索本修將海因里歸類成外人，在我和他之間畫上一條分隔線，而如今的索本修對我而言，也同樣成為了外人。

索本修這次不再看向海因里一眼，而是直接對我說：

「娜菲爾，我有話想對妳說。」

「請說吧，陛下。」

「我們單獨談。」

我們的關係已變成陌路人，他自然無法再說我不該跟外國男人牽扯在一起之類的事，我很好奇，事到如今他還想說些什麼。再加上索本修雖然是我的前夫，同時也依然是東大帝國皇帝。我們三人之間的關係已經夠僵了，為了兩國外交著想，我也不好當面不予理會。

就在我打算勸海因里先迴避的時候，海因里露出了跟之前一樣的表情，像隻……可憐兮兮的黃金獵犬。感覺如果我就這麼跟索本修走掉，他就會立刻發出小狗哭泣的嗚咽聲。面對這樣的表情，我實在不忍就這樣丟下海因里。於是我立刻改變了心意。

「非常抱歉，陛下，若您要談的並非急事，我現在必須和我的丈夫待在一起才行。」

我正要說「如果有其他事情，我們日後再議」，索本修卻突然露出奇怪的表情大喊。

「娜菲爾！」

那副樣子，就好像我在他面前外遇似的，這反應也太令人莫名其妙了。我就這樣靜靜地回看著他。

索本先是修悵然若失地看著我，然後又換上嚇人的表情瞪向海因里，接著便頭也不回地轉身離去。

我嘆了一口氣，轉頭看向海因里。海因里雙手緊緊握著我，彷彿我是汪洋中唯一的浮木。

「你沒事吧？」

我見狀擔心地問，海因里的臉頰染上紅暈，然後傾身將頭靠到我的肩膀上。

結婚典禮當天，皇宮上下人仰馬翻，就算我人在南宮，也能感受到忙亂的氛圍。

白天舉行結婚典禮，晚上則是宴會，一整天的行程都非常緊湊，而且為了招待各國遠道而來的貴賓，所有人都忙進忙出。

我也是從一大早就開始準備。蘿茲和瑪斯塔斯不僅要打扮自己，還得來幫我著裝，兩人更是來回奔波。尤其是蘿茲，最讓她分身乏術的，就是必須對瑪斯塔斯不斷耳提面命，要她行為舉止「再貴族一點」。

「把槍放下再出席吧，我拜託妳！」

「槍可是千金小姐的基本配備！」

「才不是！這既不是千金小姐，也不是貴族少爺的配備！就算是騎士，也不會背著槍去參加宴會好嗎！」

就在我們埋首於裝扮時，愛莉莎伯爵夫人派人帶來口信。

「娜菲爾陛下，夫人要小的轉達給您，菈絲塔小姐在結婚典禮上的禮服相當華麗。」

我聽完這個消息後，看了一眼自己準備的禮服。禮服帶著應有的華麗感，和他國國王結婚的我，如果穿得太樸素，反而會引人側目，因此才選擇了這個款式。不過聽完愛莉莎伯爵夫人傳來的消息，我決定換上另外一套。

「幫我向夫人道謝。」

我賞了幾枚金幣給傳話的僕人，打從心底感謝伯爵夫人的用心。

一般來說，出席結婚典禮的禮服都很華麗，但既然愛莉莎伯爵夫人還特地派人過來告訴我這件事，那套禮服想必華麗至極。如果我同樣穿了華麗風格的禮服出席，只會看起來像兩隻爭奇鬥豔的孔雀。

若是讓人認為前任和現任皇后在爭豔，那也未免太可笑了。

「我換這套禮服吧。」

最後我選了那套備用的簡單款式禮服。

結束著裝後，我與海因里會合，前往舉行結婚典禮預計舉行的大禮堂。

大禮堂裝飾得非常氣派，處處可見索本修的用心。雖然不像西王國那樣，闊綽地使用一堆寶石點綴，但都非常精美細緻。尤其是每根柱子都注入了魔法，讓其看起來閃閃發亮，令人讚嘆不已。

索本修他……明明就為了菈絲塔這麼盡心盡力，卻說只打算讓菈絲塔當一年的皇后？這還真是個明擺著的謊言。想到被菈絲塔迷得神魂顛倒的索本修，為了這場婚禮是如何壓榨自己的下屬，我就不自覺揚起了嘴角。

果然，沒有去回那封信是正確的決定。也多虧心中這份對索本修的不滿，我也比較能忽視旁人投射過來的視線了。至少這些人都只是在旁邊紛紛議論，沒有人跑來我面前指指點點。

我就這樣和海因里坐上貴賓席，開始等待婚禮的進行。

約莫過了三十分鐘，大禮堂前方掛著的那座銀鐘，終於敲響起來。接著大神官便從神壇一旁的小門走出，看上去比我離婚那天還要疲憊，大概是因為被緊急召來東大帝國，所以有點風塵僕僕。

大神官一看到坐在貴賓席中的我，表情變得更加微妙。我向大神官笑了笑，淺淺地彎腰致意，但他卻只是擠出無奈的笑容，搖了搖頭。

整座禮堂在大神官現身後立刻變得鴉雀無聲。大神官攤開手中的卷軸，大聲喊「新郎新娘入場」，這次換銀色大鐘旁的小鐘敲響，禮堂兩側的「新郎之門」和「新娘之門」也隨之開啟。

兩扇門前方是兩條窄道，在中央會匯合成一條通向神壇的大道，象徵著原本走在不同人生道路上的新郎和新娘，在這場婚禮後將會一起攜手並進。

從新郎之門走出來的索本修，一如既往……依然那麼耀眼。他是如此俊美，威風凜凜又散發帝王威儀，就算在荒謬的情境下，似乎也能永遠保持這樣的風度。而這樣的他眼裡只有菈絲塔，視線毫無動搖地只看向菈絲塔。

他看來倒是過得不錯。我心中有點不是滋味，馬上移開視線。我不想讓別人看到我盯著索本修不放，而後產生什麼誤會。

接著我看向菈絲塔。她既美麗又優雅。初見時就讓人驚嘆不已的美貌，不知道是因為有索本修愛情的滋潤，還是喝了皇宮裡的水，如今顯得更美了，宛如一輪皎白的明月。

然而，就在菈絲塔走完自己那條路，來到索本修身邊的瞬間，原本被一排排椅子和賓客遮住的禮服立刻展露無遺，我驚訝得瞪大雙眼。她穿的那是什麼東西？

菈絲塔的禮服……已經無法用華麗來形容了。她袖子上和頭上的笨重裝飾都是些什麼東西？這已經不能說是穿禮服了，根本是一座行動衣架。

眼前的情景實在太荒謬，這時，我發現索本修的眼神看起來也與剛才不同，那不是滿懷期待迎娶新娘的興奮，而是微微有點惱怒的樣子，脖子也冒出了點青筋。

索本修並不是因為喜悅而移不開視線，他是震驚得目不轉睛。說不定現在心裡正盤算著，要重懲讓菈絲塔穿上這件禮服的設計師。怪不得愛莉莎伯爵夫人要特地派人來傳話。

場內傳出了此起彼落的訕笑聲，應該是那些自許品味高雅的貴族，正在嘲笑菈絲塔的禮服吧。

蘿茲也在一旁小聲嘀咕。

「這種長相竟然穿著那種不三不四的東西？那位小姐本就喜歡這種風格嗎，王后陛下？」

我回想之前菈絲塔穿的那些衣服。那時她的衣著都是以白色系為主，沒有太多華麗的花樣，才會在社交界那些五顏六色的花叢之間，有如一朵清純可愛的小野花。她就是憑藉這種獨特的魅力，讓那些貴族感到新鮮，紛紛想接近她，讓她在社交界中取得一席之地。沒想到菈絲塔居然在這麼重要的日子，選擇穿上如此滑稽的禮服……

不過，菈絲塔本人看起來倒是十分滿意。走過我面前時，她的臉上帶著自信滿滿的勝利者微笑。

等我從荒唐的畫面中回過神時，索本修和菈絲塔已經走完了夫妻之路，來到大神官的面前。他們停下腳步，而大神官翻開了聖書。

「東大帝國皇帝，索本修．德羅比．畢特，您願意接受菈絲塔．伊斯卡為妻子嗎？」

「我願意。」

「菈絲塔．伊斯卡，妳願意接受索本修．德羅比．畢特皇帝為丈夫嗎？」

「我願意。」

「請在此簽上您二人之名。」

等菈絲塔和索本修在結婚證書上簽完名，大神官將文書夾進聖書之中，宣告東大帝國新皇帝夫妻的誕生。眾人拍手恭喜，索本修轉身揚起了淡淡的微笑。菈絲塔雖然身著可笑的衣服，但笑容比平時更為燦爛。看上去兩人相當幸福，如同一場童話。

看著如此美麗如畫的夫妻，我心中是這麼想的——

不許幸福。

看來我天性不是個善良的人。

很多人能夠為分手的戀人獻上祝福，但我心中卻只浮現「不許幸福」四個字。如果這兩個把我逼走的人，往後卻能過著美滿的生活，這也太不公平了。雖然我沒有怨恨到要他們「全都毀滅吧！」的地步，但就是無法給予祝福。海因里不知道是不是察覺到了我的心思。

「我們也找他們來吧。」他在我耳邊悄聲說，「我們的婚禮也把這兩人邀請過來。」

邀請了，他們就會來嗎？感覺他們都不會出席。但海因里伴隨著低語伸來牽住我的手，卻讓我感到安心。他那雙溫暖的手，撫平了我心中的紛擾。

「好。」

我也悄聲回應，並回握他的手。我們十指緊扣的瞬間，我覺得自己多了一個強力的依靠，心中滿是踏實，像是被填滿了一層又一層的雪白米粒。

這時，我感受到一股視線射過來。索本修正直直瞪向我們，於是其他賓客也好奇地看了過來。

我乾脆將海因里的手握得更緊。難道索本修覺得前妻毀了自己的婚禮？他的表情逐漸變得扭曲。

索本修表現得太露骨了，連帶一旁笑容滿面的菈絲塔，都查覺到不對勁。她看了看索本修，又看了看我，然後皺起了眉頭。

結婚儀式之後便是遊行，由皇帝和皇后搭乘同一輛馬車，在首都繞行一圈。雖然在平時，馬車繞首都一圈不會花費太多的時間，但因為結婚遊行的馬車需要慢慢行駛，所以通常都要花三四個小時左右。

然而今天這項行程卻開始得不太順利。

通常結婚儀式結束後，就要直接搭上馬車出發遊行，索本修卻攔住在裴勒迪子爵夫人的協助下走到馬車旁的菈絲塔。

「去把衣服換了。」

一般來說，新郎新娘都是直接穿著結婚禮服去遊行，這是為了要將兩人許下結婚誓言的模樣，原原本本地展現在國民面前。然而，索本修卻不由分說就要求菈絲塔換掉禮服。

不僅是菈絲塔，周遭觀禮的貴族也紛紛面露驚訝。不過貴族很快就反應過來，暗自認同。要是真的穿成這樣跑去遊行，實在不知道會聽到怎樣的評語。

只有菈絲塔非常滿意自身的裝扮，哭喪著臉說：

「可是菈絲塔學到的流程是，要直接穿著這身衣服去遊行耶。」

索本修原本想展現更強硬的態度，但最後只是嘆了一聲，妥協道：

「那至少把那些飾品都摘掉，看起來太可笑了。」

「看起來可笑……」

「不覺得看起來很像一座行動衣架嗎？」

在索本修堅決的態度下，菈絲塔只好和裴勒迪子爵夫人到附近一間空房間調整服裝。不久後，將全身飾品都摘掉的菈絲塔，看上去真的就像個天使。雖然禮服本身依然華麗無比，但菈絲塔完美地詮釋了這身禮服。不過她自己卻更喜歡原本那個打扮，看起來一臉不開心。

菈絲塔就這樣悶悶不樂地站上馬車，索本修這才跟著登車。他似乎本來打算往我這邊看，臉微微一側，但那個動作一閃而逝，他最終並沒有轉頭看我，而是立刻下令。

「出發吧。」

純白馬車緩緩往前駛去，白底金邊的緞帶在後方飄揚。我看著這一幕，接著和海因里登上了後方的馬車。這場遊行也邀請外國貴賓共襄盛舉，坐上帶有各自國家特色的馬車，跟在皇帝皇后的車駕後方行進。這是為了展示東大帝國的天威，象徵東大帝國的國力之強大，足以領先於其他各國。

我帶著微微忐忑的心情，一手握著海因里的手，一手則抓著馬車的前緣。遊行馬車沒有頂棚，乘客一路上都必須站著，才能讓民眾清楚看見。也就是說，我將會直面被我拋下的東大帝國國民。

此時我心中唯有忐忑，沒有時間去關心菈絲塔的禮服。然而，由於西王國是僅次於東大帝國的強國，我們的馬車緊接在皇帝與皇后之後，人民剛好能夠前後看到菈絲塔和我。

為了讓自己看起來神色自然，我深呼吸了好幾次，緊緊握著搖晃的馬車把手。

遊行隊伍一來到街道上，響徹天際的歡呼聲便不絕於耳，全都朝著菈絲塔而去。

「天吶！好像天使！」

「菈絲塔陛下！」

「請看這裡！」

沒想到在平民之間，菈絲塔竟有如此高的人氣。搭乘遊行用的馬車，可以清楚感受到這股熱情迎面而來。民眾對於菈絲塔的歡呼聲，似乎遠遠超過了我當年和索本修的遊行。看來貴族和平民的想法相差巨大。

這股歡聲躁動似乎消弭了菈絲塔的不愉快，她燦爛地笑著，四處揮手。看到如此可愛的模樣，一行觀眾更為之瘋狂了。但這股歡呼在我和海因里經過時，卻瞬間變得死寂。

「……」

本來至少有一半的國民並不反對我再婚，但他們可能也沒想到我竟會出席索本修的婚禮。

我經過的每一處，都會留下一片驚人的靜默。為了掩飾自己的難為情，我強裝鎮定地揚起下巴。而海因里則緊緊地握住我的手。

晚上的活動是結婚宴會。我換下了款式素雅的禮服，套上方便跳舞的禮服。

然而在換衣服時，侍女們的表情都不太好看。雖然當時她們並未一起參與遊行，但將國民的反應都看在了眼底。雖然我試著說些什麼來開解她們，但全都徒勞無功，索性就跟她們一起保持沉默。

說實話……我自己也沒什麼心思去安慰別人。我曾經深深珍惜過的這群人，如今卻徹底無視我，這滋味一點也不好受。

而且我也覺得自己連累了海因里。即便從遠處都能看到他的閃耀光芒，這樣的海因里卻受到眾人輕待，更是讓我無比愧疚。想必這也是由寧討厭我的原因吧。

我嘆了一口氣。身上不知道什麼時候已經換好了衣服，於是我便和海因里一同前往宴會廳。

幸好至少在宴會廳中沒有人會無視我，畢竟德羅比公爵家的勢力，在東大帝國依然數一數二。與討厭我就直接反映出來的平民不同，貴族之間彼此牽扯著利益關係，所以不會當面作出失禮行為。

賓客中還有不少曾經與我關係親近的人……遊行時發生那樣的事，我都不太好意思面對他們，幸好這些人都知趣地假裝什麼事都沒發生過。半小時過去，我也總算能若無其事地和朋友們開心聊天。

等索本修和菈絲塔跳第一支舞時，雖然貴族們都略帶同情地偷偷瞥向我這裡，但我反而覺得這根本沒什麼。比起遊行那四個小時內我遭受的冷遇，實在是好太多了。

就在索本修和菈絲塔跳完舞，其他人總算可以加入舞池時，海因里立刻朝我伸出手。

「Queen，我們也去跳舞吧。」

我握住海因里的手走向舞池。雖然可以感受到一旁的議論聲及索本修的視線，但我都佯裝不知，全心投入地與海因里共舞。

沒想到，艾勒奇公爵竟也跑來邀我跳舞。雖然我略感意外，但畢竟他是海因里的朋友，又是布魯柏赫安的王族兼名門貴族，況且他又幫助過我，讓我躲在馬車裡逃到西王國。雖然心中的疑問不少，我但還是接受了他的邀舞。

趁共舞時，我開口問他：「你為什麼會邀我跳舞呢？」

但艾勒奇公爵卻一臉沉重，帶著若有所思的表情踏著舞步，並未回答我的問題。看來他正在思考著某些問題，雖然不知道他跳著舞是在想些什麼。就在一曲結束，我和艾勒奇公爵雙手放開的時候。

「娜菲爾陛下。」艾勒奇公爵試探地叫住了我，但他並沒有機會往下說。

「娜菲爾王后。」索本修踏著沉重的步伐上前，搶先向我邀舞。「希望這首曲子，妳能與我共舞。」

瞬間，四周陷入了一片寂靜。

說實話，我自己是有點顧慮，不太想接受。但不管怎麼說索本修都是東大帝國的皇帝。之前我已經拒絕過他一起散步的邀約，這回便不太好再拒絕共舞。況且拒絕婚宴主角的邀舞，是一件非常失禮的事情。

沒辦法。

我跟隨著索本修的腳步，往舞池中央移動。我們一出場，舞池內的人都像看到什麼洪水猛獸般，紛紛往兩旁避開。音樂開始演奏前，我們對上彼此的視線，靜靜地站著。

一陣令人戰慄的強烈感覺席捲而來，我想起了短短幾個月前的新年祭。然而音樂一下，儘管心中滿是複雜的情緒，腳步卻自發地動了起來。就算我們已經離婚，但其實也才分開沒多久，而且我人生中大部分的舞伴，都是由索本修擔任，因此身體很自然地接受了與他一起跳舞的指令，就連彼此容易失誤的部分，也記得一清二楚。

索本修雖然邀我共舞，跳舞時卻一句話也沒說，只是反覆地緊握又放開我的手，眼神從未從我身上離開過。換成輕輕牽著手跳的舞步時，他才小聲地開口問我。

「回覆呢？」

我立刻就知道他指的是什麼的回覆。

「送信的使者沒向你轉達嗎？」

「妳讓他轉達了什麼？」

「說沒有回覆。」

「……」

隱隱傳來索本修咬牙的聲音，不過這裡的舞步剛好是我該轉一圈，所以我也不確定有沒有聽錯。轉完一圈回來之後，索本修看上去表情很自然，只有動搖的眼神出賣了他。

索本修再次問我：「妳沒有話想對我說嗎？」

「我應該說什麼？」

「我……從沒想過要放開妳。」

「今天是陛下您的婚禮。」

還說什麼沒想過要放開我，他和菈絲塔遊行時緊握雙手，並肩而立的樣子，可都還歷歷在目呢。我不屑地笑了。索本修竟然大受打擊地看著我，於是我真心好奇地反問。

「你是認為，我看到信中說一年後就會把我召回去，我就會氣消了嗎？」

索本修渾身一震，不知道是不是因為這句話正中他從未設想過的要害。但我不管他，繼續往下說：

「你怎麼知道這個一年期限會不會變成兩年？如果在這段時間又懷上第二胎呢？契約的期限要延長嗎？」

「娜菲爾。」

「就算一年後，你真的遵守承諾——」

剛好就在此時，音樂結束，而因為舞步的關係，我們結束在一個彼此都還靠得很近的姿態，於是我飛快地低聲把剩下的話一次說完：

「成為陛下與菈絲塔的孩子的養母、把他拉拔長大之後，卻反被他怪罪是『他母親的仇人』然後一腳踢開，我可不想經歷這樣的事。」

說完，我便退開兩步看著他。索本修的表情看起來更震驚了，他就這樣僵立在原地，嘴巴微開，臉色蒼白，任誰都看出我那番話對他造成的動搖。我就這樣看了他片刻，在行禮後轉身離開。

明明我和索本修沒說幾句話，我卻非常疲累，幸好我已經和海因里、艾勒奇公爵及索本修連續跳了三支舞，所以在這之後並沒有人再來找我跳舞。

不知道索本修是不是跟我一樣感到心累，我喝飲料的時候往他那裡瞥了一眼，看到他也是靜靜地坐在椅子上，沒有再回到舞池。

艾勒奇公爵和其他同齡的貴族青年正在聊天，而海因里在我身邊，看起來還想邀我跳第二支舞，但是……

「抱歉。」

我實在沒什麼心力，不想再跳舞了。

「沒關係，反正明天還有機會。」

明天會舉辦第二場宴會，我猜應該會用假面舞會作為主題。假面舞會同樣讓我想起不太愉快的回憶，在加上想到宴會要舉辦到第三場，只覺得害怕又疲倦。不過為了不讓海因里擔心，我還是笑著點頭。

就在這時，突然從遠處傳來騷動聲，聽起來像許多人同時發出驚訝的讚嘆。

發生了什麼事？我轉頭看去，只見一大群人正聚在那邊。是有人在展現精彩技藝嗎？雖然有點好奇，但還不到過去一探究竟的程度，於是我不予理會，吃起海因里為我端來的鳳梨。

倒是四處轉來轉去的蘿茲跑回來跟我說：

「王后陛下，就……那個人啊。」

雖然蘿茲的指稱有點含糊不清，但我知道她想說的人是誰。

我想應該是因為蘿茲是我手下的人，所以才在我面前避免用「皇后陛下」來稱呼菈絲塔。

我點了點頭，表示知道她在說誰，於是蘿茲小聲地繼續說：

「聽說她以紀念結婚為由，向各處需要援手的慈善機構，例如孤兒院、養老院這種地方，捐贈了鉅額的捐款。」

「是嗎？」

「是啊，沒想到竟足足捐了兩千萬克羅特。」

「……這是真的嗎？」

「真的是一筆鉅款，所以大家才會如此感嘆。」

兩千萬克羅特……我打開扇子遮住嘴角，掩蓋差點露出來的輕蔑笑容。這筆金額就是我當初留下來的經費數字，明明還提醒過她可能會引發問題，所以絕對不要以自己的名義來使用。她怎麼會這樣處裡……

我嘆了一口氣。菈絲塔到底是聰明還是愚蠢？但事已至此，既然她不理會我的警告，那麼這件事能為她創造多好的名聲，還是會對她造成多大的損害，只能看她自己的命運了。

當天晚上我回房之後，心中仍舊對這件事耿耿於懷。我當初在信上，是不是該再寫得清楚一點，告訴她到底為什麼不能以自己的名義捐贈的原因。

不知道為什麼……當初總覺得如果是菈絲塔的話，應該一看到我留給她的錢，就會知道其中的利害關係，所以我才沒有特別寫明。只要不發生什麼大問題，按照我的指示就可以順利進行。

但今天看到菈絲塔的所作所為，才反思應該在信上把事情解釋清楚。不過話說回來，我為什麼要這麼周到？又不是沒做好才被罷黜，我可是被迫離婚的皇后耶！

一番苦惱後，我最後決定，還是在自己過意得去的範圍內，對菈絲塔說明一下。於是等到隔天的假面舞會，我一進到宴會廳便開始尋找菈絲塔。啊，在那裡。

原本想找菈絲塔到旁邊聊聊，但我想起菈絲塔明明是自己跌倒卻誣陷哥哥推她的事，心裡便不免有些疙瘩。說不定我們兩人單獨說話，也會重演同樣的事？

我思索片刻，總算想出了好方法。就算我們兩人單獨談話，菈絲塔也絕對無法誣陷我的好方法。

於是我看準時機走向菈絲塔，朝她提議：「皇后陛下，您願意與我跳一支舞嗎？」

菈絲塔緊張兮兮地看著我走近，見我伸出手邀舞，便瞪大了雙眼。

「什麼？」

她一臉錯愕，一旁的貴族也全都瞪大雙眼。畢竟就算遮住了臉，任誰也看得出來一邊是新皇后，一邊是舊皇后。大概覺得我突然找菈絲塔跳舞，是件奇怪的事吧。

然而我沒有多說什麼，只是用另外一隻手指向了舞池。雖然菈絲塔依然滿臉詫異，但不知道她是不是認為不答應我就等於認輸，還是跟著我走進舞池。

當我們兩人站上舞臺中央，底下的樂手們似乎也嚇了一大跳，小提琴的聲音軋然而止。一時間，四周異常寧靜，約莫三十秒後，樂團才演奏起另一段新的樂曲。或許是顧慮到我和菈絲塔的關係，這是首不分男女步的舞曲，兩方的舞步都一樣，只要跟著節奏跳就可以了。

菈絲塔跳起相應的舞步，似乎終於反應過來，只見她冷冷地問：「就連這樣，都想贏過菈絲塔嗎？」

「？」

「妳現在就是想聽別人說妳舞跳得比菈絲塔好嘛。」

「……」

這還真是異想天開啊。不過我不想為這根本不值得稱讚，也一點都不重要的小事浪費時間。

「那就當作是妳跳得好吧。」

我淡淡地結束這個話題，直接切入我原本想說的主題。

「多多親近朗特男爵吧，遇到困難的時候，就去找卡爾侯爵幫忙。」

「啊？什麼？」

菈絲塔一臉詫異，原本就圓滾滾的眼睛，又張得更大了，看起來完全不明白我為什麼突然說這些。

我並不想浪費時間和她講太久，於是繼續往下說。

「卡爾侯爵雖然是陛下的親信，但他為人光明正大，不會被私人情緒左右。所以只要是為了『國家』的事，他一定會幫忙。」

「這是什麼意思……？」

「對於那些追求名和利而來的人，也沒必要一竿子都打發走，其中也可能會出現有用的人才，他們只是追求的東西不同而已。不過還是要避免把這些人招攬為親信，如果真的要留在身邊，就得一直滿足他們的需求。」

「！」

「還有，最好遠離今天幫妳挑這身衣服的人。」

聽到我這麼說，菈絲塔錯愕到連原本跳得不錯的舞，都踩得七零八落，眼神中滿是震驚。她這種反應我並不意外，因為我大可不必勸告她這些事。不過……

「我說這些不是為了妳，這是為了我的祖國才提出的建議。」

我冷冷地補充說明後，菈絲塔的表情才恢復她原有的傲氣。

「我留給妳的現金支票呢？都已經支付出去了嗎？」

但我問出下一句後，她臉上的傲慢瞬間又消逝無蹤。菈絲塔的臉色發白，環顧四周後說：

「妳……妳在說什麼，菈絲塔一點也……」

「我可以收回來的支票我就會收回，那些收不回的就算了，以後請妳用自己的錢來做慈善吧。」

菈絲塔不屑地笑了，似乎以為我是捨不得那些錢才這麼做。

並不是的，菈絲塔，我只是擔心以後如果這筆金流如果出現問題，會牽連到我資助過的那些機構。就算在法律上，那些都是菈絲塔的問題，與機構無關，但其他資助者可能會因為機構被捲入風波，而不願意繼續提供援助。

但是……我也懶得向她一一分析可能的問題，決定話說到這裡就好了。反正已經教她阻止最糟糕情況的方法，如果我還多管閒事詳細說明，說不定只會惹麻煩上身。

並不是說我給她的錢本身有什麼問題，只是因為菈絲塔有好幾次把過錯都賴在別人身上的前科。不管我解釋得再清楚，未來只要出問題，可能就要有她又會把一切怪罪到我身上的心理準備。

突然，菈絲塔癱坐在地上，痛苦地喊了一聲：「啊啊，我的肚子！」

接著開始大喊她有多痛。

「肚子好痛啊！」

「菈絲塔！」

索本修趕緊跑了過來，菈絲塔一邊哭哭啼啼，一邊抓住索本修的手。

我冷冷看著坐在地上的菈絲塔，不知道這回是真痛還是裝的，只見她一直捧著自己的肚子。

「陛下，菈絲塔的肚子好痛……！」

索本修往我這邊看了一眼，我臉上毫無波瀾地看了回去。雖然看到他的唇動了一下，但索本修並沒有多說什麼，而是直接抱起菈絲塔。只是，我能感覺到他投來的目光，並不是懷疑我對菈絲塔動了什麼手腳，單純是在觀察我的反應而已。這是什麼意思？難道是想起之前跟我跳舞跳到一半，就丟下我抱著菈絲塔離開的事嗎？

「天吶。」這時，海因里走了過來，牽起我的手，用溫柔的嗓音建議索本修，「陛下，看來您得趕緊找宮醫過來看看。」

菈絲塔蒼白的手在空中虛弱搖晃，不斷流著冷汗，看來她應該是真的肚子痛。最後索本修什麼也沒說，抱著菈絲塔大步離開。

我可以感受到周遭貴族往我這邊一直瞄的視線，不過我毫不在意地經過他們，拿起侍從端來的兩杯香檳，一杯給海因里，我自己則拿著另一杯喝了一小口。

選擇在眾目睽睽之下給她忠告真是做對了，就算她今天是真的肚子痛，也一定會怪到我身上。

「怎麼樣了？」索本修冷冷地質問。

宮醫趕緊把聽診器放下來回應：「只是受到了點驚嚇，身體並無大礙。」

「為什麼會突然變這樣？」

「看來應該是受到了壓力。」

「壓力？」

索本修一臉「這孩子能受到什麼壓力？」的困惑表情，宮醫只能尷尬地笑著，畢竟這種事，索本修應該比他清楚才是。

宮醫離開之後，索本修走到躺著休息的菈絲塔身邊，握起她的手。

菈絲塔緊緊反握索本修的手，抱怨道：「陛下，您看到了吧？皇后威脅菈絲塔，好可怕。」

「我什麼都沒看到。」

「皇后她威脅我。」

對於菈絲塔的一口咬定，索本修嘆了一口氣。

「那皇后是怎麼威脅妳的？」

「她……」

菈絲塔猶豫著該怎麼說。

有人能成功威脅自己，就表示她有會被威脅的把柄，而且對方還很清楚這個把柄是什麼。作為一直以來被羅特修子爵勒索的受害者，菈絲塔比誰都更清楚這點。這麼一想，便不好向索本修開口說明，當然現金支票的事也不能說。

菈絲塔只是緊緊抓著被毯，可憐兮兮地啜泣。看到她這副模樣，索本修重重嘆了一口氣。

看來菈絲塔是真的受到了什麼心理上的壓力。可是在索本修的認知中，皇后並不是會抓住別人把柄威脅的個性。問題是說話的人與聽話的人，認知上常常會有落差，有可能皇后只是單純說了什麼，在菈絲塔耳裡卻聽來像威脅吧。總之，菈絲塔現在顯然就是受到驚嚇的樣子。

「休息吧。」

索本修撫摸著菈絲塔一頭捲髮，拍了拍蓋著她的被毯後，便離開了。

他完全沒注意到，自己和菈絲塔都非常自然地叫娜菲爾皇后。留在房裡休息的菈絲塔，也是過了很久才意識到這件事，然後皺起了眉頭。

像個笨蛋一樣！菈絲塔怪自己的嘴笨，實在是皇后皇后這樣叫習慣了。兩天前都已經舉辦完婚禮，現在東大帝國的皇后是自己才對，為什麼還要對著一個王后叫皇后。

而且這個女人如今還表現得一副高高在上的樣子……真是太狂妄了！

被狠狠傷到自尊心的菈絲塔如今才懊悔不已，害得肚子又一陣抽痛。

「呃啊……」

菈絲塔並不是在裝病，她確實只要一面對娜菲爾，就會不由自主地感到一陣強烈的壓迫感。

這女人欺負我還不夠，看來連我的孩子都不願意放過。

菈絲塔認為這一切都是娜菲爾的陰謀，這個聰明的女人利用了心理戰術。

然而就在肚子的疼痛感慢慢退去後，菈絲塔不免想起娜菲爾說的那些話。現金支票……什麼的？還有要她去找朗特男爵跟卡爾侯爵幫忙之類的鬼話，還說了些親近小人會怎樣的廢話。

她是覺得我知識淺薄，所以連這種事都不懂嗎？菈絲塔氣沖沖地想著，但娜菲爾說的關於現金支票的事，確實讓菈絲塔很在意。

難道現金支票上有什麼特別的設置？

可是菈絲塔有仔細檢查過一遍，支票上面並沒有寫任何名字。菈絲塔實在很不安，可是那些現金支票確實是未記名的東西，而且她都拿給朗特男爵了。

宴會還要舉行好幾天，現金支票應該還在朗特男爵手上，還是我去要回來？

菈絲塔思考了一下，決定還是不這麼做。因為如果自己跑去找朗特男爵說要再確認一下支票，男爵一定會覺得很奇怪。但如果把支票收回來，一時之間自己手上又沒有等值的現金。

她一定是在吹牛而已。菈絲塔努力地讓自己煩躁的心情安定下來。笑死了！那她幹嘛不乾脆一開始就把這筆錢給陛下算了！

我之所以沒有將現金支票交給索本修，而是交給菈絲塔的原因，是我不想被他誤解。你看看我，我可是這麼好的一位皇后，你還要跟我離婚？感覺我的舉動在他眼中會變成這樣的意思。

「……」

還是忘了這件事吧，反正都已經不歸我管了。我搖了搖頭，努力拋開這些事，然後走到了南宮外。再過幾天我就要離開東大帝國，未來可能再也不會有機會過來了，這或許是我最後一次待在這座皇宮，所以我想好好跟此地告別。

我慢慢散著步，走了沒多久，就看到不遠處有個什麼在閃爍。那是什麼？我靠近一看，沒想到竟是艾勒奇公爵坐在一塊大石頭上，而那道閃爍的光芒來自於他手中的項鍊。

要不要裝作不知情地直接走開就好？但公爵好像聽到了我的腳步聲，回過頭來。我只能上前問道：

「那是什麼？」

艾勒奇公爵似乎也沒想到會在這裡遇到我，他笑了笑，攤開手掌讓我看。

「項鍊，一條帶了少許魔法的項鍊。」

公爵一臉自豪地把玩手中的項鍊，掛墜中透出點點星光，讓項鍊看起來更閃耀了。

我好奇地看著，艾勒奇公爵卻突然問我。

「您不覺得落寞嗎？」

他這樣天外飛來一筆是什麼意思？我將視線從項鍊上移開，不解地看著他。

艾勒奇公爵則盯著我看，一句話也不說，表情……就跟昨天與我共舞時一樣，一臉心事重重。

他雖然是海因里的朋友，但同時也是菈絲塔的朋友，此時此刻可是菈絲塔的大喜之日，他為什麼會是這樣一副表情？這太奇怪了。但突然，我心中劃過一個有點荒謬的猜測，難道……

「你喜歡菈絲塔嗎？」

所以看到菈絲塔結婚，他才會露出這種表情。啊，不對，話剛說出口我才意識到，如今可不能直呼菈絲塔的名字了。

「你喜歡菈絲塔皇后陛下嗎？」

我修正了自己的用詞，但艾勒奇公爵卻挑起眉，然後噗哧一聲笑了出來。只是他接下來說的話，卻依然是剛剛那個問題：

「您不覺得落寞嗎？」

「落寞……？」

「遊行的時候。」

他是在說遊行的時候，民眾看到我，卻完全對我不理不睬的事？難道是因為這件事，他的表情才如此凝重？但都已經過去兩天了，而且跟他一點關係都沒有，為什麼會這麼在意？

雖然我不太理解他的意圖，還是如實回答。

「這也是沒辦法的事。」

艾勒奇公爵重複了一次我的回答「這也是沒辦法的事」，然後冷冷地說：

「人都是這樣的，永遠只記得最後的結果。就算妳幫過十次忙，但只要最後一次的結果讓對方不滿意，他就會立刻背過身去，忘掉之前你對他伸過的所有援手。」

我並沒有立刻回應，而是觀察了公爵的神情。

我不是傻瓜，看得出來我那天經歷的事，讓他回想起不好的過去。應該是周遭的人，或是他自己曾經經歷過類似的事吧？我留心地看了看公爵，只見艾勒奇公爵收起了原本把玩在手上的項鍊，放到懷裡的口袋。

「我們王后陛下還真是仁慈啊，要是我的話，一定會立刻大發雷霆。」

公爵恢復了平時那副戲謔諷刺的口吻，但可能是因為表情轉變得太快，感覺有點刻意。

如果我和他再熟一點，這時候應該會關心他是不是發生了什麼事……但以我們的交情，不太適合追問這種私事。

我只是點了點頭，然後抬手指向接下來要去的方向。

「很抱歉打擾到你的獨處時間，我這就先離開了。」

艾勒奇公爵微微一笑，從石頭上起身，對我說：「我送您吧。」

今天是宴會的最後一天，得好好和海因里一起度過才是。昨天晚上各自回房前，海因里就緊緊抓著我的手發牢騷。

「自從到這裡以後，妳就只都跟朋友玩，也跟我一起玩嘛，娜菲爾。」

表情看上去很委屈，整個人都垂頭喪氣的。看到他這樣，我心中也實在過意不去，於是就跟海因里約定好，今天一定會一直陪在他身旁。

仔細想想確實也是，第一天只跟他跳了一支舞。而假面舞會那天，菈絲塔那樣退場後，我也就直接回房休息了。至於宴會前的時間，我都忙著和朋友見面。海因里會有被冷落的感覺很正常。

其實我很希望最好不要舉辦最後一天的宴會，但還是挑選了搭配海因里紫色雙眸的禮服，準備到他房間找他會合，希望能讓他開心一點。在宴會上輕鬆一下後，我們還可以一起去散個步……

「娜菲爾。」

就在我準備敲海因里的房門時，身後傳來索本修叫住我的聲音。我回過頭，只見他身邊沒有任何侍衛，正獨自往這裡走過來。

一看到索本修，我就想起昨天菈絲塔抱著肚子的事。他是要來追究昨天的事嗎？

我冷冷地說：「所有人應該都能見證，我可是什麼都沒做。」

索本修聽到我這麼說，頓了一下才問：「妳在說什麼？」

他問我在說什麼？

「你不是來向我追究菈絲塔皇后陛下昏倒的事嗎？」

我冷漠地質問他，索本修的表情像是被人敲了一棍，他高聲喊道：

「怎麼可能！妳為什麼要說這種話？我根本不可能這麼做！」

不可能這麼做？當初菈絲塔受到驚嚇昏倒時，把她昏倒缺席的事全怪罪到我身上的，不就是你嗎？我默默地瞪著他，索本修似乎也想起當初那件事，表情瞬間凍結。

不過他今天好像確實不是來找我興師問罪的，但我依然警戒地看著他。

而索本修喃喃說著「天吶」，一邊雙手抱頭。

「那請問你是來做什麼的？」我盡可能不帶任何情緒地問。

索本修用眼神示意了我房間的方向，應該是想進去裡面聊聊。

我立刻搖頭說：「如果你有事要說，那就在這裡說。」

雖然這不應該是一位異國王后對待大國皇帝應有的禮節，但身為他的前妻，這樣的態度應該恰到好處。我一點也不想跟他單獨待在同個空間。

索本修的眼神動搖了片刻。難道他是真的有重要的事要說？我這樣的態度，本來還以為他會生氣地掉頭就走。但他只是一直看著我，最後才緩緩開口。

「回來吧。」

「！」

「我不希望妳成為其他男人的妻子。」

——我不希望妳成為其他男人的妻子。

聽見了從門後傳來的聲音，海因里瞬間停下了腳步，他就這樣站在門邊，手按著胸口，心臟一下一下地撞上胸腔。

這究竟是……

Chapter 28

美男計

Empress and the Emperor, side by side as they were meant to be.
But with a prey found in the forest, and a prince sent from the West.
It's an oath to be broken, or new vows to be made...

從婚禮回來後，海因里就表現得怪怪的。該說他看上去無精打采嗎……明明之前要去參加婚禮的路上，他都表現得很興奮，回程時卻一直沉默不語。同在一輛馬車內，卻一直沒有對上我的視線。

我擔心地問了他發生了什麼事，海因里卻完全沒有任何回應。只是偶爾會突然牽起我的手問：

「妳會一直待在我身邊吧？」

「你幹嘛要問這麼理所當然的問題？」

我笑著反問他，但他只是把臉貼進我的掌心，然後閉上雙眼。

又或者，他偶爾會輕輕地吻我的手背和掌心。

「海因里？」

我覺得有點癢，又覺得他這樣很可愛，於是好奇地喊他。這時他又問：

「妳是我的妻子吧？」

到底為什麼要問這麼理所當然的問題，我的鳥兒王子殿下？

我原本以為是因為回程太累了，他才會這樣撒嬌。但回到西王國後，海因里依然沒有恢復，就算到我房裡，也老是不安地來回踱步，或是一副欲言又止吞吞吐吐的樣子。不管我怎麼追問，他都沒有回答。

這種情況持續了好幾天，我決定主動出擊來安撫海因里的情緒。顯然一定是在東大帝國的時候，被各種事情壞了心情。他是為了我才去東大帝國的，他的這份不開心也應該由我來負責處理。

只是該怎麼做才好……要怎樣才能讓悶悶不樂的海因里重新振作呢？

就在我苦苦思索解決方法的時候，突然瞥見到一旁正在打毛衣的蘿茲，以及她手中的鵝黃色毛線球和棒針……我腦中頓時浮出很棒的點子。

衣服！我親手做件衣服給他吧！

海因里用相當危險的姿勢坐在窗邊，呆呆地看著天空。書桌上堆滿了待處理的事務，但現在的他完全提不起興致，腦中只是不斷重現東大帝國結婚宴會最後一天的事，幾乎讓他快要發瘋。

——回來吧。

——我不希望妳成為其他男人的妻子。

——我們不是夫妻嗎，娜菲爾？

對於這些莫名其妙的發言，Queen 是怎麼回應的呢？

那時就應該全部聽完才對，可是 Queen 的聲音實在太小，口吻又過於冷靜，所以海因里根本沒聽清楚後面都說了什麼，只知道索本修皇帝痛苦地大喊了一聲：「娜菲爾！」

這樣聽來，Queen 應該是拒絕了他吧……

但海因里就是無法停止不安蔓延，畢竟 Queen 和索本修是一起長大的青梅竹馬，關係至少也像兄妹那樣。如果 Queen 對索本修抱持的情感是又愛又恨……如果 Queen 打算再給他一次機會……海因里腦中一直消不去這些負面的猜測，他無精打采地歪著頭，感覺好像下一刻 Queen 就會跑來找他，劈頭就說「對你感到很抱歉……」。

「陛下。」

就在這時，侍從進來報告娜菲爾的侍女蘿茲傳來的口信。

「什麼事？」

「蘿茲表示王后陛下有想親手交給陛下的東西，請陛下閒暇時移駕一趟。」

海因里眼睛瞪大地問：「有想親手交給我的東西？」

「說是王后陛下親手做的。陛下，請您趕快下來，這樣太危險了。」

是手作料理嗎……？應該不會是親手寫的離婚協議書吧？海因里心中頓時湧上不安和期待，趕緊從窗臺上跳下來。

蘿茲還回來不到五分鐘，海因里就出現了。

「我是讓你有空的時候再來就好。」我笑著數落他。

海因里尷尬地笑了，辯解道：「剛好現在是休息時間。」

侍女們識趣地退下後，海因里眼睛閃亮亮地看著我。

「聽說妳有東西要給我，是什麼？」

他真的是在休息中嗎？看起來根本是因為太好奇禮物，所以直接跑過來了。

看到海因里滿臉期待的樣子，我不禁笑了出來，至少他這樣沒有之前那麼鬱悶了。

我趕緊來到抽屜前，把包裝好的禮物盒拿了出來。

「還真小。」

海因里收下我遞過去的禮物，嘟囔了一聲。他端詳著禮物盒，看起來非常好奇。

「打開看看吧。」

我笑著讓他打開，海因里看了我一眼，然後解開緞帶。緞帶一掉落，便露出了底下的盒蓋，海因里立刻打開，迫不急待地想知道到裡面底裝了什麼。

「……怎麼樣？」

我耐心地等海因里將盒子打開，看到他一臉驚訝，連忙出聲關切。

海因里嘴巴微微張開，盯著盒子片刻，才拿出了我準備的禮物。

「怎麼樣？」我又再問了一次。

盒子裡面裝著我替「Queen」編織的毛衣。因為我之前說過，如果海因里再用 Queen 的形態出現在我面前，到時候就要讓我替牠穿衣服。我看到蘿茲在編織時，剛好想起這件事，所以就織了這件衣服。

雖然當時我提議穿衣服是作為懲罰，但那時海因里好像很感興趣，所以……

「還真可愛，是讓我變成鳥的時候穿嗎？」

海因里看著這件嬰兒裝尺寸的毛衣，大笑了起來。他果然很感興趣，看得出來這讓他一掃前幾天的悶悶不樂，真是太好了。

我看著海因里，又提出了一個建議。

「你變身成 Queen 的話，我就親自幫你穿上這件衣服。」

海因里嚇了一跳，表情像是在確認「妳是說真的嗎？」。於是我坐了沙發上，拍了拍自己的膝蓋，表示我是認真的。我才說完，海因里的身影立刻消失，只能見到那堆衣服之間有什麼在蠕動。

Queen 一從衣服堆裡掙脫出來，便小跑步到我面前，從沙發下仰頭望著我。我就像平時一樣，把牠抱到膝上坐著。

Queen 的眼睛瞪得大大的，看起來非常興奮，我假裝沒發現，撿起毛衣套到 Queen 的身上。

「好可愛。」

幫牠穿好衣服後，我還摸了摸 Queen 的頭，並且唱了首歌給牠聽，雖然只是小聲地哼唱。牠似乎很喜歡，圓圓的大眼睛在我哼歌的時候漸漸瞇起，過不久便完全闔上。

當我哼唱完一首歌後，往下一看，發現 Queen 已經睡著了，胸脯規律地起伏，好像夢到了什麼，眼皮一直跳動。

「好可愛。」

我就這樣痴痴看著 Queen，然後輕輕地在牠額上落下一吻。

他這是有躁鬱症吧？一早還滿臉不開心，下午卻笑容滿面。

麥肯納不放心地觀察著自家國王。

而且他還不只是笑，是一邊摸著自己的額頭，一邊傻呵呵地笑。甚至在前往會議廳的路上，每經過一根柱子，就湊過去看自己映在柱面上的倒影，一邊說「我好可愛」這種話。

麥肯納擔憂地看著海因里。雖然比起之前的憂鬱狀態，他現在至少是開開心心地飄飄然。只是一向從容自信、沒什麼情緒起伏的海因里，如今卻這樣忽悲忽喜的，真的很讓人擔心。

此時，手舞足蹈走著的海因里突然停下了腳步，一隻手捂住嘴，神情嚴肅地看著某處，眉間皺了起來。似乎是突然意識到什麼事而吃了一驚。

「陛下？您怎麼了？」麥肯納慌張地詢問。

海因里揮退一旁的禁衛騎士後，小聲地開口。

「很快就要結婚了，那就……」

但海因里沒有說完就閉上了嘴。

「陛下？」

很快就要結婚了，然後呢？麥肯納實在是太好奇他接下來要說什麼，於是追問。

「您後面想說什麼？」

海因里卻沒有回應。麥肯納又叫了幾聲「陛下？陛下？」，海因里這才擔心地開口。

「麥肯納，我平時的形象如何？」

「陛下的形象嗎？雖然看不太出來，但實際上很聰明；雖然看不出來，但也很穩重；雖然看不出來，但其實是個純情男子……」

「我不是要問你的看法，我是問對外的形象。」

「不聰明、不穩重、不純情。」

海因里用力吐了一口氣，搖了搖頭，又繼續往前走。感覺好像不太滿意這個回答。

其實海因里想問的是結婚典禮結束後的初夜。平時的同房可以等裡兩人商討好再安排時間，但初夜已經排上日程了。

雖然海因里沒說出口，但他只要一想到這件事，心臟就跳得飛快，感覺就要跳出胸口。光是碰到喜歡的人的手，就足以令他開心了，如果能將對方緊擁入懷，到底會是什麼滋味？他甚至無法想像。

但海因里突然想到一件事。他……對「那件事」完全沒有經驗，可是他對外的形象卻是花花公子。

雖然娜菲爾不像其他人那樣，認為自己是處處留情，但也確實認為海因里是個十足的花花公子。

如果是花花公子，那她是不是認為他應該各方面都很精通？

當然，如果讓海因里認真學習並練習，他有自信能做好。但如果初夜就出師不利，他還有第二次的機會嗎？海因里希望自己在娜菲爾面前，是個完美的男人。

「陛下？」

麥肯納似乎真的非常擔心，表情凝重地又叫了他一聲。

海因里擺擺手表示自己沒事，轉移話題道：

「出去巡訪的騎士，也差不多都要回來了吧？」

雖然麥肯納覺得海因里剛剛應該不是在煩惱這件事，但還是乖乖答覆。

「雖然各隊路程不同，但今天應該就會全部抵達了。」

「明天得替他們舉辦歡迎儀式了。」

「沒錯。啊，是不是要告知王后陛下，請她準備手帕之類的事呢？」

「手帕嗎？」

我還在因為海因里開心了許多，而感到鬆了一口氣，這時麥肯納跑來找我，說是要請我準備手帕。

「沒錯。因為『騎士巡訪』已經結束，騎士們這一兩天就會回到首都。」

「看來是打算替他們辦一場歡迎儀式。」

「是。更精確來說，今天騎士們會先駐紮在城外，明天再統一換上禮服，一路行軍到王宮。民眾也都會上街觀賞。」

「這樣啊。」

「當遊行結束抵達王宮時，貴族千金會將手帕繫到心儀騎士的胸前口袋。屆時，若有王后陛下一同參與比較合適。」

因為哥哥現在還沒有戀人，確實應該由我來做。但一想到之前在東大帝國遊行時，我所遭受的冷眼對待，就不由得有些擔心。

「您就毋須多慮了，王后陛下。」

似乎知道我心裡的擔憂，麥肯納笑著安撫我。

「克沙勒卿可是本次巡訪中，人氣最高的騎士之一呢。」

隔天一早，我穿上了莊重華麗的禮服，髮型高高盤起，不留一縷亂髮。雖然今天不是什麼派對宴會，但歡迎儀式除了會見到巡訪回來的騎士，還有他們身邊的千金和名媛。

即使不需要與她們共同進餐，遊行結束後還是需要打個招呼。目前我尚未在社交界中立足，所以至少要讓她們留下我不好欺負的印象。

我看向鏡子，最後一次確認自己的打扮沒問題後，便在預定時間搭上馬車，往宮門廣場而去。海因里已經先行出發，所以只有蘿茲、瑪斯塔斯和超國籍騎士團的人跟著我。

一下馬車，那些已經先到廣場的貴族，紛紛恭敬地向我行禮。

「參見王后陛下。」

「向王后陛下請安。」

因為和我還不太熟識，他們行完禮後，一個個都不敢先開口搭話，只是靜靜觀察著我。畢竟在雙方不熟的情況下，身分高的人先開口才合乎禮節。但我並沒有朝他們搭話，而是問一旁的蘿茲：

「什麼時候開始呢？」

「就快開始了，陛下。」

蘿茲才剛說完，遠方就傳來號角響起的聲音。但因為從這裡還看不到首都的城門，於是號角聲結束後，四周又恢復一片靜默。就這樣尷尬地沉默一陣子後，漸漸開始聽到從遠方響起歡聲雷動，還可以看到天空綻放了一球一球粉色禮炮。看來騎士隊伍正朝著王宮前進。

歡呼聲越來越近，偶爾還能聽到呼喚名字的聲音，只是因為尖叫聲太吵雜了，聲音都混在一起，有點難分辨都說了些什麼。歡呼聲就像拍打過來的浪潮，漸漸變大。終於，騎士們也進入了我們的視野。

他們騎在馬背上，排成三列縱隊。吶喊歡呼聲伴隨騎士而來，民眾朝他們不斷丟擲花籃裡的花。

沒想到哥哥竟是最前面一排的三名騎士之一，和我原先擔心的不同，沒有任何一個人瞧不起他，所有人都大聲地喊著「克沙勒」。我驚訝地看著眼前的情景，瑪斯塔斯在一旁為我解釋。

「最有人氣的三位騎士會站在首排，陛下。第二排的三位也是按照受歡迎的程度，再後面的就只是隨意站位而已。」

哥哥似乎也有點不大適應這種歡迎場面，僵笑著對眾人揮手。看到這個畫面，我突然覺得鼻子有點酸，既感到自豪，又有點難過。

終於，騎士隊伍來到了近前，規矩地停下行軍，隨麥肯納的手勢下馬。其中自然也包含了哥哥。

哥哥下馬後，往前走了幾步，靜靜地看著我笑了。我原本以為是所有人一起站出來，然後各自替自己的騎士繫手帕，或是排隊一個個上前，但目前只有哥哥站了出來，其他騎士完全沒有動靜。

這是我必須第一個繫手帕的意思嗎？我偷偷往海因里瞥了一眼，而他笑咪咪地點頭。於是我拿出手帕走向哥哥。這時，我看到了第二排站著的人，瑪斯塔斯的哥哥阿普林卿也在其中。我以眼神朝他示意後，就將手帕如胸花般繫到哥哥的胸前口袋上。

和哥哥見面的時間很短暫，因為從騎士巡訪回來後，所有騎士都必須到會議廳報告這趟行程中所處理的事宜。不過久違地見到了哥哥，他看上去雖然有點尷尬和難為情，但似乎還挺適應的樣子，讓我安心了不少。希望哥哥當初在東大帝國的壞名聲，可以一點一滴地洗去……

當天晚上，我到神殿進行簡單的祈禱。

隔天，我發現哥哥在西王國的形象比我預期中好上非常多，著實讓我嚇了一跳。

「這是什麼？」

午餐的時候，蘿茲抱了滿滿一大疊信件進來，寄件者全是來自各大家族。我打開其中一封來看，內容沒什麼特別，主要是來套交情的。其他的信上也都是類似的問候。

為什麼會突然有這些信？我詫異地看向蘿茲，蘿茲偷瞄了瑪斯塔斯一眼後說：

「似乎是看到昨天歡迎儀式中的克沙勒卿後，那些千金都被他迷住了吧。」

被哥哥迷住？

「這是真的嗎？」

這種事我聽都沒聽過，驚訝地又確認了一次，而蘿茲又瞄了一眼瑪斯塔斯。

「因為克沙勒卿如畫一般俊美，此次巡訪也是大顯身手。在千金們眼裡看來，自然覺得帥氣迷人。」

瑪斯塔斯對於蘿茲瞄了自己好幾眼的事渾然不覺，自顧自興奮地補充。

「再加上他又是東大帝國名門望族的唯一繼承人，還是王后陛下唯一的哥哥！」

「啊……」

我有點慌張地點了點頭，蘿茲和瑪斯塔斯對我的反應感到不解。

「難道這不是常見的事嗎？」

「克沙勒卿在東大帝國應該也很受歡迎才對？」

完全相反，哥哥可是惡名昭彰。七歲之後，哥哥的人氣就一落千丈。可是她們兩人跟這邊的千金，不太可能沒聽過這類的傳聞啊？難道是因為西王國不是傳言的發源地，所以認為哥哥的謠言都被誇飾放大了？可能吧。

接著，又隔了一天，更多的信件送到了我這裡，讓我也不得不承認，西王國的人一定都認為哥哥的流言都是誇大其詞。

我一開始其實不太知道要怎麼應對這種狀況，但仔細想想，這其實是個好現象。

或許我不需要茉雷妮的幫助，光靠妮安和哥哥，就能在社交界中占有一席之地也說不定……當然，如果和茉雷妮攜手合作，我一定很快就能夠打入西王國的社交界，但同時，這也表示我會和剩下那一半支持克麗絲塔的人為敵，就長遠來說，並不是件好事。

雖然沒有必要讓所有人都喜歡我，但也沒有必要與半個社交界的人對抗。未來在選擇身邊親信的時候，自然要慎重挑選，但如果只是適當地交好，是克麗絲塔身邊的人也無妨。

是不是該再去和克麗絲塔見一面呢？說不定我們的關係能再親近一點。

下定好決心後，我換了一套衣服離開房間。就在我走在迴廊上的時候，看見遠方有異國的車隊往主宮殿前進。那些馬車和家徽似乎有點眼熟，好像是利伯特的馬車？

就在我思考的時候，高福曼大公的身影突然闖進我的視線。他應該是受到海因里邀請而來。或許是感受到了我的視線，原本靜靜往前走的高福曼大公，朝我這邊轉過頭來。

我臉上帶著微笑，朝他走了過去。然而當我看到高福曼大公糾結的表情，下意識就往後退了回去。藥效居然還沒有退！一看到我往後退，大公的表情就更糾結了。我非常確信藥效還沒有消除，可是為什麼？不是已經過很長一段時間了嗎？

高福曼大公似乎試圖朝我這邊過來。不行！我又再往後退了一步，雖然大公的表情瞬間變得受傷，但這也是無可奈何的事。因為在靈藥的影響下，大公說話的方式會變得很奇怪，任何人都會起疑的。

跟在我身後的瑪斯塔斯看到我的舉動，疑惑地問我。

「陛下？您這是在幹什麼？」

「我們走另外一條路吧，這裡人太多了。」

我假裝沒什麼事的樣子，立刻轉身換了另外一條路走。

啊……高福曼大公的手下意識奮力往前伸，像是要抓住某人，連手指末梢都在出力。最後他攢緊拳頭放下了手，失魂落魄地看著遠去的那抹裙襬。像陣風遠走的背影，彷彿一隻飛舞的蝴蝶。

「大公閣下？」

「您怎麼了？」

跟隨他從利伯特來此的隨從，一邊指示僕人將行李從馬車上搬下來，一邊關心高福曼。

「蝴蝶……」

「蝴蝶嗎？」

隨從一臉疑惑地確認四周，哪來的蝴蝶啊，連一朵花都沒有。

「**大公閣下又出現幻覺了嗎？**」

侍從疑惑的聲音，在高福曼的腦海裡迴響。

「……不是。」

高福曼用盡全力地把視線收回來。

「沒事，我現在該去哪裡？」高福曼問道。

宮殿中剛好走出一位官員，他負責接待從其他大陸遠道而來的貴賓，趕緊上前回答。

「大公閣下往星之廳前去即可，由在下來為您帶路。」

高福曼點了點頭，邁開步伐跟上。

在接待官員的帶領下，高福曼來到了「星之廳」。這裡的裝飾完全反映了名字，高福曼瞄了一眼黑漆漆的天花板，上頭鑲嵌了眾多寶石，有如星星一般閃耀著。

迎接異國貴賓的地方用上如此排場，這是要誇耀自己國家的財力嗎？

地上鋪了一條長長的紅地毯，以紅毯為中心，兩旁分別站了數名官員，而海因里國王則站在紅毯末端的王座前。

「失禮了，大公閣下，還煩請您卸下佩劍。」

接待官員小聲提醒高福曼，於是高福曼卸下腰上的佩劍遞過去，舉步走向海因里國王。幾步走到他面前後，高福曼停下來，微微點頭行禮。

「恭賀您即位，國王陛下。」

海因里笑著致謝後，兩人就這樣不發一語互望著。

高福曼想起他們最後一次見面的場景。那天雖然朝索本修皇帝揮拳的人是自己，但一切爭端卻是由當時還是王子的海因里而起。

高福曼稍稍揚起了嘴角。由於高福曼具有能聽見他人心聲的能力，因此他知道海因里國王現在和自已想到了同一件事。

然而，就在海因里笑著說「希望你也能為我們的婚禮獻上祝福」時，高福曼臉上那若有似無的笑容瞬間消失，挑起了眉。一般人在這種情況下聽到這種話，雖然會有點不是滋味，但也就算了。

「**如果這個人接近 Queen 的話，怎麼辦？**」

但高福曼不同，他清楚聽到了海因里內心的疑問，再加上，由別人嘴裡說出「Queen」這個稱號，讓他原本已經安穩下來的情緒，再度掀起波瀾。在內心的波濤洶湧下，高福曼的嘴不受控制地開了口。

「也恭喜您結婚。」

「謝謝你。」

「那位穿上結婚禮服的樣子，一定如夢境般美麗。」

「？」

海因里皺起眉頭，「他在說什麼鬼話？」這句心聲迴盪開來。

「國王陛下毋須多慮，就請您當作沒聽到方才的話。」

高福曼尷尬地補上一句。他可不想又惹上什麼麻煩，然後被西王國趕出去。當初朝索本修皇帝揮的那一拳，已經讓他懊悔不已。雖然揮拳的當下心情很暢快，但也只是逞一時之快。最終卻因為這件事，害得貿易計畫被迫中斷，自己也無法再待在娜菲爾皇后的身邊。這回可不能再重蹈覆轍。

只是海因里似乎已經被打壞了心情。

「**必須忍耐，必須忍耐，必須忍耐**。」

臉上依然帶著笑容的海因里，實際上不斷複誦這樣的心聲。

「**我跟索本修皇帝不一樣，不會受嫉妒心的驅使亂來，Queen 說過我很可愛**。」

然而就在高福曼聽到 Queen 這個字的時候，他心中的那份懊悔立刻蒸發。他剛剛說誰說誰可愛？本來以為漸漸退去的藥效，此時又捲土重來。

「那只是客套話而已。」

「……你說什麼？」

「誠摯感謝陛下的邀請。」

「你剛剛說的不是這個。」

「恭喜您結婚……」

高福曼大公閉上了嘴。剛剛明明就調適得很好，不應該再次恭喜他結婚的。看到高福曼這個樣子，海因里的臉色沉了下去。

同一時間，索本修的臉色也非常難看。他正拿著海因里從西王國送來的邀請函。

「他這是瘋了嗎？」

索本修看著用象牙白蕾絲裝飾的華麗信紙，喃喃自語著。

信紙上居然寫著「致我們的友誼」這種鬼話。他一確認筆跡不是出自娜菲爾之手，便立刻把邀請函揉成一團丟了。

「陛下！」

卡爾侯爵嚇得張大了嘴。所有從鄰國國王送來的信，都必須好好保管才行，但索本修居然把邀請函揉成一團，還丟掉！這被揉爛的邀請函可不能讓書記官，甚至是未來的繼承者看到。只要他們看到，一定就會認為「索本修皇帝收到海因里國王寄來的喜帖後，非常不悅」。

索本修冷冷地站起身，再一次把揉爛的紙團往旁邊一砸。

「陛下！」

卡爾侯爵也不敢上前制止，只能用聲音提醒。但他很快就緘默不語，讓索本修想怎麼做就怎麼做。因為仔細想想，未來會看到這封信的繼位者，也會學到這段索本修皇帝和海因里國王之間的歷史，應該多少能夠理解吧。

索本修又砸了好幾次紙團後，才回到書桌前。但內心依然非常不悅。他只要一看到海因里這封邀請函，就會想起娜菲爾和那傢伙緊緊牽著手的畫面。索本修往後靠到椅背上，閉上眼睛，十指交疊。

這次，他腦海裡響起的是娜菲爾的聲音。

——我不要。

堅決又冷漠的聲音。

——我不要。

不要不要不要不要不要！這聲音在他腦海裡循環，讓索本修頭疼得不得了，於是他又睜開了眼睛，聲音這才消失。

「陛下？」

卡爾侯爵關切地詢問。但索本修沒有回答他，只是重重地嘆了一口氣。

那天因為是最後一天了，他衝動之下就跑去找娜菲爾。一看到站在海因里國王房門前的娜菲爾，索本修突然對所有事情都感到非常後悔，只覺得自己所做的每一件事都錯了，心底湧上一股似乎錯過了這一刻，他的世界就會就此崩壞的恐懼。

索本修也不知道自己為什麼會這樣，到現在也還是想不通。只是當時因為這份恐懼太過強烈，他下意識地就跑去對娜菲爾說了那番話。

——回來吧。我不希望妳成為其他男人的妻子。我們不是夫妻嗎，娜菲爾？

當下的娜菲爾是什麼表情？好像是有點嚇到了，眼睛瞪得大大的，眼神彷彿在問「你在說什麼？」，然後又像是下定了什麼決心，笑容中帶點淡淡哀傷地開口。

——我不要。

在那個當下聽到這樣的回答，讓索本修憤怒至極，原本心中滿滿的恐懼都不見了，只剩下竄起的熊熊怒火。所以他並沒有繼續追問，而是掉頭就走。但為什麼現在他卻一直因為這件事而難過？心中所感受到的情緒，比起憤怒，似乎更多是空虛落寞。

「陛下？」

卡爾侯爵又叫了他一聲。索本修這才瞪著那封信，緩緩開口。
「看來娜菲爾她，似乎是想要刺激我。」
「什麼？」
「一定是故意要在我面前，擺出和海因里國王很親密的樣子。」
「……」
「你先幫我把邀請函收起來。」
索本修讓侯爵離開後，再次閉上了眼。但卡爾侯爵收起了皺成一團的信，卻遲遲沒有離去。索本修睜開眼看著他。這是在幹嘛？侯爵一對上索本修的眼神，便小心翼翼地向他報告另一件事。
「陛下，關於皇后陛下的捐助善款，有些事想向您報告。」
「娜菲爾？」
「……是菈絲塔小姐。」
「對，菈絲塔。」索本修皺眉問，「菈絲塔怎麼了？」
「結婚宴會上，菈絲塔陛下不是說了自己要捐款兩千萬克羅特的事嗎？」
「是啊，沒錯。」
「這金額無誤嗎？」
「這件事我跟朗特男爵確認過了，是皇室的票據沒錯。」
「皇室的票據？」
卡爾侯爵感到非常疑惑，索本修則一臉理所當然。
「肯定是娜菲爾留下來的錢。」
「娜菲爾陛下嗎？」
卡爾侯爵驚訝地瞪大了眼睛。這麼說，菈絲塔皇后是在娜菲爾王后面前，用王后本人留給她的錢來撐排場嗎？

「如果是這樣，那是不是該將這筆錢回收呢，陛下？」

但索本修毫不關心地說：「算了，反正只要我不去說，就不會有什麼問題，放著吧。」

「可是……」

「至少這麼做，可以讓那些不滿菈絲塔的雜音漸漸安靜。」

但這樣真的沒問題嗎？卡爾侯爵擔心地想著。

他並不是擔心這件事會產生什麼麻煩，而是擔心索本修。索本修看上去非常想念離開的娜菲爾，同時卻又處處為菈絲塔著想。總覺得現在索本修所做的一切行動，似乎都會在未來招致莫大的風波……

另外一邊，菈絲塔則是沉浸在前所未有的諾大幸福中。

她一臉滿足地在西宮悠閒漫步。優美的拱形階梯、禁衛騎士駐守的凹室、寬闊的走廊、華麗的起居室、古典的寢室……這些所有的一切，現在都是自己的了。

在這座皇宮，她終於擁有了屬於自己的一棟建築，可以在這裡將小孩扶養長大，安安心心地生活，然後未來的某一天，她的孩子就會即位成皇帝。孩子成為新任皇帝的同時，她也就是皇帝的母后了。這偌大帝國的支配者，竟然是由她懷胎所生，由她親手撫養！

滿腹激動的情緒，菈絲塔站在窗邊，身體不禁興奮地顫抖。她從卑賤的谷底爬到了如今的巔峰，跟那些含著金湯匙出生的人完全不一樣。那些人只要跟著被計畫好的人生道路往前走就好，可是她不是，她可是從深淵中經過陡峭的階梯，一步一步爬到這個頂端。

菈絲塔露出了微笑。如今自己已成為一國之后，所有事情也都告一個段落了。這是屬於她的勝利，屬於她的幸福結局。什麼為了平民著想的皇后！打從一開始她就沒有這種想法。那些平民曾經為她做過什麼嗎？菈絲塔討厭貴族，也討厭那些平民。如果要說想為哪一類人著想的話……她想替奴隸發聲。

如今，所有事情都能隨心所欲了！

皇后的權力應該很大吧。菈絲塔把拳頭緊緊地靠在了胸口，似乎如果不這麼做，下一秒，心臟就會從裡頭跳出來似的。只要回想到結婚遊行的場景，菈絲塔就會起雞皮疙瘩。

眾人的陣陣歡呼聲……

「每個人都愛菈絲塔。」

到時候自己捐贈兩千萬克羅特的事情傳開來後，人氣一定會更不同凡響。未來一定只有用玫瑰和寶石裝飾的康莊大道在等著她。

菈絲塔滿意地轉過身去，卻只看到她目前僅有的侍女，裴勒迪子爵夫人臉色不太好的樣子。

「妳幹嘛？」菈絲塔端詳她片刻，上前問道，「妳為什麼不笑？」

裴勒迪子爵夫人被菈絲塔嚇到，回了一聲：「什麼？」

菈絲塔歪過頭，看了看子爵夫人的側臉。

「妳為什麼不笑？是討厭菈絲塔進到這個房間嗎？」

裴勒迪子爵夫人趕緊否認。

「不是的，絕對沒有這件事。」

「還是妳想起了廢后？回到這裡，讓妳想起以前的主人了嗎？」

「絕對不是。」

裴勒迪子爵夫人連忙否認。但菈絲塔只是雙手交叉在胸前，直直瞪著她。

當初自己還是情婦的時候，老是要看別人的臉色行事，因為情婦沒有任何權力，不論是誰來欺負情婦，法律上都不構成問題。大家只是看在皇帝的面子上才對自己好。不過現在她可是皇后了，誰敢欺負她，那都是犯法的。菈絲塔很想趕快來執行這樣的權力。

「真的不是這樣的，皇后陛下。」

「那不然妳自己說為什麼要這樣。」

菈絲塔嘲諷地笑了，托起了子爵夫人的下巴。

「為什麼要在我心情大好的日子擺一副臭臉。」

「！」

子爵夫人猶豫了一下，不知道該不該如實以報，但感覺再不說，自己就會惹上大麻煩，只好誠實地將事情說出來。

「照理來說，起居室裡應該會擺滿來自貴夫人和千金們的禮物才對。」

菈絲塔慌張地「嗯？」了一聲。

什麼禮物？雖然自己現在人在寢室裡，但剛剛回來的路上有經過起居室，那裡乾淨又整齊，完全沒有禮物的影子。菈絲塔又再出去確認了一次，真的，一個禮物都沒有。

「真的嗎？」

菈絲塔懷疑地問，裴勒迪子爵夫人回答：「雖然我也只經歷過一次，但當初娜菲爾皇后陛下入住時，起居室裡確實有一半的空間都塞滿了禮物。」

「！」

「光是要拆禮物，寫感謝回函，就不知道花了幾天……我記得非常清楚。」

聽到裴勒迪子爵夫人的這番話，菈絲塔整個人都僵住了，臉上瞬間毫無血色，突然感到有點冷。

這是什麼意思？宴會上大家不是還朝自己歡呼，說自己很棒的嗎？所有的貴族男子都想和她共舞，所有的貴族女子都親密地跑來找她聊天。不分男女老少，所有人都在稱讚她。可是為什麼？為什麼沒有人送禮物過來？

接著，菈絲塔表情突然變得惡狠狠起來。答案只有一個——娜菲爾。肯定是那個廢后來這裡之後，不知道做了什麼手腳才回去。一定是因為不滿國民都漠視自己，貴族也都跑來找菈絲塔聊天，所以到處散播菈絲塔的壞話。娜菲爾那麼聰明，這種事一定做得出來。

「卑鄙……」

菈絲塔咬著牙喃喃自語，突然用力拍桌，裴勒迪子爵夫人嚇得往後退了一步。

「我會加倍奉還的！」

「！」

「我也會跑到那女人的婚禮上做一樣的事！」

就在菈絲塔憤恨地咬牙切齒時，她突然瞄到一個小小的禮物。它掉到了鬆鬆軟軟的地毯上，所以不太好發現。菈絲塔趕緊跑過去把禮物拿起來，然後在心裡發誓，無論這禮物是誰送的，她一定會回報對方最真心的友誼。

菈絲塔拆開包裝紙，禮物盒雖小，卻裝著非常有分量的寶石戒指，而內圈裡正刻著艾勒奇公爵的名字。

雖然遇到高福曼的事有點嚇到我，但也沒必要就此把自己關在別宮，一天到晚擔心之後的發展。我依然往原本的目的地前進，去找克麗絲塔。

「娜菲爾小姐。」

克麗絲塔沒料到我會去找她，面露驚訝地喊我的名字，隨即才想起應該先向我行禮請安。

「沒想到會在這裡看到您。」

「我是好奇自己送來的刺槐花，是否找到了適合的歸處。」

我繞了個圈子來旁敲側擊。克麗絲塔雖然有點吃驚，但很快就笑著讓侍女們準備茶水來招待。

過沒多久，克麗絲塔的侍女端來了透著陣陣茉莉花香的茶，搭配著一盤巧克力。

面對面坐下後，我又再問了一次：「妳覺得刺槐花束如何呢？」

「我……非常喜歡，娜菲爾陛下。」

「那就太好了。」

她笑了笑，淺酌了一口茶。我等著她飲下那口茶後，又再問：

「妳覺得，在這之後也會繼續開花嗎？」

刺槐花的花語是友情。克麗絲塔作為社交界中的老手，應該能聽得懂我話中之意。果然如我所料，她很快就理解了我的隱喻，默默放下手中的茶杯，想了一想後說：

「花朵能不能再次盛開，還得仰賴未來的細心栽種。但可以確定，一定會不會枯萎的。」

克麗絲塔果然也沒有與我為敵的想法。聽完她這麼說，我心中也著實鬆了一口氣。因此我提起勇氣，不再彎彎繞繞地說，決定試試看直接了當地說出想法。

「我們都經歷過類似的事情，所以我就不再拐彎抹角了。」

本來用湯匙緩緩攪拌茶水的克麗絲塔，瞬間停下手中的動作。

「我不想和克麗絲塔小姐進行無謂的心理戰。」

「！」

「因為無論是對我，還是對克麗絲塔小姐來說，這麼做最終都無法得到什麼。」

克麗絲塔的手停在剛剛的姿勢。我一邊觀察她的反應，一邊說完自己想說的話。克麗絲塔沒有立刻回覆，只是緩緩地，緩緩地用湯匙攪拌著茶水。接著，她突然開口。

「我也非常明白這點。」

嘴角微微揚起的克麗絲塔，看上去非常疲憊，彷彿放棄了全部。

「我也不想和娜菲爾小姐起衝突，只是目前……我希望能維持現在這樣的距離就好。」

她的回答同樣有氣無力。我思索了片刻，露出笑容說「知道了」，然後便站起身，像是對此心滿意足地告辭。

然而在回房間的路上，蘿茲問我「事情怎麼樣了？」的時候，我卻給了她不太樂觀的回答。

「結果不是太好。」

克麗絲塔的回覆，乍聽之下像是希望我們雙方可以和解，畢竟她本人都說了並不想起爭執。問題在於她後面補充的那句話，說「目前」只希望能維持這樣的距離。

維持現狀，也就代表著能從中獲益的人是克麗絲塔，而不是我。克麗絲塔為我們之間的關係留下餘地，並表示不想與我為敵，同時卻又提出希望維持現狀的要求。她現在做的，就是打造一條路，讓對她本人有利的現狀能夠維持下去，一邊防範未來可能出現的麻煩，這樣就算真的出了事，她也能規避責任。

而如果我因為這停滯不前的狀況太過焦躁，做出了什麼與克麗絲塔對立的行動，到時候她還能維持無辜的形象，說自己原本還想和我和平相處之類的。

「看來我得另外尋找解決的辦法了。」

或許是我猜錯了，那真的是克麗絲塔的真心話。但無論那是她的真心話，還是心計，對我來說結果都沒有改變。所以我不能坐以待斃，安分處在打不進社交界的狀態，只能等著她哪天改變心意接受我。

我仔細思考一番後，轉頭跟蘿茲說：

「請幫我準備延胡索和印地安天人菊，放在有蝴蝶裝飾的花籃裡，送給茉雷妮小姐。不能讓別人知道。」

延胡索的花語是祕密，而印地安天人菊的花語則是合作，相信茉雷妮看得懂我的暗號。

就連蘿茲也立刻就聽懂了我的意思，笑著答應。

「怎麼了？為什麼要笑啊，前輩？陛下，為什麼妳們兩個都在笑？」

只有瑪斯塔斯還搞不清楚狀況。

「別吵了，我的後輩。」

「不是啊，誰叫妳們兩個自己笑了，都不跟我分享。到底為什麼要笑啊？」

「在陛下面前請維持妳的禮儀好嗎。」

「唉唷，也讓我參與一下嘛。」

我一路聽著兩人鬥嘴，意外地在不遠處看到了高福曼大公。他穿著和剛剛不同的衣著，在別宮附近獨自徘徊，時不時停下來望著別宮嘆氣。

高福曼大公為什麼會在這裡……就在我思考他出現在這裡的原因時，大公突然把視線轉了過來，我們再次對到了眼。雖然我有點慌張，但這已經是第二次了，如果我又避開他，侍女們應該會感到懷疑。

剛剛是去拜訪克麗絲塔的路上，所以有很多方式可以自然地避開，但現在眼前只有高福曼大公一個人，而且他就擋在了我要前進的方向，所以我只好裝出一派自然的樣子過去打招呼。

「近來過得好嗎，高福曼大公？」

高福曼大公的嘴唇微微動了一下，似乎是打算和我請安，卻沒發出任何聲音。

我看了他一眼，發現他也是滿臉慌張，難為情到想鑽地洞的樣子。整張臉只有嘴唇一開一合，接著他又趕緊用一隻手把嘴巴蓋住。看來藥效……完全沒有減弱啊。我剛剛也大概猜到了他應該是還沒解毒，但如今這樣面對面看來，藥效甚至連減弱都沒有。我心裡充滿了疑惑。

侍女們看到一位來自異國的大公，居然就這樣直盯盯地瞧著我，也不知道該不該阻止。不過最終高福曼大公一句話也沒說，就這樣走掉了。蘿茲和瑪斯塔斯很生氣地抱怨。

「不對啊，那人是誰啊，憑什麼無視我們王后陛下。」

「要我去把他抓回來嗎？」

「……那位是從利伯特來的高福曼大公。」

為了阻止蘿茲和瑪斯塔斯的抱怨，我向她們介紹了大公的身分。看來她們也聽說過大公的名字，立刻就「啊」、「是他啊」地讚嘆起來。

「就是那位魔法學院的首席畢業生對吧，陛下？」

「就算是這樣，行為還是有點太無禮了。」

「沒事的，大公比較怕生。」

我一邊安撫蘿茲和瑪斯塔斯，一邊加快腳步回到別宮。

其實我很擔心，如果藥效這麼強烈的話，未來真的能一起推動貿易嗎？

然而這一幕，都被柱子後方的人目擊了。那正是克麗絲塔的侍女。

她仔細觀察了剛剛的狀況，覺得高福曼大公和娜菲爾王后之間的關係似乎不太對勁，於是興奮地跑回去向克麗絲塔報告。

「我有個非常好的消息要告訴您，王后陛下。」

「什麼好消息？」

「您知道高福曼大公吧？」

「從利伯特來的……」

「沒錯，那位似乎是為了參加婚禮而來的。」

克麗絲塔歪了歪頭，不太能理解這算什麼好消息。當然，有外賓來訪是一件值得歡迎的事，但對方來此的目的跟她一點關係也沒有。

侍女笑嘻嘻地繼續說：「不過就我觀察，高福曼大公好像非常討厭娜菲爾王后。」

「高福曼大公嗎？」

克麗絲塔想了想，有點好奇地問：

「那位之前是不是曾在東大帝國待過一段時間？」

「當時應該發生過什麼事。」

「這樣啊……」

「但我很確定他就是討厭娜菲爾王后，娜菲爾王后跟他打招呼，但他卻完全無視。蘿茲跟瑪斯塔斯還因為這件事氣得牙癢癢的呢！」

看上去心情因此大好的侍女，笑著提議。

「我們應該利用這件事，王后陛下，把高福曼大公拉到我們這邊來。」

「拉攏高福曼大公……」

「是啊。娜菲爾王后也利用克沙勒卿，去獲取千金們的人氣不是嗎？就我這樣遠遠觀察，高福曼大公也是位長相不輸克沙勒卿的美男子呢！我們只要利用大公，就能讓那些千金小姐重新回到我們這邊。」

要怎麼做才能贏回貴族的心呢？苦思許久後，菈絲塔決定送邀請函給住在首都的所有貴族。

「沒有特別原因的話，誰也不能拒絕皇后的邀請。」

就如同裴勒迪子爵夫人說的，雖然首都的貴族對於突然收到當日舉辦的茶會邀請函感到非常棘手，但還是全員出席，聚集在菈絲塔的庭院裡。

菈絲塔在庭院擺了兩張大桌，上面擺滿光彩奪目的繽紛料理，色香味都要讓人嘖嘖稱奇。而皇帝的御廚也盡忠職守地達到要求。

就連不滿匆促邀請的那些貴族，看到桌上以餅乾疊起的城牆後，也紛紛表達了驚嘆。餅乾城堡四周是冰淇淋河流，而用各式各樣水果製成的果醬，則裝滿了一輛輛餅乾馬車。

「真的好可愛啊！」

貴族紛紛讚美料理的用心，菈絲塔見狀，擺出優雅的笑容開口。

「這是為了各位精心準備的。」

聽到這句話，在座的貴族所感受到的震撼，遠遠超過看見餅乾堡壘的時候，因為菈絲塔的語氣完完全全複製了娜菲爾皇后。

原本菈絲塔的嗓音音調比較高，聲線偏向可愛，現在卻壓得比平時低沉。幾個眼力比較好的貴族，也看出菈絲塔今天穿的紅色禮服同樣十分類似娜菲爾皇后平時的穿著。雖然設計不完全相同，但風格就是令人覺得眼熟。貴族們無聲地以眼神互相示意。

「大家都坐下吧。」

菈絲塔擺出氣勢，笑著請賓客入坐，自己則坐上主位。隨後，她繼續用那穩重的嗓音說道：「雖然歷經了許多風波，但如今一切終於歸於平靜。」

「……」

「從今往後就是新的時代了，我希望能和在座所有人成為朋友，維持良好的關係。畢竟貴族之間的內鬨，會造成皇帝陛下的困擾。」

菈絲塔露出燦爛的笑容，舉起手中的香檳招呼眾人乾杯。貴族們見狀也跟著舉起高腳杯。然而，菈絲塔啜了半口香檳便放下杯子，將手放到肚子上。

「邀請大家喝酒，結果就我自己沒有喝，很抱歉這麼掃興。但是為了孩子著想，請見諒我就只喝這麼一小口。」

一提到孩子，原本還在狀況外的貴族立刻揚起笑容，接連向菈絲塔道賀。雖然菈絲塔模仿皇后的樣子令他們覺得可笑，但她也沒說錯，如今新時代已經來臨，娜菲爾皇后不會再回來了。

如果只是成為廢后，那還可能有轉機，但她都和別的國王再婚去了。所以他們是該改去討好新的皇后，畢竟就算哪天再換了一位新皇后，菈絲塔皇后肚子裡的孩子也會是皇室長子。

「您一定會誕下健健康康的孩子，皇后陛下。」

「不管這孩子長得像皇后陛下還是皇帝陛下，都一定會相貌出眾。」

「肯定是人間天使。」

「您決定好孩子的名字了嗎，皇后陛下？」

事情發展一如菈絲塔的預期，面對這群不斷逢迎的貴族，她笑著摸了摸自己的肚子。果然就該讓這群人好好地看看，究竟現在西宮的主人是誰，未來會統治他們的人是誰。不管他們想承認或不想承認，未來的皇帝現在可是在自己的肚子裡。

「名字……這個嘛，應該會由皇帝陛下來取吧。」

菈絲塔笑著繼續撫摸肚子，卻突然一愣。偏偏就在這個瞬間，她想起了當初那可憐孩子的屍體，那具羅特修子爵說他殺了剛出生的孩子，然後拿給她看的屍體。

現在她可以確定那不是自己的孩子，但那具屍體也不是假的。當初菈絲塔可是抱著死去的孩子痛哭不已，雖然知道那是屍體，心中卻一點也不害怕，只覺得非常悲傷痛苦，五臟六腑彷彿都快被撕碎了。

所以說那孩子又是誰的呢？羅特修子爵是從哪弄來的可憐孩子？接著，菈絲塔又想到了自己真正的孩子……第一個兒子，安。

「皇后陛下？」

裴勒迪子爵夫人小心翼翼地喊了菈絲塔一聲，菈絲塔這才驚覺自己不小心出了神，趕緊又擺出笑臉。是啊，這又跟她有什麼關係呢，所有事情都已經過去了，對菈絲塔而言，不過只是段痛苦的回憶罷了。從現在起，無論是她，還是肚裡的孩子，未來都只有幸福在等著他們。

就在這個時候，某處傳來了非常大的笑聲，那是滿懷著惡意的笑聲。一瞬間讓周遭都安靜了下來。菈絲塔往聲音來源處看過去，一位有著白金色頭髮，身材高大的男子坐在那裡。他有著一雙金黃眼眸，看上去很知性，隱隱透著學者氣質，五官看上去也頗為俊美……菈絲塔認出了這個人。

這個男人在娜菲爾離婚那天，跳出來為她抱不平。菈絲塔有些後悔，自己幹嘛要請這種人出席。她很清楚首都圈中的貴族，依然有不少人隸屬娜菲爾的陣營，但除了德羅比公爵夫婦以外，她全都送出了邀請函。

因為菈絲塔就是想讓這群人張大眼睛好好看看，現在皇后宮殿裡是誰在坐鎮。所以才會招惹來這種人……現在她才有點後悔自己的決定。

在眾人的目光焦點中，那位男子——法樂昂侯爵露出迷人的笑容，對菈絲塔漫不經心地道了歉。

「哎啊，請原諒在下的失禮，皇后陛下。只是我覺得眼前的情況實在有點好笑。」

「你是在指責我很好笑嗎？」

菈絲塔絲毫不讓步，模仿著娜菲爾皇后冷傲的口吻質問。

「我怎麼敢呢？」法樂昂侯爵佯裝出害怕的模樣，挑著眉，淡淡地笑著解釋，「我只是覺得，當初那位在記者面前宣稱要為『替平民發聲』的皇后，如今又說想跟貴族們交好，實在是有點諷刺罷了。」

這番話裡明晃晃的挖苦，讓菈絲塔皺起眉頭，立刻下令。

「如果不想和我交好的話，請你立刻出去。」

法樂昂一邊嘟囔著「哎呀好可怕呀」，一邊起身。

「既然這是命令，那麼我就失陪了。」

說完，侯爵行了一禮，迅速走出庭院。

有幾名貴族看了看狀況，紛紛說要去化妝室，或是突然有急事之類的，使出各種藉口離席。本來只是少數幾名，但逐漸越來越多，最終幾乎三分之一的賓客都走了。

菈絲塔憤恨地握著拳頭，緊緊地咬住自己的唇。

「明明都已經按你說的做了，為什麼那個人還要來鬧場？」

短暫的茶會結束後，菈絲塔找了艾勒奇公爵來，告訴他今天發生的事情，生氣地質問。

當初指導她應對記者採訪的人是艾勒奇公爵，那時候菈絲塔也覺得這樣做沒有錯，所以就依照公爵的指示回答。但剛剛，法樂昂侯爵卻用那篇報導來嘲弄自己，獲得了許多貴族的認同。

「你是不是故意教菈絲塔錯誤的做法？」

對於菈絲塔的質問，艾勒奇公爵笑了笑，像是沒意料到她會有這種想法。

「您說什麼？」

「如果不是這樣，那大家為什麼對菈絲塔……為什麼對菈絲塔這樣！」

菈絲塔說著說著，滿腹的委屈一湧而上，眼眶都紅了。

明明是開開心心辦的茶會，她都已經這麼認真籌備了，是想跟大家打好關係才辦這場茶會的。雖然留下的人數還是比跟著法樂昂離開的人數多，但在法樂昂侯爵和那三分之一的貴族離開後，留下來的賓客之間也瀰漫著微妙的氣氛，互相以眼神示意，然後低聲暗笑。

其實站出來指責法樂昂侯爵並安慰菈絲塔的人也不少，但她就是更在意那些嘲笑自己的人。

「這還真是。」

艾勒奇公爵噗哧了一聲，淡淡地笑了。明明她已經非常生氣了，他卻一副這沒什麼大不了的樣子。

菈絲塔有點被刺激到，生氣地瞪著公爵，而公爵則笑笑地說：

「您還是那麼天真。」

「！」

「您該不會以為所有人都會對皇后陛下釋出善意吧？」

「這是什麼意思……」

「身為皇后陛下，勢必要在貴族和平民之間做出選擇。」

艾勒奇公爵一臉「這樣聽懂了吧？」的態度看著菈絲塔。

「您的立場沒有辦法同時討好兩邊，所以我才讓您選擇站在平民這。」

菈絲塔不能接受地大叫：

「你只有說要得到平民的支持，又沒說會跟貴族為敵啊！」

艾勒奇公爵依然一臉淡然的態度說：

「遊行時，您有比較過平民對娜菲爾王后的反應，以及看著皇后陛下您的反應嗎？」

「這……」

「這就是您選擇站在占據國民人數比例最大宗的平民這邊的結果，也是同時導致您發生今天這件事情的原因。」

「……」

「所以您根本不用多慮。」艾勒奇公爵溫柔地笑著安撫她，「反正索本修陛下為了自己即將誕生的孩子，也會想辦法去改變貴族的想法。」

「……是這樣嗎？」

「那是當然。」

得到艾勒奇公爵肯定的回覆後，菈絲塔這才安心了許多。當她心情平復後，又開始感到有點難為情和愧疚，覺得自己對於法樂昂侯爵慫恿貴族們離開的舉動太過震驚，平白無故地對公爵發了一頓火。

「對不起。」

菈絲塔怯生生地對公爵道歉。

「剛剛實在被嚇到了，菈絲塔不小心就太過敏感了。」
「是啊，我一到這裡，您就對我發脾氣。」
「這……真的很對不起。」
艾勒奇公爵笑了笑，然後說「沒事的」。但菈絲塔可以感覺到他的態度似乎有點疏遠，不像以前那麼親近，彼此之間似乎豎起了一堵牆。
「那個……艾勒奇公爵。」
「怎麼了嗎？」
「為什麼你現在不叫菈絲塔『小姐』了啊？」
菈絲塔覺得這份疏離感，應該是因為公爵對自己的稱呼改變了的關係。不過當她一開口問，心中也感到奇怪，明明幾天前艾勒奇公爵都還會叫自己「小姐」，說話的語氣也沒有現在這麼拘謹。可是結婚典禮結束後見到面，公爵的態度卻變得像是對待陌生人那樣。
「以前明明還會開玩笑地叫菈絲塔『小姐』、『小姐』這樣……」
菈絲塔真心地問。艾勒奇公爵揚起了一邊的嘴角，笑著說：
「現在可不能再對已經成為皇后的人用這種態度相處了。」
「啊。」
「是時候必須拉開一些距離了。」
菈絲塔呆呆地看著他，突然回神後，大叫一聲「不行」。
「我們之間的友誼，哪有這種事！」
「這是菈絲塔陛下成為皇后陛下的那瞬間，就註定好的事。」
另一邊，艾勒奇公爵則不帶任何留戀，態度一派淡然。
菈絲塔被這突如其來的告知，嚇到睜大了眼睛。
當貴族們都不送自己禮物的時候，唯一送上戒指給菈絲塔的，就只有艾勒奇公爵而已。昨天她才下定決心，要付出自己的真心來維持和公爵的友誼。但現在他卻說要拉開距離？公爵可是菈絲塔唯一真心相待的朋友。

「不行！」

菈絲塔猛地起身，跑到了公爵身邊。

「你怎麼了？是不是生氣了？是因為菈絲塔對你發火嗎？」

「豈敢。那些確實都是會讓皇后陛下感到疑惑的事情，我怎麼可能會因此生氣呢。」

「那為什麼要突然疏遠菈絲塔……」

菈絲塔一臉難過地拜託他：

「不要這樣。菈絲塔身邊如果沒有了公爵，就沒有其他可以信任的人了。」

「不是還有皇帝陛下嗎？」

「菈絲塔雖然很愛陛下，卻無法信任他。」

「……」

菈絲塔剛說完，就被自己的發言嚇得瞪大了雙眼。這句話在心底早已縈繞許久，只是這還是第一次真的從嘴巴說出來。菈絲塔慌張地視線亂飄。

「那個，菈絲塔不是不信任陛下……」

艾勒奇公爵爽快地笑了，然後問：

「比起皇帝陛下，我艾勒奇更值得陛下您信任嗎？」

幸好公爵看上去很開心。菈絲塔鬆了一口氣，趕緊點點頭。然後伸手握住艾勒奇公爵的手請求他。

「我們兩個單獨的時候，就不要這麼拘謹了，好不好？」

「那我就繼續稱呼您『小姐』嗎？」

「叫我……叫菈絲塔的名字就好了。」

艾勒奇公爵發出了渾厚的笑聲，然後說：

「之前我也沒叫過您的名字，如今您成為了皇后陛下，卻要讓我叫您的名字嗎？」

菈絲塔點了點頭，又把公爵的手握得更緊了。公爵明明為她做了這麼多努力，卻差點就因為她今天發脾氣，讓兩人關係疏遠。不，菈絲塔甚至沒想過公爵會這麼簡單就把「必須拉開距離」這件事說出口。她原本認為公爵會一直陪在身邊，所以才會覺得自己好像要被趕走一樣，焦慮不已。

「就我們兩人單獨在一起的時候而已，這樣應該可以吧，對吧？」

菈絲塔迫切地哀求他，艾勒奇公爵眼中閃過一絲危險的氣味。

「這樣嗎？」

從菈絲塔身後看過去，公爵像是一頭感到飽足的猛獸。但菈絲塔卻沒意識到他的這種表情，只是一味地懇求他：

「我們單獨相處的時候，用語也可以輕鬆一點。」

菈絲塔不斷發出「嗯？好嗎？」的聲音，苦苦央求。艾勒奇公爵這才恢復了平時那副懶洋洋的姿態說：

「菈絲塔陛下在哄勸人這方面，還真是高手呢。」

雖然公爵依然用著敬語，但兩人之間的那堵牆好像消失了。菈絲塔放心許多，但還是繼續請求他。

「就說了可以輕鬆一點嘛，嗯？」

「雖然我心中很感謝，但無論再怎麼親密，有些界線還是要劃清的。」

聽到公爵這麼說，菈絲塔對於自己曾有一瞬間懷疑公爵的事，又感到更愧疚了。艾勒奇公爵明明就是一個公私分明的人，自己居然會懷疑他……就在菈絲塔懊惱的時候，艾勒奇公爵冷不防地問：

「話說回來，菈絲塔陛下，您預計怎麼管理手上的資產呢？」

「管理資產嗎？」

突如其來的話題，讓菈絲塔嚇一跳，瞄了他一眼。難道公爵是要把借的錢討回去嗎？雖然她現在已經當上皇后了，應該是可以還他這筆錢，但菈絲塔還不清楚自己手上有多少錢，未來又會被分配到多少。

看到菈絲塔不知所措的樣子，艾勒奇公爵很自然地接著問：

「現在您坐上了后位，應該就會由您親自來管理資產吧？」

艾勒奇公爵拜訪完的第二天，菈絲塔下定好決心，便把朗特男爵叫了過來，開門見山直接說：

「菈絲塔作為情婦的時候，是讓朗特男爵來管理我的資產，還記得嗎？」

朗特男爵趕緊回應：

「當然記得，現在也依然由屬下管理，皇后陛下。」

朗特男爵一邊回答，臉上不禁露出擔憂的神情，他隱約猜到菈絲塔提出這件事的目的，她似乎想親自來管理資產……

果然如他所料，菈絲塔提出了這件事。

「現在菈絲塔已經是一國之后了。如果說菈絲塔年紀還小就算了，但菈絲塔是個成年人，這段期間也已經學到了很多。」

「皇后陛下。」

「現在菈絲塔想要親自來管理，這可是本來就屬於皇后的權力。」

朗特男爵尷尬地陪笑著說：

「但是，皇后陛下，關於這件事，似乎必須先經過皇帝陛下的首肯。」

「你說需要陛下的命令嗎？」

菈絲塔瞪大了眼睛。

「皇宮的預算事宜，並不屬於陛下的權責範圍，而是菈絲塔負責的。這方面應該不需要陛下的命令吧。」

「是的。」

「那現在就把這個權責移交給菈絲塔巴，朗特男爵。」

「誠惶誠恐，皇后陛下，所有的事都需有皇命在前。」

「！」

看到菈絲塔非常震驚的神情，朗特男爵感到有點抱歉地解釋：

「管理資產非常耗費精神。陛下認為皇后陛下還懷有身孕，所以希望您盡可能輕鬆生活就好。」

「菈絲塔又沒做過，怎麼知道會不會輕鬆呢。」

「您要挪用多少款項都可以，皇后陛下。」

「菈絲塔就是想自己管理！」

面對菈絲塔的執意要求，朗特男爵只能為難地笑著說：

「遵命，屬下會親自詢問皇帝陛下這件事。」

結婚典禮就在一週之後，來自國外的賓客也陸續抵達西王國。作為結婚典禮主角的我，無法去招待那些外賓。也多虧於此，我才比較悠閒。說是比較悠閒，但其實我要學的東西還是堆積如山，只是偶爾從外頭傳來喧嘩嬉鬧的聲音時，總會有點分心。

結婚典禮，一舉辦結婚典禮……我就正式成為西王國的王后了。當然現在也是王后，只是典禮結束之後，我才能正式以西王國王后的身分為海因里分憂解勞。不過也依然有令人擔心的部分。

初夜……雖然我有經驗，但似乎對於這回的情況幫不上什麼忙。不對，應該說就是因為清楚知道初夜會做什麼事，所以反而不知道該怎麼辦才好。初夜結束後，我還能夠冷靜地面對海因里嗎？光是想像，臉上就立刻一陣燥熱。而且加上他……

「王后陛下？您的臉好紅啊！會不會是發燒了？」

聽到蘿拉的聲音，我趕緊把書本闔上。雖然不太可能，但很怕蘿拉會發現我剛剛都在想什麼，覺得怪難為情的。

「房間裡面有點熱啊。」

我環顧四周，然後從椅子上起身，刻意走到窗邊把窗戶打開。

蘿拉雖然有點疑惑，但還是跟到我身邊，嘰嘰喳喳地說：「天氣還真好呢，如果結婚典禮當天也是這麼好的天氣就好了。」

「就是啊。」

「以後一切都會順利的吧。」

「當然。」

「昨天茉雷妮小姐送了盆栽過來，托拉妮公爵夫人，不對，是妮安女士，現在也順利地打入了社交界。」

我一邊聽著蘿拉說的話，一邊瞥了一眼書桌上放的那盆藿香薊。

那是昨天茉雷妮小姐讓管家送來的。種滿了淺紫色花朵的盆栽，正是茉雷妮給我的答覆——信任。看來她是接受了和我祕密攜手合作的提議。

另外，就像蘿拉說的，妮安也順利地，不，正確來說應該是華麗地打進了西王國的社交界。她對於從東大帝國傳來的那些消息，沒有給予正面否認，反而利用這點，讓自己成為了話題的焦點，藉此獲得各處派對宴會的邀請。而「紅顏禍水」的這個標籤也沒撕掉，而是活用這個形象，右手牽著緋聞中的主角朗德勒子爵，轉頭左手又挽著某位西王國的青年貴族出席各大派對。

蘿茲聽到這件事，還描述說：「西王國的貴族們看到如此瀟灑的貴夫人，一個個都神魂顛倒。」

未來真的一切都會順利嗎？索本修會出席婚禮嗎？菈絲塔呢？至少我確定父親和母親會來，至於索本修……現在想想確實很奇怪，索本修怎麼會對我說出那種話呢？說什麼要我回去之類的。難道是想讓我這個歷史上首位再婚的皇后，升級變成再婚兩次的皇后嗎？

不對，要我回去這種話，他怎麼會這樣說？他不是很愛菈絲塔嗎？都已經跟菈絲塔結婚了，而且幾個月後小孩就要生下來了。雖然我當下覺得這個要求太荒謬了，想都沒想就直接拒絕。現在回想起來，其實挺好奇他心裡到底都在想些什麼的。

我本來自認很了解索本修，看來其實我完全不懂他內心的想法。但一想到這些，火氣不禁就升起。我便將身子靠到了窗臺上。

「得去外頭散個步。」

「要為您準備些吃食嗎？至少帶個餐盒出去吧，陛下！」

「好啊。」

結婚後，應該也不大會有這樣的閒暇時間了吧。我笑著答應後，蘿拉興奮地跑向蘿茲。

「打包便當，我們出去玩吧！」

我們帶了白麵包和起司、三種餡料的三明治，和果汁一起放到野餐籃裡後，便相偕出門。打算到別宮附近一處光線還不錯的地方，一邊吃一邊閒聊。

但走了沒多久後，我們不得不停下腳步，因為那裡已經有人搶先一步占走了。

那是高福曼大公。

「大公。」

我低聲呼喚他，大公嚇到回過頭來，他趕緊起身，把手上拿著的項鍊掛回脖子上，將吊墜收到衣服裡面後，生硬地笑著朝我打招呼。

「又見到您了。」

「因為我就住在這裡啊。」

「您說您住在這裡？」

高福曼大公皺了一下眉，望向遠處的別宮。

「那裡是王后的宮殿嗎？好像有點太小了。」

「我只是在結婚之前，暫時住在那裡而已。」

「原來如此。」大公點了點頭，尷尬地喃喃道，「我不清楚這些事情，還一直在附近亂晃，才會遇到您。」

高福曼大公笑了笑，對於自己的行為似乎也覺得有點欠妥。只是很快地，他的耳根又開始變紅，我才在想該不會他……的時候，大公的理智已經被藥效蓋過。

「這樣也好，很高興能與您這樣碰面。」

後方傳來了野餐籃掉落到地上的聲音，大公這才回神意識到自己的失言。

我假裝什麼事都沒發生，看了一眼野餐籃後，對侍女們說：

「麵包應該都被撞得亂七八糟了，可以請妳們去拿新的來嗎？」

侍女們互相使眼色，立刻撿起地上的野餐籃離開。

她們走遠後，耳邊傳來了風撫過草地的沙沙聲響。就剩下我們兩人了，我這才開口問高福曼大公。

「看來解毒並不順利？」

「我自己也不知道是解不了，還是不想解。」

「！」

「是解不了。」

高福曼大公低聲喃喃自語著什麼，似乎對自己的失言感到生氣。但很快就恢復面無表情地問我：

「請問這回邀請我來的，是海因里陛下，還是娜菲爾陛下呢？」

「是我。」

「謝謝妳，我很開心……邀請我來是為了什麼事呢？」

前一刻滿臉通紅地喃喃自語，下一刻又面無表情的高福曼大公，看上去真的非常的奇怪。但因為這樣的情況，我已經在東大帝國目睹好幾次了，我知道這是因為他的理性和藥效在打架的緣故，才會一下胡說八道，一下又正經八百。我努力地忽略他的胡言亂語，回應他說：

「之前擱置的推動與利伯特貿易往來的事，這回我想好好地進行，才會邀請你過來。」

「這樣啊。」高福曼大公面無表情地說，「我就猜到是這麼回事。」

他猜到了？

「因為海因里國王沒有邀請我來的理由。」

啊……高福曼大公果然是邏輯清晰的人。就在我心中升起感嘆的時候，高福曼大公突然爆出一句粗口，接著轉過身去。

「高福曼大公？」

他突然怎麼了？是藥效又變強了嗎？我著急地把手往前伸，但到半途就猶豫了。

如果今天換作是其他人，我會輕輕將手搭上對方的手臂，然後關心對方是否無恙，但高福曼大公因為藥效的關係，不知道對此會有何反應……

「請不要碰我。」

似乎大公也有同樣的想法，很快就斬釘截鐵地拒絕了。

「您伸過來的手，會讓我瞬間崩塌的。」

「……」

「請您忽略我最後那句話。」

我往後一看，侍女們都還沒回來。也是，剛剛整個野餐籃都倒了過來，要準備新的餐點，應該要花些時間。心中感到些許慶幸，趕緊朝大公小聲詢問：

「是找不到解毒的方法嗎？」

「我試過各式各樣的方法了，但都沒有效。」

「完全沒效？」

「完全沒效。」

「那現在你……」該怎麼辦才好。

但我並沒有問出口。認真探究起來，這其實是件很大的問題。如果好幾年過去，藥效依然沒有消退怎麼辦？不對，如果只是幾年倒也算還好，如果一輩子都一直這樣？我想到這裡，覺得實在太可怕了，下意識地往大公看過去，只見他也是一臉毫無血色。我躊躇了一下，還是決定開口問：

「跟我分開的時候情況怎麼樣?藥效比較能夠抑制嗎?」
「沒有。」
「啊……」
「今天就算沒有邀請函，我也可能會直接找上門來。」
「……」
這還真是有點麻煩。
徐徐吹來的微風，突然增強了風勢，我梳到後面的頭髮也被吹起。大風拂過後，我隨意整理了一下被吹亂的髮絲，高福曼大公突然小心翼翼地伸出了他的手。他替我將臉上的髮絲撥到耳後，但指尖不小心碰到了我的臉頰，大公趕緊收回自己的手。
我尷尬地往後退了一步，雖然心裡很清楚他這舉動是因為靈藥的關係，但踰矩的行為就是踰矩。
「還是推行貿易的事宜轉由他人來處理呢?好避免我們見到面?」
「沒有這個必要，反而會讓情況更加棘手。」
「……你沒關係嗎?」
「如果您是問我，看到您因此苦惱的樣子是否會心疼，是的，我非常痛苦。媽的，閉嘴!」
高福曼大公對自己下命令的模樣，讓人看了著實心酸。就他這麼高傲的性格，這種事情一定很傷他的自尊心。
突然，我想到了一個好方法。
「還是說，要不要這樣做試試?」
「怎麼做呢?」
「再製作另一瓶新的藥。」
高福曼大公皺了皺眉，似乎是認為我的提議太超乎常理了。
「喝下新的藥之後，然後去找其他人。」

「！」

「找那種就算大公你迷戀上了，也比較……不會有困擾的人。」

這想法不是挺好的嗎？大公聽完我的提議，噗哧一聲笑了出來。

「萬一我反而同時愛上了兩個人，這不就更嚴重嗎？」

「啊……」

「光是愛一個人就已經夠難受了，如果變成兩個人，應該會撐不下去的。」

「就他這麼高傲的性格，讓人看了著實心酸。」

聲音如蚊蚋般，在高福曼大公腦子裡嗡嗡響起，他下意識嘆了一口氣。

雖然這件事聽起來很奇怪，但其實就算是心聲，每個人也都有不同的「嗓音」。這就和每個人的說話聲音都不一樣是同樣的道理。娜菲爾王后的心聲，是會讓人心裡發癢，渾身顫慄的那種聲音，就像是在你耳邊喃喃細語。因為如此，每一次娜菲爾王后的心聲中出現「高福曼大公」，他總是會渾身發麻。

從初次見面就是這樣。娜菲爾一臉嚴肅地說著「歡迎您來訪東大帝國」，但心聲卻軟綿綿地撞進他的心底。

「身高還真是挺拔啊。」

高福曼大公被這句心聲嚇到，認真地端詳了一番皇后的臉。

娜菲爾的表情非常冷傲，聲音毫無波瀾起伏，沒想到心聲卻完全是另一回事。因為這樣的違和感，大公視線很難從她身上移開。之後也一直都是這樣，喝完靈藥後，現在幾近發狂的他也依然如此。

她認為我很可憐嗎？高福曼大公努力不去理會腦中突然冒出的這個疑問。

娜菲爾王后和侍女們改去其他地方野餐後，大公依靠在白色欄杆上，閉上了眼睛。在原地待了好一陣子，他這才回到自己下榻的房間。

沒想到回去後，卻有一個不認識的女子站在自己的門前。這名看上去是貴族千金的女子，一見到高福曼走近，就立刻笑著說：

「您是高福曼大公閣下嗎？」

「**就是這個人**。」

「是的，請問您是？」

「克麗絲塔陛下想親自招待貴賓，所以請我過來邀您移駕。」

「克麗絲塔陛下是何人？」

「**什麼嘛，這個人，居然不認識克麗絲塔陛下？**」

「海因里陛下的兄嫂，也就是前任王后。」

「**我是不是應該提克麗絲塔陛下和娜菲爾王后之間關係不合的事？什麼時候說才好呢？**」

總是這樣，人們的心聲和說出口的話語總是交疊在一起。高福曼大公不發一語，內心正在區分剛剛聽到的兩種聲音。如果兩種聲音能夠分開聽那還好，像這樣同時發出來，他就得仔細辨別哪句話才是從對方嘴裡說出的。偶爾搞錯了，說話的對象就會用奇怪的眼神打量自己。

高福曼大公總算分辨好聲音來源後，便面無表情地拒絕。

「抱歉，但我現在很疲憊。」

貴族千金的表情瞬間凝結，她沒想到大公居然用上這樣的藉口。

「**怎麼有人能這麼沒有禮貌！**」

高福曼大公自己也很清楚，這個行為其實很失禮，但他就是故意的。大公不願再繼續跟對方牽扯下去，於是冷冷地說：

「我可以進房了嗎？」

言下之意，就是要對方離開自己的房門前。被傷到自尊的貴族女子往旁邊一站，高福曼大公便上前開門，走進自己下榻的房間。

高福曼認為自己擺出如此無禮的態度，那個叫做克麗絲塔的人應該就不會再來找自己了。

沒想到就在同一天晚上，克麗絲塔前任王后竟然親自找上門。這次高福曼就不方便用無禮的方式將對方趕走了。

「請進。」

各自簡單問候後，高福曼大公邀請克麗絲塔入內，她也微微一笑，應邀進了門。

高福曼吩咐隨從準備一些咖啡和茶點來，克麗絲塔則坐到了茶几後，可是高福曼並未坐到她對面，而是站在窗臺邊問她：

「方便問您來此的目的嗎？」

「聽說外賓抵達，我當然得親自來接待。」

「**這位就是高福曼……**」

克麗絲塔的嗓音從容，心聲的聲音也一樣冷靜溫吞。

高福曼只是冷冷說了一聲「這樣啊」，然後便閉上嘴。原本大公就不大喜歡和人打交道，畢竟一邊聽別人的心聲，一邊還跟對方說話，沒有比這更可笑的事了。再加上，根據剛剛那個侍女的說法，眼前這人和娜菲爾還關係不和。高福曼大公很在意這點，所以希望對方可以趕快做完她要做的事情後離開。

不過就算他的態度再怎麼冷淡，面對來拜訪自己的客人，也不能無緣無故就趕對方離開。所以大公只是什麼話也不說，直直地盯著克麗絲塔，像是要對方有事就趕快說一說。

克麗絲塔想了一下，然後問：

「請問您下榻此處，有任何招待不周的地方嗎？」

「**我必須表現出親切的樣子**。」

「如果有什麼不便之處，都可以告訴我，大公。」

「**我得把這個人拉攏過來**。」

高福曼大公皺了皺眉頭，然後冷冷地說：

「有的。」

「是什麼事呢？啊，我是因為想協助您所以才問的。」

「什麼要求都儘管提吧，我都會幫忙的。」

「謝謝您，但沒關係。」

「？」

「我會直接向負責的人求助。」

聽到高福曼大公的回應，克麗絲塔的眼神露出驚慌。

「意思是指我不是這裡的負責人嗎？要前任王后不要插手管別人閒事嗎？」

「這樣啊……」

高福曼心想，這下克麗絲塔總該離開了吧。

但克麗絲塔一臉猶豫，卻遲遲沒有起身。不過她心中那焦躁不安的聲音，已經完全透露出了她的想法。

「要怎麼做才能讓這個人成爲我的賓客呢……這男人看來不僅是討厭娜菲爾，似乎是討厭所有人的樣子。」

高福曼挑起眉，他完全不能理解這位前任王后，為什麼一定要拉攏自己。

「我到底在幹什麼？傻傻坐在這裡，也不會有任何改變吧。」

幸好克麗絲塔猶豫了一陣子後，可能真的找不到其他辦法了，於是只好苦笑著起身。

「之後再來攀談吧，看來他現在想自己一個人待著。」

高福曼總算鬆一口氣，準備送她出去。然而，接下來克麗絲塔這番難過的心聲，卻引起了他的興趣。

「明明身邊有這麼多俊美的男人，爲什麼那個女人偏偏要選擇海因里。」

高福曼不假思索地脫口而出「等等」，叫住了克麗絲塔。愛情靈藥的藥效又開始發酵，讓他的內心漸漸染上漆黑。

「什麼事？」

克麗絲塔疑惑地轉頭，雖然高福曼依然面無表情，但他卻用比剛剛柔和的語氣問：

「咖啡還沒端給客人，您喝完再離開吧。」

此時高福曼的耳邊，像是幻聽般，傳來剛剛娜菲爾說的話。

——可以再製作另一瓶新的藥嗎？

Chapter 29

初代皇后

Empress and the Emperor, side by side as they were meant to be.
But with a prey found in the forest, and a prince sent from the West.
It's an oath to be broken, or new vows to be made...

晚餐時刻，來找菈絲塔的索本修用嚴肅的語氣問：

「聽說妳想以皇后的身分管理預算？」

看來朗特男爵已經將事情呈報上去了。菈絲塔雙手緊握，怯生生地說著「對……」。她只是想拿回本就屬於自己的權力，但索本修這樣跑來質問，讓她有點退縮了。

索本修只是默默地看著她，菈絲塔想了想，小聲抗議說：

「因為菈絲塔知道管理皇室預算的事情，都是由皇后來負責的。」

「……」

「都已經成為皇后了，菈絲塔還不知道自己該幹什麼……所以才想從比較了解的部分開始做。」

菈絲塔眼神中帶著害怕，往上看著索本修，接著說：

「菈絲塔想成為一位好皇后，陛下。」

「菈絲塔。」

「是。」

「我應該跟妳說過，皇后這個位置只會讓妳坐一年。」

「知、知道啊……但就算只有一年，也是皇后。」

菈絲塔圓滾滾的大眼睛無辜地看著索本修，就像一隻無害的草食動物。

「就算只有一年，菈絲塔也想留下好的影響。」

「……」

「一開始陛下會將財政交由朗特男爵處理，也是擔心菈絲塔會把錢用在奇怪的地方不是嗎？都是因為羅特修子爵的關係。」

菈絲塔慢慢地伸出了自己的手，握住索本修的雙手繼續說：

「菈絲塔現在不會再被那個人左右了，陛下。」

索本修回握住菈絲塔的手，但依然絲毫沒有動搖地拒絕了。

「妳現在學的東西，還不足以讓妳管理預算，菈絲塔。」
「菈絲塔已經學了很多了……」菈絲塔一臉要哭的樣子，「您是要讓菈絲塔當一個傀儡皇后嗎？」
「我也不是要制止妳去做皇后的職責。」
「可是聽起來就是這個意思……」
「明天開始，每天跟我一起接受謁見吧，從這件事開始。」
菈絲塔為難地緊咬著嘴唇。她得趕緊獲得動用預算的權力，這樣才能把錢還給艾勒奇公爵。而且她也需要拿錢給羅特修子爵。因為他們雖然成為了合作關係，但子爵可不是會無償幫忙的人。菈絲塔並沒有要隨便亂花錢，唯獨這兩件事，她必須有錢去做。
「妳就放寬心吧，現在還只是剛開始而已。」
索本修輕拍了拍過於緊張而身體僵硬的菈絲塔。
「為了孩子想想，妳得多多放鬆心情才行。」
「……知道了。」
菈絲塔無精打采地回應著。雖然索本修像在安撫小孩似地，不斷摸著自己的頭，但她並不開心。
「那個……陛下。」
「怎麼了？」
「那懲處呢？」
「懲處？」
「貴族如果藐視菈絲塔的話，可以懲處他們嗎？」
「怎麼了，誰看不起妳嗎？」
「菈絲塔第一次舉辦茶會，法樂昂侯爵就瞧不起菈絲塔。」
「啊，法樂昂侯爵啊。」索本修無奈地說，「那傢伙是克沙勒的摯友，和德羅比公爵家也走得很近，本來就不可能跟妳關係變好，不要理他就是了。」

「皇后這個位置，不能被任何人瞧不起不是嗎，陛下？」
「那傢伙有當著妳的面辱罵妳嗎？」
「菈絲塔覺得受到侮辱了。」
「我有收到關於那傢伙的言行報告。」
聽到索本修這麼說，菈絲塔感到非常吃驚。
收到報告？誰寫的？參加那場茶會的貴族之中，有人跑去對索本修說這些事嗎？還是場邊的某個禁衛騎士向索本修報告的？或者是裴勒迪子爵夫人？女僕？僕人？
自己沒告訴索本修，他卻先一步知道了，這讓菈絲塔不太舒服。
「雖然在妳聽來可能是侮辱，但還不到需要施予懲處的地步。」
「他當著菈絲塔的面嘲笑菈絲塔耶，陛下！」
「他不就只是說了妳說過的話而已嗎？」
「！」
菈絲塔一時之間不知道該說什麼，支支吾吾的，索本修輕輕地在她額頭落下一吻。
「我不明白妳為什麼會這麼急躁。」
「因為……」
那些貴族看不起我的態度，實在太露骨了，而且自己當上皇后之後，除了住的地方以外，根本什麼也沒有改變。菈絲塔在心裡這樣想著，突然，她想起一件事。
「對了，陛下。我們也會去參加西王國的婚禮嗎？」
索本修的神色瞬間降到冰點，看得出來他並不想聊這件事。但這對菈絲塔來說很重要。
「對方已經先來參加了，我們也出席才符合情理吧。」
「妳真的是這麼想的嗎？」
「菈絲塔想為娜菲爾王后的新開始獻上祝福。」

「……」

「當然，菈絲塔也很擔心又會被欺負，但……」

索本修嘆了一口氣。

「妳拖著懷孕的身子，大老遠跑去會很累的。」

「但菈絲塔還是想去。」

菈絲塔態度很堅決，索本修想了想後站起身。

「陛下，您要去哪裡？」

菈絲塔跟著索本修起身，卻只見他往門外走去。難道索本修沒有要在房裡睡嗎？

「我想自己思考一些事，妳先睡吧。」

但索本修只是一臉抱歉地解釋後，就離開了寢室。

走在走廊上，索本修差點撞上女僕戴莉絲。戴莉絲嚇得趕緊彎腰請罪。

「非常抱歉，陛下，非常抱歉，陛下。」

「沒事。」

索本修揮了揮手阻止了戴莉絲，很快地就離開了西宮。戴莉絲呆呆地看著索本修遠去的背影，突然回過神，趕緊穿過起居室進入菈絲塔的寢室。

菈絲塔坐在茶几前，兩手蓋在肚子上，眉頭深鎖著。她那副如落凡天使的絕美臉蛋，搭上深鎖的眉間，看上去格外哀傷。

得長得像那樣，才能獲得陛下的愛啊。戴莉絲心中一陣感慨，一邊向菈絲塔報告。

「我來替您準備寢具，皇后陛下。」

「隨便。」

獲得菈絲塔許可後，戴莉絲安靜地開始鋪床。鋪上一層棉被後，裡面要放入熱好的石頭。接著再放上她剛洗好，鬆鬆軟軟的枕頭。

婚前的寢具慣例會等到結婚後幾天再換掉。如今已經過了那個期限，便換上了一套全新的枕頭和棉被。戴莉絲懷中抱著又鬆又軟的大枕頭，一邊拆掉東宮時期使用的枕頭套。突然，從裡面掉出了一根藍色的羽毛。

戴莉絲一時之間分辨不出這是什麼東西。

鳥的羽毛嗎？

她伸手撿起羽毛。那根羽毛是鮮豔的藍色，非常美麗。只是為什麼會在枕頭裡呢？戴莉絲偷偷瞄了一眼菈絲塔。但菈絲塔依然雙手交叉在胸前，一臉哀傷地凝視著某處。

還是說這是什麼迷信之類的，所以才會放在這裡？戴莉絲歪著頭想，突然，腦中跳出了幾個月前發生的事。啊！難道說！

她想起了之前索本修皇帝送給藍鳥給娜菲爾皇后，卻被拒收的事。那隻鳥就是像這樣的藍色，而且鳥的身上還有幾處光禿禿的部位。當初問怎麼會變這樣時，菈絲塔回答是說前皇后拔的……

難道羽毛不是娜菲爾陛下，而是菈絲塔陛下拔掉的？

戴莉絲嚇到瞪大了眼。霎那間，她感到一陣寒意，原本就安靜的四周，又變得更肅靜了。

戴莉絲背脊無來由地發涼，於是慢慢地將視線轉過去。菈絲塔正斜靠在椅子上，往這邊直直地瞪過來。戴莉絲一對到她的視線，心臟瞬間一沉。自己該不會是看到了什麼不該看的東西吧？

然而戴莉絲相信自己哥哥所擔保的菈絲塔的人品，所以極力讓自己保持冷靜，開口說：

「皇后陛下，該、不會這些羽毛……」

但戴莉絲話都還沒說完，菈絲塔突然放聲大喊起來。

「啊——！」

「陛下？」

戴莉絲嚇得立刻跑到菈絲塔身邊，但菈絲塔卻怒斥她道：「妳怎麼敢做出這種事！」

戴莉絲下意識往後退了一步，「什、什麼？」

「妳竟敢拔陛下的毛？」

戴莉絲太過驚嚇，連菈絲塔的口誤都沒發覺，急切地擺手解釋。

「不、不是的，那不是我做的，我只是正在換枕頭套，這個就……」

「啊啊——！」

菈絲塔又再次放聲尖叫，寢室外的人匆忙湧入。

「皇后陛下？」

「皇后陛下！」

另一位侍女愛麗恩、裴勒迪子爵夫人和護衛們都聚集過來，但菈絲塔沒有回頭看他們，而是一手捂著嘴，一手指向戴莉絲大喊：

「居然硬生生把鳥的羽毛拔下來，妳怎麼忍心做這種事！」

恐懼襲上戴莉絲的心頭，她趕緊跑到菈絲塔跟前跪下求饒。

「真的沒有，陛下，我、我覺得這是皇后陛下做的事。」

菈絲塔一巴掌打過去，讓戴莉絲閉嘴。掌心拍上了臉頰，發出響亮的聲音，戴莉絲的頭瞬間朝旁邊倒過去。

「妳竟敢拔掉陛下的羽毛！而且還把那東西放到菈絲塔的枕頭裡，分明就是要栽贓菈絲塔！」

菈絲塔心急地不斷大喊，戴莉絲也沒時間喊痛，只是結結巴巴地說：

「沒有，我沒有！」

但菈絲塔只是冷眼看著她，戴莉絲趕緊轉過頭去向裴勒迪子爵夫人求情。

「求求您幫我澄清，我絕對沒有做這種事，裴勒迪夫人！」

然而對於完全不知前因後果的裴勒迪子爵夫人來說，她並不想平白惹禍上身，於是趕快往後退了一步。這回戴莉絲轉向平時交情不錯的護衛，緊抓住他哀求。

「真的不是我，拜託你幫我跟菈絲塔陛下說！」

但之前一見到戴莉絲就會紅著臉打招呼的護衛，現在也冷漠地拍掉戴莉絲的手往後退，那態度就像怕沾上什麼髒東西。雖然沒人知道確切到底發生了什麼事，但心裡大概都能猜到這絕對不是件好事。

戴莉絲雖然受到了極大的傷害，但依然死命地向菈絲塔哀求。

「是我做錯了，是我做錯了，請陛下您原諒我！」

「不行！菈絲塔哪敢把這麼可怕的人留在身邊當女僕！」菈絲塔轉頭命令護衛，「把她趕出去！」，護衛立刻架住戴莉絲的雙臂，在他身上已經完全找不到，那個對漂亮的戴莉絲抱有好感的青年影子了。雖然戴莉絲掙扎了一番，但力氣差異過大，最終還是被拖出了走廊。

「太可怕了！」

菈絲塔臉色蒼白地大叫。那面如死灰的表情，似乎真的感到非常恐懼。眾人這才查看寢室內，發現了拆下的枕頭套，以及散落在一旁的藍色羽毛。

「這些是什麼，皇后陛下？」

「是戴莉絲從陛下養的鳥身上拔下的羽毛，還塞到菈絲塔的枕頭裡。被我發現才會那樣。」

菈絲塔咬牙切齒地下令：

「趕快把那些清走！不，全都給我燒掉！」

女僕愛麗恩一臉沉重，將枕頭旁的羽毛全部撿起。

「枕頭也丟了。」

「是。」

裴勒迪子爵夫人連忙跟在愛麗恩身後往外走，一面說：

「我替陛下沏一壺熱茶來。」

所有人都離開後，菈絲塔這才癱坐到搖椅上。似乎因為剛剛的恐懼，她全身都起了雞皮疙瘩。菈絲塔揉了揉自己的手臂，試著安撫過於驚恐的情緒。

當初因為不知道怎麼處理才好，只能先把羽毛都藏起來，接著實在發生了太多事，她早就忘了一乾二淨。菈絲塔不斷狠狠地咒罵自己，然後皺起眉頭想：

「我是不是做得太過火了？乾脆假裝沒看到會不會比較好？」

心情總算平復一點後，回想起剛剛整個人被用力拖出去的戴莉絲，突然感到有點過意不去。只是現在也不能改口了。

「皇后的權力果然很大……我一句話，就可以把人轟出去。」

這時，裴勒迪子爵夫人回到寢室，遞一杯熱呼呼的花草茶給菈絲塔。菈絲塔接過茶杯，同時留神觀察著子爵夫人。剛剛一句話就成功把戴莉絲趕出去，一直看不順眼的裴勒迪子爵夫人又剛好在她面前轉來轉去……子爵夫人也突然感到一陣毛骨悚然，但她並沒有表露出來，而是問菈絲塔：

「您還有其他需要嗎？」

「其他需要……」

不過這個人腦子動得很快，雖然不太喜歡她，但感覺不太可能抓到她的把柄。

打算讓子爵夫人和戴莉絲一樣受罰的想法，菈絲塔很快就決定先擱置下來。戴莉絲可以這樣處理，但裴勒迪子爵夫人可不行，她的身分是貴族，看上去也有幾名來往的貴族朋友。重點是……現在必須找新的侍女，但一想到那天茶會上，大家看自己的目光和態度，如果把那種人收進來當侍女，反而讓自己被抓到小辮子該怎麼辦？還不如留下這個怕事的裴勒迪子爵夫人。

「沒有，出去吧。」

聽到菈絲塔漫不經心的回應，子爵夫人這才鬆懈下來，立刻領命退下。

菈絲塔閉上眼，啜飲著溫熱的花草茶，熱茶流進身體，緊張感也隨著熱氣逐漸緩解。

總之，藍色羽毛總算解決掉了，關於這件事可以不用再擔心了。

不過就在菈絲塔完全安下心來前，一個可怕的想法突然浮現。

萬一戴莉絲心生不滿，跑去外面亂傳我的壞話怎麼辦？

人是很容易被謠言影響的，當初她就是利用這點把托拉妮公爵夫人趕走。菈絲塔想道萬一今天反過來是自己變成流言蜚語的主角，就感到前所未有的害怕。

戴莉絲看上去又老實又漂亮，一定很容易就能散播謠言。菈絲塔都已經被貴族看不起了，如果這時候又有奇怪的謠言影響到支持自己的平民，對自己絕對是大大的不利。

必須完全封住她的口！菈絲塔連忙搖響桌上的鈴鐺，裴勒迪子爵夫人一進來便吩咐她。

「仔細想想，那是件很嚴重的罪，居然因為憎恨皇后，跑去拔掉陛下養的鳥的羽毛，不是嗎？」

裴勒迪子爵夫人心裡浮現不好的預感，不禁吞了吞口水。菈絲塔刻意避開她的視線，冷冷地說：

「既然她犯下這麼可怕的罪行，就得重重判罰，把那女僕的舌頭割了再丟進監獄吧。」

「！」

「菈絲塔下了這種命令？」

隔天，索本修聽到祕書皮勒努伯爵來報告昨天菈絲塔的諭令後，驚訝地問：「你確定嗎？」

「是的，經查證，那名女僕已被關進監獄裡。」

索本修不可置信地苦笑一聲。從托拉妮公爵夫人事件後，他就發現菈絲塔有時候很善良，但有時候又很可怕。不過他也能理解，雖然之前那名女僕已經被趕出去了，但讓菈絲塔服下墮胎藥的事，確實會讓她對女僕變得過於警戒。但割舌下獄的命令還在是太駭人了。

皮勒努伯爵似乎也是這麼認為，皺著眉頭問：

「該怎麼辦才好呢，陛下？」

索本修嘆了口氣，一臉凝重。突然，他想起之前菈絲塔說過，拔掉藍鳥羽毛的人是皇后的事。當然，菈絲塔並沒有正面指責是皇后拔的，只是她描述的方式，就是會讓人懷疑是皇后。

「……先擱著吧，我去確認一下。」

索本修立刻起身去找菈絲塔。

菈絲塔正因為戴莉絲的事情而消沉，一見到索本修，就飛奔過去抱住他。

「陛下，您聽說了嗎？」

「聽說了。」索本修將手輕輕放到菈絲塔肩膀上，安撫道，「妳一定受到不少驚嚇。」

「就是啊，菈絲塔又因為壓力的關係，肚子好痛……」

索本修就這樣適當地先安撫菈絲塔，看到她重新露出笑容後，這才開口問：

「是說，菈絲塔，之前妳不是這樣說嗎？皇后退還的鳥，是戴莉絲收下然後轉交給妳的。」

「是啊。」

菈絲塔愣了一下，很快地又一臉愁苦地說：

「菈絲塔當初以為這個罪是廢后獨自犯下的，看來戴莉絲是廢后手下的內奸。」

菈絲塔很快就給出了回答，但索本修卻對此耿耿於懷。

他回到寢室，決定直接測試看看，於是將鳥籠放到了寢室的正中央。這隻聰明的鳥很親近索本修，一邊吱吱喳喳，一邊隨著索本修的手勢擺動自己的頭。

索本修摸了摸鳥的嘴喙，然後吩咐侍從傳喚菈絲塔過來。

有靈性的鳥看到欺負自己的人，一定會有不同的反應。他打算把鳥放到菈絲塔面前測試看看。

結婚典禮的日子就快到了，索本修和菈絲塔卻一直沒出現。都已經是這個時間了，我自然認為那兩人不打算出席婚禮。

「東大帝國好像會派里泰昂大公出席。」

我提起這件事的時候，海因里竟笑著回應：「這也不錯。」

「你是說里泰昂大公代表出席這件事不錯嗎？」

他之前明明那麼希望索本修跟菈絲塔來參加啊？

我看向海因里，只見他瞇起眼睛，笑著悄聲說：

「啊，因為我有件事希望能為那位去做。」

「你說有事想為他做？」

海因里想為里泰昂大公做什麼？我完全猜不到。不過海因里並沒有解釋，只是笑著喝了口茶。

然而就在婚禮的兩天前，菈絲塔和索本修居然出現了。

我能感受到侍女們投來的視線。至於海因里，不知道他現在是開心，還是會覺得有點可惜。

沒想到這個問題的答案，就在晚餐時刻，和另一個令人詫異的消息一同傳了過來。

「陛下嗎？」

「是的，是陛下。」

據羅茲所說，海因里竟然邀請索本修兩人單獨共進晚膳。

「妳確定不是索本修陛下邀請海因里陛下，是海因里陛下去邀請索本修陛下的嗎？」

我實在是太意外了，一連確認了好幾次。

海因里和索本修，打從第一次見面關係就不大好。一開始是菈絲塔夾在兩人之間，現在換成我夾在兩人之間。海因里看起來也不是很想跟索本修打交道的樣子，雖然他極力邀請索本修出席這場婚禮，但那只是因為他想讓索本修看看我們結婚的樣子。現再卻說他們兩個要單獨共進晚餐……

「非常確定，陛下。而且聽說是將所有人都支開，真的就兩人共進晚餐而已。」

每次我再三確認的時候，蘿茲都給予非常肯定的回答。

不知道為什麼，就是覺得很擔心，於是我走到窗前打開窗戶，看著主宮殿的方向。

感覺……海因里會被索本修的氣勢壓制住。

索本修比娜菲爾更想知道，海因里國王為什麼會邀自己共進晚餐。所以在入席後沒多久，索本修便直接了當地問：「為什麼找我？」

雖然言簡意賅，海因里卻知道對方要問什麼，笑著說：「雖然我怎麼看您都不順眼，但您確實是我該感激的人，所以才想邀請您一同用餐。」

索本修皺起眉頭，「該感激的人？」

海因里回答是回答了，索本修卻不太能理解，一臉「到底在說什麼鬼話」的表情看著對方。

海因里理直氣和地解釋：「因為您主動向娜菲爾提出離婚，我才能這麼快和她結婚啊。」

「！」

「男人之間，我就和您說實話吧，打從第一眼我就戀上娜菲爾了。」

索本修一愣。雖然海因里的笑容看上去溫柔甜蜜，但索本修見到這副模樣，卻只想一拳砸過去，不自覺地握起了拳頭。

「啊！這麼一想，就和陛下親自為我的婚姻牽線沒兩樣呢。」

「海因里國王……」

「看來我得再次向您致意了，陛下。要不是陛下和娜菲爾離婚，我現在或許還在苦苦追逐她的影子吧。」

海因里那張讓人氣得牙癢的笑容，狠狠刺入索本修的心，於是他也語帶挖苦地回應：

「該讓娜菲爾知道，你是這麼一個幼稚又惡劣的人才對。」

「絕對不會有這種事，我和陛下不同，會把幼稚惡劣的這一面藏好。」

索本修心裡一沉，原來這一餐根本是場鴻門宴。

「哈。」

索本修覺得太荒謬了，不禁笑了出來，另一邊的海因里則從容不迫地拿起刀叉。

然而索本修卻像發現了什麼有趣的事，突然全身震動地放聲大笑，海因里不由得停下切牛排的動作，看了過去。

這回換海因里皺起眉頭。索本修那副怒火中燒的模樣已經消失，正瞇起眼睛笑著。他不知道索本修在玩什麼把戲，只見索本修勾起一側唇角，不屑地說：

「只要鬆懈，就有可趁之機。看你現在這樣，想必我的機會也快來了。」

「……」

「雖然我因為一時的錯誤決策而失去了妻子，但也做好隨時迎接她回來的準備。」

「她並不喜歡您，陛下。她並不是你想找，就可以找回去的物品。」

「就因為不是物品，娜菲爾只要自己想回來，就隨時可以回來不是嗎？」索本修笑著往前傾身，「你是個雙面人，海因里國王。」

「？」

「現在是多虧這點，才讓娜菲爾對你深信不疑。但我相信，總有一天也會因為這點，讓娜菲爾回到我身邊。」

這回換海因里深感荒謬地笑了，但索本修並沒有停下。

「像你這樣的雙面人，一定有很多不想被發現的祕密。」索本修笑了笑，私語般補上一句，「比如說，你安排的艾勒奇公爵。」

「！」

菈絲塔焦躁地在下榻的房間來回踱步。

她下令將戴莉絲關進牢裡的隔天，索本修找她過去他的寢室時，她假借肚子不舒服的名義推辭了。不知道是不是因為心中一直太過在意，肚子倒是真的痛了起來，她趕緊找宮醫來，宮醫也開了藥給她。

但打從那天起，索本修似乎一直不太滿意的樣子，讓菈絲塔非常焦慮。甚至連來西王國的路上都不跟她坐同一輛馬車。

自從她懷孕，索本修每天都會擠出一小時左右，坐在床邊為她唱搖籃曲。有時候太忙了，就會省略這件事，但只要有來，都至少會待一小時以上，為自己唱歌。可是戴莉絲事件過後，唱搖籃曲的行程就只剩下三十分鐘而已。

看來是不相信菈絲塔的話。

想到這裡，菈絲塔委屈地緊咬下唇。索本修一定是對戴莉絲有其他想法，戴莉絲那麼漂亮又貼心，他肯定打從一開始就對她有意思了。所以看到戴莉絲犯錯被抓，他才會那麼不開心。

「太過分了！」菈絲塔坐在沙發上啜泣。「戴莉絲明明就想害死菈絲塔，陛下都完全不在意嗎？菈絲塔都已經陷入了這麼危險的狀況，陛下還是喜歡戴莉絲嗎！」

愛麗恩將剛泡好的茶放到茶几上，聽到菈絲塔的話，不禁覺得毛骨悚然。

菈絲塔說戴莉絲拔掉鳥兒羽毛的那天，戴莉絲明明因為要去跑腿，好幾個小時都不在宮裡。菈絲塔隨口誣賴戴莉絲的時候……愛麗恩雖然心裡清楚，但也沒能替戴莉絲挺身而出。

作為一個經歷老練的女僕，愛麗恩看過很多主人隨口誣陷僕人的例子，像是珍珠不見、皮鞋破損、錢不見、情報洩漏等等的罪名。做女僕這份工作，愛麗恩學到的是，當主人誣賴底下的人，自己絕對不能站出去反駁。要是出面反駁主人早就決定好的事，反而會一起被處罰，甚至是被趕走，根本不可能真的解決問題。

讓愛麗恩感到毛骨悚然的，並不是看到溫柔又可愛的菈絲塔，竟也會隨便誣陷戴莉絲，還下了這麼駭人的命令，而是她現在的自言自語。愛麗恩聽到那些話，全身都不禁起了雞皮疙瘩。明明菈絲塔心知肚明她自己就是冤枉戴莉絲的人，但聽她自言自語的內容，彷彿她真心認為戴莉絲是犯人。難道菈絲塔連私下獨處的時候都在演戲嗎，還是說……

愛麗恩突然感覺到菈絲塔投來的視線，趕緊停下胡思亂想離開房間。不管事實是什麼，那都不是她該管的事。自己只要迎合主人的脾氣，安分守己就好。

這樣下去，不用妄想讓娜菲爾看到我過很好的樣子，可能甚至會反過來被看笑話。

埋怨了好幾個小時的菈絲塔，在感受到腹中胎動後，終於決定振作起來。沒錯，現在不是生氣的時候，自己懷著孕還要大老遠辛苦跑來到底是為了什麼？

就像之前娜菲爾回到東大帝國煽動那些貴族一樣，菈絲塔也要來西王國煽動貴族報仇。索本修的事就先放到一邊，首先得趕快找出報復的方法。但該怎麼做呢？

這時候如果有艾勒奇公爵在身邊就好了。

菈絲塔深深可惜公爵沒有一起過來，然後吩咐裴勒迪子爵夫人和侍衛。

「趕快，廢后在這裡過得怎麼樣，適不適應、有沒有遇到什麼問題等等都去幫我查出來。」

過沒多久，裴勒迪子爵夫人便回報了娜菲爾和前王后克麗絲塔不太和睦的事。

「妳確定嗎？這麼快就問到消息，是不是隨便打聽的？」

「因為這件事似乎不是什麼祕密。」

「這樣啊？哇嗚……還說自己會過得很好，背叛陛下就走，看來姐姐的手段也不怎麼樣嘛。」

在這之後，侍衛們回報的消息也都差不多是這樣。菈絲塔確定了娜菲爾還處於適應階段，手指搭在唇上思考了一番後，便吩咐下去：

「把那個叫克麗絲塔的人帶過來，反正只是前任王后，菈絲塔貴為皇后，應該可以要她過來吧？」

「無法像召喚貴族那樣下令，畢竟是其他國家的人。但如果是邀請的話，對方應該不會拒絕。」

「那就找她過來。」

吩咐完裴勒迪子爵夫人後，菈絲塔轉而朝愛麗恩下令。

「去準備一些點心，前任王后到的時候拿出來招待。」

「是的，皇后陛下。」

「啊，還有。」

「飲料要準備香氣和味道都非常濃厚的那種。」

「是。」

「還有甜甜的，不會苦的酒。」

過沒多久，愛麗恩就將簡單的餐點端了進來。蒸熟的地瓜搭配砂糖、起司餅乾、甜到不行的飲料和水果香檳。愛麗恩將餐點放到桌上後便離開了房間。菈絲塔趁機將水果香檳摻入飲料內，輕輕搖晃。

就在一切準備就緒後，剛好克麗絲塔也赴約而來。

「向東大帝國皇后陛下請安。」

看到對方恭敬的態度，菈絲塔瞬間忘了找對方來的目的，只覺得心中一陣暢快。其他國家的前任王后對自己畢恭畢敬的樣子，看了就覺得心情很好。菈絲塔露出真心的笑容，溫柔地笑著說：

「趕快請進吧，克麗絲塔小姐。」

但克麗絲塔卻尷尬地笑了笑。她和娜菲爾的關係確實不太親密，但她讀過那篇訪談，菈絲塔可是在索本修離婚前就許諾要娶她，由此看來，眼前這位也不是什麼簡單的角色。

「坐這裡吧。」

但再怎麼說對方也貴為東大帝國皇后，克麗絲塔只能乖乖坐下。

菈絲塔也趕緊坐到克麗絲塔對面，然後開心地笑著說：

「關於克麗絲塔小姐的事，菈絲塔在東大帝國也聽說了不少。」

「這樣嗎？」

「是啊，聽說妳心地仁慈又賢明，長得又清秀美麗。親眼一見，還真的就像傳聞那樣呢。」

「謝謝您。」

菈絲塔把混入酒的飲料倒進克麗絲塔的杯子，殷切地說：

「菈絲塔突然找妳過來，應該嚇到了妳了吧？」

「是有點……」

克麗絲塔一邊想著總算要切入正題了，一邊喝起手中的飲料。沒想到菈絲塔卻開始說起了自己的事情。

「菈絲塔呢……那個……妳應該也知道，菈絲塔結婚的過程並不順利。雖然父母是名符其實的貴族，但畢竟他們都是外國人，再加上從小菈絲塔就跟父母分開，是在平民社會裡長大的。」

克麗絲塔一邊喝著飲料，一邊點頭附和。這段故事其實克麗絲塔也聽過，不過關於這件事的真實性，西王國內也有不少意見。

菈絲塔繼續說道：「所以菈絲塔很晚才進入社交界，身邊沒有什麼交情好的貴族。」

「天吶。」

「再加上東大帝國的貴族幾乎都還是站在娜菲爾那邊，菈絲塔在那裡可以說是完全被孤立了。」

「怎麼這樣。」

「這也是沒辦法的事，菈絲塔對於很多禮節也才剛開始學而已。」

克麗絲塔客套地附和了幾聲，這時，菈絲塔哀傷地微笑著，抓起了克麗絲塔的手。這突如其來的舉動讓克麗絲塔瞪大了眼睛。只見菈絲塔一臉真誠地對克麗絲塔說：

「所以菈絲塔想跟西王國的大家打好關係。」

對於菈絲塔意外率真的樣子，克麗絲塔感到有些驚訝。這個從索本修皇帝情婦，一路爬升為皇后的謎之女子，在西王國的傳聞也眾說紛紜，但普遍認為菈絲塔是個有致命吸引力的蛇蠍美人。但今天看到她本人，根本是個天真無邪的鄉村少女啊。而且還自己坦承無法融入社交界、對禮法禮節還不熟之類的事，這讓克麗絲塔感到十分衝擊。

「在這裡停留的時間，菈絲塔希望可以跟克麗絲塔小姐當好朋友。」

見菈絲塔用天使般純真的臉孔請求自己，克麗絲塔下意識就點頭答應。

事實上，一開始聽到菈絲塔邀請自己過來的時候，她就預料到對方會利用自己來對抗娜菲爾。聽到菈絲塔莫名其妙突然說一大堆自己的事，她還以為總算要切入正題了。然而菈絲塔卻完全沒有提到娜菲爾的事，反而像一個剛亮相的社交界新人貴族，好奇地問東問西。看上去是真的跟社交界很不熟的樣子，讓克麗絲塔覺得還挺可愛的。

就在克麗絲塔開始放下警戒的時候，菈絲塔小心翼翼地提起一個新的話題。

「那個，不知道菈絲塔這樣說，會不會讓妳不高興，但菈絲塔真的因為不太了解貴族社會的事，所以才這麼問的。」

「？」

「娜菲爾她曾經當過皇后，又跟西王國的國王陛下再婚不是嗎？」

「……」

「那克麗絲塔小姐不能再婚嗎？」

克麗絲塔神情僵硬地看向菈絲塔。雖然侍女們也曾經因為擔心問過自己這個問題，但今天才第一次見面的菈絲塔就問她再婚的事，讓她感到有點唐突。

「因為菈絲塔知道的政治聯姻只有娜菲爾……可能是因為政治聯姻，娜菲爾跟陛下之間沒有愛情，也因為這樣才能很快就跟海因里陛下再婚吧。」

菈絲塔很清楚克麗絲塔根本不想聊這個話題，但依然故我地說：

「在菈絲塔看來，這好像是貴族之間常有的結婚模式。那這樣克麗絲塔小姐應該也是政治聯姻……」

克麗絲塔終於還是淡淡地出聲制止了。

「我並不想聊這個話題。」

「天吶，真的非常抱歉。」

菈絲塔立刻瞪大雙眼道歉，內心卻在冷笑。

看來這女人內心有喜歡的人，不然反應才不會這麼嚴肅。

「再多喝些吧。」

不過菈絲塔假裝沒注意到，而是一個勁地勸克麗絲塔喝下那些摻了酒精的飲料。隨著時間過去，效果漸漸浮現，克麗絲塔開始露出了放鬆的神態。菈絲塔猜她應該已經有點醉了，於是又試探地問：

「反正又不像娜菲爾那樣是外遇再婚，克麗絲塔小姐可是寡婦耶，怎麼就不能再婚呢？這樣不是太過分了嗎，對吧？」

如果這回克麗絲塔沒有上鉤，菈絲塔就打算再讓她多喝點酒。不過只見克麗絲塔露出苦笑，菈絲塔心中一陣叫好，看來計策差不多要得逞了！

菈絲塔又叨念了幾次後，克麗絲塔終於稍稍吐露出自己的心聲。

「雖然我可以跟這世上的所有男人結婚，卻不能和我想要的那個男人結婚。」

「為什麼呢？」

「……因為我會造成那個人的麻煩。」

克麗絲塔喪氣地說，眼眶泛著淚。菈絲塔笑了笑，趕緊將手帕遞過去。

本來菈絲塔是想利用克麗絲塔被剝奪權利這點下手的，沒想到竟意外獲得了更有趣的情報。

看來是喜歡海因里啊，這個人！

結婚典禮的前一天，我和海因里來到了禮堂進行彩排。由於當天可能會直接發表稱帝宣言，所以海因里只找了幾個親信過去詳談。

大概是在討論什麼時候提出稱帝吧，畢竟需要選出一個最受注目的時間點才行。不過由於各方意見談不攏，所以討論的時間比想像中還久。

就在他們決定暫歇一下，剩下我們兩人的時候，我決定問出從昨天就一直存在心底的疑問。

「你昨天晚上到底都跟陛下聊了什麼？」

海因里原本伸手過來想牽我，卻突然停在半空中，我可以感受到他指尖傳來的一陣顫動。於是我主動伸手過去握住他，凝視著他的眼睛。難道他被索本修欺負了嗎？到底都聊了什麼？

接著就聽到海因里嘆了一口氣，嘟囔地抱怨。

「太過分了。」

「？」

「好卑鄙。」

什麼？

「妳這樣牽住我的手，我就不得不回答嘛。」

什麼？我忍不住笑了出來，然後海因里猶豫了一下，才老實開口。

「我故意挑了會讓那個陛下不爽的話說。」

我聽到這裡突然頓住。海因里？真的嗎？我太驚訝了，海因里竟然會做出這種事？不過我很快就想起之前新年祭宴會上發生的事。海因里他……曾經在索本修面前故意學菈絲塔說話的樣子。

這麼想也是，他是會這麼做的人。我們之間變熟後，他都一副乖巧的樣子，讓我忘記了最剛開始，我對海因里還很陌生時，曾有過他和菈絲塔的個性其實很像的想法。可以面帶笑容地攻擊人這件事……不知道是不是因為想到這件事，讓我表情變得不太好，海因里看了看我的臉色後問：

「妳是在生海因里的氣嗎？」

一聽到這個說話方式，我又不禁笑了出來。我笑著看他，海因里又開始學菈絲塔的語氣說：

「不要生海因里的氣嘛。」

「不要再用這個語氣說話了。」

這真的是我最討厭的語氣，但海因里這樣一說，不就變得太可愛了嗎？

海因里笑了，然後輕輕靠到了我的肩膀上，悄悄地說：

「我喜歡妳，夫人。」

這個樣子實在很討人喜歡，我也將頭靠了過去。只是一看到禮堂另一邊那些滿臉不可思議的海因里親信，我趕緊恢復原本的態度把頭移開。但麥肯納已經在那邊開始偷笑了，我趕快換上一臉嚴肅的態度，跟海因里說現在最重要的事：

「海因里，雖然你跟索本修陛下之間沒必要關係很好，但也沒有必要去跟一個國力和我們相當的皇帝起爭執。」

「！」

「希望你盡量不要引起任何問題。」

明明剛剛的氛圍還不錯，話題的方向卻急轉直下，海因里的表情愣住。雖然對他感到有點抱歉，但該說的話還是得說。

「你是我的丈夫，但同時也是必須對西王國負責的人。」

海因里依然沒有回應。難道他打算繼續惹麻煩嗎？

「海因里。」

我小聲地叫了他的名字，海因里這才轉過頭來，但他溫柔的語氣，說出的話卻不是針對我剛剛那些事情的回答。

「我有件事想向妳坦白。」

又想扯開話題啊。我一臉凝重，打算再跟他說一次——

「我沒有經驗。」

海因里突如其來的發言，瞬間把我準備要說的話全部堵了回去。剛剛……他說什麼？我驚訝地看著他，海因里靠過來在我耳邊說：

「所以說初夜的時候，就靠妳來引導我了。」

雖然我知道他是故意轉移話題，但我腦中一片空白。雖然這件事我沒有說出口，但這也是我默默煩惱的地方。只是他這是什麼意思？要我引導他？是要我主導一切嗎？

臉上一陣發燙，我趕緊低下了頭。我希望他可以假裝沒看到，但海因里故意一起低下頭，然後看著我的眼睛說：

「妳的臉變紅了唷，夫人。」

「……你也是。」

「我的老師是這麼說的。」

「？」

「他說我是個舉一就能反三的學生。」

「！」

我努力維持臉上的平靜，但完全沒辦法，最後只丟下一句「那今天彩排就這樣吧」就轉身離開。

我逃跑般從禮堂出來後……偏偏又在外面遇到了高福曼大公。我應該打聲招呼……不行，我沒有辦法腦中一邊想像初夜的畫面一邊從容地和大公聊天。

「！」

幸好，仔細一看高福曼的臉色也不太好，應該不會聊太久。

我覺得比較放心後，便往他那邊走過去。然而就在我準備打招呼的時候，高福曼卻轉身就走。雖然我是鬆了一口氣……但為什麼這麼突然？他在這裡不是在等人嗎？就在我困惑的時候，侍女們從附近迎了過來，七嘴八舌地說：

「我們該去準備結婚典禮的事了，陛下。」

「從現在起有很多事要忙，而且您今天還得早睡！」

「快點！」

雖然一旁的瑪斯塔斯一臉困惑，像是在問「為什麼這麼早就開始準備？」，但也跟著一起催促我。

我再看了一眼高福曼的背影，接著加快腳步帶著侍女們回到別宮。

海因里看著娜菲爾遠去的裙襬，雖然和娜菲爾相處的時間很愉快，但她那句沒有必要和東大帝國起衝突的話，卻讓他耿耿於懷。雖非對方的本意，這句話卻像箭矢一樣正中靶心。再加上索本修那番讓人不悅的「雙面人」、「真面目」的警告，海因里總覺得有些疙瘩。

「陛下，您不進來嗎？您剛剛不是說要去洗手間，怎麼呆呆站在這裡？」

接著又聽到麥肯納嘀咕了一句：「這裡難道是洗手間嗎？」

海因里出神地斜靠在柱子旁。

「麥肯納，如果 Queen 發現我是個……只有身體純潔的人渣，會不會回到那個人的身邊？」

麥肯納的腦中很快地浮現一句句，作為屬臣應該安慰的話語。陛下您怎麼會是人渣呢？陛下做的一切都是為了西王國啊，就像東大帝國只顧自己的人民，陛下您也只是顧及西王國而已，怎麼會是人渣？之類的話。但作為關係要好的親戚，他知道海因里最需要的安慰其實是：

「您只是重複利用而已，毋須多慮。」

海因里咻地轉過頭來，麥肯納逃也似地飛奔進了禮堂。

終於來到了結婚的當天。從今天起，我就正式成為西王國的王后了，不對，既然已經準備稱帝，應該說是成為西大帝國的第一任皇后才對。心中頓時同時湧上壓力和感動。第一任皇后……雖說是第一任皇后，但西王國已經是個國立基盤穩健的國家，無論是國土、財力、軍事能力，都已經完全達到了帝國的水準。成為西大帝國之後，其實也沒什麼我需要拉拔的事。不過既然要從王國成為帝國，勢必會有很多需要改動的部分，這些都必須在我執政期間調整完畢才行。

「哎呀，王后陛下，您可不能一直皺著眉頭。」

「啊，抱歉。」

「為了讓您的額頭看上去飽滿光潔，我們擦了一層珍珠粉在上面，如果您老是這麼皺眉頭，珍珠粉都會掉的。」

什麼都不能再想了。為了能讓今日的妝容服貼，昨晚我還刻意早早就寢，睡了一頓美容覺呢。接著一早起來，我還泡了摻雜三種水質的湯浴，讓人按摩消除下顎和肩頸的水腫。然後光是化妝，就花了好幾個小時，頭髮的造型也做了好幾個小時。

「完成了！」

就在我全身肌肉開始感覺有點麻的時候，朱伯爾伯爵夫人這才鼓掌大喊完成。幸好，如果要我繼續維持這個姿勢，我一定會受不了跑出去散步的。

「請照鏡子吧，王后陛下，您真的太美了。」

蘿茲也跟著興奮地大叫。我打起精神，走到鏡子面前確認。我可不想跟菈絲塔那時候一樣，每一處分開看的時候很美，全部聚到一起看的時候反而顯得很可笑。不過，天吶，看著自己穿上結婚禮服後的樣子，意外地令我非常滿意，是令人驚喜的華麗。之前就曾試穿過一次，但現在加上妝髮又更驚豔了。

我緩緩地轉了個身，蓬鬆的裙襬傳來唰啦唰啦的聲音，真的就是唰啦唰啦的聲音，同時在光線的照映下閃閃發光。

「真的太美了！啊，您這副模樣，應該讓人替您畫下來才是！」

「謝謝妳，蘿拉。」

海因里曾說過「西王國是寶石出產大國」，所以就在禮服裙襬上繡上了滿滿的寶石。雖然侍女們一陣陣驚嘆，看上去也確實很美麗……幸好海因里打算在今天稱帝，這麼穿還算隆重應景，不然這件禮服看久了，感覺我簡直就像什麼寶石狂熱者。

結婚典禮正式舉行前，所有受邀而來的貴賓和貴族，都已經開始入座。而我也必須提前到禮堂的休息室，準備踏上那段新娘之路。結婚證書我們已經簽好了，今天不過是走個流程舉辦儀式而已。但不知道為什麼，就是感到緊張不已。海因里應該也已經在對面了吧，他也像我這樣緊張嗎？一定的吧，畢竟這是他的第一次……啊，我指的當然是結婚。

「王后陛下，您可以進場了。」

我剛剛一直很怕弄皺禮服，所以根本不敢坐下，只能一直走來走去。終於，負責處理國家盛會的官員進來，告訴我一切已經就緒。我點了點頭，走出門外，在「新娘之路」上緩緩邁開步伐。

而另一邊，海因里也朝向這裡走來，我一和他對上眼，他便露出了耀眼的微笑，看得出來他很興奮。我怕自己笑出來，努力地控制臉上的肌肉，維持著得體的淺笑，總不能在大家面前笑場吧。

新娘之路，這條沒有海因里的陪伴，我獨自走過來的路……當然，這條路上曾有過索本修。就在我心情變苦澀之前，海因里和我的路交會了，我們彼此微笑著，然後轉過身面對大神官。

此時，我們的手臂很自然地靠到了一起，海因里趁機握住了我的手。

一般來說會牽著手走嗎？雖然有點詫異，但我也伸出手握住他。

當初還碎碎念著絕對不要找他來的大神官，原本一臉嚴肅，一看到我們便一副拿我們沒輒的樣子，也露出了微笑。

「都讓你們不要找我來了。」

就在我們走到他面前後，大神官一邊打開誓約之書，一邊小聲地抱怨了一下。我和海因里相視而笑後，大神官便按照程序問海因里：

「你們的人生，一半是走在各自的道路上，而一半，則是一同從夫妻之路上走過來。西王國的國王，海因里．亞歷士．拉茲羅，接下來的路程，將與娜菲爾．艾麗．德羅比一起攜手往前行，您願意嗎？」

我有點意外，原本婚禮的誓言內容跟這個不太一樣。

我驚訝地看著大神官，而他朝我露出狡黠的笑容。看來因為我們曾經在東大帝國就立過一次結婚誓約了，所以大神官才將內容做了調整。

然而，大神官那狡黠的笑容，卻在海因里說「請等一下」的瞬間消失。一聽到新郎沒有立刻回答願意，而是要大神官等一下，貴賓席瞬間爆出騷動聲。

這個環節早在昨天就已經知道了，所以我只是靜靜看著席間眾人的反應，然後耐心等待。

不過，在眾人激動的反應下，最先映入我眼簾的是菈絲塔笑出來的樣子。

好了，就別再繼續看了，這麼好的日子，我沒必要去確認恨不得看到我粉身碎骨的那些人的反應。

我轉頭看向身邊，海因里聽到眾人議論紛紛的聲音，只是面帶沉穩的笑容開口。

「在此之前，有件事我必須先做。」

突然拋下震撼彈的主角，語氣卻依然輕鬆自得。賓客完全搞不清楚到底怎麼回事，都不斷在交換著眼色。

海因里耐心等到氣氛沉澱下來後，這才大聲宣布。

「從現在這一刻起。」

「？」

「我們西王國將改制為西大帝國，我，海因里．拉茲羅，便是西大帝國的第一任皇帝。」

和剛剛的語氣全然不同，可以感受到海因里的那股威嚴。

而外賓們的反應，比聽到海因里說「請等一下」的時候更為震驚。似乎完全沒搞清楚到底發生了什麼事。不過，就在海因里的幾名親信開始鼓掌後，西王國的人也立刻跟著拍手歡呼。外賓們也被感染，跟著鼓掌叫好起來，一掃剛剛七嘴八舌的議論聲，現在禮堂內是全場沸騰歡動。

我看到記者們手忙腳亂的樣子，接著瞥一眼索本修那邊。雖然他臉上毫無血色，但依舊保持著面無表情。他心底是覺得這一切很煩嗎？還是會覺得我太過固執？不管如何，他的表情管理能力令人佩服。

而另一邊，菈絲塔則是一臉我從她頭上把皇冠扯下來的表情。

海因里再次回過身去面對大神官，接著宣誓。

「我，西大帝國皇帝，海因里．亞歷士．拉茲羅，願意迎娶皇后娜菲爾．艾麗．德羅比，作為我的妻子。」

大神觀看著自顧自完成宣誓的海因里，皺了一下眉頭，不過很快地，他也更改了稱呼問我。

「西大帝國的皇后，娜菲爾．艾麗．德羅比，您願意與皇帝海因里．亞歷士．拉茲羅結為夫妻嗎？」

「我願意。」

我笑著宣誓後，大神官將結婚證書遞了過來。那份是在東大帝國時寫下的證書。大神官把原先寫著「國王」和「王后」的部分劃掉，小聲地說：

「幫我在旁邊重新簽一次吧。」

我和海因里簽完名，大神官正式宣布我們成為夫妻後，便將誓約之書闔上。同時，禮堂響起了比剛剛更為熱烈的歡呼和掌聲。

晚宴開始，我和海因里走上前開舞。

或許是因為再過幾個小時，那件事就要來了吧，我特別能感受到他今天跳舞時，手碰到我脖子和腰間的觸感。

「看來好像掛太多寶石了呢，Queen。有種在摸鎧甲的感覺……」

不過海因里倒是因為我全身掛滿寶石的關係，對於手碰上來的感覺不大滿意。

「你這狡猾的老鷹，在期待些什麼啊？跳舞吧。」

我輕輕斥喝了他一聲，海因里笑嘻嘻地悄聲說：

「幸好沒有人可以看到我腦海裡的畫面。」

他到底在想什麼？難道……是跟我一樣的想法嗎？還是別問了。我緊緊圈住他的腰。

然後，我在人群中瞥見了高福曼大公。就在我轉一圈回來後，他卻又消失不見了。

沒事吧？他昨天也是這樣，表情都不大好看。會不會是因為我結婚的關係呢？現在他因為愛情靈藥的關係深愛著我，或許會感到嫉妒……

「只能看我。」

海因里很快就察覺到我的分心。我一擔心起高福曼大公，他就立刻發現我的不對勁，然後在我耳邊悄聲說：

「此時此刻，眼裡只能有我一個人，夫人。」

「你還真貪心。」

我開玩笑地抱怨，海因里則理所當然地回應：「Queen 現在是我的女人了，我也是妳的男人。」

「我們屬於彼此。」海因里悄聲說完，順勢在我額上輕輕一吻。「帶走我吧，Queen，緊緊抓住我，抱住我。」

還真是可愛。或許是因為他比我年輕幾歲的關係吧，就算海因里其實是個身高挺拔的男子，還是覺得他很可愛。不過海因里卻意外地占有欲很強。我第一次聽到用屬於這個詞，來形容結婚的關係。

第一支舞結束後，我們牽著手回到王座上。一坐上去，負責宴會的官員們便立刻把食物端了上來。我在選要吃的餐點時，只見海因里把餐盤放到了膝蓋上，然後一直盯著我看。難道……是要在大家面前餵我嗎？

「我之前也說過了，Queen，我喜歡這樣餵妳吃東西。」

看來真的是如我所料。

不行，不論關係再怎麼親密，這舉動都太沒有皇帝夫婦的風範了。我緊緊閉上嘴，趕緊對他搖搖頭。幸好海因里還算安分，只是一臉消沉地把叉子遞給我。

「以後就我們兩人單獨的時候再做吧。」

舞池中，漸漸開始有其他的貴族進去跳舞。

不知道是不是因為今天稱帝的關係，宴會的氣氛比平時還要更熱絡，人們的語氣都變得比較興奮，表情也更加活潑。尤其是西王國的人，一個個都是飄飄然的表情。

我細細聆聽了場上的談話，發現沒有人對用滿滿寶石來裝飾的宴會廳有任何意見。也是，都已經從王國晉升為帝國了，那種華麗的裝飾根本不是重點。

我看著看著，還有……

「為什麼艾勒奇公爵沒有出席？」

明明是海因里的朋友，卻沒看到艾勒奇公爵的身影。

「我邀請他了，但不知道他為什麼沒來。」

「這樣啊。」

海因里跟麥肯納開始討論起事情，剛好哥哥走到附近，於是我就跟哥哥聊了幾句。只是我們在聊天的時候，那些送情書來的千金們，不斷地用炙熱的眼神看他，我只好把哥哥推出去。

「就別一直呆站在我身邊了，出去跳幾支舞吧，哥哥。」

哥哥似乎也是想要幫我的忙，乖乖地往千金聚集的地方過去，和她們聊天。雖然他那副模樣看上去有點尷尬。

接著我又跟侍女們聊了些天，她們也去跳舞後，妮安走了過來和我打招呼。

「您又再次成為皇后陛下了呢。」

她帶著迷人的笑容走了過來，接著又開玩笑地說。

「您果然還是最適合這個稱呼。」

跟在妮安身邊的陌生西王國，不對，是西大帝國貴族們，也紛紛應聲附和。看來妮安也在不知不覺中培養了自己的一群勢力。

妮安離開後，我靜靜地觀察宴會廳的狀況。茉雷妮雖然就在離我不遠的地方，但我們只是簡單地眼神交會示意了一下。而和海因里比較親近的那些名門貴族，則全部跑到我身邊來釋出善意。

海因里稱帝的事情，應該不是這一兩天就決定的事，不過他們似乎都認為海因里稱帝的最大原因是我，所以都很感謝我。那索本修呢，他又會怎麼想？

索本修一個人在非常遠的角落裡，靜靜地喝著酒，雖然看上去很冷靜，卻擺出了一副生人勿近的態度。那麼菈絲塔呢，菈絲塔去哪了？為什麼他是自己一個人？

只是不知道為什麼，我居然找不太到菈絲塔。照理來說，她的長相應該很容易在人群中一眼看到才對。

啊！在那裡。我知道她今天為什麼這麼不顯眼了，她正努力削減自己的存在感。但為什麼她要那麼做？明明就不是這樣的個性？

……我知道了，是妮安的緣故。

雖然心中不斷燃著熊熊怒火，但菈絲塔必須盡可能保持低調。誰讓托拉妮公爵夫人和朗德勒子爵偏偏就在距離自己不遠的地方。

菈絲塔就是不想看到他們，才刻意四處避開了，可是身為皇后的她，到哪都會有目光跟過來。只能說幸好因為關係都不太熟，那些人都只能等皇后主動和自己搭話，所以沒有人會抓著菈絲塔不放。

菈絲塔就這樣轉了好幾圈後，總算來了克麗絲塔身邊。她決定要來翻出克麗絲塔心中的那個結。

就在她準備跟克麗絲塔打招呼的時候，突然傳來了扇子攤開的聲響，隨之而來的是吵鬧的笑聲。

菈絲塔回過頭，發現是托拉妮公爵夫人，在一群貴族紳士和貴賓的簇擁下，正朝著這裡走過來。同行的還有當初刺傷自己的朗德勒子爵。

恐懼驅使下，菈絲塔本能地再度逃離。

Chapter 30

初夜

Empress and the Empire, side by side as they were meant to be.
But with a prey found in the forest, and a prince sent from the West.
It's an oath to be broken, or new vows to be made...

婚宴結束後，緊隨而至的正是令人懼怕的那件事——初夜。

那個必須由我來引導的初夜，很快地就要降臨了。我真的能做好這件事嗎？我從來沒有在這種事情上……擔任過引導他人的角色。

當然，要我做也不是不行……不對，我真的可以嗎？總覺得自己會害羞到完全無法好好正臉對著他！但我也不好拉著自稱沒經驗的海因里，跟我一起乾瞪眼。完蛋了。我心中不斷反覆地想著完了完了完了完了……

時間就這樣一分一秒的過去，我終於進到之前以尚未舉行婚禮為由，禁止我進入的王后寢居。現在是不是應該改口叫皇后寢居了？不過他們說還有一間共用的寢室對吧？這裡確實有另一張屬於自己的床。

當年打造這宮殿時，那一任的西王國國王和王后不知道是不是關係很親密，為什麼偏偏要把這裡設置成這麼麻煩的樣子？

不過話說回來……這房間，還真是金碧輝煌啊！海因里說他要用金色來裝潢，還真的整間寢居的色調都是以金色為主，有深的金色、淡金色，不同深淺濃淡都有，舉目所及全都是金色。等等，似乎有好幾處是真的用黃金去打造的？

我目不轉睛地欣賞這一切，隨我進房的侍女也都紛紛驚嘆起來：

「這實在太美了，別宮完全比不上啊，皇后陛下。」

「真的好美。我們以後都會待在這裡對吧？」

「啊，我們的房間又在哪呢，要往哪裡走啊，蘿茲？」

「往這邊走。」

蘿茲為介紹侍女們居住的房間，便率領著眾侍女離開了。留我一個人在房裡，我坐到了床上，摸了摸鬆鬆軟軟的被子，想起由寧替我打開房間門的那個表情，就不禁笑了出來。

我本來還在想，他會不會對我終於正式住進了皇后寢居而不開心，沒想到由寧看上去倒是很泰然。

這表示他對我的警戒心也稍稍地放下了嗎？要是這樣那就太好了。

過了一陣子，侍女們參觀完自己的房間後，便回來興奮地向我描述。

「這邊有張床，然後這邊是衣櫃，那邊還有張書桌呢！」

「化妝臺整個都是銀色的呢，皇后陛下！」

「衣櫃從這頭到那頭，一整面牆都是呢！」

看來不僅是我的房間，侍女們的房間似乎也都被裝飾地非常豪華。

「下次再帶我去看吧。」

我笑著提議，她們一個個開心地笑說那當然，突然，上一秒還嘰嘰喳喳的熱鬧氣氛，瞬間一片寂靜。我困惑地看了看她們，只見侍女們交換眼神，然後在一旁偷偷竊笑著……我好像知道她們現在在想什麼。她們也認為我是時候該去泡個澡，準備就寢了。也是，都已經這麼晚了……海因里是不是也正在他自己的房間裡沐浴呢？

剛剛我們準備離席的時候，海因里的祕書突然把他叫住，說是國境地帶有要事急報，海因里便讓我自己先回來休息，所以說不定他也還沒回到寢居。

「請您趕緊沐浴更衣吧，皇后陛下。」

「我們會盡可能讓您全身都散發出淡淡花香的。聽說工房那裡打造出一款近期最流行，混合了百合與玫瑰香味的香水。」

「我已經為您準備好一款，讓您整個人像是泡在雲朵裡的沐浴劑了。」

侍女們手忙腳亂地要把我推去沐浴，但我卻站在原地。

「皇后陛下？」

蘿拉看我一動不動地，不能理解地看著我，吞吞吐吐地問：「您怎麼了？」

我一手指向了門外。

「我有點，想去外面吹吹風。」

「現在嗎？」

「反正現在陛下也還沒回來……」

我想藉著外頭的冷風，讓不斷發燙的臉降點溫。

從今天開始，我和海因里之間的關係會有所變化吧。就不知道我們是會變得更親密，還是更尷尬。

我想在改變之前的最後這點時間，好好沉澱一下內心的這股心煩意亂。

下樓後，我來到了高大落地窗外的陽臺，手扶上了陽臺的欄杆，深深吸入掠過鼻尖的涼爽微風。冷冽的空氣充滿了整個胸腔，然而臉上的熱氣卻遲遲沒有退去。我往婚宴尚未結束的宴會廳看過去，煙火時不時在天空中綻放著，那裡依然燈火通明，看得到不少出來透氣的人、偷偷跑出來談情說愛的戀人，以及高福曼大公……高福曼大公？

高福曼大公不就正出了神地站在那裡嗎？那座……陽臺上。雖然看不太清楚他的表情，但可以感受到他落寞無比的樣子。這大概也是受到靈藥藥效的影響吧。

雖然高福曼大公真假參半的說話方式，讓人覺得有些好笑，不過仔細想想，就會覺得那個靈藥還真是個可怕的東西。愛情是種會讓人患上所謂相思病的強烈毒藥，而大公正被迫為此所苦，雖然這也是他自作自受得來的。

這時候，高福曼大公突然往我這邊看了過來。很明顯就是我這個方向，即便相距如此之遠，我依然能感受到我們的眼神對上了。大公並未避開我的視線，我只好先轉身背對，離開了原本所站的陽臺。

我和海因里的初夜即將來臨，明白大公心意的我，實在很難坦然地和他打招呼。

我在附近晃了晃，最終還是只能走回寢居。

「您回來得正好。」

「剛剛才來人回報說『皇帝陛下』也已經回到房裡了。」

「瑪斯塔斯，妳幹嘛要強調『皇帝陛下』啊？」

「因為很棒啊，前輩妳不喜歡嗎？」

瑪斯塔斯和蘿茲依然鬥著嘴，而我則和朱伯爾伯爵夫人先走進了浴室。

就像剛剛蘿拉說的，浴缸裡滿是蓬鬆如雲朵般的泡沫。我脫去外衣泡進去，暖意從腳底蔓延上來，我閉上眼睛，享受著滿池的溫暖。感覺睡意漸漸來襲，我只好趕緊起身。

往身上噴幾下融合了玫瑰與百合花香的香水，又簡單地用清水沖洗後，我這才穿上和結婚禮服一齊準備的睡袍。我的手輕顫著，照了照鏡子，發現穿上的效果平時更加情色。

不知道海因里是不是也正披上這樣的睡袍？通常是會一起準備夫妻用的款式沒錯……海因里一定很適合這樣的設計。

我難為情地將全身看了一遍，最後總算牙一咬，將侍女們都遣了出去。

王宮的建築設計得很巧妙，在我和海因里的寢居之間夾著一間共用的寢室，而寢室外的那條走道，並沒有任何可以進出的門，所以要進入寢室，就必須通過我或是海因里的寢居。聽說，在沒有允許的情況下，侍女也不能擅自進入那間寢室。

我深呼吸了幾次後，聽到寢室裡面傳來了腳步聲，看來海因里早就在裡面等了。我又再次深呼吸，這才緩緩地踏出腳步，把手放到了門把上，然後提起勇氣，慢慢地轉開了門鎖。一進到門內，隱藏在兩房之間的寢室全景，一下子映入了眼簾。

「啊……」

真的完全就是間寢室呢，裡面除了床之外沒有其他的家具，而床底下鋪著軟綿綿的地毯。皇后皇帝專用的床本來就已經夠大了，這間房裡的床，比起各自用的床更要大上許多。

這裡真的是專門拿來睡覺用的，不過因為到處擺放著滿天星花束裝飾，所以看上去不會那麼冷清單調，而床上也不知道什麼緣故，隱隱約約閃著光芒。

這又是什麼特殊功能？

就在我環顧四周時，一旁傳來輕輕一聲：「Queen。」

我嚇得回過身，就看到海因里站在與我房間連接的那扇門旁邊。他身上果然穿著跟我成套的睡衣，而他……

「啊！」

我難為情地趕緊轉過身去，誰讓他腰帶繫得那麼鬆，上半身若隱若現的。我難為情地避開了他的視線，沒想到海因里竟悄悄來到我身後，一把摟住我的腰。接著在我的耳朵旁、臉頰上，又回到了耳朵旁，按照順序地輕輕各落下一吻後，低聲細語說：

「趕快教我呀。」

一切都太尷尬太難為情，我都急得快哭出來了。每處他嘴唇碰過的地方，都無端端地開始熱起來。而且不知道是不是才剛沐浴完，他的唇上還殘留著濕潤的觸感。

「先到……先到床上吧。」

我小小聲地說著。而海因里則面帶著邪魅的笑容，頭也不轉地直直盯著我看，一邊慢慢地往後一步步退到床邊，然後一屁股坐下，拍了拍自己的膝蓋，朝我張開雙臂。

「來吧。」

還說什麼要我引導他，是要人引導他什麼？

不過他這副模樣反而讓我安心不少。我緩緩地朝他走過去，來到他面前，站在他的雙腿之間。

海因里這時候倒像是剛剛的小手段都用盡了，一臉懵懂地看著我。我望進他那神祕深邃的眼眸中，吞了口唾沫。

海因里那頭長到脖子上的頭髮，還帶著點水氣，看上去比平時更妖豔。我不疾不徐地伸出手，將他的頭髮撥了撥，而海因里則像是全憑我擺布般，閉上了雙眼，微微抬著頭……

好可愛，就像隻大狗狗，很溫馴的大狗狗。這也讓我頓時生出了些勇氣，我將手指插入他的髮流中，溫柔地順著他的頭髮，接著輕輕在他額頭上落下一吻，悄聲說：

「到床上去吧，往裡面躺一點。」

海因里瞇起眼睛，笑了笑，然後乖乖地往床上移動。我猶豫了一下，便用手稍微推向他胸膛，讓他整個上半身都往後躺平。當他赤裸的胸膛碰到我指尖的瞬間，我感受到海因里全身顫抖了一下，但他依然聽話地躺了下去，然後以這樣的姿勢，由下而上直直地看著我，眼神中帶著滿滿的期待，呢喃道：

「粗暴一點也沒關係的。」

「色情的小禿鷹，你的意思不介意我粗暴，還是根本在要求我要粗暴一點啊？」

我笑著問，海因里則小聲回答「兩者都可以」，然後將原本就綁得鬆垮垮的睡衣一手鬆開。腰帶一落下，原本若隱若現的上半身立刻一露無遺。我膝蓋跪著，一步一步朝他移動過去，把拖鞋脫到床底下後，坐到了他的肚子上。

「呃。」

海因里像是再也忍不住似地，發出了焦躁的聲音，將手放到了我的大腿上。雖然隔著一層睡衣，但我能清楚地感受到由他手掌傳來的觸感。臉上猛然一陣燥熱，我緊緊閉著雙唇。海因里的雙手慢慢地，沿著大腿慢慢地往上滑，在我腰窩附近停了下來。

「由上往下看的感覺如何啊，夫人？」

「……很美，很性感。」

「讓我變得更性感吧。」

海因里低沉的細語，彷彿在我耳邊搔著癢。我也伸出了手，緩緩地在他的上半身遊走著，沿著脖子一路到肩膀，仔細地感受他每一寸的肌膚，隨之而來的是海因里一聲聲的低喘。而這個情況下，海因里的手也依然在我身上遊走著。我一把抓住他的雙手，緊緊將其壓制在他頭頂上方。

「夫人？」

「不是說好今天要由我來領導嗎！」

「！」

我吻了吻瞪大雙眼的海因里的臉龐，然後慢慢地將吻覆蓋在他的唇上。

就在我覺得玩得差不多的時候，我把手往下探，摸索睡袍下海因里的褲子。啊……看來這裡也已經準備好了。

「我心懷不軌的小禿鷹。」

看著他可愛的樣子，我不禁笑了出來。海因里耳根都紅透了，他抓住我的腰帶，把我往自己的方向一拉，然後央求說：

「太害羞了，我們一邊接吻一邊來吧。」

娜菲爾一離開宴席，索本修也立刻回到自己下榻的房間。他呆呆地坐在床上，時間一分一秒過去，然後他起身走到窗臺旁，額頭靠到了一旁的窗架上。

此時，索本修頭昏腦脹，胃像是被整個翻過來似的，感覺下一秒就會吐出來，而整顆心臟則有如被劈成兩半。眼前都是娜菲爾緊緊牽著海因里那該死國王的手，展露著笑容的場景。

索本修拳頭狠狠緊握。這個時間，他們應該已經回到房裡，為初夜做準備了吧？一想到這裡，他眼前一片發白。

比起西王國決定稱帝，索本修更痛恨看到娜菲爾在海因里身旁微笑的樣子。他們兩個人共舞的姿態也令人痛恨，還有那個死纏爛打的小鬼，竟然擺出一副裝熟的態度黏在娜菲爾身邊，也讓他受不了。

「呃啊！」

心臟感受到的痛楚越來越強烈，讓索本修不得不彎下腰，緊緊拽著自己的胸口。這份揪心之痛，狠狠折磨著索本修。

雖然他是一氣之下出席的，但這份痛苦卻已經遠遠超過了怒氣。曾笑著站在自己身旁的妻子，如今竟然站到了別的男人旁邊？光是想到這件事，索本修的腦袋就像湧上了滿滿的鮮血，而鮮血似乎就要從他的眼眶裡傾瀉而出。

血並沒有真的從眼睛裡流出來，反而是從鼻腔流了出來。索本修看著血啪嗒啪嗒滴到地上，他拿出手帕，蓋住了自己的臉。

「娜菲爾……娜菲爾，娜菲爾……」

她是不是也曾經有過這種心情呢，當自己將菈絲塔帶回來的時候？

這個想法突然掠過索本修的腦海。娜菲爾也是這樣的感受吧，雖然她那時一臉若無其事，實在讓人生氣，但她是否只是在強忍著這樣的心情呢？

「……不會吧。」

索本修咬著牙，低聲地自言自語著。

如果真的是那樣，應該多少看得出一些端倪吧？可是娜菲爾卻彷彿什麼事也沒有，大概是對自己毫不在意，才能像那樣一臉無所謂的樣子。索本修心裡想著，這樣更好，要是當初娜菲爾經歷了跟現在自己一模一樣的感受，那就太可怕了。

索本修的雙腿瞬間失去了力氣，他背靠著窗邊，緩緩坐了下來。頭倚在牆壁上，手帕也放了下來。大概是喝醉了吧，眼前似乎出現了加冕典禮那日娜菲爾的身影。

那天，娜菲爾向自己伸出了手。

「得趕快過去，陛下。」她皺起了那端正的眉頭，帶著訓斥的口吻說，「大家都已經到了。」

「娜菲爾……」

「我的腳沒力氣了，娜菲爾。」

索本修是真的醉了，他渾不自知地開口回應。

「你又做了什麼？」

清澈的嗓音質問他，似乎想用目光譴責他，但最後還是向自己伸出了手。

「快來呀。」

「真的，我真的走不動了。」

「你抓著我的手就好了嘛！」

話一說完，她又伸出手來。

這不是那天的記憶，索本修在加冕典禮那天，早早就準備好了，從來沒說過什麼站起不來這種話。

那這些畫面又是什麼呢？眼前的這個娜菲爾是誰？

仔細回想，好像是發生在比加冕典禮更之前的事。是自己第一次喝醉的時候嗎？要是伸了手，會發生什麼事呢？

「娜菲爾。」

索本修伸出手，抓住了自己的妻子。但就在兩人的手即將碰到的剎那，娜菲爾的幻影就消失了。

努力挺起身的索本修又往後跌了一跤，頭撞到了窗框上。然而比起頭上傳來的痛楚，他更害怕眼前的幻影消失。

「娜菲爾？娜菲爾？」

索本修痴痴地喊著她的名字，雙手在地板上亂揮。

「娜菲爾？妳去哪裡了？」

「娜菲爾？」

明明剛剛她還在自己眼前啊？去哪了？一眨眼的時間，她去哪了？

索本修自言自語著，然後緩緩起身，在強烈的醉意下，身體搖搖晃晃站不穩。

「娜菲爾！卡爾侯爵？快把娜菲爾給我找來！」

索本修害怕地開門往外大喊。

「陛下！」

卡爾侯爵被他的舉動嚇到，趕緊上前攙扶。

「陛下，您喝醉了。」

「卡爾，娜菲爾她，娜菲爾她走掉了！娜菲爾走掉了！」

「陛下！」

卡爾侯爵趕緊一邊扶著索本修，一邊將他拉回房間。

「把解酒的藥拿來。」

侯爵趕緊向侍衛下指示，然後協助索本修，讓他躺到了床上。

然而此時為了讓索本修唱安眠曲而過來的菈絲塔，愣愣地站在走廊上，然後很快就頭也不回地跑走了。

菈絲塔慌張地逃回了自己的房間，心臟像發了瘋似地撲通撲通跳。

這到底是怎麼樣？剛剛自己究竟目睹了什麼？菈絲塔的腦袋一片混亂。為什麼索本修……索本修為什麼會那麼做？好像他還懷念著前妻一樣？

「不對，這不可能。」

菈絲塔搖了搖頭。沒錯，絕對不可能有那種事。索本修可是親手把娜菲爾罷黜的人。

不可能現在才來跟我說……

菈絲塔的臉色瞬間慘白。無論她內心如何否認，醉醺醺的索本修，他的態度已經說明了一切。

一旦她正面承認這個事實，深深的恐懼感便會拔山倒海而來。索本修雖然是將她拉到上流階層的恩人，也是她的拯救者，但同時也是掌握了自己一切弱點的存在。只要他放手，菈絲塔絕對會重重地摔回那個谷底，粉身碎骨。而且現在腹中的胎兒也尚未出生，她手邊根本沒有可以倚重的血脈。

沒事的，廢后都已經再婚了，如今後悔也沒用了。

菈絲塔咬著自己的手指，還不斷地抓著自己的皮膚，或許是因為感到壓力，腹部又開始隱隱傳來陣痛。

但如果不把廢后帶回來，他因為這樣就對菈絲塔的感情變淡要怎麼辦？如果他把離婚的原因都怪罪到菈絲塔頭上，怎麼辦？

那這樣他就會帶別的女人回來。索本修是皇帝，而且還年輕俊美，只要他想，隨時都會有人貼上來，無論那些人是為了自己還是為了身後的家族。

不行，絕對不行！

艾勒奇，現在她需要的是艾勒奇公爵。菈絲塔心神不寧地坐到床上，全身發抖。她現在好想聽艾勒奇公爵跟自己說，這一切都會沒事的，她希望公爵可以用他那聰明的腦袋安慰自己。但人根本不在西大帝國的艾勒奇公爵，不可能現在突然現身在眼前。

不知道就這樣過了多久，菈絲塔突然睜開了緊閉的雙眼，停下咬指甲的動作，而原本瞳孔中帶著的那份焦躁，被飽有心機的堅決取代。

沒錯，現在不是這樣焦躁的時候，如果當初她失去第一個孩子時，也像這樣只會哭哭啼啼、充滿絕望，就絕對不會有今天的自己。她可是用自己的力量逃脫那裡，迎來了新的人生篇章。現在也是一樣。因為感到不安，就只會瑟瑟發抖的話，不用想也知道會有怎樣的結局。

我自己的東西，必須自己守護！

當情婦的時候，皇帝的愛情就是一切，所有的權力都透過皇帝所得。而至少現在自己手上也有一定的權力了。就算他是皇帝，也會礙於世俗眼光，不可能才過幾天又宣布要離婚的，至少也會忍幾個月，而孩子就會在這幾個月內誕生。

首先得讓孩子出生，這樣一來，就算失去了皇帝的寵愛，自己也能生存下來。無論怎麼說，這孩子就是嫡長子。

未來就會由孩子來守護菈絲塔，不過在這之前，菈絲塔得好好守護孩子才行。

菈絲塔從床上起身，在房間內走來走去。該怎麼做才好？該做些什麼呢？

跟廢后來個正面對決吧！

沒有理由避開廢后、避開朗德勒子爵以及托拉妮公爵夫人。

廢后可是從背後捅皇帝一刀的前妻，而且就算現在她和自己一樣又都成了皇后，娜菲爾也不過是昨天剛稱帝的帝國的皇后罷了。朗德勒子爵是個對手中沒有武器的弱者，都可以拔刀刺傷對方的流氓，而托拉妮公爵夫人則是一個搖著尾巴，到處在男人堆中捻花惹草的不正經女人，不是嗎？

我不該被這些人拖垮，那些加害者都敢如此堂堂正正的，憑什麼菈絲塔要在這裡備受打擊？

好像聽說朗德勒子爵是什麼騎士團的團長，這樣剛好，菈絲塔就該在眾人面前，揭穿他究竟是個什麼樣的人。她暗暗下了決心。

當我漸漸醒來，手上突然感受到有個外表柔軟，實際上裡面似乎很硬的觸感。我雙手摸索著，突然耳邊傳來笑聲，使得我眼睛立刻睜開，抬頭一看，只見海因里低著頭，笑笑地看著我說：

「睡得好嗎，夫人？」

啊……對了……昨天……隨著記憶一湧而上，我記得自己的額頭是深埋在他的胸前。好像是凌晨才睡著的，詳細的情況想不太起來。但我一張開眼睛，卻發現自己是枕在海因里的臂彎中，臉靠著他的胸膛，身體似乎也沒什麼不舒服的地方，難道……

「你幫我洗澡了嗎？」

我尷尬地問。海因里湊到了我的耳邊，輕輕反問我：

「妳不記得了嗎？」

「記得？」

「妳不是要求我用玫瑰香味的入浴劑，還得用滿滿的泡沫，然後還得要用帶有果香的洗髮精嗎？」

「……」

「看來妳忘了。」

海因里一邊笑著，一邊用臉頰蹭了蹭我。我難為情地一把環抱住他，把自己的臉藏起來。

光是聽他說到關於玫瑰跟果香的事情，我就知道海因里說的都是真的。因為那正是我平常喜歡用的香味。突然，我聞到從海因里的髮梢也傳來了我喜歡的香味，原來他也用了同款的沐浴用品。一發現這件事情，讓我臉上燒得更燙了。

「就算我現在就要死了，也覺得好幸福喔，Queen。」

海因里現在居然一點也不害臊，還說這些讓人起雞皮疙瘩的話。不過看上去倒也不是完全不害臊，至少他的耳根還是紅的。

這時，一直啃咬著我耳朵的海因里，開始沿著我頸部的線條，慢慢往下滑，然後很自然地吻上了我的鎖骨……他這樣的舉動，實在讓人很難不誤會。

我們雖然是朋友，但也同時只是政治聯姻的對象而已。他這樣表現，好像喜歡我到不行的樣子。

「Queen，我的夫人，娜菲爾。」

他喊著我的名字，一邊又從鎖骨，繼續往下吻。學得還真是快，也不知道他是不是騙人的。他落在每寸肌膚上的吻，都是如此輕又如此惹人憐愛。

不過……

「已經都早上了，不是嗎？」

是該起身梳洗，去準備下一輪的婚宴了，總不能一直窩在床上。我輕輕地推開他的額頭，而海因里則順勢用他的臉頰輕輕地磨蹭著我的手背，又在我的手腕內側落下他的吻。

「海因里，下次吧。」

我趕緊出聲阻止，海因里只能一臉悻悻然地往旁邊轉過身去。

昨晚還那麼努力……怎麼看上去一點也不累啊？看來體力不錯。我偷偷觀察了他的側臉，當初第一次見面時，就讓人不自覺發出讚嘆的側面，現在從躺著的視線看過去，更顯俊美了。

我伸出手，從他的鼻梁一路觸碰到唇邊，海因里又親了親我的手腕和手背，然後笑了出來。

我輕撫著他的臉龐，下意識地就說出了真心話：

「如果這次能懷上孩子就好了。」

海因里像是沒想到我會提起這個話題，立刻回過頭來問：「孩子嗎？」

我點了點頭，然後一手緩緩觸碰他的唇。

我並不是因為喜歡孩子，才想要生個孩子的。只是對於皇帝夫妻而言，有後嗣是一件很重要的事。除了能安定國內之外，也能夠避免未來在繼承皇座的順位之爭上，被其他國家的貴族或是王族趁機奪走政權。

國與國的王族之間通婚是很常見的事，而且關於這類的繼承權糾紛也有不少例子。譬如奧瑟倫的三王子和北王國的王女結婚，成為對方的駙馬。卻沒想到因為奧瑟倫的大王子和二王子都接連因為傳染病而過世，最終王位繼承落到了三王子身上，奧瑟倫因此被北王國併吞。

而西王國，不對，就算現在已經稱帝為西大帝國，但當初就是因為海因里的王兄沒有子嗣，繼承權才會落到海因里頭上。

「也是啊，Queen。如果能長得像樣妳，那我們的孩子一定會非常可愛的。」

「長得像你也不錯。」我笑著回應，心中卻升起微微的不安。

之前索本修曾說過我無法懷上孩子對吧？當然，我那時候覺得他不過是在胡說八道而已，但現在想想，還真是有點擔心。萬一……那是真的，該怎麼辦？

我就這樣落入了自己的沉思中，而海因里這時則從床上起身。

他要幹嘛？只見他手忙腳亂地跑回他自己房間中，然後拿了一盤鬆餅和牛奶走了回來。鬆餅上還淋上了甜甜的糖漿以及鮮奶油。

「謝謝你。」

「我……我可以餵妳吃嗎？Queen？」

「……」

是因為他是隻鳥嗎？怎麼那麼堅持要餵人啊？總之海因里開始餵我吃鬆餅，我只要張開嘴巴等待就好，確實是挺輕鬆的……

就在吃了差不多一半左右的時候，海因里突然提起了讓人感到詫異的話題。

「Queen，其實啊，我們現在坐的這張床，全部都是用魔法石打造的呢。」

一塊鮮奶油來到嘴邊，我不知道該不該接過去吃，只是驚訝地睜大眼睛看著他。

魔法石？不會很昂貴嗎？

海因里看著我吃驚的表情，笑著繼續說：

「西王國的國王，代代都是魔法師，並且會利用特殊的環境，讓自己的伴侶也成為魔法師。」

「你說讓伴侶成為……魔法師嗎？」

這有可能嗎？海因里的這番話還真的是讓人大為驚奇。

身為一個門外漢，我也知道魔法是需要特殊能力才能擁有的。但他居然說能把人變成魔法師？這絕對會顛覆整座魔法學院，甚至是整個協會的。

「不過這個方法實在有點難以啟齒……是絕對的機密，Queen。」

「這個機密是什麼？」

「這……」

海因里一臉難為情地向我解釋，聽完他全部的說明後，我總算理解他為什麼那麼難以啟齒了。

魔法師和魔法石同時存在時，兩者之間會形成一個魔力的循環。當魔法師躺在以魔法石打造的床上時，這魔力自然是在兩者間遊走，就算魔法師和床之間躺了一個普通人也是……照理來說是這樣。

不過如果魔法師不接受由魔法石傳遞而來的魔力，那麼在這個循環下，魔力便會朝沒有魔力的那方移動，透過這個模式，魔力便會漸漸在非魔法師的人身上堆積……

「這是真的嗎？」

我感到不可思議地反問。海因里尷尬地說：「沒錯。」

「可是如果這個方法真的行得通，那其他國家應該也要知道才對啊。」

「聽上去是很簡單，但要打造這樣的環境，可就不是件容易的事了。」

「你說打造魔法石床嗎？」

「光是一顆指甲大小的魔法石，都已經要價不菲了。而且市面上的魔法石，基本上都是做成方便攜帶的大小。用來打造成床擺著，實在是太沒有效益了。再加上，夫婦之中還得要有一人必須是魔法師才行。」

「啊……」

這樣啊，確實這些條件加總起來，是挺困難的。不過這還真是，還真是一個令人害羞的方法。

我呆坐了一陣子，海因里笑著繼續說：

「我的意思是，在身體習慣魔力存在的過程之中，身體也會漸漸變健康的。所以關於生孩子的事，妳不需要太過擔心。」

看來他是對於我說希望「這次」能懷上孩子的話，而擔心我了吧。他這份體貼的舉動，在我心上像是搔了個癢。不過我腦中突然閃過一個驚人的想法。

「那麼克麗絲塔也是魔法師嗎？」

可是我沒聽說過這件事啊，而且海因里的王兄還因為身體太過虛弱而早逝。

海因里聽完我的問題，一臉沉重地搖了搖頭說：

「這方法有個缺點。」

「缺點？」

「如果無法承受這麼一大塊魔法石的魔力，反而會……」

反而會？但海因里並沒有把話說完，而是閉上了嘴。

「海因里？」

「別擔心，我們不會有問題的。」

我們？

海因里最終都沒有把那個話題說清楚。但因為他的臉色實在很不好，我也就沒繼續追問了。

看來他亡兄逝世的原因，和這件事可能脫不了關係。只是我很好奇他究竟要說什麼，難道是不能承受魔法石魔力的話，就會死掉嗎？

看克麗絲塔還很健康的樣子，是由魔法師單方面承受風險嗎？那海因里沒事嗎？

第二天的宴會開始時，我腦中依然揮之不去這個想法。目前海因里看上去是非常有活力沒錯……而且雖然海因里的亡兄命數不長，但其他任的西王國國王也不是全都短命。反而還有非常長壽的國王呢。

就在我發著呆想著些事的時候，待在宴會廳角落的索本修突然映入了我的眼簾。

索本修臉色蒼白地喝著紅酒。跟昨天一樣，今天他也是獨自一個人。看他的樣子，實在不應該再喝了。其他人到底都在幹什麼，為什麼不在索本修身旁顧著他？

不過我仔細確認了一下，發現他的祕書和騎士們都站在不遠處，焦急地盯著索本修。看來應該不是他們放著不管，而是索本修說想自己一個人待著，命令他們退下吧。

菈絲塔呢？那這種時候就應該是菈絲塔要出面處理才對。但索本修附近……不見她的身影。我確認了另一側，卻在鋼琴附近看到菈絲塔被一群男子圍著，正有說有笑著。

昨天還那麼努力地避開妮安，今天不知道是不是因為沒看到妮安在場，她才能那麼輕鬆自如。但他們明明才剛新婚，就這樣各玩各的？

就算是對假面皇帝夫妻，在他人面前也應該裝出感情和睦的樣子才對，而他們實際上感情不是很好嗎？搞不懂這一齣又是在演什麼。

但無論如何，這些都已經不是我該管的事了。我嘆了口氣，正準備過頭去，正好迎上了菈絲塔的視線。

菈絲塔並未避開，而是直直地看了過來，這是要用眼神跟我爭出個高下嗎？不過我可不想在新婚的婚宴上，被大家傳說跟前夫的新婚妻子不合，所以我反而是笑了笑後，撇過頭去。

剛好高福曼大公找過來，說是自己有事想和海因里單獨聊聊。

「陛下，方便占用您一些時間嗎？」

趁著海因里隨高福曼大公離席而去的空擋，我跟瑪斯塔斯一邊聊天，一邊吃著圓形的砂糖餅乾。大概吃了兩塊，就見到原本在遠處的菈絲塔朝著我走來。

我下意識地嘆了口氣。本來還想說她昨天難得表現安靜地說，現在又是想過來搞什麼花樣呢？不過幸好至少海因里現在不在。

我這麼想著的時候，菈絲塔已經走到眼前，語氣溫柔地開口。

「恭喜妳新婚，姐姐。」

……又是那個姐姐的稱呼。這孩子為什麼這麼堅持這個稱呼呢？我下意識地又要皺起眉頭，好不容易忍了下來，只聽見菈絲塔繼續說：

「之前妳說我因為只是個身分低微的情婦，沒資格當妳的妹妹……現在我也是皇后了，而且也被證明是貨真價實的貴族後裔，現在我們能以姐妹相稱了吧？我應該有這個資格了吧？」

啊，現在倒是不用第三人稱來稱呼自己了嗎？還真是有趣。不過不知道是不是自己的錯覺，總覺得菈絲塔的說話語氣，好像跟我有點像。

就在我感到有點驚訝的時候，聽到一旁傳來人們的騷動，也可以感到紛紛朝這裡投射過來的視線。前妻與現任妻子的對戰，這當然是一齣好戲啦。而且這兩位夫人還都是皇后的身分。

不知道菈絲塔是不是很喜歡被眾人注視，臉頰開始泛紅起來。看上去像個臉紅通通的可愛人偶，不過……我決定幫她解解熱，降點溫，便笑著說：

「當初說的話，我再次原封不動還給妳。索本修陛下還會再納新的情婦，到時候，妳去找那位當妹妹吧。」

果然立刻見效，她臉上原本興奮的潮紅立刻退去。現在換上了悲劇主人公的口吻問我。

「妳現在是說，以後陛下會丟下我不管，跑去劈腿嗎？」

但我一點也不關心她的悲劇故事。

「妳的家務事，別來問我。」

我誠實地說出自己的想法。菈絲塔又顯得更生氣了。下一秒她挑起眉，一副很關心，但很怕自己是不是會越界似地說：

「也是，娜菲爾陛下自己都是不孕的體質了，所以也沒有時間去理會其他的事吧。」

這種行為明顯已經越界，我身邊的侍女臉色瞬間僵住，就在再也忍不下這口氣的瑪斯塔斯正準備要說什麼的時候，有人搶先了一步。

「妳這是以過來人的身分說的嗎？」

指責的語氣中還帶著嘲弄的口吻，那是哥哥。

菈絲塔還沒轉過頭，就已經先從哥哥的嗓音認出他來，嚇得抖了一下。但很快地，她立刻就換上一臉天真爛漫的表情看向哥哥。

「您在說什麼呢？」

很可惜，菈絲塔這個瞬間變臉的技法，正面對著她的我，可都是看得一清二楚。不過……哥哥沒問題嗎？我怕哥哥的理智會不會就在此刻斷線。

雖然我滿懷著擔憂，但幸好哥哥也是一臉笑臉相待地回應菈絲塔：

「在下沒別的意思。這不是因為東大帝國的皇后陛下您先懷有身孕，在下才會這樣問的。」

「最好是這樣。」

「並沒有其他言外之意。」

強調本意的哥哥，又接著用開玩笑的語氣說：

「總不會是暗指陛下您在此之前，就已經有個藏起來的孩子吧。」

雖然這句話聽上去是玩笑，但是個鐵錚錚的事實。

興許是剛好戳中菈絲塔的痛處，她臉上的表情很明顯地瞬間凝住，嘴唇都在劇烈顫抖著，似乎下一刻就要逼問哥哥是不是在威脅她了。

不過，她可不能在這個場合下脫口而出「你是不是在威脅我？」這種話，畢竟，這樣一來也就是默認了自己還真的有這個把柄存在。最後，菈絲塔只能無奈地笑了笑，一樣用著開玩笑的口吻反擊。

「您這番話還真是有點過分呢。」

「在下嗎？」

「話中不是帶著刺嗎？」

「如果在下話中帶刺，那麼，一上來就說別人妹妹不孕，這番話中又帶了什麼呢？刀子？尖錐？」

「！」

「啊，仔細想想，還真是有呢。」

「沒有刀也沒有尖錐！菈絲塔不懂這些東西！」

這不就又回到原本說話的習慣了嗎？菈絲塔……雖然妳外表看上去還是笑臉盈盈，但看得出來人已經慌了。目前為止，菈絲塔唯一能感到慶幸的，就是所有人都太過集中在兩人的對話上，所以用「菈絲塔」來稱呼自己的這個語氣，似乎都沒太在意。

「不是不是，在下指的不是皇后陛下您，而是在下的東西。」

「你的東西?!」

「那份寫了皇后陛下名字的重要文書啊。」

這裡應該不會無端提到有我名字的東西，哥哥說的，應該是寫有菈絲塔名字的文件。那會是什麼文書呢，哥哥一時之間還會忘記？

菈絲塔也起疑地問：「文書？」

「在下不小心忘在皇宮裡了，啊，當然，這裡指的是東大帝國的皇宮。看到皇后陛下您，這下才想起來。」

菈絲塔似乎還聽不太懂哥哥的意思，臉上充滿著防衛警戒，但一時之間也不知道該如何回應。

「還望陛下您能仔細找找，那可是份很重要的文件呢。」

哥哥露出一臉燦爛的笑容，接著他只是往我這邊看了一眼，很快就轉身離開了。

啊！剛剛哥哥提到的那份文件，難道指的是菈絲塔的奴隸買賣證明書嗎？

同一此時，海因里和高福曼正並肩走著，兩人之間的氛圍有點微妙。

海因里是一臉感到很麻煩又覺得對方怪怪的，而高福曼則是心裡一邊盤算著自己接下來該做的事，一邊內心又為此感到混亂。

真的要做到這個地步嗎？這樣做的話，那個人會難過的，這樣也得進行下去嗎？每踏出一步，高福曼的心意就像拋出去的銅錢一樣，一正一反地不斷變化著。

「到底把人叫過來幹嘛？煩死了，我得趕快回去陪在 Queen 身邊才行！」

然而，旁邊不斷傳來的海因里心聲，才是最讓他感到煎熬的。隨著海因里腦還裡浮現關於昨晚的記憶，讓高福曼完全失去了理智。就在快到目的地的時候，高福曼的眼睛已經完全因憤怒而漲紅。

「您想聊什麼呢？」

看到高福曼腳步似乎停下來了，海因里順勢笑著問。雖然他心裡實際上還是感到很煩，但他可不想像索本修那樣，被情緒牽動，把高福曼大公給趕走。

「很抱歉，在您如此繁忙的時候，還找您出來。」

高福曼隱藏自己的意圖，淡然地說完後，便從一旁官員手上的托盤中拿了兩杯香檳，官員深深一鞠躬後便退下。接著高福曼將其中一杯遞給了海因里。

「雖然我是有點忙，不過沒關係的。」

海因里接過高福曼手中的酒杯。

「所以找我到底是什麼事呢？」

「啊，有些關於貿易的事。」

「貿易的事情嗎？」

「是的。想必婚禮結束後，娜菲爾陛下也會以皇后的身分，開始著手進行相關事務吧。在下希望能優先處理與我們利伯特之間國際貿易的事宜。」

海因里一邊點著頭，一邊將手中的香檳靠到嘴邊。高福曼不由自主地直直盯著海因里看。海因里也意識到了高福曼這赤裸裸的凝視。為什麼他要這樣看著我？心裡覺得不大對勁的海因里，放下了手中的酒杯。

我看他的視線太明顯了！

高福曼這才意識到自己的失態，趕快恢復若無其事的樣子陪笑。

反應很快的海因里便將自己的酒杯推向高福曼，然後提議：

「不如我們換著喝？」

高福曼咧開嘴，無奈地笑了笑說：

「您的嗜好還真是特別啊。」

「畢竟我們以後，可就是在各方面上，都會糾纏不清的關係了呢。」

海因里並沒有打算放過高福曼，依然把自己的香檳推給對方。高福曼便乖乖地和海因里交換了酒杯，接著毫不猶豫地喝下了香檳。看到此景，海因里尷尬地笑了笑，心想難道是自己想太多了？

高福曼自然也聽到了海因里的這句心聲，他低下眼，在內心冷笑了幾聲。他為預防萬一，早就在兩個酒杯中都已經投下了藥，所以換不換，根本就無所謂。

海因里不明究裡，安心地別過頭喝下自己手中的酒。而高福曼則趁機低下頭，往別的地方走掉了。

「高福曼？大公？」

海因里剛喝完一口，狐疑地叫住高福曼，對方卻沒有停下腳步。

還真是奇怪的人！海因里感到不可思議地搖了搖頭。

「那個……陛下？」

就在海因里看著高福曼離去的身影時，克麗絲塔叫了海因里的名字，並小心翼翼地靠近。

「大嫂？」

為什麼克麗絲塔會跑到這個地方來？海因里驚訝地看著她，然而就在彼此眼神對上的瞬間，海因里感受到心臟強烈的跳動。他吞了口唾沫。克麗絲塔的身影就像是烙印在他腦海裡，突然變得格外清晰。

海因里下意識地就把手蓋到了胸口上。這是怎麼回事？

克麗絲塔看著海因里的舉動，也吞了口唾沫。

之前她和高福曼大公喝咖啡的時候，對方說出很奇怪的話。他說如果她很愛海因里，想和海因里變親近的話，就要她某某時刻到某處來。而此時此刻的這裡，就是大公所說的時間場所。

當然，克麗絲塔並不相信大公的話，只不過從宴會廳來到這裡，也並非什麼難事，雖然不信，但還是揣著半是好奇的心態過來看看。沒想到，海因里竟然會那樣……像是受到什麼衝擊地看著自己，而且好像在努力抗拒什麼似的，不斷地搖著頭還緊咬著嘴巴。

「陛下？您沒事吧？您的臉很紅。」

克麗絲塔看海因里的表情後，小心翼翼地伸出了手。海因里卻嚇得往後退，臉上依然一片通紅。

「陛下？」

克麗絲塔語氣半是期待，半是擔心地喚著海因里。

海因里用手背狠狠地壓著自己通紅的臉頰，咬牙切齒地想著：高福曼大公，看來你給我吃了奇怪的東西！

就說他的舉動怎麼突然那麼奇怪。但此刻海因里的心臟開始瘋狂跳動，沒時間分心了，只能先集中精神離開這裡。

海因里艱難地開口道：「大嫂。」

然而，嘴巴流露出的這個嗓音，就連海因里自己聽了都格外地甜蜜。發現自己的聲音已經完全不受控制，海因里感到很絕望。

另一邊，克麗絲塔則對於這個語氣感到心動無比，再加上那個眼神，泛著水光，像是渴求著愛情般的眼神。自己幻想了十多年，他終於願意這樣看自己了！

克麗絲塔發現海因里的額頭上冒出了冷汗，趕緊從懷中掏出手帕。她知道高福曼大公一定是動了什麼手腳，但無論他做了什麼都無所謂了。因為此時此刻，這一切就如同一場美夢。

克麗絲塔顫抖著舉起手，將手帕舉到了海因里的額頭前。

「陛下，您出汗了。」

「我來為您擦擦汗吧。」

海因里像是著魔似地，動彈不得。看來身體也已經脫離了大腦控制。而且這個畫面，還偏偏被那群從宴會廳出來透氣的西大帝國貴夫人目擊到了。

貴夫人面面相覷，趕緊回頭逃離了現場。

然而就這麼幾秒鐘的畫面，已經足夠讓貴夫人們心中燃起熊熊怒火。

昨天才剛大婚結束的新郎，現在居然跟自己的大嫂在那邊卿卿我我？

「克麗絲塔怎麼能做出這種事?!」

「丟人現眼！情婦就算了，但克麗絲塔可是陛下的大嫂，不是嗎？」

「九泉之下的先皇都會恥笑她的。」

「這也不是什麼稀罕的事啊。」

「妳說這種事不奇怪嗎？」

「本來克麗絲塔就喜歡海因里陛下啊。」

「妳說真的嗎？」

「這不是很有名的傳聞嗎？聽說克麗絲塔還因為變成了王儲妃，曾經大哭大鬧過呢。只是後來和先皇兩人琴瑟和鳴的樣子，我還以為那只是無稽之談……」

「天吶！天吶！」

「可是就算是這樣，陛下才剛結婚耶，那樣能看嗎?!」

「人也不是那麼容易就變的。」

冷冷咒罵著海因里和克麗絲塔的貴夫人們，趕緊跑去找娜菲爾。

同為已婚人士，她們非常不滿海因里皇帝和自己大嫂亂搞的行為。連本來覺得可憐的前王后克麗絲塔，如今也看上去變得很可惡。

頓時覺得娜菲爾皇后很可憐的貴夫人們，決定要成為皇后的助力，便趕緊跑回了宴會廳。

另一邊，不知道這件事情的高福曼，此時正低著頭，快步地沿著走廊走著。他想就這樣一路回到自己房裡，趕緊服下解藥。

突然，他心中感到一陣空虛。就算自己這麼做了，又能得到什麼呢？剛剛那份因對海因里感到嫉妒而怒火中燒的心情已消退，隨之而來的是滿滿的後悔。

高福曼就這樣呆站了一陣子後，暗自下了決定，乾脆就像娜菲爾說的，自己去找別人來愛吧！乾脆在別的愛情中痛苦，這樣就可以控制住因藥效而忽上忽下的情緒。讓兩種痛苦去打架，自己也就不會再幹出這種事來了。

陷入自暴自棄的高福曼停下了腳步，正想著自己該往哪裡走，剛好這個時候，從露臺上傳來了哀怨的哭聲。高福曼便抬起腳步，往哭聲來源而去。

拉起窗簾往露臺上走的高福曼，卻吃了一驚。眼前是獨自一人倚在欄杆上的菈絲塔。

這個人不行！

高福曼急忙轉身離去，卻已經與菈絲塔對到眼了。

事情怎麼會發展成這樣呢？高福曼咬著下唇，看到菈絲塔眼眶中的淚水落下的瞬間，強大的藥效讓高福曼不由自主地脫下了外袍。

「大公？」

高福曼將自己的外袍披到了一臉驚訝的菈絲塔身上。

平常對自己明明都是冷面以待的高福曼，竟然會做出這種事，菈絲塔詫異地睜大了雙眼。

「這是……」

「您別再哭了。」
「啊……」
「妳哭，會讓看的人也難過起來。」
菈絲塔驚訝得站起身，而高福曼則是暗自咒罵自己，一邊轉過身去。
是在聊不太愉快的話題嗎？去見高福曼大公的海因里，不知道為什麼遲遲沒有回來。雖然我在宴會場等了一陣子，但都沒看到兩人的身影，最後我只能先行走回寢居。
我詢問由寧，由寧說海因里早就回來了。他沒有知會就先回來了嗎？海因里不是這樣的人啊……
雖然心中覺得有點奇怪，但我還是先回到自己的寢居，從共用的寢室，敲了敲海因里那邊的房門。
「海因里，我可以過去你那邊嗎？」
「……」
「海因里？」
沒想到從房裡傳來的回覆，竟然是拒絕。
「Queen，很抱歉，我現在身體不太舒服。」
「要幫你拿藥過來嗎？」
「不用，我真的沒事，睡一覺起來應該就會好了。」
他的聲音聽上去，真的是有氣無力的。
突然我心裡感到一陣害怕，難道是躺了魔法石床的關係，海因里身上產生了副作用嗎？
就在娜菲爾對海因里的態度感到詫異之際，原本打算回房的高福曼，又被藥效牽著鼻子走，跟菈絲塔並肩坐在一張長椅上。正當高福曼覺得黑夜中的星星和菈絲塔很像的時候，心裡很快地又浮出咒罵自己的聲音。

這個靈藥的藥效根本就是個詛咒！而且自己心裡也還是喜歡著娜菲爾，一看到星星旁的月亮，又浮現起娜菲爾和月亮很像的想法。

真是瘋了！

一旁根本不知道高福曼心中所想的菈絲塔，正在滔滔不絕地抱怨著剛剛宴會廳中發生的事情。

「然後那女人的哥哥就對菈絲塔……你不覺得很過分嗎？」

「很過分。」

「根本就是在威脅啊。菈絲塔明明是出於好意在擔心姐姐而已。」

「不知道有多少人聽到廢后不孕的事了？這對廢后會造成影響吧？」

高福曼聽著菈絲塔哭鬧耍賴，在心裡不斷冷笑著。

這女人外表看上去如此美麗，嗓音甜美，連心聲聽上去都那麼柔軟。卻用著溫柔可人的心聲，想著那麼惡毒的事，還真是諷刺啊。

高福曼聽著菈絲塔咒罵娜菲爾的心聲，內心除了憤怒之外，也同時被菈絲塔柔弱的外表影響，就算他很清楚這是因為靈藥的關係，也無法抑制。

菈絲塔把高福曼大公的態度全看在眼裡，於是一手緊緊抓著大公披在自己身上的外袍笑了。

被自己美貌迷得團團轉，做出了像這樣的反應，她見過的可不只一兩個。所以高福曼的態度，在菈絲塔眼裡不是什麼新鮮的事。

「是男人，誰能不愛菈絲塔呢？海因里一開始不也喜歡菈絲塔嗎？」

高福曼聽到她如此臉不紅氣不喘的心聲，心中又不免冷笑了幾聲。他覺得藥效也差不多緩下來的時候，便趕緊起身說：

「在下先告退了。」

他想著得趕緊在又冒出亂七八糟的發言或是不可控的舉動前，趕緊回自己的房間才行。

「啊，外套……」

「不用還也沒關係。」

然而就在高福曼一轉身，耳邊瞬間傳來索本修的心聲。

「完全不是塊可以長久擔任皇后的料。」

多麼冷淡的聲音。高福曼轉過頭，看到斜對角樓上的露臺上，索本修正靠在那裡，而且直直地看向這裡。

高福曼默默地朝他行了個禮，菈絲塔見狀問「怎麼了？」並隨著高福曼行禮的方向看過去。沒料到竟發現了索本修就在那裡，嚇得趕緊起身。

「陛下！這是……」

她正準備要辯解的時候，索本修卻一句話也沒說，離開了露臺。菈絲塔見狀丟下高福曼，連忙追了過去。但當她走到樓上時，早已不見索本修人影。菈絲塔一時之間感到慌張，但很快地就改變了想法。

不對，這樣正好。陛下大概是想說反正菈絲塔已經是自己的人了，所以才會鬆懈。是時候該讓陛下知道，菈絲塔有多麼受歡迎呢。

讓他看到連高福曼大公這樣的人，都會跑來親近菈絲塔，現在應該會感到嫉妒，比較在意了吧。必須讓他了解，如果心裡一直思念前妻的話，是會連菈絲塔都離他而去的。

下完結論的菈絲塔並未再去找索本修，而是換上溫柔的笑容再次回到樓下，抓住正準備離開的高福曼大公。

「大公，我們再多聊一下吧。」

隔天，我本來想去找海因里，卻收到回報說，因為麥肯納有國境邊界相關的事急著覲見，因此目前不在辦公室。只留給我一份他親手做的雞蛋料理和麵包。看到這些，我心裡開始感到不安。

我們的初夜是一項義務，是不是因為如此，導致我們之間累積的友誼消失了呢？一想到自己竟然覺得海因里好像喜歡我，不禁有些難為情。

幸好，昨天貴夫人們都跑來對我釋出善意，雖然那些西大帝國的貴夫人對我的態度之和善，有點超乎我的想像，至少是個不錯的成果。反正跟海因里之間，也不是戀愛才結婚……應該只是我太沉醉在初夜時，他所製造出的那個熱情的氛圍了。

他抱著我，對我說那些甜蜜的話，說什麼可以這樣就死去，說什麼一分一秒也不想分開的悄悄話，他的手臂都已經麻了，還是整晚都抱著我不放……我大概就是沉醉在這樣的舉止裡吧。或許只是因為這是海因里的第一次，所以他才會特別興奮。

為了讓自己不要那麼悶悶不樂，我走到了外面的庭院，沒想到又遇到了高福曼大公。

大公看到我的時候有些吃驚，但很快就朝我走了過來。看到他，就讓我回想到初夜那晚，和他對上視線的事。我刻意不提這些私事，而是討論起貿易的事情，而高福曼大公也非常識趣地配合我的話題。

「高福曼大公，姐姐，早安啊。」

就在我們聊了幾句之後，就看到菈絲塔從另外一條小徑走過來打招呼。她喊我姐姐的這個行為，到底要持續到什麼時候？雖然我心裡反感，依然面無表情地回了聲「早安」。

「您好。」

高福曼大公在一旁也規規矩矩地回了禮。不過不知道哪裡吹來的風，菈絲塔竟然跑過去靠在高福曼大公身邊，還一臉燦笑，殷勤地問說：

「大公，您昨天有順利回房嗎？」

昨天？他們兩個在一起嗎？我感到有點驚訝，只見大公張開口說：

「昨天我的外袍……」

「啊，外袍啊，在菈絲塔這。」

好像是在說什麼祕密似地，菈絲塔還往我這邊瞄了一眼。所以這是要我先迴避的意思嗎？

就在我考慮該不該先離開的時候，聽到了高福曼態度強硬地說：

「在下希望您能把它還回來。」

奇怪的事還沒結束，菈絲塔此時大受打擊，盯著高福曼大公問：「你怎麼突然這樣，大公？」為什麼菈絲塔會大受打擊？高福曼大公不是一直以來都是這樣冷冰冰的態度嗎？

「希望外袍可以讓僕人送過來就好了。」

菈絲塔離開之後，我好奇地問：「你們兩個之間發生什麼事了嗎？」

高福曼大公只是淡淡地說：

「什麼也沒有。」

「？」

雖然高福曼嘴上說什麼事也沒有，其實他內心現在有點受到了衝擊。

昨天對菈絲塔的藥效確實正常發揮了，然後自己醒了一覺起來，也就恢復正常了，看到菈絲塔也心無波瀾。問題是，對娜菲爾這邊，藥效依然持續發揮著。

這到底是怎麼回事？

高福曼心裡想不透，想說海因里會不會也是這樣。於是跟娜菲爾道別後，就立刻去找海因里，正好遇到海因里在和克麗絲塔談話。

我喝過了兩次，所以對另一邊的藥效很快就消退了，難道他不是嗎？高福曼心中帶著詫異的同時，耳邊傳來了兩人對話的內容：

「原來是這樣，關於這部分我會再去商討看看的。」

「謝謝您願意聽取我的意見。」

「沒什麼，只要是西大帝國的人，都可以自由發表意見。」

「西大帝國的……人？」

「還有，關於昨天的事，大嫂。」

「啊……是的，陛下。」

「我因為喝醉了，一時之間有點失神了。真的非常抱歉，我只要一喝醉，人就會不太清醒。」

「你是說你喝醉了嗎？」

「是啊。不過怕是會造成他人的誤會，如果之後我又喝醉了，妳就不用特意來照顧我，直接把我放著不管就好了。」

雖然海因里非常記得是克麗絲塔先靠近自己，還幫自己擦拭額頭的，不過他決定咬定這是自己的失誤。

而另一邊，原本因為昨天發生的事，而內心隱隱抱有期待的克麗絲塔，心情瞬間像是墜到谷底，雙腿發軟。雖然昨天自己幫海因里擦汗擦到一半，他就像是驚醒一般地逃走了，但克麗絲塔本來以為那是海因里終於發現了對自己的心意……

「不然的話，妳也可以找麥肯納或其他的人過來照顧我。」

海因里幾近無情般，語氣淡淡地說著。克麗絲塔眼神顫抖看著他，然後逃也似地離開了現場。

高福曼看到這裡，也知道了海因里身上的愛情靈藥藥效同樣在一天之內，就消退的結果。

這樣看來，藥效並沒有比以往都來得強烈啊？

那為什麼在娜菲爾身上，這藥效卻遲遲不退去呢？

魔法老師的假設，在高福曼的耳邊響起。如果原本就對對方有好感，藥效就會更強大的那番話。

我……我原本內心就喜歡著娜菲爾皇后嗎？

一回到房間的菈絲塔，　地一聲把門大力關上。她一走到裡面，就立刻抓了一個枕頭抱著，側倒在床上，覺得整個腦子都熱辣辣的，但周遭的空氣卻越來越冷冽。菈絲塔憤恨地捶打著懷中的枕頭。

真的是壞蛋，就是一個大壞蛋！

昨天高福曼大公表現出來的態度，怎麼能在今天就有一百八十度的轉變呢？昨天的他，明明就被自己迷得神魂顛倒，但今天卻一如既往地冷漠。也不過就才經過一天的時間！說是一天，但其實就連二十個小時都不到，頂多也就十個小時。

一定又是廢后搞了什麼鬼！

菈絲塔非常肯定。一看到高福曼大公對自己產生了興趣，所以娜菲爾一大早就立刻跑去找大公，然後迷惑他的心智。都已經搶走了索本修，這次換高福曼大公。

「還一臉裝得有多高尚。」

思緒捋至此，菈絲塔不免氣憤地想著。

「裝得那麼高尚脫俗的樣子，卻是最隨便的一個。」

在東大帝國的時候去引誘海因里王子，然後來到這裡，又去誘惑索本修。這樣還不夠，居然連對高福曼大公都下手？

「一定是見不得大公喜歡我。」

菈絲塔不屑地哼了一聲。就是有這種人，去到哪裡都只想引起眾人注目的人。在菈絲塔眼裡看來，廢后就是這樣的人。但很快地，菈絲塔又搖了搖頭。

現在可不是我該去糾結這種事的時候。

高福曼大公追在自己身後的樣子，雖然挺可愛的，但也不過就是這樣而已，反正作為引發索本修妒忌心的工具，他的利用價值已經結束了。

菈絲塔把枕頭放到了旁邊，然後從床上起身。

沒錯，現在重要的是廢后哥哥說的那番話。

菈絲塔一邊啃著自己的指甲，眉頭一邊緊皺。

寫有我名字的文件，會是什麼呢？

足以用來威脅自己的那種文件……

沒過多久，答案便呼之欲出。

——奴隸買賣合約！

剛想通這點的菈絲塔，正準備去找索本修的時候，索本修先一步遣人來找菈絲塔過去。

「皇后陛下，皇帝陛下有請。」

菈絲塔臉上掛著「我就知道」的笑容，從椅子上起身。

一定是妒忌地受不了了，才會找我過去吧。

本來菈絲塔還想裝淡然處之的樣子，不過實在是受不了了。

「你等一下。」

菈絲塔先讓來人出去等候。接著自己急忙地來到鏡子前，整理了自己的服裝儀容。

「走吧。」

「是的。」

一來到索本修下榻的房門前，就有騎士來幫菈絲塔把門打開。

菈絲塔一邊往房間內走，一邊在腦海中整理了準備要對索本修所說的話。總之，要先安撫好妒火中燒的丈夫……然後就要跟他說克沙勒昨天說的那番話。索本修一定會很生氣，然後去修理克沙勒。

沒想到索本修對菈絲塔開口就是叮囑，完全與嫉妒無關。

「身為皇后，希望妳注意自己的言行舉止。」

這句囑咐比菈絲塔預想中更公事公辦，讓她有點意外。菈絲塔高速地運轉著自己的腦子，努力分析著索本修的話。於是她得出了，這也是某種嫉妒表現的結論。說什麼皇后的體面，只是藉口，就要自己不要跟別的男人走太近的意思吧。菈絲塔內心暗暗得意，然後一臉乖巧地回說：

「這是當然，陛下。」

然而索本修看到菈絲塔笑嘻嘻的樣子，反而更顯不悅。

「我這並不是在開玩笑，菈絲塔。」

「什麼？」

「畢竟妳們的經歷本就有所差異，所以我本來就不期望妳能達到娜菲爾的水準。但至少，妳也應該遮掩一下不足之處吧。」

「不足之處？」

這句話傷到了，菈絲塔自尊心，於是她很快地反問。就算是因為嫉妒才說出這樣的話，索本修這句話也實在太傷人了。現在是拿誰跟誰在做比較？

「妳作為一個外賓來參加地主國的國婚大禮，一定要用那種方式說話嗎？」

「菈絲塔又說了什麼，您要指責我？」

「妳不是在大家面前說娜菲爾不孕嗎？」

「這句話又沒有錯。」

「不論這句話有沒有錯，也不應該在婚禮宴會上對新婚夫婦說。稍有差池，還可能引發兩國之間的外交問題。」

雖說作為熱愛母國東大帝國的娜菲爾，應該是不會追究這件事。索本修了解娜菲爾的人品，他相信不會。而和索本修不同，把這件事揭露出來的人——菈絲塔，現在則感到一臉窘迫，她眼睛瞪得很大。

菈絲塔想起了那晚不斷尋找娜菲爾的索本修，心上像是被插進了一把薄薄的刀刃，傳來陣陣刺痛。

「陛下難道就……就完全不在意姐姐對我說的那些話嗎？」

菈絲塔哭著問。既然已經聽說了自己說不孕的這段對話，那想必事情發生的前後也都聽說了才對。那他怎麼會這樣對自己說呢？廢后兄妹當下又是怎麼逼迫自己的？

「廢后是這樣說的，說陛下如果帶了新的愛人回來，要我去跟那個人以姐妹相稱。而且廢后的哥哥還威脅我！」

「威脅？」

索本修皺著眉頭問。

「那人是怎麼威脅妳的？」

「那個人……」

菈絲塔本來想要一五一十都跟索本修說，卻又把話吞了回去。

克沙勒的威脅有兩件事。一個是說他知道自己有個藏匿起來的孩子，另一個則是說奴隸買賣證明，落在東大帝國皇宮裡的事情。但這兩件事，都很難向索本修提起。特別是關於孩子的那件事！

不知道其實索本修早就摸清關於自己第一個孩子的事，菈絲塔只跟他說了第二件關於奴隸買賣證明的事。

「廢后哥哥提到了關於菈絲塔過往相關文書的事情。」

「妳的過往？」

「……」

「他說在他手上？」

這次換索本修驚訝地問。因為就算只是為了即將出生的嫡長子，也必須把菈絲塔過往相關的一切都毀屍滅跡才行。本來還因為羅特修子爵手上那份奴隸買賣證明不見了，心裡總是有個疙瘩。聽菈絲塔這樣說，應該是指同一份文書，讓他不得大吃一驚。

「不知道，他沒有確切地說是那份文件……那人，只說了文件落在皇宮裡。」

菈絲塔發現索本修似乎知道自己暗指的是什麼之後，感到有點慌。

「落在皇宮裡？」

「對。」

「我找過了，但都沒找到啊。」

索本修嘟囔了一聲。菈絲塔聽到他這句自言自語，才驚覺，原來寫著自己名字的那份奴隸買賣證明，老早就不在羅特修子爵手上了。看來克沙勒的威脅並非虛晃一招，那份文書真的流落在外。

「文件真的不見了嗎？」

菈絲塔臉色蒼白地問。

「菈絲塔的奴隸買賣證明不見了嗎？」

「……」

「請告訴菈絲塔，陛下，這是菈絲塔的事啊。」

菈絲塔緊抓著索本修的手臂，苦苦哀求，索本修沒辦法，只好告訴他：

「克沙勒確實從羅特修子爵那邊拿走了文件沒錯，但在那之後，文件就不見了。」

「難道不是在那房子裡嗎？廢后她家啊！」

「我全都翻遍了，沒有。一個細節也不漏，全部翻遍了。」

菈絲塔把頭深深埋在雙手中。

怎麼會這樣。也就是說經過的人，都有可能會發現那份文件對吧？皇宮那麼大，可能會經過那裡、可能會路過的人又更多了。而且皇宮還有一些地方是對外開放參觀的。如果文件在那裡不見的話……？

「為什麼！為什麼不把這種事情告訴菈絲塔啊！」

再也無法忍受壓力而潰堤的菈絲塔，拽著自己的裙子大喊。

海因里在約莫午餐的時刻出現了，一臉蒼白。

「抱歉，Queen。因為國境邊界那邊突然傳來說有事情，所以我聽完報告後，這才趕過來。」

「沒關係，國務繁忙也是沒辦法的。」

我盡量讓自己平靜地保持笑容。但他狀態有點怪怪的，平常都會帶著笑眼，嘴裡Queen、Queen一邊喊著，一邊話的海因里，今天卻不斷握緊拳頭又放開，視線到處游移。

「海因里？沒事吧？」

難道真的是因為魔法石床，而有什麼不良的影響嗎？我擔心地問了他的狀況，海因里卻緊緊閉上了雙眼，然後猶豫了一下子才開口說：

「妳可能會覺得這是我在編藉口，那也沒辦法……但，昨天高福曼大公好像給我吃了什麼。」

「高福曼大公？你們兩個人一起出去的時候嗎？」

「對。」

到底吃了什麼，為什麼會是這種狀態？

「難道，跟你把自己關在房間裡有關係嗎？」

昨天他的態度一直讓我很想不通，海因里居然自己一個人回房，還把自己關在房間裡。

然而海因里這回也沒有直接回答我的疑問，而是過了一陣子後才又開口說：

「對，真的是很奇怪的藥。沒有被施魔法的感覺，也不是毒藥。但一喝下去，全身就像是現在夢魘裡動彈不得似的。」

海因里無法再繼續往下說，而是低下了視線。看到他這副模樣，我大概可以猜測出高福曼大公給他喝了什麼藥。大概是讓他喝了愛情靈藥了吧。

我想起初夜那晚，大公在陽臺上，痛苦地看著我的表情。雖然不知道他是不是因此無法控制自己的行為的……但他真的是瘋了。之前是對索本修揮拳相向，這次則是用下藥的方式。

看著海因里這副手足無措的樣子，想必他身上的藥效，發揮在某人身上了吧。而他現在……

「藥效怎麼樣了？還沒有退去嗎？」

雖然我內心非常緊張，但盡可能地裝出平淡的語氣詢問。高福曼大公曾經說過這副靈藥的藥效，不一定會持續很久，就算再怎麼久，頂多也不超過一週。問題是高福曼大公自己就被副作用狠狠折磨著，這讓我很難安心。

海因里和我之間只不過是政治聯姻，我也想過他總有一天會遇到真愛，並將對方納為情婦。但我不希望是透過這種方式，因為我自己也目睹過高福曼大公突然愛上我，而且為此痛苦的模樣。

不對，如果沒有這個靈藥，海因里像這樣突然愛上別人……？突然？突然？咦？

「沒有，藥效在凌晨的時候就退了。我自己一個人的時候。」

「那你為什麼這麼害怕呢？」

「才剛結婚，就不小心失誤了。」
海因里扭捏地說著，拳頭捶到了茶几上。他的瞳孔快速抖動著，接著眼角漸漸泛紅。
「海因里？」
他應該是受到不小的驚嚇，但這有必要哭嗎？
我大感意外地走了過去看著他。我比其他人都更能了解靈藥的藥效之強，甚至連讓原本討厭我的高福曼大公，都能喜歡上我。海因里應該也是迫於無奈。我實在不想看到他因為這件事而難過。
「海因里，你看看我，海因里？」
我趕緊開口喚了他幾聲，只聽到他很小聲地用著沉痛的語氣說：
「Queen，我不想因為這件事讓妳難過。」
「海因里。」
「我不想變成像妳前夫那樣的人。」
「海因里……」
「太難為情了，我不敢直視妳，Queen。」
「海因里，這不是你的錯。」
「我愛妳，Queen。」
「！」
「我明明愛著妳，深愛著妳，但我卻被那種藥耍得團團轉，這我怎麼能忍受。」
「嗯……嗯？」
本來還在安慰海因里的手，震驚得縮了回來。他說了什麼？說愛我？海因里他？愛我？
海因里表情僵硬地問：「因為我沒有節操，所以妳不喜歡嗎？」
他眼睛裡像是掛著淚水，眼角濕濕的。
「不是，不是這樣的……」

我精神有點恍惚地呢喃著，因為現在還是有點難以理解自己到底聽到了什麼。

海因里說他愛我？難道海因里吃完藥後，第一眼看到的是我嗎？海因里會愛我的原因……不，當然有時候我確實是覺得有類似的徵兆出現，可是就算是那樣……

「看來還殘留了一些藥效吧，海因里。」

「不是的，藥效真的凌晨前就都退了。」

「可是你不可能會喜歡我啊。」

我慌張地站起身。

「Queen。」

海因里伸出手輕輕抓住了我的衣角，像是覺得自己要被拋棄的小動物似地，抬頭看著我。我摸著他的頭髮，然後輕輕把手抽回。

「你現在可能有點太興奮了，先冷靜一點。」

「不是因為興奮才這樣的……不對，是很興奮沒錯，但那不是因為藥才興奮的。」

海因里可憐兮兮地看著我。如果我就這麼走了，海因里可能會誤會我是因為靈藥的是在對他生氣。於是我雙手捧著了他的臉頰，趕緊緩頰道：

「你先冷靜下來吧。」

「Queen。」

「我沒有生氣。」

就只是……本來嘴上老是掛著說喜歡我，跟在我身後跑的男人，發現他竟然一天之內就丟下我，把自己像個蝸牛似地關在房裡，讓人有點落寞罷了。

海因里依然感到不安地不斷查看我的反應。我伸手輕輕地撫過他的臉頰，然後不斷地安撫他說真的沒關係。但可能依舊感到不安吧，海因里把自己的頭埋到了我的腰裡。

過了將近兩個多小時，海因里才慢慢地恢復平靜。卻不像平時那樣會狡黠地靠過來，反而畏畏縮縮地，一直確認我的臉色。他這副模樣，讓我感到很是心疼，同時對高福曼大公也非常生氣。愛情靈藥已經把他自己搞那麼慘了，怎麼還會想著讓海因里也吃下這種藥呢？

「我本來以為你是因為魔法石床的副作用才這樣的。」

「不是，這部分完全沒問題。」

「確定嗎？」

「當然。」

我們很晚才吃上午餐，而我這時候才知道海因里為什麼會連續兩天，都收到來自國境邊界的緊急報告。

「我收到關於常時泉那個盜賊組織，實力又擴大了的通報。」

「往這邊擴張了嗎？」

「與其說只往這邊擴張，不如說是他們整體的規模都在擴大。」

說到常時泉這個組織，早在東大帝國時，就已經是如雷貫耳的大名。哥哥之前去邊境駐守時，就很常跟他們對上。沒想到也要往這邊擴張而來了啊。

「我們能預先做好防備也好，所以正在討論關於前線防禦的事。」

「常時泉的事，你可以去問問看哥哥。」

就算不是自己責任內的事，但哥哥可是把打架當作興趣的專家。不過後面這句話就省略不提，反正也沒特別補充的必要。一聽到我這麼建議，海因里尷尬地笑笑說：

「就算妳不說，阿普林卿也是不斷地大力推薦大哥呢。」

海因里狀況穩定多了之後，我就趕緊離開房間去找高福曼大公。

今天早上菈絲塔看到他後的那些奇怪態度，分明也跟靈藥脫不了干係。不然的話，菈絲塔是不可能一臉疑惑地看著高福曼大公的。

如果她是想來讓關係變親近的，應該會盡可能笑得美美的站在一旁吧。不過早上她的表情看上去，可是相當詫異。

我來到了大公的下榻處，敲了敲他的房門，在門外等了一會兒，房門被打開，裡面現出了高福曼大公的身影，服裝衣著和平時一樣端正。雖然他的臉色看上去一樣鐵青，但比較起來還算過得去。

「陛下。」

高福曼大公走出來，一看到我，便用低沉的嗓音叫了我一聲。

他看上去有氣無力的，是哪裡不舒服嗎？如果在平常的時候，我看到他臉色這麼不好，就會說以後再聊吧，然後轉身離開，但……他這次太過分了。我腦中浮現被藥效嚇壞的海因里。

高福曼大公為了兩國貿易的進行，應該還會住在這裡一陣子，對於自己硬要在他身體微恙的這個時候找上門，心中感到有些抱歉，但我希望藉此跟他一併說清楚。

然而就在我要準備開口的時候，

「很抱歉。」

高福曼大公自己就先低下頭道了歉。

「……你知道我為什麼生氣嗎？」

我冷冷地質問，他有氣無力地點著頭。我雙手插著腰，擺出最凶狠的表情盯著他。

「我真的，真的對你很失望。」

我語氣冷冷地說著，他的頭又垂得更低了。

我已經先心裡斟酌過了該怎麼說才好。

要強調自己對他很失望嗎？還是說沒想到他是這種人呢？或是說他是這世上最糟糕的人？罵他說他明明看過我為索本修做的事情而難過生氣，如今卻又打算讓我受到同樣的傷痛嗎？腦中浮現了至少幾千幾百句的話，但最後都吞了回去。

只見高福曼大公的臉色越變越陰暗，似乎像是親耳聽到我內心的這些咒罵。他是不是很怕我會說出些什麼話來呢？我想了想，最終挑出一些比較合適的用詞。

「以後除了公事之外的事，請當作不認識我。」

「陛下！」

我知道他的藥效依然尚未退去，也知道他因此有多痛苦。可是高福曼大公為了利伯特貿易的事宜，必須還要住在這裡一陣子，所以得先確實說清楚，才能避免未來有類似的事情再度發生。

高福曼大公如我預期般地，聽到我的話後受到不小衝擊，人像是快跌坐到地上般，緊緊地抓著門框，眼睫劇烈顫動著，眼睛看上去比平時更加漆黑。

但我依然沒有要收回自己的話。他緊閉著唇和雙眼，過了一陣子，才突然開口說：

「為什麼他一句話也不說呢？」

瞬間，我嚇得瞪大雙眼。他怎麼會知道我在想什麼？巧合嗎？

「他怎麼會知道？巧合嗎？」

他說的每一句……都跟我內心的想法一模一樣。我驚訝地往後退了一大步，見狀他急切地說：

「在下並非怪物。」

「！」

我對上他的雙眼，第一次發現他臉上充滿了恐懼，而在他墨黑瞳孔中，我的表情也是如此。

高福曼大公愣愣地看著我。他怎麼了？腦中剛浮現這個想法，突然覺得全身不對勁，趕緊把這想法從腦海中抹除。

沒想到他能讀到別人的心聲。這到底是什麼能力？我全身泛起一片雞皮疙瘩，比起覺得神奇，反而像是一種壓力。

這世界上有誰會想被別人聽到自己的心……難道，他是故意告訴我的？我再次對上他的眼，高福曼大公用他沒有任何起伏的嗓音肯定了我的疑問：

「雖然這是我的能力，同時也是個弱點。」

「……」

「請您就握著這個弱點吧。如果下次又發生一樣的事，您可以向眾人揭露這一點。」

高福曼大公說完後便往後退了一步。

「就算您現在要公開……在下也會接受。」

——《再婚皇后03》完

Alphatart

SU018

再婚皇后 03
재혼 황후

作　　者　알파타르트 (Alphatart)
譯　　者　林雅霁
封面設計　소행성 (asteroid)
封面繪者　코 바
責任編輯　林雨欣
校　　對　胡可葳

發　　行　深空出版
出 版 者　星巡文化有限公司
地　　址　臺北市中正區重慶南路一段 57號 7樓之 5
法律顧問　泓準法律事務所 孫瀅晴律師
電　　話　(02)7709-6893
傳　　真　(02)7713-6561
電子信箱　service@starwatcher.com.tw
官網網址　www.starwatcher.com.tw
初版日期　2024年 10月

總 經 銷　聯合發行股份有限公司
地　　址　新北市新店區寶橋路 235巷 6弄 6號 2樓
電　　話　(02)2917-8022

國家圖書館出版品預行編目 (CIP) 資料

再婚皇后 / 알파타르트 (Alphatart) 著 .
-- 初版 . -- 臺北市 :
星巡文化有限公司出版 : 深空出版發行 , 2024.10
冊 ;　公分
ISBN 978-626-74123-9-8(第 3 冊 : 平裝). --
862.57　　113013594